1,–

HEYNE BÜCHER

W0339476

BIBLIOTHEK DER SCIENCE FICTION LITERATUR

Herausgegeben von Wolfgang Jeschke

VON WELLS
BIS STAPLEDON

Wege zur Science Fiction

VIERTER BAND

herausgegeben
von
James Gunn

Deutsche Erstausgabe

WILHELM HEYNE VERLAG
MÜNCHEN

BIBLIOTHEK DER SCIENCE FICTION LITERATUR
Band 06/92

Titel der amerikanischen Originalausgabe
THE ROAD TO SCIENCE FICTION 2
(Erster Teil)

Deutsche Übersetzung von Rosemarie Hundertmarck, Gisela Stege, Ronald M. Hahn, Werner Kortwich und Kurt Spangenberg

Die Einführung und die Zwischentexte von Professor Gunn übersetzte Werner Bauer

Das Umschlagbild schuf Eric Bach

Redaktion: Wolfgang Jeschke

Printed in Germany 1988
Umschlaggestaltung: Atelier Ingrid Schütz, München
Satz: Schaber, Wels
Druck und Bindung: Presse-Druck, Augsburg

ISBN 3-453-02758-2

Einführung

1

Zu Beginn des zwanzigsten Jahrhunderts etwa begann die Science Fiction eine eigenständige Form zu entwikkeln: durch das Aufkommen der für die breite Masse produzierten Magazine und die Tätigkeit einer Schar von Autoren, insbesondere die von H. G. Wells. Bis zu jener Zeit war Science Fiction lediglich eine indifferente Reaktion auf neue Entwicklungen in Wissenschaft und Technik und deren gesellschaftliche Auswirkungen gewesen.

Die Wurzeln der SF lassen sich zurückverfolgen bis zu Mary Shelleys packender ›Gothic Movel‹ (Schauerroman) über die Erschaffung künstlichen Lebens, Nathaniel Hawthornes von wissenschaftlichen Ideen getragene Erzählungen, bis zu Poes befremdlichen Reisen und faszinierenden Betrachtungen, Jules Vernes ›Voyages Extraordinaires‹ …

Wells erkannte, daß Wissenschaft und Technik eine immer größer werdende Rolle im alltäglichen Leben spielten, und betrachtete die Menschheit künftig als eine besondere Gattung Lebewesen, auch wenn das Fortbestehen dieser Spezies ungewiß war. Sein Forschergeist und seine Geschicklichkeit filterten aus vorher bereits Dagewesenem die verschiedenen Elemente einer neuen Erzählkunst. Aus gutem Grund gilt Wells gemeinhin als Vater der modernen SF.

Allerdings gebrauchte er nicht den Begriff ›Science Fiction‹. Was er schrieb, wurde als ›single-sitting stories of science‹* oder als ›Scientific Romances‹** bezeichnet. Erst im Jahr 1929 sollte Hugo Gernsback dem Genre einen Namen von dauerhafter Prägung verleihen.

---

* Etwa: Außergewöhnliche Geschichten aus der Wissenschaft

** Etwa: Wissenschaftlicher Abenteuerroman

THE ROAD TO SCIENCE FICTION 2: FROM WELLS TO HEINLEIN* ist der zweite Band einer mehrbändigen Anthologienreihe, deren Absicht es ist, die Entwicklungsgeschichte der Science Fiction nachzuvollziehen, von ihren frühesten Vorläufern bis zu dem, was gegenwärtig in Magazinen oder in Buchform veröffentlicht wird. FROM GILGAMESH TO WELLS**, dem ersten Band von THE ROAD TO SCIENCE FICTION, findet sich die folgende Definition von Science Fiction:

> Science Fiction ist jener Zweig der Literatur, der sich beschäftigt mit der Auswirkung von Veränderung auf Menschen in einer realen Welt, die in die Vergangenheit, in die Zukunft, oder an entfernte Orte projiziert werden kann. Oft beschäftigt sie sich mit wissenschaftlicher oder technischer Veränderung und greift dabei in der Regel Themen auf, deren Bedeutung die eines einzelnen oder einer Gemeinschaft übersteigt; häufig ist dabei die Zivilisation oder die menschliche Rasse selbst in Gefahr.

Im ersten Band wurde die Meinung vertreten, daß — ehe Science Fiction überhaupt geschrieben werden konnte — die Menschen erst einmal umdenken mußten. Sie hatten zu lernen, sich nicht als Stamm zu begreifen, als Volk oder gar Nation, sondern als Spezies. Außerdem mußten sie lernen, die Beschaffenheit des Universums — von seinem Anfang bis zum Ende — sowie das Schicksal der Menschheit unvoreingenommen zu be-

---

* siehe auch: *»Wege zur Science Fiction«,* 4. Band, BIBLIOTHEK DER SCIENCE FICTION LITERATUR, Band 93

** siehe: *»Wege zur Science Fiction«,* 1. und 2. Band, BIBLIOTHEK DER SCIENCE FICTION LITERATUR, Band 91 und 92. Die umfangreichen Bände der amerikanischen Ausgabe wurden für die deutsche Ausgabe in jeweils zwei Bände aufgeteilt.

trachten. Und sie mußten lernen, die Zukunft zu erkennen, eine Zukunft, die verschieden sein würde von der Vergangenheit und auch der Gegenwart — aufgrund wissenschaftlichen Fortschritts und technischer Neuerungen.

Der erste Band widmete sich weitgehend der letztgenannten dieser drei Grundvoraussetzungen: der Entdekkung der Zukunft und der Art und Weise, wie das Leben (und was die Menschen davon hielten) durch Wissenschaft und Erfindungsgeist von Grund auf und unabdingbar verändert wurde, und wie darüber hinaus diese Entdeckung und diese Veränderungen Einfluß nahmen auf das, was einige Autoren zu schaffen begannen. Die dort vereinten Geschichten veranschaulichen, wie durch die Einstellung ihr gegenüber die Welt der Menschen sich geändert hatte. Der Mensch wurde hineingeboren in ein geheimnisvolles und unbekanntes Universum, in einen Zustand der Hilflosigkeit den Kräften der Natur gegenüber; nur langsam — mittels der Wissenschaft — begann er das Wesen des Universums zu begreifen und abzulassen vom Glauben an Magie oder die Ergebenheit in die Allmacht der Götter zugunsten einer wachsenden Unabhängigkeit der Willkürherrschaft der Natur gegenüber.

Allmählich lernte der Mensch, daß er durch den Gebrauch seiner Geisteskräfte Verstehen und Veränderung herbeiführen und so das eigene Schicksal selbst in die Hand nehmen konnte. Die Industrielle Revolution sorgte für eine Vorstellung davon, wie dieser Prozeß vonstatten gehen konnte. Die Umwandlung chemischer Energie in physikalische und die erfindungsreichen Verwendungsmöglichkeiten dieser Energie für die unzähligen Belange der Menschheit zeigten, wie die Technik den sozialen Wandel förderte.

Eine Handvoll Autoren reagierte auf diese neue Bedeutung von allem, was die Belange der Menschen anging, doch nach der Erfindung von James Watt verging noch fast ein Jahrhundert, bevor jedwede bedeutungsvolle Erkenntnis dieser Welt und die neue Denkweise bezüglich des Universums in der erzählenden Literatur auftauchten. Lag die Zukunft der Menschheit wirklich in ihren eigenen Händen und war sie nicht Gegenstand der Launen unbarmherziger Götter oder des großartigen Entwurfs irgendeiner wohlwollenden Gottheit, dann mußte die Menschheit ihr Denken auf jene Dinge in der Gegenwart konzentrieren, die die Zukunft bestimmten.

So entstand die Science Fiction.

Doch sie beschäftigte sich keineswegs nur mit zukünftigen Ereignissen. Sie leitete sich auch her aus der Publikation von Charles Darwins Werk ORIGIN OF SPECIES (1859, *dt.* »Vom Ursprung der Arten«), das ein wissenschaftliches Grundprinzip lieferte für einen Prozeß, der langsam die Bedeutung des Wortes ›menschlich‹ erweitert hatte, bis er die gesamte Spezies umfaßte. Die Menschheit als Spezies zu betrachten war nicht nur charakteristisch für die SF, sondern auch unentbehrlich.

Da Science Fiction derart vielgestaltig ist, scheint jegliche Charakterisierung immer nur einen Teil ihres eigentlichen Wesens zu erfassen. Demzufolge wurden sowohl ihre spekulative Seite als auch ihre seherischen Fähigkeiten hervorgehoben; bisweilen wurde sie auch als Literatur des Wandels bezeichnet.

Sie könnte ebenfalls als die Literatur bezeichnet werden, die sich um die Lebensbedingungen und das Schicksal der menschlichen Spezies Gedanken macht.

2

Die menschliche Gesellschaft hat sich entwickelt aus dem Einzelwesen durch die familiäre Einheit, durch den Stamm, das Dorf, die Stadt, die Region, die Nation und — in ihrer gegenwärtigen Form — durch das Bündnis von Nationen. Als nächstes folgt die Menschheit als Spezies. Während dieser gesamten Weiterentwicklung wurde jedem, der nicht einer sozialen Gruppe angehörte, das Recht auf Menschenwürde abgesprochen; außerhalb der Gruppe gab es bestenfalls Barbaren und im schlimmsten Fall Aliens, Nichtmenschen also. Es war nicht nur rechtens, sondern schien sogar vernünftig, diese Nichtmenschen unmenschlich zu behandeln: sie zu berauben, zu schänden, zu töten oder zu versklaven. Jene zu bekriegen, die nicht der Gruppe angehörten, war eine rechtmäßige Angelegenheit, aus welchem Grund auch immer, und Eroberungszüge zu unternehmen hieß, das geheiligte Gebiet zu erweitern, in dem gesunder Menschenverstand und Frömmigkeit herrschten, wo also die ›Menschlichkeit‹ weilte.

Die Literatur einer jeden Epoche befriedigt die aus ihrer sozialen Stellung resultierenden Bedürfnisse. Zu der Zeit der Volksstämme entstanden Sagen über das Werden des Stamms und wie er Flutkatastrophen, Seuchen und Kriege überstand. Aus der Zeit der Stadtstaaten stammen die Heldengedichte über jene, die die Stadt errichtet oder Eindringlinge vertrieben haben, die die Götter wohlgesonnen stimmten und Fürsprache hielten — oder sich bisweilen auch für ihr Volk opferten. Die fromme dramatische Literatur hatte die Aufgabe, religiöse Doktrinen verständlich zu machen und das Publikum an den Platz und den Zweck göttlicher Allmacht zu erinnern; auch gab es Literatur über Gut und Böse, über die Methode, die Erhabenheit zu erlangen, den göttlichen Willen zu erkennen und mit diesem in Einklang zu leben, um erlöst zu werden. Als das Nationalgefühl primär das Denken bestimmte, wurden Romane verfaßt über die Möglichkeit, wie man einen Krieg gewinnt oder verliert. Aus einer Epoche, in der das Individuelle betont wurde, stammen jene Geschichten, die im Grunde genommen ohne das Verständnis für das Gemeinschaftliche auskommen und sich mehr mit der Entdeckung des eigenen Ichs beschäftigen, mehr mit persönlichen Erlebnissen als mit den Erfolgen von Helden der Zivilisation; und nicht selten mit der tragischen Entdeckung der Beschaffenheit der Dinge.

In den Romanen und Stories, die Wells um die Jahrhundertwende schrieb, steht die Menschheit im Mittelpunkt des Geschehens. Zu einer Zeit, als andere Autoren über die kleinen Tragödien von Individuen oder die gesellschaftlichen Tragödien der vom Pech Verfolgten schrieben, beschäftigten sich THE TIME MACHINE (1895, *dt.* »Die Zeitmaschine«) und THE WAR OF THE WORLDS (1898, *dt.* »Der Krieg der Welten«) mit dem Schicksal der gesamten Menschheit. Diese glänzenden Hiebe gegen den üblichen Literaturbetrieb unterschieden — in gleichem Maße wie die phantastischen Plots — Wells' Science Fiction und sein späteres utopisches Werk von seinen humoristischen Büchern; von der gleichen Weitsichtigkeit geprägt sind seine drei enzyklopädischen Werke: THE OUTLINE OF HISTORY (1919, *dt.* »Die Geschichte unserer Welt«), THE SCIENCE OF LIFE (1930) und THE WORK, WEALTH, AND HAPPINESS OF MANKIND (1931, *dt.* »Arbeit, Wohlstand und Glück der Menschheit«).

3

Indem die Science Fiction sich an den grandiosen Anfängen von Wells' früherem Werk orientierte, bildeten sich ihre wesentlichen Merkmale erst nach und nach aus der Vielfalt der Ausdrucksformen heraus. Deren ständige Erweiterung hat eine Begriffsbestimmung der SF stets schwierig gemacht. Der Kriminalroman ist erkennbar an seiner Handlung, der Western an seinem Schauplatz; Science Fiction weder an dem einen noch an dem anderen. Sie ist in der Lage, über alle Arten und Grade der Handlung zu verfügen, über alle Zeit, von jedwedem Anfang bis zum unabdingbaren Ende, über den gesamten Raum, vom kleinsten Teilchen bis hin zur Erfassung des gesamten Universums.*

Ferner hat sich Science Fiction ganz offen auch anderer Formen bedient, um Wirkung zu erzielen — wie etwa der Abenteuer- und der Liebesgeschichte. Es gibt sogar SF-Stories aus dem Bereich des Sports, und es gibt den Science Fiction-Western, in dem der einsame Held sein Pferd gegen eine Rakete eintauscht und seinen Sechsschüssigen gegen eine Strahlenpistole; er war übrigens derart weit verbreitet, daß H. L. Gold, Gründer und Herausgeber der SF-Zeitschrift ›Galaxy‹, ankündigte, in seinem Magazin würden solche Stories niemals erscheinen. In seinen späteren Jahren bestand John W. Campbell (Herausgeber von ›Astounding‹/›Analog'‹) lange Zeit darauf, daß die Science Fiction-Detektivgeschichte schlichtweg eine Unmöglichkeit sei, weil der darin vorkommende Detektiv ein schier unerschöpfliches Kräftepotential habe; somit könne die Story dem Leser sehr schnell unglaubwürdig erscheinen. Doch Isaac Asimov widerlegte diese These mit THE CAVES OF STEEL (1953, *dt.* »Der Mann von drüben«, später »die Stahlhöhlen«), THE NAKED SUN (1957, *dt.* »Die nackte Sonne«), und mit der Story-Sammlung: ASIMOV'S MYSTERIES (1968, *dt.* »Science Fiction Kriminalgeschichten«).

Science Fiction scheint sich ganz spontan einmal dieser, dann wieder jener Form zu bedienen. Asimov hat die Geschichte der modernen SF (seiner Definition zufolge im Jahr 1926 beginnend) in vier Perioden eingeteilt: in die abenteuerbetonte zwischen 1926 und 1938, in die wissenschaftlich orientierte zwischen 1938 und 1950, die gesellschaftsbezogene zwischen 1950 und 1965 und in die stilbetonte Periode ab 1965. Sind diese Bezeichnun-

* Aus diesem Grund machte John W. Campbell einmal die Feststellung, daß alle anderen Formen der Literatur, auch die Mainstream-Literatur, konsequenterweise Untergattungen der Science Fiction seien.

gen auch nicht völlig gleichwertig, können sie doch sehr nützlich sein beim Zusammentragen von Fakten. Das Problem einer genauen Begriffsbestimmung ergibt sich bei der Unterscheidung zwischen den außergewöhnlichen Eigenschaften und jenen, die dem Genre lediglich Hilfsmittel sind, um eine Geschichte zu erzählen. In der SF hängt die herkömmliche Definition von der Thematik des Stoffes ab: Science Fiction handelt von Dingen wie Wissenschaft, Technik, Wandel. Die Haltung, die sie dazu einnimmt, bietet eine weitere Möglichkeit zur Definition.

Im gläubigen Mittelalter wurde der Mensch mit dem Versprechen auf ein Leben nach dem Tode regelrecht gezwungen, irdisch ausgerichtetes Wunschdenken zu unterdrücken; das Problem des einzelnen bestand nicht in der Selbsterkenntnis, sondern darin, möglichst noch mehr als ein vorbildlicher Christ zu sein. Mehr und mehr wurde das Mittelalter zu einer individualistisch ausgerichteten Zeit. Die Protestantische Reformation erlaubte jedem, sich Gottes Wort selbst zu deuten, die Errungenschaften der Wissenschaft boten alternative Auslegungen für die Schöpfung, und die immer schneller werdende technische Entwicklung zerstörte die alte soziale Ordnung mit ihren stets vorhandenen althergebrachten Worten und überließ es dem einzelnen, sich selbst zu finden.

Aus dieser individualistisch geprägten Zeit stammt eine Literatur, die keine Glaubensfragen, sondern Fragen über das Individuum aufwarf: ob man leben oder sterben würde, erfolgreich sein oder versagen, Liebe finden oder sie verlieren, ob man die wahre Natur der Dinge erkennen müsse oder in Unwissenheit verharren sollte. Angesichts von Conrad, James oder Bennett schien das, was Wells interessierte, nicht nur aus dem Rahmen zu fallen, sondern war schlichtweg unliterarisch.

THE TIME MACHINE (1895, *dt.* »Die Zeitmaschine«) und THE WAR OF THE WORLDS (1898, *dt.* »Der Krieg der Welten«) sind in vielerlei Hinsicht ungewöhnlich; ein besonderer Aspekt aber ist, daß in beiden Romanen das Schicksal der gesamten Menschheit, nicht das des einzelnen im Mittelpunkt steht. Und in einer Geschichte wie »The Star« (1912, *dt.* »Stern der Vernichtung«) ist das Schicksal eines ganzen Planeten so in den Vordergrund gerückt, daß das Individuelle kaum noch existiert. Sogar eine recht unscheinbare Geschichte wie »The New Accelerator« (1901, *dt.* »Der neue Beschleuniger«) handelt weniger vom Erfolg oder Versagen eines Erfinders, sondern erinnert fortwährend an die sozialen Verflechtungen, die mit dieser Erfindung verbunden sind, darunter am Schluß der versteckte Spott angesichts der Verantwortungslosigkeit des Wissenschaftlers.

E. M. Forsters »The Machine Stops« (1928, *dt.* »Die Maschine«) handelt augenscheinlich von der gesamten Menschheit, und die Zerstörung zum Schluß dürfte eine allumfassende sein. Sogar der abenteuerlich Fantasy-Roman UNDER THE MOONS OF MARS (1917, *dt.* »Gefangene der Marsianer«, Auszug) und seine vielen Nachfolger beschäftigt sich mit den vielen Völkern auf dem Mars, mit der Geschichte des Planeten und dem Bemühen, wegen der Verdunstung der Gewässer den kläglichen Rest an Zivilisation zu retten, und den Planeten vor dem Verlust seiner Atmosphäre. Merritts »The People of the Pit« (1917, *dt.* »Das Volk in der Tiefe«) beschreibt eine Rasse, die älter als die Menschheit ist und der diese hilflos gegenübersteht. »Dagon« (1923, *dt.* »Dagon«) und die anderen von Lovecrafts Horrorstories haben als gemeinsamen Hintergrund die mythologische Verknüpfung zwischen alten Gottheiten und ihrer Beziehung zu Menschen der Gegenwart. »The Red One« (1918) von Jack London beschreibt die Geschichte eines Mannes, der mit einem fremden Raumschiff in Berührung kommt, woraus sich eine Verflechtung ergibt, die weit über sein eigenes Schicksal hinausreicht. Diese Interpretation ließe sich ohne weiteres bis zum Ende des Buches fortführen.

Wenn solche Verflechtungen, die die gesamte Menschheit betreffen, gar nicht oder nur unzureichend zum Tragen kommen, sollte diese Art von Literatur mit einem besser pasenden Namen versehen werden. ›Liebesgeschichte vor exotischer Kulisse‹ wäre als Bezeichnung vielleicht zutreffender, oder Abenteuergeschichte, Märchen, Parabel, Charakterstudie? Solche die Einstellung und persönliche Kriterien betreffende Fragen könnten weiterhelfen, die Kontroversen um die ›New Wave‹ in den sechziger Jahren zu beseitigen.

Ganz gleich, ob diese arteigenen Interessen der Science Fiction zu einer grundlegenden Bedingung für das Genre gemacht werden können oder nicht, kann diese Betrachtungsweise auf jeden Fall einige ihrer charakteristischen Merkmale näher erläutern. Der britische Kritiker, Autor und Anthologist Edmund Crispin beispielsweise benutzte seine Betrachtungsweise der SF, um für deren Handhabung der Charakterdarstellung eine Erklärung zu finden. ›Ursprung einer Spezies-Literatur‹ nannte er die SF und schrieb:

> Ihre grundsätzliche Wertschätzung der Menschheit bestand darin, daß sie in ihr eine Horde von verschiedenen Tieren sah, die alle den gleichen Planeten bevölkern. Dies vorausgesetzt, ist unschwer zu erkennen, daß in der Science Fiction das einzelne Individuum dazu prädestiniert ist, seinem eigenen Recht gemäß nur wenig zu bedeuten. Wenn wir einen solchen Standpunkt akzeptieren, läßt die Vielfalt der menschlichen Rassen es nicht zu, daß wir eine Madame Bovary, ei-

nen Strether oder Leopold Bloom wirklich ernst nehmen.*

Wie dem auch sei, in den ersten vierzig Jahren dieses Jahrhunderts begann die Science Fiction bisher nie gestellte Fragen zu erörtern: Wird die Menschheit sich weiterentwickeln oder zurück? Werden ihre Gesellschaftsformen sich verändern? Wird die Menschheit überleben?

Nach der Gründung des ersten SF-Magazins im Jahre 1926 und besonders während der dreißiger Jahre mit ihrer wachsenden Fülle von Publikationen, ihrem zunehmenden Lesepublikum und den spezialisierten Autoren, teilten diese Fragen sich von selbst in Kategorien auf: Reise zu den Sternen, fremde Rassen, Vergangenheit und Zukunft. Viele der frühen Geschichten hatten lange Reisen verschiedener Art zum Thema. Ein Zweck der Reise war, den fremdartigen Kreaturen, den Zivilisationen, die man unterwegs traf, oder den sich ereignenden Geschehnissen Glaubwürdigkeit zu verleihen. In ›Lost Race‹-Geschichten wie Rider Haggards SHE (1887, *dt.* »Sie«) oder in den Abenteuergeschichten der frühen Pulp-Magazine wurden diese Reisen unternommen zu bisher unerforschten Gegenden der Erde; gelegentlich wich man auch bereits auf andere Himmelskörper aus. Die Verfasser verlegten sich auf den Raumflug, weil dies allmählich wahrscheinlicher klang als die unerforschten Gebiete auf der Erde.

Solche Reisen boten dem Schreibenden die Möglichkeit, Personen in bisher unbekannter Umgebung agieren zu lassen, Menschen mit Aliens zu konfrontieren und vertraute Zivilisationen sowie lokale Gegebenheiten mit solchen, die sich in grundlegender Weise von diesen unterschieden; auch konnten sich so fremdartige Moralauffassungen und abweichende ethische Grundsätze, physische und biologische Andersartigkeit vergleichen las-

---

* *Times Literary Supplement,* 25. Okt. 1963

sen sowie die Einflüsse von alldem auf die Menschheit. In den Geschichten wurde gefragt: Haben Sachverhalte, die wir als selbstverständlich erachten, überall im Universum Gültigkeit? Denken intelligente Wesen überall gleich? Wie würde das Leben aussehen, wenn das nicht so wäre? Kann die Menschheit unter außerirdischen Bedingungen überleben und sich weiterentwickeln? Diese Thematik einer außerirdischen Reise wurde genährt von dem Gedanken, daß die Menschheit von vorneherein das Recht hatte, möglichst viel vom Universum an sich zu reißen, und daß die Gründung von Kolonien auf anderen Welten die Überlebenschancen der Menschheit bedeutend vergrößern würde.

Andere Geschichten versuchten, die Eigenschaften der Menschheit zu bestimmen und ihre Möglichkeiten aufzuzeigen. Hin und wieder wurden Aliens einfach dazu benutzt, bestimmte Eigenheiten von Menschen sowie ihr Recht zu überleben zu testen. Geschichten über längst vergangene Zeiten richteten ihr Augenmerk gewöhnlich auf die Art und Weise, wie die Menschen zu dem wurden, was sie sind, wie sich die Rasse entwickelte und die gegenwärtige Zivilisation einer anderen den Weg freimachte (die dann allerdings auch nicht dagegen gefeit war, Fehlentscheidungen zu wiederholen). In der Zukunft angesiedelte Geschichten wurden immer populärer, boten sie doch Gelegenheit, sich damit auseinanderzusetzen, wie die Menschen ihre Kräfte nutzen mochten, ihr eigentliches Wesen und ihr Schicksal zu ergründen oder zu verändern. Mitunter verhieß die Zukunft Armageddon, wodurch menschliche Vernunft und die Fähigkeit, den eigenen Zerstörungsdrang zu überleben, in Frage gestellt wurden. Manchmal gab es auch andere Bedrohungen, wie etwa Überbevölkerung, Umweltverschmutzung, Energiemangel, Seuchen, entmenschlichte Technologie, gefährliche Entdeckungen und katastrophale Naturereignisse wie Erdbeben, Springfluten, Eiszeiten, Veränderungen der Sonne. Häufig entstanden auf diese Weise Geheimnisse, die fundamentale Anziehungskraft des Unbekannten, jener ›Sense of Wonder‹, der so oft bei Diskussionen um Science Fiction auftaucht.

Keine andere Gattung der Literatur hat sich mit dieser Art von Problemen auseinandergesetzt. Anfangs muteten die Fragestellungen der Science Fiction etwas abwegig an, phantastisch, eher wie amüsante Betrachtungen, aber seit den späten dreißiger Jahren bis in unsere Zeit wurden diese Fragen immer realistischer und wichtiger als alle Fragen, die jede andere Literatur über das Individuum jemals gestellt hatte und stellen konnte.

5

Die Entwicklung der Science Fiction wurde auch noch von anderen Faktoren beeinflußt. In den beiden vorangehenden Bänden von *»Wege zur Science Fiction«* wurde beispielsweise gezeigt, wie der Aufschwung von Wissenschaft und Technik das Verhalten der Menschen geändert hatte; dies verhalf der SF auf nachhaltige Weise, eine ihr eigene Form zu finden. Während der Industriellen Revolution veränderten die Folgen von Wissenschaft und Technik zweifelsohne die Gesellschaft, wenngleich auch nicht immer auf direkte und sichtbare Art und Weise; zwischen 1900 und 1940 jedoch wurden sie ins Alltagsleben eines Durchschnittsbürgers auf einschneidende Weise einbezogen.

Wells erlebte es, wie seine Vorstellung von der Zukunft Wirklichkeit wurde. Medizin und Maßnahmen zur Volksgesundheit verlängerten die Lebenserwartung. Elektrizität ließ die Nacht zum Tag werden und sorgte dafür, daß am Ende zweier Leitungen stets bequem Energie zur Verfügung stand. Radio, Telefon, Auto und Flugzeug verkürzten Entfernungen, sorgten für neue Verkehrsmittel und damit für eine völlig neue Art der persönlichen Beweglichkeit; und sie boten neue Möglichkeiten zur Nutzung jener Freizeit, die durch Fabriken und neue Produktionsmethoden ermöglicht wurden, neben einem noch nie dagewesenen Wohlstand, der erst dann richtig wahrgenommen wurde, als es darum ging, ihn mit der Arbeiterschaft zu teilen. Die Geheimnisse des Universums wurden mit immer stärker werdenden Teleskopen erforscht, und das Atom wurde in immer kleinere Teilchen gespalten, die unerschöpfliche Energiequellen verhießen. Viele dieser wissenschaftlichen Erkenntnisse und Erfindungen dienten der Kriegsführung, um sie noch tödlicher und endgültiger zu machen.

In den ersten Jahrzehnten des zwanzigsten Jahrhunderts wurde der westliche Fortschrittsglaube zu einer Art Religion. Die Menschheit könne Vollkommenheit erlangen, glaubte man, und durch den Einsatz ihrer geistigen Kräfte gegen die Hindernisse, die den Weg zum Paradies auf Erden blockierten, (insbesondere durch die Ausbildung neuer Wissenschaftler und Techniker sowie die Anwendung wissenschaftlicher Arbeitsmethoden) sei es möglich, sämtliche Probleme der Menschheit zu lösen. Tagtäglich entwickelte die Menschheit sich in jeder Beziehung weiter, wie Coué* sinngemäß sagte. Und nach Dupont** zu urteilen, war Fortschritt ihr wichtigstes ›Produkt‹.

Das Nachlassen des auf das Jenseits gerichteten Denkens im Christentum sowie der Glorifizierung des Altertums in der Renaissance ebneten den Weg für einen Fortschrittsglauben, der sich aus den beträchtlichen Fähigkeiten der Westeuropäer und dem immer besser werdenden Verhältnis des Menschen zu seinem sozialen Umfeld entwickelte. Neue Kontinente wurden erschlos-

---

* Coué, Emile (1857—1926), frz. Apotheker, führte den *Couéismus,* ein auf Autosuggestion beruhendes Heilverfahren, ein.

** Dupont, François (1847—1914), frz. Chemiker und Erfinder im Bereich der zuckerverarbeitenden Industrie. — *Anm. d. Übers.*

sen. Dank Galilei und Newton wurde das Universum und der Platz des Menschen darin nun mit anderen Augen betrachtet. Ackerbau und Beförderungsmittel wurden auffallend schnell entwickelt. Nachdem die Pest und der Hundertjährige Krieg überwunden waren, blieb Europa einigermaßen verschont von diesen Plagen. Künstler wie Michelangelo, Shakespeare oder Goethe schufen Werke, die den Vergleich mit den Griechen und Römern durchaus nicht zu scheuen brauchten und bisweilen sogar diese übertrafen. Die Bevölkerungszahl nahm ständig zu. Dies alles stärkte das wachsende Selbstvertrauen und die Überzeugung, daß alle menschlichen Probleme, die bis jetzt noch nicht gelöst worden waren, lösbar seien.

Im späten neunzehnten und beginnenden zwanzigsten Jahrhundert erreichte dieser Zukunftsoptimismus seinen Gipfel — und das mit einiger Berechtigung, denn die Bevölkerung Westeuropas hatte sich bis 1914 nahezu verdoppelt, trotz der großen Zahl von Auswanderungen in die Vereinigten Staaten, wo die Bevölkerung bis zu diesem Zeitpunkt um das Zehnfache gewachsen war. Noch schneller hatte sich die Industrie entwickelt: In den drei Jahrzehnten vor 1914 war das Pro-Kopf-Einkommen um das Doppelte gestiegen. In England und den Vereinigten Staaten wurde nun mehr Wert gelegt auf die Erziehung, so daß das Analphabetentum fast völlig beseitigt wurde; auf diese Weise wurde auch für neue Arbeitskräfte gesorgt, die mit der technischen Entwicklung Schritt halten konnten und ein neues Publikum darstellten für die Verbreitung von Zeitungen und Büchern.

Der Erste Weltkrieg offenbarte die Enttäuschung über den sozialen Fortschritt, und die Einführung neuer Kriegswaffen (sowohl Panzerwagen als auch Flugzeuge waren von Wells bereits vorausgesehen worden, und die Marsianer in »Der Krieg der Welten« benutzten Giftgas und auch Wärmestrahlen, deren Erzeugung allerdings die Wissenschaft bis heute noch nicht vollkommen beherrscht) hat die Menschheit sicherlich in Angst und Schrecken versetzt, gleichzeitig aber das Vertrauen in die Technik, das durch die Erfindungen der nächsten zweieinhalb Jahrzehnte entstand, immens gestärkt. Diese neuen Kriegswaffen haben möglicherweise auch beigetragen zum unweigerlichen Bruch zwischen den verbissenen Verfechtern literarischer Traditionen und den Autoren jener Romane und Stories, die bald als *›Science Fiction‹* bezeichnet werden sollten — vergleichbar der 1959 von C. P. Snow vollzogenen Trennung zwischen den ›zwei Kulturen‹, der humanistisch-geisteswissenschaftlichen und der technisch-naturwissenschaftlichen. Schon vor dem Ersten Weltkrieg hatte E. M. Forster mit »The Machine Stops« (1909, *dt.* »Die Maschine«) eine Antwort parat auf Wells' utopische Phase; die wirklich massiven Angriffe gegen den Fortschrittsglauben kamen jedoch erst später: mit Aldous Huxleys BRAVE NEW WORLD (1932, *dt.* »Schöne neue Welt«) und George Orwells NINETEEN EIGHTY-FOUR (1949, *dt.* »1984«).

Dennoch gab es während der ersten vier Jahrzehnte dieses Jahrhunderts nur wenige Pessimisten unter den Science Fiction-Autoren. Ähnlich wie der Gründer des ersten SF-Magazins, Hugo Gernsback, waren die Autoren der Anfangszeit schlichtweg fasziniert von den Möglichkeiten der Wissenschaft und des Erfindungsgeistes, wobei diese Möglichkeiten eine Startbasis bildeten für ihre Träume von phantastischen Abenteuern und Zielen der Menschheit.

Neue Erfindungen beeinflußten immer stärker den Weg, auf dem die Science Fiction ihre Leserschaft erreichte. Eisenbahn, Lastwagen und ein inländisches Vertriebssystem brachten die Magazine an jeden beliebigen Ort, wenn es innerhalb einer zeitlich gesetzten Frist möglich war. Rotationspresse und Autotypie senkten die Kosten für Druck und Illustration und ermöglichten dadurch die hohen Auflagenzahlen der Magazine. Die allgemeine Schulpflicht, in England Gesetz seit 1871, und in Amerikan nach dem Bürgerkrieg wesentlich vorangetrieben, sorgte für eine neue Leserschaft.

1884, nicht lange danach also, konnten durch zwei neue Erfindungen — Linotype (Setz- und Zeilengußmaschine) und die Papierherstellung aus Holzzellstoff (wood-*pulp*) — die Kosten weiter gesenkt und somit das Pulp-Magazin aus der Taufe gehoben werden.

6

Bis zum Beginn des neunzehnten Jahrhunderts etwa wäre der Begriff ›volkstümliche Literatur‹ ein Widerspruch in sich selbst gewesen. Die Literatur des gemeinen Volkes* existierte bis dato nur in mündlich überlieferter Form; lediglich die gehobenere Literatur (die offiziell nur von denen anerkannt wurde, die des Lesens mächtig waren und vor allem auch die nötige Zeit dazu hatten) wurde schriftlich festgehalten.

Als die Fähigkeit des Lesens und Schreibens allgemein zunahm und die Produktionsmethoden billiger wurden, begann man für eine Leserschaft zu produzieren, die wenig Geld hatte, wenig Zeit und nur bedingt die geistigen Voraussetzungen, das Gelesene auch zu verstehen. Zur Zeit von Charles Dickens wurden viele Romane (darunter auch seine eigenen) billig in Fortsetzungen veröffentlicht angeboten oder in Penny-Blättern abgedruckt; ihr Gegenstück in den Vereinigten Staaten war — ungefähr ab 1860 — die ›Dime Novel‹ (Groschenroman).

Neuartige Publikationsbetriebe brachten jene neue Art von Unternehmer hervor, wie sie von Frank A. Munsey verkörpert wurde. Von Maine siedelte er 1882 nach

---

* In ›Science Fiction Studies‹, Vol. 4, Teil 3, November 1977, bezeichnet Darko Suvin populäre Literatur als ›Paraliteratur‹ und grenzt sie damit ab von ›höherer‹ oder ›kanonischer‹ Literatur, die in den oberen Gesellschaftskreisen offiziell anerkannt ist.

New York über, um durch die Herausgabe eines Jungenmagazins namens ›Golden Argosy‹ reich zu werden. 1888 wurde der Name verkürzt auf ›Argosy‹, und acht Jahre später hatte es sich zu einem Magazin mit allgemein gehaltenem Inhalt gewandelt. Dieses erste Pulp-Magazin bot für nur einen Dime (= 10 Cent) 192 Seiten Lesefutter. Das Publikum setzte sich in erster Linie zusammen aus Jungen, deren Väter der Arbeiterklasse angehörten; vielleicht kamen noch vereinzelt Angehörige der wachsenden Mittelklasse dazu. Abenteuergeschichten wollte dieses Publikum, und die neuen Pulp-Magazine hatten alle Sorten davon auf Lager: Wildwest-, Seefahrer-, Detektiv-, Kriegs-, Reise- und Fantasy-Stories, aber auch Scientific Romances.

1903 bekam ›Argosy‹ Gesellschaft: ›Popular Magazine‹ von Street & Smith. Ab 1905 gab Munsey das ›All-Story Magazine‹ heraus; im gleichen Jahr kam ›The Monthly Magazine‹ dazu, das zwei Jahre später in ›Blue Book‹ umbenannt wurde. 1906 veröffentlichten Street & Smith ›The People's Magazine‹ und Munsey ›The Scrap Book‹, dessen Erzählungsteil 1908 den Titel ›The Cavalier‹ erhielt, nachdem es ein unabhängiges Magazin geworden war.

Die Romane und Stories von H. G. Wells wurden in den Vereinigten Staaten in Magazinen wie ›Cosmopolitan‹ veröffentlicht, die Pulp-Magazine jedoch brachten H. Rider Haggards AYESHA — THE RETURN OF SHE (1905, *dt.* »Ayesha — Sie kehrt zurück«), die Fortsetzung von SHE (1887, *dt.* »Sie«), als Serie heraus, zudem Romane und Kurzgeschichten von Autoren wie Garrett P. Serviss, William Wallace Cook, George Allan England sowie 1912 einen den Lesern bis dahin unbekannten Autor: Edgar Rice Burroughs.*

Bei der Herausgabe der *Pulps* ging man von der Ver-

---

* Zu jener Zeit benutzten die meisten Autoren (und auch viele Herausgeber) für gewöhnlich drei Namen.

mutung aus, daß alle Abenteuergeschichten in gleichem Maße beim Leser ankamen. Aus den Leserbriefen, die mit der Zeit zum festen Bestandteil der Magazine geworden waren, ergab sich folgendes: Die Beliebtheit der Stories war unterschiedlich bei den Lesern. Die Unternehmer reagierten darauf, indem sie fortan die inhaltliche Einheit das Gepräge der Magazine bestimmen ließen.

Als erstes veröffentlichte Munsey 1906 ›The Railroad Man's Magazine‹, vom Inhalt her ausschließlich Eisenbahngeschichten; nur mit Seegeschichten 1907 dann ›The Ocean‹; letzteres existierte allerdings nur ein Jahr. Und der Durchbruch dieser neuen Art von *Pulps* kam 1915, als der Verlag Street & Smith ›Detective Story Monthly‹ ins Leben rief; 1919 folgte ›Western Story Magazine‹ und 1921 ›Love Stories‹. 1926 endlich kam ›Amazing Stories‹, das erste SF-Magazin. Der Mann, der den nötigen Mut dazu aufbrachte, hieß Hugo Gernsback.

Er war 1904 als Erfinder von Luxemburg herübergekommen und hatte Radioersatzteile und elektrische Geräte verkauft. ›Modern Electronics‹, 1908 von ihm begründet, war ebenso wie alle weiteren seiner Magazine geprägt von seiner einschlägigen Erfahrung und seinen Erfindungen. 1912 verkaufte er es und startete ›Electrical Experimenter‹, das ab 1920 ›Science and Invention‹ hieß. Von Zeit zu Zeit enthielt eine Nummer versuchsweise eine SF-Story. In Fortsetzung vorausgegangen war RALPH 124C 41+ (1911, *dt.* »Ralph 124C 41+«), Gernsbacks Roman voller technischer Phänomene; 1923 war die Augustnummer von ›Electrical Experimenter‹ ausschließlich der ›Scientific Fiction‹ gewidmet.

›Scientifiction‹ nannte es Gernsback in der ersten Ausgabe von ›Amazing Stories‹, und er beschrieb es als »eine stilistische Mixtur aus Jules Verne, H. G. Wells und Edgar Allan Poe: eine nette Handlung, durchsetzt mit wissenschaftlichen Fakten und prophetischem Weitblick«.

Zunächst enthielt das Magazin lediglich Nachdrucke, hauptsächlich von Verne, Wells und Poe, doch bereits nach wenigen Monaten gab es auch neue Stories. Eine von Gernsbacks Entdeckungen war Edward Elmer Smith, Doktor der Philosophie (und Pfannkuchen-Spezialist), dessen erster Roman THE SKYLARK OF SPACE (*dt.* »Die Abenteuer der Skylark«) 1915 begonnen, 1920 beendet, aber erst 1928 veröffentlicht wurde. Eine weitere Neuentdeckung war Philip Nowlan, der Schöpfer von Buck Rogers.

1929 brach Gernsbacks Imperium aus den Fugen, doch umgehend schuf er die Voraussetzungen für ein neues, zu dem auch wieder zwei SF-Magazine gehörten: ›Science Wonder Stories‹ und ›Air Wonder Stories‹, aus denen dann ›Wonder Stories‹ hervorging. In der ersten Nummer von ›Science Wonder Stories‹ schrieb Gernsback über das, was er künftig als ›Science Fiction‹ zu veröffentlichen gedachte.*

Clayton Magazines, eine ganze Kette von Pulp-Magazinen, war ab 1930 auch mit SF vertreten, mit ›Astounding Stories of Super-Science‹. Damit gab es bereits drei von derartigen Magazinen. SF hatte zwar einen Namen erhalten, ihr eigentliches Wesen aber zeigte sich erst durch das Medium, in dem sie veröffentlicht wurde. Die Männer von Bedeutung waren in der Folgezeit nicht die Autoren, sondern die Herausgeber. Durch das, was von ihnen veröffentlicht wurde, bestimmten sie, was SF war und was nicht.

---

* In *Foundation 10* geht Brian M. Stableford auf den Wortgebrauch in William Wilsons A LITTLE EARNEST BOOK UPON A GREAT OLD SUBJEKT (1851) näher ein, doch Gernsbacks Erfindung war von größerer Bedeutung.

SF hatte zwar jetzt einen Namen und ihr eigenes Forum, dafür aber wurde die Buchproduktion in diesem Bereich fast völlig eingestellt. Nur die Fantasyromane von A. Merritt wurden weiterhin verlegt, und in Tarzana in Kalifornien gründete Edgar Rice Burroughs einen eigenen Verlag, um seine Werke veröffentlichen zu können. Bewährtes von Verne, Wells, M. P. Shiel, Haggard oder Conan Doyle wurde neu aufgelegt, aber es gab auch ein paar neue Texte — die bisher nicht in einem Magazin erschienen waren. Bei solchen Büchern handelte es sich um Stapledons LAST AND FIRST MEN (1930, *dt.* »Die letzten und die ersten Menschen«) und Huxleys BRAVE NEW WORLD (1932, *dt.* »Schöne neue Welt«). Die Verleger waren bemüht, in alten Pulp-Magazinen auf Romane zu stoßen, denn die neue, magazingemäße Literatur wurde nicht in Buchform veröffentlicht; so nahm auch die Kritik bis 1946 keine Notiz von ihr.

Die einseitige Verlagerung auf die Magazine schien die Ursache dafür zu sein, daß das Genre allmählich aus dem literarischen Blickfeld verschwand; es wurde trivial und einer Kritik nicht mehr für wert befunden. Anstatt der SF eine feste Basis zu geben, hatte Gernsback ein Ghetto geschaffen, ein Ghetto allerdings, das voller Enthusiasmus war. Leserbriefe kamen en masse. Als begonnen wurde, diese mitsamt Adresse abzudrucken, entwickelte sich der Briefkontakt unter den Lesern, Clubs wurden gegründet, sog. Fanzines (Fan-Magazine) ins Leben gerufen und hin und wieder sogar ein Treffen (Convention) organisiert. In diesem Ghetto waren es die Leser, die eine Fan-Subkultur schufen.

Die Autoren hatten ganz andere Probleme, denn die Herausgeber hatten allein das Sagen, und nur ihre Entscheidung galt.

Allerdings hatten die Herausgeber der frühen Pulp-Magazine auch beträchtlichen Einfluß. Robert H. Davis von ›Scrap Book‹ und ›Cavalier‹, aber auch wichtigster Mann bei Munseys ›All-Story‹ entdeckte und ermutigte viele neue Autoren. Thomas Newell Metcalf, geschäftsführender Herausgeber von ›All-Story‹, kaufte den ersten Roman von Edgar Rice Burroughs: UNDER THE MOONS OF MARS (1917, *dt.* »Gefangene des Mars«, Auszug), darauf TARZAN OF THE APES (1912, *dt.* »Tarzan bei den Affen« u. a.), THE RETURN OF TARZAN (1913, *dt.* »Tarzans Rückkehr in den Dschungel«), mußte es aber dann Archibald Lowry Sessions überlassen, der bei Street & Smith das ›New Story Magazine‹ herausgab.

Die Zahl der SF-Magazine verringerte sich, dafür wurde mehr Wert auf den Inhalt gelegt. Eine gute Story reichte allein nicht aus, sie mußte einem bestimmten Standard entsprechen, nicht nur in der Wahl der Thematik. Auch waren Genauigkeit, Aufbau und die Einstellung des Autors oft mitentscheidend. Sogar ein Magazin wie ›Weird Tales‹, 1923 gegründet und viele Jahre von Farnsworth Wright herausgegeben, schuf sich so seine eigene kleine Krypta.

›Amazing Stories‹ hatte als Herausgeber T. O'Connor Sloane, einen älteren Mann, dessen Autorität in erster Linie darauf beruhte, daß er — außer Magister und Doktor in Philosophie — ein Schwiegersohn von Thomas A. Edison war. Es war jedoch Gernsback, der die grundsätzlichen Voraussetzungen bestimmte. Er betrachtete seine neue ›Scientifiction‹ als Möglichkeit, das Verständnis von Wissenschaft und Technik durch entsprechende Romanliteratur zu fördern. Sein Rezept hieß »75 Prozent Literatur, durchsetzt mit 25 Prozent Wissenschaft«. Diese Empfehlung wurde allerdings mehr umgangen als eingehalten, doch Hugo Gernsback selbst hielt bis zuletzt daran fest: 1963 beklagte er gegenüber einem SF-Club die für ihn unumstößliche Tatsache, daß von den ersten neun Gewinnern des nach ihm benannten Preises nur ein einziger in der Kategorie Kurzprosa das Prädikat ›Science Fiction‹ verdiente; der Rest sei für ihn Fantasy.

Bei ›Astounding Stories of Super-Science‹ hieß der Herausgeber Harry Bates. Er verlangte Abenteuergeschichten mit einer soliden Handlung, die der Machart der anderen Magazine bei Clayton entsprachen. Ein Großteil der Rechte über ›Amazing Stories‹ und ›Wonder Stories‹ lag bei ihm, und er konnte zwei Cent pro Wort zahlen. Alle anderen zahlten sowenig wie nur irgend möglich, keinesfalls aber mehr als einen halben Cent bei Veröffentlichung, manchmal — wie sich H. L. Gold* erinnert — sogar nur unter Prozeßandrohung. Da die Gesamtkosten bei ›Astounding‹ aber stets gering waren, wurde das Magazin nach dem Zusammenbruch der Clayton-Kette 1933 an den Verlag Street & Smith verkauft.

Im gleichen Jahr wurde Charles D. Hornig, ein siebzehnjähriger Fan, zum Herausgeber von ›Wonder Stories‹. Er war der erste einer ganzen Reihe von Herausgebern und auch Autoren, die aus dem Fandom (d. h. der organisierten Leserschaft) hervorgingen. Mit Gernsback zusammen rief er die erste landesweite organisierte Fangemeinde, die *Science Fiction League,* ins Leben. 1936 verkaufte Gernsback ›Wonder Stories‹ an den Verlag Standard Magazines, wo es in ›Thrilling Wonder Stories‹ umbenannt wurde; wenige Jahre später kam ein ähnliches Magazin namens ›Startling Stories‹ hinzu. Beider Herausgeber war Mort Weisinger, wiederum ein jugendlicher Fan, der bekannt wurde durch sein großes Geschick im Ausdenken von Plots und die Art und Weise, wie sein schöpferischer Geist eine Idee nach der anderen für die Autoren entwickelte. Später sollte er nicht nur als versierter Artikelschreiber berühmt werden, sondern vor allem als Organisator von ›Superman Comics‹.

---

* Amerikanischer Autor, geb. 1914. Gilt neben Anthony Boucher als wichtigster Herausgeber und SF-Erneuerer der fünfziger Jahre. Besonders eng verknüpft ist sein Name mit dem Erfolg des Magazins ›Galaxy‹. — *Anm. d. Übers.*

Ebenfalls 1933 gab es bei ›Astounding‹ einen neuen Herausgeber, der F. Orlin Tremaine hieß. Dieser war ständig auf der Suche nach guten Geschichten wie etwa den Space-Operas eines E. E. Smith (seinen Fans besser bekannt als ›Doc‹ Smith), dessen THE SKYLARK OF VALERON (*dt.* »Im Jenseits verschollen«) 1935 als Fortsetzung erschien (als Buch 1949). Auch brauchte er gewagte neue Ideen für eine Serie, in der es um Gedankenvarianten gehen solte. Und er veröffentlichte das Werk eines jungen Autors, der John W. Campbell jr. hieß und bislang nur in anderen Magazinen veröffentlicht hatte. Dieser versuchte — hinsichtlich der Popularität der Space Operas — Smith' Vorrangstellung streitig zu machen. Unter dem Pseudonym Don A. Stuart begann er eine völlig neue Art von Story zu entwickeln, die anspruchsvoller sein sollte und raffiniert im Stilistischen, mehr mit philosophischen und sozialpsychologischen Elementen versehen als mit physikalischen oder technischen Details.

1937 übernahm Campbell die Herausgeberschaft von ›Astounding Stories‹ und wurde damit mehr als lediglich Hüter des Hauses, denn er arbeitete mit den Autoren, ermutigte sie, lieferte ihnen herausfordernde Ideen, diskutierte mit ihnen über den Plot und verlangte hin und wieder auch Überarbeitungen der Manuskripte; so schuf er durch persönliches Gespräch, umfangreiche Korrespondenz und anregende Leitartikel einen intellektuell geprägten Zustand allgemeiner Begeisterung. Gemäß seinen Vorstellungen fing er an, die SF in ihrem Gesamterscheinungsbild völlig neu zu gestalten.

8

Isaac Asimov schrieb einmal, Campbell habe »zu sehr Abstand genommen von außermenschlichen und gesellschaftswidrigen Aspekten innerhalb der SF... für die

Handlung wichtig gewesen seien ihm Geschäftsleute, Raumschiffbesatzungen, junge, tatkräftige Ingenieure, Hausfrauen und Roboter, die als Maschinen ihrer Bestimmung gemäß funktionierten.«* An anderer Stelle war Asimov der Meinung, daß Campbell Geschichten haben wollte, in denen das Wissenschaftliche eine reale Basis hatte, Stories, die das Maß wissenschaftlicher Bildung dokumentierten.**

In Anthony Bouchers Schlüsselroman ROCKET TO THE MORGUE* (1942) äußert eine Person, die große Ähnlichkeit hat mit Robert A. Heinlein, über einen unschwer als John W. Campbell jr. erkennbaren Herausgeber folgendes: »Zunächst solltest du dir im klaren sein über deine Vorstellungen, dann erst ist es an der Zeit, mit dem Schreiben deiner Story zu beginnen. Um es anders auszudrücken, betrachte bestimmte Verbesserungen innerhalb der Zivilisation als gegeben, anschließend erarbeite auf überzeugende Weise, wie diese Verbesserungen das Leben ganz gewöhnlicher Menschen, wie du und ich es sind, beeinflussen könnten ... um es mit einem Satz von Don auf einen Nenner zu bringen: ›Ich verlange eine Story, die dem Anspruch genügt, auch in einem Magazin des fünfundzwanzigsten Jahrhunderts veröffentlicht zu werden.‹«

Sachkundig und herausfordernd, stets mehr Wert legend auf Ideen und nicht auf die Handlungsträger, ließ Campbell seine Vorstellung von SF Wirklichkeit werden. Er übernahm ›ASTOUNDING STORIES‹ und machte es zu ›ASTOUNDING SCIENCE FICTION‹; daraus wurde ›Astounding SCIENCE FICTION‹, dann ›astounding

---

* ›Social Science Fiction‹, in MODERN SCIENCE FICTION, herausgegeben von Reginald Bretnor (New York: Coward-McCann, 1953).

** ›Die Geschichte der Science Fiction von 1938 bis zur Gegenwart‹ (Film), Universität von Kansas, 1973.

*** ROCKET TO THE MORGUE (New York: Duell, Sloan & Pierce, 1942).

SCIENCE FICTION‹ und schließlich ›Analog Science Fact-Science Fiction‹! Durch seinen Einfluß und den jener Autoren, die die gleichen Vorstellungen hatten, wurde das geschaffen, was seitdem bekanntgeworden ist als ›Das goldene Zeitalter der Science Fiction‹.

WISSENSCHAFT
— DER NEUE BESCHLEUNIGER

Herbert George Wells
(1866—1946)

Während der zweiten Hälfte des neunzehnten Jahrhunderts trugen Wissenschaft und Technik in verstärktem Maße zu Veränderungen bei; sie veränderten die Gesellschaft in einer Weise, die niemand sich hätte träumen lassen. Wissenschaftler wie Boole, Kekule, Maxwell, Mendel, Mendelejeff, Swan, Cantor, Arrhenius, Pasteur, Hertz, Marconi, Roentgen, Becquerel oder Thomson entdeckten die grundlegenden Eigenschaften von Energie und Materie, auch der lebenden, sowie diesbezügliche Rechen- und Denkmethoden. Erfinder wie Hunt, Otis, Bessemer, Lenoir, Nobel, Schultze, Hyatt, Muybridge, Isaacs, Gidden, Bell, Otto, Edison, Daimler, Thomson, Swan, Mergenthaler, Dohl, Parsons, Stanley, Ives, Hall, Berliner, Eastman, Dewar, Walker, Goodwin, Burroughs oder Hoffman verbanden wissenschaftliche Erkenntnisse aus früheren Tagen mit praktischer Durchführbarkeit und schufen so nützliche und notwendige Dinge. Philosophen wie Darwin oder Marx stellten Theorien auf, die das gesellschaftsorientierte Denken revolutionierten.

Sie alle waren das Bindeglied zwischen wachsender Tatkraft und einer in Bewegung geratenen Welt.

Eine statische Welt in den Griff zu bekommen ist verhältnismäßig einfach, denn das eigentliche Wesen dieser Welt zeigt sich anhand der Sozialstruktur, und ein wie auch immer geartetes Erziehungssystem ist Erklärungen ebenso dienlich wie sturer Unterweisung. Wichtig ist nur, daß der einzelne seinen Platz findet in dieser Welt und ihn dies — wie Plato es in »die Republik« andeutet — mit Zufriedenheit erfüllt.

Die erste Herausforderung einer sich verändernden Welt ist die Erkenntnis, daß diese Welt in jeder Hinsicht anders sein wird. Die zweite Herausforderung besteht darin, jene Kräfte auszumachen, die den Wandel verursachen. Die dritte und schwierigste Herausforderung aber ist, die Art der Veränderungen schon vorher zu erkennen und dabei eigene Entscheidungen auszuklam-

mern, die den Lauf dieser Veränderungen beeinträchtigen könnten.

Ein solcher Wandel enthält stets die Hoffnung auf den Idealstaat, birgt aber in sich auch die Gefahr, unterzugehen. Das Werk von Herbert George Wells (1866—1946) erstreckt sich über das gesamte Spektrum von Möglichkeiten. Frühzeitig erkannte er das Wesen seiner Welt, und den realen Gegebenheiten einer sich wandelnden Welt verdankte er seinen Aufstieg von bescheidenen Verhältnissen zu Reichtum und Ruhm, sowie den Einfluß auf die Gesinnung der Menschen und möglicherweise auf den Lauf der Dinge selbst. In EXPERIMENT IN AUTOBIOGRAPHY schrieb er 1934:

> *Es waren universale Kräfte am Werk, die dazu beitrugen, die aristokratischen Besitzverhältnisse zu zerbrechen, den Kleinhandel abzuschaffen, die Arbeitsbedingungen im Einzelhandel freier und zufriedenstellender zu gestalten, die Zusammenarbeit im industriellen Bereich zu fördern, die Produktivität zu steigern, neue und besser unterrichtete Arbeiterschichten zu erfordern, einen neuen, allgemein anerkannten Erziehungsstil zu begründen, politische Schranken überall niederzureißen und die Menschen zu einer globalen Gemeinschaft zu vereinen.*

Wells konnte die mißliche Lage des Kleinhändlers sehr gut nachempfinden, seit er selbst diesem Schicksal nur mit Mühe und viel Glück entronnen war. Für seine Mutter jedoch war mit der Welt noch alles beim alten, und so kaufte sie mit ihrem neuen Ehemann einen schlechtgehenden Töpferladen in der Nähe von London; für ihre Kinder erhoffte sie sich ein Sicherheit bietendes Gewerbe, deshalb gab sie Wells zweimal bei einem Tuchwarenhändler und einmal bei einem Apotheker in die Lehre. Bücher, Erziehung und wissenschaftliche Kenntnisse ermöglichten Wells den Ausstieg aus diesem Leben, und seine Fähigkeit, diese neue Wissenschaft allgemein verständlich zu machen (zunächst in Lehrbüchern, dann in Artikeln und Nachschlagewerken), ihre eigentliche Bedeutung und ihre Möglichkeiten in die Handlung seiner Stories und Romane einzubringen, ebnete ihm den Weg in ein neues Leben als bedeutender Autor und angesehener Gelehrter.

Zu Beginn seiner Tätigkeit als Autor beabsichtigte Wells, mit seinen Artikeln und Stories bei den neuen Magazinen Anklang zu finden, die um die Zeit in England aufkamen und ein bürgerliches Publikum erreichen wollten. 1891 rief George Newnes, der zehn Jahre zuvor ein Magazin namens ›Tit-Bits‹ gegründet hatte, ›The Strand Magazine‹ ins Leben, das erste Magazin mit Großauflage. Kurz darauf folgten ›Ludgate Monthly‹, ›Pall Mall‹ und ›The Idler‹, wenig später dann ›Pearson's Magazine‹ und weitere.

Die ersten Stories von Wells erschienen in ›The Pall Mall Budget‹, doch schon bald darauf erweiterte er sein Absatzgebiet durch ›The Pall Mall Gazette‹ und ›The Strand‹. ›The National Observer‹ brachte eine Artikelserie, in der es um die Idee der Zeitreise ging, um die sich Wells schon während seiner wissenschaftlichen Ausbildung in verschiedenen Versionen eifrig Gedanken gemacht hatte; als dann der Herausgeber zu ›The New Review‹ ging, schrieb Wells die Artikel um zu einem Roman mit dem Titel THE TIME MACHINE (1895, dt. *»Die Zeitmaschine«).*

Dieser Kurzroman war ein sofortiger Erfolg, in Serienform und auch als Buch, und verhalf ihm zu literarisch gebildeten Verehrern wie Joseph Conrad oder Henry James. Es folgte eine ganze Reihe von Romanen: THE ISLAND OF DR. MOREAU (1896, dt. *»Die Insel des Dr. Moreau«), THE INVISIBLE MAN (1897,* dt. *»Der Unsichtbare«), THE WAR OF THE WORLDS (1898,* dt. *»Der Krieg der Welten«), WHEN THE SLEEPER WAKES (1899,* dt. »*Wenn der Schläfer erwacht*«) *und THE FIRST MEN IN THE MOON (1901,* dt. »*Die ersten Menschen im Mond*«). *Seine Kurzgeschichten erschienen in den frühen Sammelbänden THE STOLEN BACILLUS AND OTHER INCIDENTS (1895,* dt. »*Der gestohlene Bazillus*«), *THE PLATTNER STORY AND OTHERS (1897,* dt. *z. T. in* »*Das Kristall-Ei*«), *TALES OF SPACE AND TIME (1899,* dt. »*Ugh-Lomi*«) *und TWELVE STORIES AND A DREAM (1903).*

Die Gefahr des Untergangs als mögliches Resultat der erwähnten Veränderung hatte Wells darin im wesentlichen erschöpft; er hatte ihn sich in vielerlei Gestalt ausgedacht: von der Invasion Außerirdischer über vagabundierende Planeten, intelligente Ameisen, Kraken, Tiefseehumanoiden, Tyrannei, Krieg, Degeneration bis hin zum Sterben der Sonne. Nun widmete er sich der anderen Seite der Veränderung: der Utopie. Unter seinen Romanen über das gegenwärtige Leben und in seinen Nachschlagewerken befanden sich auch propagandistische Arbeiten, deren inhaltliche Botschaft wichtiger war als die eigentliche Handlung. Conrad und James (mit dem er später ein legendäres Streitgespräch über die Funktion des Romans führte) hatten ihn dazu verleitet, das künstlerische Element seines Schreibstils stärker hervorzuheben, und dies trotz seiner Neigung, »den Roman in annähernd gleicher Weise als Kunstform zu betrachten wie etwa einen Marktplatz oder einen Boulevard« und »dies zwar zu sehen, aber nur in Verbindung mit etwas anderem: einer Story, einer These«. In seiner Autobiographie schrieb Wells:

> *Zum Schluß wehrte ich mich vehement dagegen und weigerte mich, ihr Spiel mitzuspielen. »Ich bin Journalist«, erklärte ich, »ich wehre mich dagegen, den Künstler zu spielen. Sollte ich es trotzdem manchmal sein, handelt es sich um eine Laune der Götter. Ich bin Journalist durch und durch,*

und was ich schreibe, gilt jetzt *— und wird bereits im nächsten Augenblick tot sein.«*

Doch was er schrieb, existiert weiter, besonders die Romane und Kurzgeschichten aus der Zeit vor der Jahrhundertwende, denn dies waren seine SF-Werke, und sie sind heute ebenso lebendig wie damals. »The New Accelerator« wurde 1901 im Magazin ›The Strand‹ veröffentlicht; Mode und Umgangsformen haben sich seitdem geändert, sind aber unwichtig für die Story.

In ›The New Accelerator‹ geht es um eine Erfindung; es werden die Möglichkeiten einer neuen Droge überdacht. Wie Isaac Asimov in seinem ›Social Science Fiction‹-Essay darlegt, kann eine Idee auf sehr unterschiedliche Weise entwickelt werden. Wells hätte auch eine Abenteuerstory schreiben können, in der die Erfindung benutzt wird, um an Militärgeheimnisse heranzukommen, Tyrannen oder verbrecherische Störenfriede loszuwerden oder die Welt zu bewahren vor der Invasion Außerirdischer oder der Zerstörung durch Krieg. Ebenso hätte er eine Story mit gesellschaftswissenschaftlicher Thematik schreiben können, in der die Droge eine akzeptierte Realität darstellt, die Menschen jedoch, die mit dem Leben in verschiedenen Zeitgeschwindigkeiten vertraut sind, Probleme wie das der Verbrechensverhinderung, unerlaubter Arbeitspraktiken oder nachteiliger Lebenserwartung bewältigen müssen.

Wells entschied sich, möglichst ungezwungen mit der Idee umzugehen, wie er das oft tat bei seinen Überlegungen; seine weiteren Spekulationen zeigen jedoch, daß er sich auch der Konsequenzen bewußt war. Er hätte diese soziologische Story schreiben können, wie er u. a. mit »Wenn der Schläfer erwacht« unter Beweis stellte, doch mußten seine Leser behutsam in die Story hineingeführt werden, im Gegensatz zu den heutigen Lesern, die mit den Feinheiten und Traditionen des Genres vertraut sind.

HERBERT GEORGE WELLS

Der neue Beschleuniger

Falls es einen Menschen gibt, der ein Goldstück findet, wenn er nach einer Stecknadel sucht, ist es bestimmt mein guter Freund Professor Gibberne. Ich habe schon früher von Forschern gehört, die über ihr Ziel hinausschossen, von keinem aber, dem es so weit gelungen wäre wie ihm. Und diesmal hat er ohne Übertreibung etwas entdeckt, was das ganze menschliche Leben revolutionieren kann. Dabei hatte er nur ein Anregungsmittel für Leute gesucht, die durch die Anforderungen unserer modernen Zeit erschöpft sind. Ich habe das Medikament mehrere Male versucht und beschreibe am besten die Wirkung, die es auf mich hatte. Und diese Wirkung war, gelinde ausgedrückt, sensationell.

Professor Gibberne ist mein Nachbar in Folkestone. Er bewohnt eins der Häuser in dem gemischten Stil, der den westlichen Teil der Upper Sandgate Road so interessant macht. Es hat flämische Giebel und eine maurische Säulenhalle. Wenn er hier ist, sitzen wir oft in seinem Arbeitszimmer mit den tiefen Fensternischen, rauchen und plaudern. Er ist ein großer Spaßvogel und spricht gern mit mir über seine Arbeit, weil solche Unterhaltungen ihn anregen. Und dadurch habe ich auch die Entwicklung des neuen Beschleunigers von Anfang an miterlebt. Die Experimente hat er natürlich zum größten Teil nicht in Folkestone, sondern in dem modernen Laboratorium in Gower Street gemacht.

Wie alle wissenschaftlich bewanderten Leute wissen, ist das Spezialgebiet, auf dem Gibberne seinen verdienten Ruhm errungen hat, der Einfluß von Drogen auf das menschliche Nervensystem. In bezug auf Schlaf-, Beruhigungs- und Betäubungsmittel ist er führend. Auch als

Chemiker ist er hervorragend. In den letzten Jahren hat er besonders mit Anregungsmitteln experimentiert und schon vor der Entdeckung des neuen Beschleunigers große Erfolge erzielt. Die medizinische Wissenschaft verdankt ihm mindestens drei verschiedene, absolut zuverlässige und unerreichte Stärkungsmittel. In Fällen äußerster Erschöpfung hat Gibbernes ›B-Sirup‹ mehr Leben gerettet, als alle Rettungsboote an unseren Küsten zusammengenommen.

»Aber all dies befriedigt mich nicht«, sagte er mir vor fast einem Jahr. »Jedes dieser Mittel hat seine Nachteile; vollkommen ist keins. Ich möchte ein Stimulans entdekken — wenn so etwas überhaupt möglich ist —, das nicht nur das Gehirn oder die Nerven oder das Herz anregt, sondern Körper und Geist und alle Lebensäußerungen verdoppelt oder verdreifacht — dahinter bin ich her!«

»Es würde jeden, der es nimmt, verbrauchen und erschöpfen«, sagte ich.

»Kein Gedanke! Man würde auch doppelt und dreifach soviel essen und so weiter. Stellen Sie sich vor, in einem Fläschchen wie diesem hier« — er hob ein Fläschchen aus grünem Glas vom Schreibtisch hoch — »wäre die Macht enthalten, doppelt so schnell zu denken, sich doppelt so schnell zu bewegen, doppel so viel Arbeit als sonst in derselben Zeit zu verrichten.«

»Aber ist das möglich?«

»Ich glaube es. Wenn nicht, habe ich ein Jahr meines Lebens vergebens geopfert. Ich habe Versuche mit Hypophosphiten gemacht, die sehr erfolgversprechend sind ... Selbst wenn ich nur das Anderthalbfache der normalen Schnelligkeit aller Betätigungen erreichte, hätte ich viel geschafft.«

»Ganz sicher!« sagte ich.

»Wenn Sie zum Beispiel Politiker wären und in irgendeiner Klemme säßen, in der es auf äußerste Schnelligkeit des Handelns ankäme, wie?«

»Er könnte seiner Privatsekretärin etwas davon eingeben«, sagte ich.

»Und die doppelte Zeit gewinnen! Und denken Sie an sich selbst — wenn Sie zum Beispiel ein Buch schneller fertig haben möchten.«

»Meist wünschte ich«, sagte ich, »ich hätte es gar nicht erst angefangen.«

»Oder ein Arzt mit einem eiligen Fall auf Tod und Leben. Oder ein Rechtsanwalt — oder ein Student, der sich für ein Examen mit Kenntnissen vollstopfen möchte.«

»Es müßte jedem eine Guinee und mehr wert sein!« sagte ich.

»Und bei einem Duell«, sagte Gibberne, »wenn alles von der Schnelligkeit abhängt, mit der einer schießt.«

»Oder beim Fechten«, warf ich ein.

»Und es kann keinen Schaden anrichten«, sagte Gibberne, »abgesehen davon vielleicht, daß es einen während seiner Wirkung eine Winzigkeit schneller altern läßt. Aber in dieser Zeit hätte man auch doppelt soviel vom Leben gehabt wie andere Menschen.«

»Und Sie halten es wirklich für möglich, so etwas zu entwickeln?«

»Für so möglich wie die Entwicklung von Lokomotiven mit höherer Leistung!« sagte Gibberne. »In Wirklichkeit ...«

Er machte eine Pause, lächelte mich bedeutsam an und klopfte auf die Schreibtischplatte mit dem grünen Fläschchen. »Ich glaube, ich habe es sogar schon.« Sein Gesicht verriet, daß er es ernst meinte. Er sprach sowieso selten von seinen Projekten, ehe er kurz vor dem Ziel stand. »Und vielleicht — ich wäre nicht überrascht — wirkt es noch schneller als zweifach.«

»Es würde eine große Sache sein!« mutmaßte ich.

»Ich glaube auch.«

Aber ich denke, er wußte selbst nicht, wie groß diese Sache in Wirklichkeit sein würde.

Wir unterhielten uns noch öfter über das Mittel, das er den neuen Beschleuniger nannte, und bei jeder Gelegenheit war er zuversichtlicher. Manchmal sprach er von unerwarteten physiologischen Wirkungen, die es haben könnte, und fühlte sich dann offenbar etwas unbehaglich. Ein andermal dachte er an den materiellen Erfolg und sprach offen darüber. »Es ist ein gutes Mittel«, sagte er, »ein ungeheures Mittel, und ich finde es nur vernünftig, wenn ich erwarte, daß die Welt auch dafür bezahlt. Wissenschaftliche Würde in Ehren, aber ich möchte doch ein Patent darauf für — sagen wir — zehn Jahre haben.«

Ich interessierte mich sehr für das Mittel. Immer schon hatte ich viel für metaphysische Probleme und die Rätsel um Raum und Zeit übrig, und Gibberne schien wirklich nicht weniger als eine richtiggehende Beschleunigung des Lebens anzustreben. Wenn ein Mensch wiederholt ein derartiges Mittel einnahm, würde er ungeheuer tätig leben und Höchstleistungen vollbringen können, würde allerdings auch mit elf Jahren erwachsen, mit fünfundzwanzig in mittleren Jahren sein und mit dreißig den Abstieg zum Greisenalter beginnen. Doch bewirkte Gibberne mit dieser Droge für jeden Menschen, der sie einnahm, nur, was die Natur den Südländern mitgegeben hatte, die mit fünfzehn Jahren Männer und mit fünfzig alt sind und dabei schneller denken und handeln als wir. Die Wunder vieler Drogen haben mich stets beeindruckt; sie können einen Menschen verrückt oder ruhig, unglaublich stark und flink oder zu einem hilflosen Klotz machen, seine Leidenschaften anspornen oder erlöschen lassen, und nun sollte zu dem bekannten Rüstzeug der Ärzte ein neues Wunder treten! Gibberne indes konzentrierte sich viel zu sehr auf die chemischtechnische Seite der Sache, als daß er sich um meine Gesichtspunkte gekümmert hätte.

Anfang August erklärte Gibberne, daß der neue Beschleuniger fertig sei. Ich traf ihn, als ich zum Friseur unterwegs war — er wollte gerade zu mir kommen und mir die Nachricht von seinem Erfolg bringen. Seine Augen strahlten, und sein Gesicht war rot; außerdem fiel mir sein flott beschwingter Gang auf.

»Es ist geschafft!« rief er und sprach sehr schnell. »Es ist sogar besser geworden, als ich annahm! Kommen Sie mit, und sehen Sie selbst!«

»Tatsächlich?«

»Tatsächlich!« rief er. »Unglaublich! Kommen und sehen Sie!«

»Es beschleunigt doppelt?«

»Mehr, viel mehr! Es erschreckt mich! Probieren Sie es! Es ist das erstaunlichste Medikament der Welt!« Er packte meinen Arm und ging so schnell, daß ich richtig laufen mußte, mit mir den Hügel hinauf. Es war einer jener warmen, klaren Tage, die in Folkestone häufig sind. Ein leichter Wind wehte, doch ich kam trotzdem in Schweiß.

»Ich gehe doch nicht zu schnell?« rief Gibberne und verlangsamte sein Dahinstürmen zu einem schnellen Marsch.

»Sie haben etwas von dem Zeug genommen«, keuchte ich.

»Nein«, sagte er. »Höchstens einen Tropfen von dem Wasser, mit dem ich den Becher ausgewaschen habe. Etwas habe ich allerdings gestern abend genommen, aber das wirkt jetzt nicht mehr.«

»Und es beschleunigt aufs Doppelte?«

»Es beschleunigt tausendfach, vieltausendfach!« rief Gibberne mit einer dramatischen Geste und riß seine Tür auf.

Ich folgte ihm ins Haus.

»Es wirft ein völlig neues Licht auf die Physiologie der Nerven«, sagte er. »Wir werden das Zeug jetzt versuchen.«

»Jetzt versuchen?« fragte ich, während wir durch den Korridor gingen.

»Sicher«, sagte Gibberne, trat in sein Arbeitszimmer und drehte sich zu mir um. »In der kleinen grünen Flasche da steht es. Wenn Sie keine Angst haben ...?«

Ich bin von Natur aus vorsichtig und nur dann abenteuerlustig, wenn ein solches Benehmen mit keinerlei Risiken verbunden ist. Ich hatte jetzt Angst. Aber auf der anderen Seite hat man seinen Stolz.

»Gut«, sagte ich zögernd. »Sie sagen, Sie hätten es versucht?«

»Ich habe es versucht«, sagte er, »und sehe nicht aus, als ob es mir geschadet hätte, nicht wahr?«

Ich setzte mich. »Geben Sie es her«, sagte ich. »Wenn es zum Schlimmsten kommt, habe ich wenigstens einmal Haareschneiden gespart, das ich für die verhaßteste Pflicht eines zivilisierten Mannes halte. Wie nimmt man es ein?«

»Mit Wasser«, sagte Gibberne und schwenkte eine Karaffe.

Er stand vor seinem Schreibtisch und musterte mich; plötzlich hatte er die Art des Harley-Street-Spezialisten angenommen. »Sie wissen, daß es ein sonderbares Mittel ist?« sagte er.

Ich machte nur eine Handbewegung.

»Zuerst muß ich Sie warnen: halten Sie die Augen geschlossen, während Sie es trinken, und öffnen Sie sie erst nach etwa einer Minute ganz langsam. Andernfalls könnte Ihnen durch eine Art Schock der Netzhaut schwindlig werden.«

»Augen schließen«, sagte ich. »Gut!«

»Und dann bleiben Sie zuerst still sitzen. Keine Bewegungen — Sie könnten sich sonst schaden. Vergessen Sie nicht, daß Sie alles einige tausend Male schneller machen als vorher. Sie könnten sich entsetzlich stoßen, ohne es zu wissen. Sie selbst werden sich ja genauso fühlen wie jetzt. Nur alles andere in der Welt scheint sich Tausende von Malen langsamer zu bewegen als vorher. Das macht die Sache so verteufelt sonderbar!«

»Und Sie meinen ...«, sagte ich.

»Sie werden sehen«, sagte er und nahm ein Maßglas vom Tisch. »Gläser, Wasser — alles hier. Wir dürfen beim ersten Versuch nicht zuviel nehmen.«

Aus der kleinen Flasche gluckerte etwas von ihrem kostbaren Inhalt. »Vergessen Sie nicht, was ich Ihnen erklärt habe«, sagte er und mischte das Medikament mit Wasser wie ein Kellner, der Whisky mischt. »Sitzen Sie mit fest geschlossenen Augen und ohne jede Bewegung am besten zwei Minuten lang. Dann werden Sie mich sprechen hören. Behalten Sie Ihr Glas in der Hand, und legen Sie die Hand auf das Knie. Und nun ...«

Er hob sein Glas.

»Auf den neuen Beschleuniger!« sagte ich.

»Auf den neuen Beschleuniger!« versetzte er, und wir tranken, während ich die Augen schloß.

Kennen Sie das Gefühl des Nicht-mehr-Existierens in der Narkose? So war mir eine unbestimmte Zeit lang zumute. Dann hörte ich Gibberne mich auffordern, wach zu werden; ich rührte mich und öffnete die Augen. Er stand, wie er gestanden hatte, mit dem Glas in der Hand. Nur war es jetzt leer.

»Wie fühlen Sie sich?« fragte er.

»Wie immer. Höchstens etwas innerlich lockerer, heiterer.«

»Geräusche?«

»Alles ist still«, sagte ich. »Bis auf eine Art leisen Klappens. Was ist das?«

»Zergliederte Geräusche«, sagte er, glaube ich, bin jedoch nicht sicher. Er blickte zum Fenster. »Haben Sie jemals einen Vorhang so hängen sehen?«

Ich folgte seinem Blick — eine Ecke des Vorhangs stand, wie gefroren, sozusagen, hoch.

»Nein«, sagte ich. »Es ist sonderbar!«

»Und hier!« sagte er, indem er die Hand öffnete, die das Glas hielt. Natürlich fuhr ich zusammen, weil ich erwartete, daß das Glas auf dem Fußboden zerspringen würde. Aber es schien sich nicht zu rühren — bewegungslos hing es in der Luft. »Ein Gegenstand von diesem Gewicht«, sagte Gibberne, »fällt in der ersten Sekunde ungefähr fünf Meter. Auch das Glas fällt jetzt fünf Meter in der Sekunde. Aber bisher ist es nur etwa den hundertsten Teil einer Sekunde gefallen — das gibt Ihnen eine Ahnung von der Geschwindigkeit meines Beschleunigers.« Er fuhr mit der Hand ein paarmal um das langsam fallende Glas herum, ergriff es schließlich und stellte es auf den Tisch. »Nun?!« fragte er lachend.

»Sie haben recht«, sagte ich und stand behutsam auf. Ich fühlte mich leicht und wohl und sicher. Alles in mir raste. Mein Herz schlug zum Beispiel tausendmal in der Sekunde, ohne daß es mir das geringste Unbehagen schuf. Ich blickte aus dem Fenster. Ein unbeweglicher Radfahrer mit einer unbeweglichen Staubwolke hinter sich versuchte offenbar einen Wagen zu überholen, dessen Pferde der Stellung nach galoppierten, ohne sich zu rühren. Ich starrte verwirrt auf diesen unglaublichen Anblick. »Gibberne«, rief ich, »wie lange wird das verfluchte Zeug wirken?«

»Das weiß der Himmel!« erwiderte er. »Gestern abend bin ich ins Bett gegangen und habe es gewissermaßen weggeschlafen. Ich war ziemlich erschrocken — das kann ich Ihnen sagen! Es muß ein paar Minuten gewirkt haben, die mir wie Stunden vorgekommen sind. Nach einer Weile schien es schnell nachzulassen.«

Ich war stolz, als ich feststellte, daß ich nicht erschrokken war. »Wollen wir nicht ausgehen?« fragte ich.

»Warum nicht?!«

»Ob die Leute sich über uns wundern?«

»Nein. Du lieber Himmel — wir bewegen uns tausendmal schneller, als es durch den schnellsten Zauberkünstler-Trick je erreicht worden ist! Kommen Sie! Wollen wir durchs Fenster oder durch die Tür gehen?«

Wir gingen durchs Fenster.

Von allen sonderbaren Erlebnissen, die ich je gehabt

oder von denen ich gehört oder gelesen habe, war dieser Ausflug mit Gibberne durch die Parks von Folkestone das sonderbarste und verrückteste. Alles schien stillzustehen, die Räder der Wagen und Fahrräder. Und die Menschen, Menschen wie wir selbst und jetzt doch ganz anders, mitten in einer Geste oder einer Haltung, die auf Bewegung schließen ließ, wie gefroren. Ein junger Mann und ein Mädchen lächelten sich wie für immer an; ein Mann hatte an seinen Hut gegriffen, um zu grüßen, und grüßte offenbar nie. Wir starrten sie an, lachten über sie, bis sie uns langweilig wurden.

»Himmel!« rief Gibberne plötzlich. »Sehen Sie!«

Auf seiner Zeigefingerspitze saß eine Biene und schlug mit den Flügeln so langsam, wie eine müde Schnecke läuft.

Im Park kam mir alles noch verrückter vor. Die Kapelle spielte, und alles, was wir davon hörten, war ein tiefes, keuchendes Rattern. Die Menschen waren wie Puppen in den seltsamsten Stellungen erstarrt. Ich ging an einem springenden Pudel vorbei und beobachtete, wie er unendlich langsam auf die Erde sank. Ein gutangezogener Mann drehte sich um und blinzelte zwei eleganten Damen zu, die ihm begegneten. Dieses unbewegte Blinzeln sah so lächerlich und entsetzlich aus, daß ich sagte: »Hoffentlich vergesse ich das nicht! — dann werde ich nie wieder blinzeln!«

»Oder lächeln!« sagte Gibberne mit einem Blick auf die entblößten Zähne einer der Damen.

»Mir ist verteufelt heiß«, sagte ich. »Wollen wir nicht langsamer gehen?«

»Kommen Sie nur!« sagte Gibberne.

Wir gingen durch die Rollstühle auf dem Wege. Viele der still darin sitzenden Leute wirkten fast natürlich. Ein Herr mit rotem Gesicht schien mitten in dem Bemühen erfroren zu sein, seine vom Wind geblähte Zeitung ordentlich zusammenzulegen. Es muß ein starker Wind gewesen sein, von dem wir jedoch nicht das geringste spürten. Wir gingen ein Stück abseits und beobachteten die Menschen von dort aus. Es war ein unbeschreibliches Gefühl, die Menge wie eine Sammlung von höchst realistischen Wachsfiguren zu betrachten. Natürlich war es albern, aber ich hatte dabei das Empfinden triumphierender Überlegenheit. Alles, was ich seit dem Einnehmen der Droge gedacht, gesagt und getan, hatte sich im Verhältnis zur übrigen Welt und Menschheit in der Zeit eines Augenzwinkerns abgespielt. »Der neue Beschleuniger...«, begann ich, aber Gibberne unterbrach mich.

»Da ist dieses alte Weib!« sagte er.

»Was für ein altes Weib?«

»Wohnt neben mir«, sagte Gibberne. »Hat einen Schoßhund, der dauernd kläfft. Himmel! Die Versuchung ist stark!«

Manchmal ist Gibberne sehr jungenhaft und impulsiv. Bevor ich ihn zurückhalten konnte, sprang er vor, schnappte sich das unglückselige Tier und rannte damit zur Klippe am Rand des Parks. Der kleine Hund bellte und wand sich nicht und gab nicht das kleinste Lebenszeichen von sich. Er beharrte in seiner bisherigen Haltung schläfriger Ruhe. Es war, wie wenn Gibberne mit einem Hund aus Holz davonrannte. »Gibberne!« rief ich. »Setzen Sie ihn hin! Wenn Sie weiterrennen, geraten Ihre Sachen in Brand! Ihre Hosen sehen schon wie versengt aus!«

Er schlug mit der Hand auf die Oberschenkel und blieb zögernd stehen. Ich holte ihn ein und rief: »Die Hitze ist zu groß! Weil Sie so rennen. Die Reibung der Luft!«

»Was?« fragte er und blickte auf den Hund.

»Reibung der Luft!« schrie ich. »Sie bewegen sich zu schnell und werden dadurch zu heiß. Wie Meteoriten. Und dann, Gibberne — meine ganze Haut prickelt, und ich fange an zu schwitzen. Können Sie auch sehen, daß die Menschen sich langsam bewegen? Ich glaube, die Wirkung läßt nach!«

Er starrte mich an. Dann die Kapelle, deren keuchendes Rattern tatsächlich schneller geworden war. Dann warf er den scheinbar immer noch leblosen Hund mit einem gewaltigen Ruck weg und packte meinen Ellbogen. »Wahrhaftig! Ich glaube auch! Eine Art heißen Prickelns. Und der Mann da zieht wahrnehmbar sein Taschentuch aus der Tasche. Wir müssen sofort hier verschwinden!«

Aber wir konnten nicht schnell genug verschwinden, vielleicht zu unserem Glück. Denn wenn wir gerannt wären, hätten wir uns, glaube ich, selbst in Brand gesetzt. Daran hatte keiner von uns vorher gedacht. Aber noch ehe wir anfangen konnten zu rennen, hörte die Wirkung der Droge auf, im Bruchteil einer Sekunde oder einer Minute. Ich hörte Gibberne in großer Aufregung. »Setzen Sie sich hin!« sagen und ließ mich auf den Rasen am Parkrand fallen. Der ganze Stillstand ringsumher geriet in Bewegung; aus dem unartikulierten Geräusch der Kapelle wurde eine Melodie; die Spaziergänger setzten ihren Weg fort; Papier und Fahnen flatterten; der Blinzler blinzelte zu Ende und ging selbstzufrieden weiter; und alle sitzenden Leute bewegten sich und sprachen.

Die ganze Welt war wieder lebendig geworden, bewegte sich so schnell wie wir, oder vielmehr wir bewegten uns nicht mehr schneller als die übrige Welt. In meinem Kopf drehte sich ein, zwei Sekunden lang alles, und flüchtig hatte ich ein Gefühl von Übelkeit — das war alles. Der kleine Hund, den Gibberne weggeworfen hatte, fiel durch den aufgespannten Sonnenschirm einer Dame.

Das war unsere Rettung. Außer einem dicken, alten Herrn im Rollstuhl, der bei unerem Anblick zusammenfuhr und uns nachher mehrere Male argwöhnisch musterte, fiel unser plötzliches Erscheinen keinem Menschen auf. Aller Aufmerksamkeit war dadurch in Anspruch genommen, daß ein überfütterter Schoßhund, der eben noch östlich des Musik-Pavillons ruhig geschlafen hatte, plötzlich westlich davon mit ungeheurer Geschwindigkeit durch den Sonnenschirm fiel und noch dazu leicht angesengt zu sein schien. Leute sprangen auf und traten anderen Leuten auf die Füße; Stühle wurden umgeworfen; der Parkwächter kam gerannt. Wie die Geschichte ausging, weiß ich nicht — wir hatten es zu eilig, zu verschwinden und besonders dem alten Herrn im Rollstuhl aus den Augen zu kommen. Sobald wir uns einigermaßen abgekühlt und von der ersten Verwirrung erholt hatten, standen wir auf, gingen um die Menge herum und schlugen den Weg zu Gibbernes Haus ein.

Das plötzliche Wiedererscheinen normaler Bewegung und vertrauter Geräusche, auch die verständliche Sorge um uns selbst (unsere Sachen waren immer noch unangenehm heiß und Gibbernes weiße Hosen braun versengt) hinderten mich an den genauen Beobachtungen, die ich gern gemacht hätte. Ich machte überhaupt keine Beobachtungen von wissenschaftlichem Wert. Wir stellten nur fest, daß das Fensterbrett, auf das wir beim Verlassen des Hauses getreten hatten, leicht verbrannt, und daß die Eindrücke unserer Füße auf dem Kiesweg ungewöhnlich tief waren.

So verlief meine erste Erfahrung mit dem neuen Beschleuniger. Im Zeitraum von einer Sekunde etwa waren wir weit umhergelaufen, hatten alles mögliche gesprochen und getan und eine halbe Stunde gelebt und erlebt, während die Kapelle höchstens zwei Takte gespielt hatte. Für uns hatte die Welt stillgestanden und sich mit Muße von uns betrachten lassen. Wenn man alles berücksichtigte, besonders die Unbesonnenheit, mit der wir aus dem Haus gestürzt waren, hätte dieses Erlebnis viel unangenehmer verlaufen können. Es zeigte, daß Gibberne bis zur brauchbaren Verwendung seiner Entdeckung ohne Zweifel noch viel lernen mußte, aber ihre praktische Durchführbarkeit war zweifelsfrei bewiesen worden.

Seit jenem Abenteuer hat er ununterbrochen daran

gearbeitet, die Wirkung des Mittels unter Kontrolle zu bringen, und ich habe mehrere Male verschieden starke Dosen ohne jedes schlechte Resultat genommen, muß jedoch bekennen, daß ich mich noch nicht wieder ins Freie gewagt habe, wenn ich unter seinem Einfluß stand. Zum Beispiel ist diese Geschichte hintereinander und ohne Unterbrechung — außer einem bißchen Naschen von Schokolade — unter der Wirkung des neuen Beschleunigers innerhalb von knapp sechs Minuten geschrieben worden. Der Vorteil, sich durch die Droge inmitten mancher Ablenkungen eine ununterbrochene Arbeitszeit sichern zu können, ist so groß, daß er gar nicht übertrieben werden kann. Gibberne arbeitet jetzt an den Dosierungsmöglichkeiten für verschiedene Wirkungen unter Berücksichtigung der verschiedenen Konstitutionstypen. Außerdem hofft er, einen Verzögerer zu entwickeln, mit dem die bisher unbändige Kraft des Beschleunigers gemildert werden kann. Dieser Verzögerer würde natürlich die entgegengesetzte Wirkung des Beschleunigers haben — wenn man ihn allein anwendet, würde er wenige Sekunden über viele Stunden normaler Zeit hinziehen und dadurch eine apathische Untätigkeit bewirken, ein Fehlen jeden Antriebs auch in einer betriebsamen, aufregenden Umgebung. Beide Mittel zusammen müssen eine Revolution des zivilisierten Lebens bewirken. Sie geben uns die Möglichkeit, uns vom Zwange der Zeit zu befreien. Während der Beschleuniger uns in die Lage versetzt, uns mit ungeheurem Schwung auf Augenblicke oder Gelegenheiten zu konzentrieren, die schnellstes Denken und äußerste Energie verlangen, ermöglicht der Verzögerer es, die schwersten Zeiten in passiver Ruhe zu überstehen. Vielleicht bin ich in bezug auf den Verzögerer — der ja erst noch entdeckt werden muß — ein bißchen zu optimistisch, aber am Wert des Beschleunigers gibt es keinerlei Zweifel mehr. Daß er in zuverlässiger, kontrollierbarer, wirkungsvoller Form auf den Markt kommt, ist nur noch eine Sache weniger Monate. Er wird bei allen Apothekern und Drogisten in kleinen, grünen Fläschchen zu kaufen sein, zu einem hohen, doch keineswegs übertriebenen Preis. ›Gibbernes Nervenbeschleuniger‹ soll er heißen, und Gibberne hofft, ihn in drei Stärken liefern zu können: in zweihundert-, neunhundert- und zweitausendfacher Beschleunigung. Die verschiedenen Stärken sollen durch gelbe, rosa und weiße Etiketts gekennzeichnet werden.

Ohne Zweifel ermöglicht der Gebrauch eine große Anzahl der ausgefallensten Dinge. Am bemerkenswertesten ist die Möglichkeit, ungestraft Verbrechen zu begehen, indem man die durch den Beschleuniger bewirkte scheinbare Zeitlücke als Alibi benutzt. Wie alle anderen starken Präparate ist auch dieses der Möglichkeit des Mißbrauchs unterworfen. Wir haben diese Frage gründlich erörtert und sind zu dem Schluß gekommen, daß sie Sache der Gesetzgebung ist und nicht in unser Fach schlägt.

Wir werden den Beschleuniger herstellen und verkaufen, und was er für Folgen hat, werden wir sehen.

EINE LITERARISCHE
KONTROVERSE

Edward Morgan Forster
(1897—1970)

Byron und Shelley hatten ihre Freude an den Prognosen der wissenschaftlichen Aufklärung, auch wenn der in Mary Shelleys FRANKENSTEIN geschilderte Wissenschaftler zu weit geht. Goethe war ein ebenso hervorragender Wissenschaftler wie literarischer Genius, Poe begrüßte den Vormarsch der Technik, Tennyson sagte der Menschheit eine glorreiche Zukunft voraus. Doch trotz alledem gab es in der Zeit zwischen der Industriellen Revolution und dem Ersten Weltkrieg eine nicht unwesentliche Anzahl von Literaten, die dem verbreiteten Fortschrittsglauben höchst mißtrauisch gegenüberstanden, die Wissenschaft und Technik verdammten und die Rückkehr zu überalterten Tugenden und ewigen Werten predigten.

Blake klagte über die ›bedrohlichen Teufelsmühlen‹, die die ländlichen Gegenden Englands verunstalteten, Carlyle bekannte sich dazu, daß »wir in der Handhabung von Äußerlichkeiten alle früheren Zeiten übertreffen«, aber »im Umgang mit dem Wesen der sittlichen Reinheit sowie der tiefen Würde von Seele und Charakter den meist zivilisierten Zeitaltern wahrscheinlich unterlegen sind«. Hawthornes Wissenschaftler zerstörten alles, was ihnen ans Herz gewachsen war. Nach Emersons Meinung »beherrschten die Dinge den Menschen und nicht umgekehrt.«

»Die intellektuellen Literaten«, sagte C. P. Snow 1959, »sind naturgemäß Ludditen, die nie versucht haben, geschweige denn in der Lage waren, die Industrielle Revolution zu begreifen oder zumindest hinzunehmen ... Fast überall konnten auch gebildete Menschen sich keinen Begriff machen von dem, was vorging. Bei den Schriftstellern war dies ohne Zweifel genauso. Viele von ihnen schauderten bei dem Gedanken daran, einige ver-*

---

* Anhänger des englischen Arbeiters Ned Lud, der 1811—1816 das Los der Arbeiter durch die Zerstörung der Maschinen in den Fabriken bessern wollte. — *Anm. d. Übers.*

suchten sich auch in diversen Phantasiegebilden, die aber letztlich nichts anderes waren als ein gepeinigter Aufschrei.«

Der Kritiker F. R. Leavis aus Cambridge reagierte darauf mit der Feststellung, daß das menschliche Talent neben allem, mit dem sich Literatur befaßt, vom moralischen Bewußtsein herrührt, und behauptete weiterhin, daß große Literatur äußerst wichtige Fragen aufwirft über das kulturelle Umfeld, es aber »auf solche Fragen selbstverständlich keine Antworten — in der ursprünglichen Bedeutung des Wortes — geben kann«. Überdies seien diese Fragen dazu geeignet, gesellschaftliche Strömungen ins Schwanken zu bringen, aufzuhalten, das Vertrauen in die Zukunft zu zerstören und technischen Entwicklungen wie auch sozialer Planwirtschaft zu mißtrauen.

Die Snow-Leavis-Debatte war nahezu identisch mit einer ähnlich gelagerten Meinungsverschiedenheit zwischen T. H. Huxley und Matthew Arnold in den achtziger Jahren des vorigen Jahrhunderts sowie in den zwanziger Jahren zwischen Wells und James. Die Erwiderung der literarischen Welt auf Wells' Fortschrittsglauben, im besonderen auf die Zukunftsvision in seinen späteren Romanen, war die Anti-Utopie. Seit einiger Zeit wird sie als ›Dystopie‹ bezeichnet, was nach dem Griechischen soviel wie ›krank‹ oder ›schlecht‹ bedeutet. In diesen Dystopien verschlechtern sich die Lebensbedingungen, anstatt sich zu verbessern, und anstelle von Vollkommenheit sieht die Welt nur der Zerstörung entgegen.

Die Anti-Utopie war allerdings nicht einfach die in Worte gefaßte Reaktion auf die Vision der wohlmeinenden Zukunft eines H. G. Wells, die voller Maschinen ist und von Wissenschaftlern und Technikern bestimmt wird, wenngleich Wells und seine Bemühungen, eine ›offene Verschwörung‹ zur Erschaffung einer besseren Welt zu bilden, die offensichtlichen Angriffspunkte für die Opponierenden waren. George Orwell, dessen NINETEEN

EIGHTY-FOUR (1949, dt. *»1984«) von Snow als »der innigste Wunsch nach dem Nichteintreten der Zukunft« bezeichnet wurde, schrieb über Wells:*

> *In gewissem Sinne sind die zu Beginn dieses Jahrhunderts geborenen, vernünftig denkenden Menschen Wells' eigene Schöpfung. Es sei dahingestellt, wieviel Einfluß ein gewöhnlicher Schriftsteller hat, und vor allem der ›populäre‹, dessen Gedankenarbeit schneller Einfluß nehmen kann, doch ich bezweifle, ob — zumindest in der englischsprachigen Literatur — ein anderer, der zwischen 1900 und 1920 Bücher geschrieben hat, dermaßen starken Einfluß auf junge Leser ausgeübt hat.*

Allerdings trübten auch zwei Weltkriege und die Weltwirtschaftskrise die literarische Atmosphäre, die unter anderem dann folgende Werke entstehen ließ: Aldous Huxleys BRAVE NEW WORLD (1932, dt. *»Welt — wohin?«, spätere Titel: »Wackere neue Welt« bzw. »Schöne neue Welt«), Samjatins MY (1924,* dt. *»Wir«), die PERELANDRA-Trilogie von C. S. Lewis mit den Bänden OUT OF The SILENT PLANET (1938,* dt. *»Jenseits des Schweigenden Sterns«), PERELANDRA (1943,* dt. *»Perelandra«) und THE HIDEOUS STRENGTH (1945,* dt. *»Die böse Macht«), Gore Vidals MESSIAH (1953,* dt. *»Messias«), Evelyn Waughs LOVE AMONG THE RUINS (1953,* dt. *»Und neues Leben blüht aus den Ruinen«) oder A CLOCKWORK ORANGE (1962,* dt. *»Uhrwerk Orange«) von Anthony Burgess.*

Antiutopische Weitsicht zeigte sich auch in den SF-Magazinen und in den Werken von Autoren wie Stanley A. Coblentz, David H. Keller oder S. Fowler Wright, aber auch bei ansonsten äußerst optimistisch eingestellten Schriftstellern wie Jack Williamson. Frederik Pohl und Cyril M. Kornbluth sicherten der Anti-Utopie einen fe-

sten Platz in der Hauptströmung der SF-Literatur mit THE SPACE MERCHANTS (1953, dt. *»Eine Handvoll Venus und ehrbare Kaufleute«), als Fortsetzungsroman unter dem Titel GRAVY PLANET 1952 in ›Galaxy‹ erschienen.*

Die früheste und bekannteste aller gegen Wells gerichteten Dystopien aber war E. M. Forsters »The Machine Stops« (1909, dt. *»Die Maschine versagt«, späterer Titel: »Die Maschine stoppt«). Oft wird als Erscheinungsjahr 1928 angegeben, da die Story in THE ETERNAL MOMENT enthalten ist. Forster schrieb neben Romanen auch Essays und Rezensionen; die in seinen Arbeiten vertretene Meinung wurde mehrere Jahrzehnte lang durchaus geschätzt. Seine bekanntesten Romane, insbesondere A PASSAGE TO INDIA (1924,* dt. *»Die Reise nach Indien«), handelten von den Verständigungsschwierigkeiten zwischen den Kulturen, er schrieb aber auch Fantasy, wie die oft in Anthologien erschienene Story »The Celestial Omnibus« (1923).*

In der vorliegenden Geschichte versetzt Forster mit satirischen Mitteln die von Wells erdachte Stadt der Zukunft in eine Situation, in der die Bewohner derart abhängig sind von Maschinen, daß ein Leben ohne diese nahezu unmöglich zu sein scheint.

EDWARD MORGAN FORSTER

Die Maschine bleibt stehen

1. Teil

Das Luftschiff

Stellen Sie sich — wenn Sie können — ein kleines Zimmer vor, sechseckig wie die Zelle einer Biene. Sein Licht empfängt es weder von einem Fenster noch von einer Lampe, und dennoch ist es von einem sanften Leuchten erfüllt. Es gibt keinerlei Öffnungen für Ventilatoren, doch die Luft ist frisch. Auch Musikinstrumente gibt es hier nicht, nichtsdestoweniger aber pulsiert dieses Zimmer in dem Augenblick, da meine Erzählung beginnt, von melodischen Klängen. In der Mitte steht ein großer Lehnsessel, daneben ein Lesepult: das ist die gesamte Einrichtung. Und in dem Lehnsessel hockt ein in Kleidungsstücke verpackter Haufen Fleisch: eine Frau, ungefähr einen Meter fünfzig groß, mit einem madenweißen Gesicht. Sie ist es, der dieses kleine Zimmer gehört.

Eine elektrische Glocke ertönte.

Die Frau berührte einen Schalter, und die Musik erstarb.

Ich muß wohl nachsehen, wer es ist, dachte sie seufzend und setzte ihren Sessel in Bewegung. Der Sessel wurde, genau wie die Musik, von einer Maschinerie gesteuert. Er brachte sie auf Rollen ans andere Ende des Zimmers, wo die Glocke immer noch aufdringlich schrillte.

»Wer ist das?« fragte sie. Ihre Stimme klang ärgerlich, denn sie war seit dem Beginn der Musik schon mehrmals gestört worden. Sie kannte mehrere tausend Personen; in mancher Hinsicht hatte die Kommunikation der

Menschen untereinander ungeheure Fortschritte gemacht.

Doch als sie in den Empfänger lauschte, verzog sich ihr weißes Gesicht zu faltigem Lächeln, und sie sagte:

»Na schön, unterhalten wir uns. Ich werde mich isolieren, denn ich glaube kaum, daß in den nächsten fünf Minuten etwas Wichtiges passiert. Also kann ich dir volle fünf Minuten widmen, Kuno. Dann muß ich meinen Vortrag über ›Musik während der australischen Periode‹ halten.«

Sie berührte den Isolationsknopf, so konnte sie von niemandem gestört werden. Anschließend berührte sie den Beleuchtungsknopf, und das kleine Zimmer versank in Dunkelheit.

»Mach schnell!« Ihre Gereiztheit kehrte zurück. »Mach schnell, Kuno! Ich sitze hier im Dunkeln und verschwende meine Zeit.«

Trotzdem dauerte es volle fünfzehn Sekunden, bis die runde Scheibe, die sie in den Händen hielt, aufleuchtete. Ein mattblaues Licht huschte darüber hin, verwandelte sich in Purpurrot, und gleich darauf sah sie das Bild ihres Sohnes, der auf der anderen Seite der Erde lebte, und er sah sie.

»Kuno, du bist so langsam!«

Er lächelte, aber nicht fröhlich.

»Ich glaube wirklich, daß dir das Trödeln Spaß macht.«

»Ich habe dich schon öfter angerufen, Mutter, aber du warst immer beschäftigt oder gerade isoliert. Ich habe dir etwas Bestimmtes zu sagen.«

»Was denn, mein Junge? Mach schnell! Warum hast du mir die Nachricht nicht per Rohrpost geschickt?«

»Weil ich es dir lieber selbst sagen wollte. Ich möchte ...«

»Ja?«

»Ich möchte, daß du mich besuchen kommst.«

Vashti betrachtete sein Gesicht auf der blauen Scheibe.

»Aber ich sehe dich doch!« rief sie aus. »Warum soll ich dich persönlich aufsuchen?«

»Weil ich dich nicht durch die Maschine sehen will«, antwortete Kuno. »Weil ich mit dir nicht durch diese langweilige Maschine sprechen will.«

»Sei still, Kuno!« mahnte die Mutter ein wenig erschrocken. »Du darfst nicht auf die Maschine schimpfen!«

»Und warum nicht?«

»Das tut man nicht.«

»Du redest, als hätte ein Gott die Maschine gemacht!« rief Kuno. »Ich glaube, wenn du unglücklich bist, betest du sogar zu ihr. Die Maschine ist von Menschen gemacht worden, vergiß das nicht. Von großen Menschen, aber von Menschen. Die Maschine ist viel, aber sie ist nicht alles. Ich sehe in meiner Scheibe zwar etwas, das aussieht wie du, aber ich sehe nicht dich persönlich. Ich höre durch dieses Telefon zwar etwas, das spricht wie du, aber ich höre dich nicht persönlich. Deswegen möchte ich, daß du kommst. Komm her und bleib ein Weilchen. Komm mich besuchen, damit wir uns von Angesicht zu Angesicht gegenübersitzen und über die Hoffnungen sprechen können, die sich in mir regen.«

Sie erwiderte, daß sie für einen Besuch kaum Zeit erübrigen könne.

»Das Luftschiff braucht knapp zwei Tage, um dich herzubringen.«

»Ich mag keine Luftschiffe.«

»Warum nicht?«

»Ich verabscheue diese gräßliche, braune Erde, die man sieht, und das Meer, und wenn es dunkel ist, die Sterne. In einem Luftschiff kommen mir keine Ideen.«

»Mir kommen sie nur dort.«

»Und was für Ideen kann dir die Luft geben?«

Er zögerte für einen Augenblick.

»Kennst du die vier großen Sterne, die ein Rechteck bilden, während in der Mitte dieses Rechtecks drei Sterne dicht beieinanderstehen und von diesen Sternen wiederum drei andere herabhängen?«

»Nein, kenne ich nicht. Ich verabscheue Sterne. Aber haben sie dir wirklich eine Idee eingegeben? Wie interessant! Erzähl mir davon!«

»Ich hatte die Idee, daß sie wie ein Mann aussehen.«

»Das verstehe ich nicht.«

»Die vier großen Sterne sind die Schultern und die Knie des Mannes. Die drei Sterne in der Mitte gleichen den Gürteln, welche die Männer einstmals trugen, und die drei hängenden Sterne einem Schwert.«

»Einem Schwert?«

»In früheren Zeiten trugen die Männer ein Schwert, um damit Tiere und andere Männer zu töten.«

»Ich halte das zwar nicht für eine besonders gute Idee, aber sie ist wenigstens originell. Wann bist du darauf gekommen?«

»In einem Luftschiff ...« Er brach ab, und sie bildete sich ein, daß er traurig dreinschaute. Ganz sicher war sie jedoch nicht, denn die Maschine vermittelte niemals Nuancen. Sie vermittelte lediglich einen generellen Eindruck des anderen, einen Eindruck, der im Grunde ja auch genügte, fand Vashti. Jener unbestimmbare Hauch, von einer verrufenen Philosophie als eigentliches Wesen der Kommunikation bezeichnet, wurde von der Maschine mit Recht ignoriert, genau wie der unwägbare Schmelz einer Weintraube von den Herstellern künstlicher Früchte ignoriert wurde. Seit langem schon war unsere Rasse daran gewöhnt, alles, was eben ›genügte‹, zu akzeptieren.

»Ehrlich gesagt«, fuhr Kuno fort, »möchte ich diese Sterne wieder sehen. Es sind merkwürdige Sterne. Aber ich möchte sie nicht von einem Luftschiff aus sehen, sondern, wie unsere Vorfahren vor Tausenden von Jahren, von der Erdoberfläche aus. Ich möchte an die Erdoberfläche hinauf.«

Ein neuer Schock für seine Mutter.

»Du mußt kommen, Mutter — und wenn es nur wäre, um mir zu erklären, was ein kurzer Besuch auf der Erdoberfläche denn schaden kann.«

»Schaden nicht«, erwiderte sie, sich mühsam zusammennehmend. »Aber es bringt auch keinen Nutzen. Die Erdoberfläche besteht nur aus Staub und Schlamm; da oben kann sich nichts Lebendiges halten, und außerdem würdest du einen Respirator brauchen, weil du sonst in der eiskalten Außenluft sterben müßtest. Man stirbt sofort in der Außenluft.«

»Ich weiß, und werde natürlich alle erforderlichen Vorsichtsmaßnahmen treffen.«

»Und übrigens ...«

»Ja?«

Sie überlegte und wählte die Worte mit Bedacht. Ihr Sohn hatte einen nicht alltäglichen Charakter, und sie wollte ihn unbedingt von diesem Vorhaben abbringen.

»Übrigens verstößt es gegen den Geist dieses Zeitalters«, erklärte sie.

»Du meinst, gegen die Maschine?«

»In gewissem Sinn — ja, aber ...«

Sein Bild auf der blauen Scheibe erlosch.

»Kuno!«

Aber er hatte sich isoliert.

Einen Augenblick lang fühlte sich Vashti sehr einsam.

Dann machte sie Licht, und der Anblick ihres Zimmers, von Leuchten überstrahlt, ringsum mit elektrischen Schaltknöpfen besetzt, flößte ihr neuen Lebensmut ein. Überall waren diese Knöpfe und Schalter, Schalter für Musik, für Essen, für Kleidung. Es gab einen Schalter für ein heißes Bad, der ein (imitiertes) Marmorbecken aus dem Fußboden heraufsteigen ließ, das bis zum Rand mit einer warmen, deodorierten Flüssigkeit gefüllt war. Es gab einen Schalter für kalte Bäder. Es gab einen Schalter, der Literatur produzierte. Und dann gab es natürlich die Schalter, mit Hilfe derer sie mit ihren Freunden Verbindung aufnehmen konnte. Das Zimmer bot ihr, obwohl ganz leer, auf Knopfdruck alles, was ihr auf dieser Welt Freude machte.

Als nächstes legte Vashti den Isolierungsschalter um, und alles was sich in den vergangenen drei Minuten angesammelt hatte, brach über sie herein.

Das Zimmer dröhnte von Glockenschrillen und Stimmen, die durch die Sprechanlage kamen. Wie sie das neue Essen fände? Ob sie es empfehlen könne? Ob sie in letzter Zeit neue Ideen gehabt habe? Ob man ihr seine eigenen Ideen vortragen könne? Ob sie einen baldigen Termin für einen Besuch der Öffentlichen Kinderkrippen nennen könne — vielleicht in einem Monat?

Auf die meisten Fragen antwortete sie verärgert, wie Gereiztheit überhaupt eine mit zunehmendem Alter sich steigernde Eigenschaft war. Sie sagte, sie fände das neue Essen scheußlich. Sie könne den Öffentlichen Kinderkrippen keinen Besuch abstatten, da sich ihre Termine drängten. Sie habe keine eigenen Ideen gehabt, aber man habe ihr soeben eine unterbreitet: daß vier Sterne und drei in der Mitte aussähen wie ein Mann; allerdings bezweifle sie, daß diese Idee viel Gehalt habe. Dann schaltete sie ihre Gesprächspartner aus, denn es war Zeit für ihren Vortrag über australische Musik.

Das plumpe System öffentlicher Versammlungen hatte man seit langem abgeschafft: Weder Vashti noch ihre Zuhörer verließen ihre Zimmer. Bequem in ihrem Lehnsessel sitzend, dozierte sie, während die anderen sie, ebenfalls in ihren Lehnsesseln sitzend, verhältnismäßig gut hörten und verhältnismäßig gut sahen. Sie begann ihren Vortrag mit einer humorvollen Beschreibung der Musik während der prämongolischen Epoche und referierte sodann über die hohe Zeit des Gesangs, die auf die chinesische Eroberung gefolgt war. So fremd und urzeitlich die Methoden I-San-Sos und der Brisbane-Schule auch seien, sie habe dennoch das Gefühl (sagte sie), daß ein Studium derselben dem Musizierenden der heutigen

Zeit von Nutzen sein könnte: Sie zeigten eine natürliche Frische und vermittelten vor allem Ideen.

Ihr Vortrag, der zehn Minuten dauerte, wurde wohlwollend aufgenommen, und als sie geendet hatte, lauschten sie und viele ihrer Zuhörer einem Vortrag über das Meer. Das Meer vermittelte gute Ideen. Der Redner hatte sich kürzlich einen Respirator genommen und es besucht. Dann aß sie, unterhielt sich mit zahlreichen Freunden, nahm ein Bad, unterhielt sich abermals und rief dann ihr Bett herbei.

Das Bett sagte ihr nicht sehr zu. Es war ihr zu groß, denn sie bevorzugte kleine Betten. Eine Beschwerde führte zu nichts, denn alle Betten auf der Welt hatten die gleiche Größe und eine zweite Wahl einzuführen, hätte beträchtliche Änderungen an der Maschine verursacht. Vashti isolierte sich — das war notwendig, denn unter der Erde gab es weder Tag noch Nacht — und ließ alles, was seit dem letzten Herbeiruf ihres Bettes geschehen war, Revue passieren. Ideen? Kaum. Ereignisse? War Kunos Einladung ein Ereignis?

Neben ihr, auf dem kleinen Lesepult, lag ein Relikt aus dem Zeitalter der überflüssigen Gegenstände — ein Buch. Es war das Buch der Maschine und enthielt Instruktionen für jede erdenkliche Situation. War ihr heiß, war ihr kalt, hatte sie Sodbrennen oder konnte sie ein Wort nicht finden — sie nahm das Buch zur Hand, und es erklärte ihr, welchen Knopf sie drücken mußte. Herausgegeben war das Buch vom Zentralkomitee. Einer sich immer weiter ausbreitenden Mode entsprechend, war es sehr kostbar gebunden.

Aufrecht im Bett sitzend, nahm sie es ehrfürchtig in beide Hände. Sie blickte sich in ihrem erleuchteten Zimmer um, als fürchte sie, beobachtet zu werden, murmelte halb verschämt, halb freudig: »O Maschine! O Maschine!« und führte das Buch an ihre Lippen. Dreimal küßte sie es, dreimal verneigte sie sich, dreimal erlebte sie das erhebende Gefühl der Hingabe. Nach vollzogenem Ritual schlug sie Seite 1367 auf, wo die Startzeiten der Luftschiffe von jener Insel der Südlichen Hemisphäre, unter der sie lebte, nach jener Insel der Nördlichen Hemisphäre, unter der ihr Sohn lebte, verzeichnet standen.

Ich habe keine Zeit, dachte sie.

Sie machte das Zimmer dunkel und schlief ein; sie erwachte und machte das Zimmer hell; sie aß, tauschte mit ihren Freunden Ideen aus, hörte Musik und lauschte Vorträgen; sie machte das Zimmer dunkel und schlief. Über ihr, unter ihr, um sie herum summte ewig die Maschine; sie bemerkte das Geräusch nicht, denn dieses Summen war in ihren Ohren seit ihrer Geburt. Die Erde, die sie trug, summte, während sie durch die Stille jagte, sich jetzt der unsichtbaren Sonne, dann wieder den unsichtbaren Sternen zukehrend. Vashti erwachte und machte das Zimmer hell.

»Kuno!«

»Ich spreche nur mit dir, wenn du kommst«, antwortete er.

»Warst du seit unserem letzten Gespräch auf der Erdoberfläche?«

Sein Bild erlosch.

Abermals konsultierte sie das Buch. Sie wurde überaus nervös und lehnte sich zitternd in ihrem Sessel zurück. Man muß sie sich zahnlos und ohne Haare vorstellen. Plötzlich lenkte sie ihren Sessel zur Wand und drückte auf einen ungewohnten Knopf. Langsam teilte sich die Wand. Durch die Öffnung sah sie einen Tunnel, der einen leichten Bogen machte, so daß man nicht erkennen konnte, wohin er führte. Sollte sie ihren Sohn besuchen — so lag hier der Anfang ihrer Reise.

Über das Verbindungssystem wußte sie natürlich Bescheid. Es war überhaupt nichts Geheimnisvolles daran. Man rief einen Wagen herbei, der einen durch den Tunnel bis an den Lift zur Luftschiffstation brachte: Es war schon sehr, sehr lange in Gebrauch, dieses

System — schon viele Jahre vor der Installierung der Maschine. Und außerdem hatte sie natürlich die Zivilisation studiert, die ihrer eigenen unmittelbar vorangegangen war, die Zivilisation, welche die Funktion des Systems mißverstanden und es dazu benutzt hatte, die Menschen zu den Dingen statt die Dinge zu den Menschen zu bringen. Jene komische alte Zeit, als man für eine Luftveränderung verreisen mußte, statt einfach die Luft in den Zimmern zu verändern. Trotzdem: Sie hatte einfach Angst vor dem Tunnel. Sie hatte ihn seit der Geburt ihres jüngsten Kindes nicht mehr gesehen. Er zog sich in einem Bogen dahin — aber in einem nicht so scharfen Bogen, wie sie gedacht hatte; er war hell erleuchtet — aber nicht ganz so hell, wie ein Vortragsredner behauptet hatte. Vashti wurde vor Furcht vor dem direkten Erleben geschüttelt. Sie wich in ihr Zimmer zurück, und die Wand schloß sich wieder.

»Kuno«, sagte sie, »ich kann dich nicht besuchen kommen. Ich fühle mich nicht wohl.«

Sofort senkte sich aus der Decke ein riesengroßer Apparat auf sie herab, ein Thermometer wurde ihr automatisch zwischen die Lippen geschoben, ein Stethoskop automatisch auf ihr Herz gedrückt. Sie lag wehrlos. Kühle Kompressen legten sich lindernd auf ihre Stirn. Kuno hatte ihrem Arzt telegrafiert.

So brachten die menschlichen Gefühle immer noch die Maschine durcheinander. Vashti schluckte die Medizin, die ihr der Arzt in den Mund spritzte, und der Apparat verschwand wieder in der Decke. Kunos Stimme erkundigte sich, ob es ihr besser gehe.

»Ja.« Dann jedoch, ärgerlich: »Kannst du nicht statt dessen zu mir kommen?«

»Nein. Ich kann nicht weg von hier.«

»Warum nicht?«

»Weil jeden Moment etwas Ungeheuerliches geschehen kann.«

»Warst du schon auf der Erdoberfläche?«

»Nein. Noch nicht.«

»Ja, aber was ist denn?«

»Durch die Maschine sage ich dir nichts.«

Aber sie erinnerte sich an Kuno, als er ein Baby gewesen war, an seine Geburt, seine Unterbringung in den Öffentlichen Kinderkrippen, an ihren einzigen Besuch bei ihm dort, an seine Besuche bei ihr, die aufhörten, als ihm die Maschine ein Zimmer auf der anderen Seite der Erde zuwies. ›Eltern, Pflichten der‹, hieß es im Buch der Maschine, ›enden mit dem Augenblick der Geburt. S. 422327483.‹ Gewiß, aber an ihrem Kuno war etwas Besonderes — eigentlich war an all ihren Kindern etwas Besonders —, und wenn er es wünschte, mußte sie die Reise eben wagen. Und: ›Etwas Ungeheuerliches kann geschehen.‹ Was hatte das zu bedeuten? Zweifellos die Spinnereien eines jungen Mannes, aber trotzdem, sie mußte hinfahren. Abermals drückte sie auf den ungewohnten Knopf, abermals öffnete sich die Wand, und abermals sah sie den Tunnel und seine Biegung. Das Buch der Maschine fest in der Hand, erhob sie sich, wankte unsicher auf den Bahnsteig hinaus und rief einen Wagen herbei. Das Zimmer schloß sich hinter ihr: Die Reise in die Nördliche Hemisphäre hatte begonnen.

Natürlich war es unglaublich einfach. Der Wagen kam, sie stieg ein und fand breite Lehnsessel darinnen, die genauso waren wie ihr eigener. Auf ein Signal von ihr hielt der Wagen an, und sie wankte in den Lift. In der Kabine war außer ihr noch ein Passagier, seit Monaten der erste Mensch, dem sie von Angesicht zu Angesicht gegenüberstand. In jener Zeit reisten nämlich nur noch wenige Menschen, denn dank des wissenschaftlichen Fortschritts war die Erde überall völlig gleich. Die schnellen Verbindungen, von denen sich die vorhergehende Zivilisation soviel erhofft hatte, waren schließlich ihr Untergang geworden. Was hatte es für einen Sinn, nach Peking zu reisen, wenn es in Peking genauso war wie in Shrewsbury? Weshalb nach Shrewsbury zurückkehren, wenn es dort ebenso war wie in Peking? Die Menschen rührten sich nur noch selten vom Fleck; die Unruhe sammelte sich ausschließlich in der Seele.

Der Luftschiffsverkehr war ein Relikt aus einem früheren Zeitalter. Er wurde nur aufrechterhalten, weil es bequemer war, ihn aufrechtzuerhalten, als ihn ganz einzustellen oder auch nur einzuschränken, sein Ausmaß überstieg jedoch den Bedarf der Bevölkerung inzwischen bei weitem. Schiff um Schiff stieg aus den Vomitorien von Rye oder Christchurch empor (ich gebrauche hier die alten Namen), flog in den verkehrsreichen Himmel hinauf und landete auf einer der Werften des Südens — leer. So gut organisiert war das System, so unabhängig von der Meteorologie, daß der Himmel, blau oder bewölkt, einem ungeheuren Kaleidoskop ähnelte, auf dem in periodischen Abständen immer wieder dieselben Muster erschienen. Das Schiff, mit dem Vashti fliegen wollte, startete einmal bei Sonnenuntergang, dann wieder bei Sonnenaufgang. Unfehlbar aber begegnete es über Reims dem Schiff, das zwischen Helsingfors und Brasilien verkehrte, und bei jeder dritten Alpenüberquerung kreuzte hinter ihm die Flotte von Palermo seine Route. Tag und Nacht, Wind und Sturm, Überschwemmungen und Erdbeben konnten dem Menschen nichts mehr anhaben. Er hatte Leviathan Zügel angelegt. Die alte Literatur mit ihrem Lobgesang auf die Natur und ihrer Angst vor ihr klang so naiv wie das Geplapper eines Kindes.

Als Vashti jedoch den riesigen, von der Berührung mit der Außenluft fleckigen Schiffskörper sah, kehrte ihre Angst vor dem direkten Erleben zurück. Es war anders als das Luftschiff im Kinematophot, denn erstens roch es — nicht stark oder unangenehm, aber es roch, und wenn sie die Augen schloß, spürte sie daher trotzdem, daß etwas Neues in ihrer Nähe war. Zweitens mußte sie vom Lift aus hinübergehen, mußte sich den Blicken der anderen Passagiere aussetzen. Der Mann vor ihr ließ sein Buch fallen — kein großes Unglück, aber es versetzte sie alle in Unruhe. Wenn in den Zimmern ein Buch hinunterfiel, hob es einem der Boden mechanisch entgegen, die Gangway eines Luftschiffes jedoch war nicht darauf eingerichtet, also lag das geheiligte Buch da und rührte sich nicht. Sie blieb stehen — der Zwischenfall kam unerwartet —, und der Mann betastete, statt sich zu bücken und sein Eigentum aufzuheben, seine Armmuskeln um festzustellen, warum sie ihn im Stich gelassen hatten. Dann sagte doch tatsächlich irgend jemand direkt zu ihnen: »Wir werden uns verspäten!« — und alle marschierten sie an Bord, wobei Vashti auf die Buchseiten trat.

Drinnen steigerten sich ihre Beklemmungen. Der Service war altmodisch und rauh. Es gab sogar eine weibliche Bedienung, der sie während des Fluges ihre Wünsche mitteilen mußten. Natürlich lief ein Rollsteig am Schiff entlang, aber von dort aus mutete man ihnen zu, in ihre Kabinen zu *gehen.* Einige Kabinen waren besser als die anderen, und Vashti bekam nicht die beste von ihnen zugewiesen. Sie fand, daß die Bedienung ungerecht war und wurde von Wutanfällen geschüttelt. Die luftdichten Glastüren schlossen sich; nun gab es kein Zurück mehr. Draußen sah sie den Lift, mit dem sie heraufgefahren waren, lautlos auf und nieder steigen — leer. Unterhalb jener Korridore aus blanken Kacheln lagen Zimmer, Reihe um Reihe, bis tief in die Erde hinein, und in jedem Zimmer saß ein menschliches Wesen, aß, schlief oder produzierte Ideen. Und tief in diesem Ameisenhaufen verborgen lag ihr eigener Raum. Vashti fürchtete sich.

»O Maschine! O Maschine!« murmelte sie, während sie ihr Buch streichelte. Und fühlte sich getröstet.

Dann schienen die Wände des Vorraums, wie die Wände der Gänge in einem Traum, miteinander zu verschmelzen; der Lift verschwand, das Buch, das der Mann fallengelassen hatte, glitt nach links und verschwand ebenfalls, blanke Kacheln schossen wie strömendes Wasser vorbei, eine kleine Erschütterung, und das Luftschiff, aus dem Tunnel auftauchend, erhob sich über die Wasser eines tropischen Ozeans.

Es war Nacht. Einen Augenblick sah sie die von phosphoreszierenden Wellen gesäumte Küste Sumatras, deren Leuchttürme immer noch, unbeachtet, ihre Strahlen ausschickten. Sie verschwanden ebenfalls, und nun lenkten nur noch die Sterne sie ab. Aber die standen nicht still, sondern tanzten über ihrem Kopf hin und her, schienen zuerst durch das eine, dann das andere Fenster herein, als bewege sich nicht das Luftschiff, sondern das Universum. Und, wie es in klaren Nächten oft geschieht, sie schienen in einem Augenblick dreidimensional zu funkeln, im nächsten zweidimensional. In einem Moment stuften sie sich, Reihe um Reihe, in die Endlosigkeit der Himmel hinein, im nächsten schon setzten sie der Unendlichkeit eine Grenze, bildeten ein Dach, das die Visionen der Menschheit auf ewig einengte. Doch in jedem dieser Zustände schienen sie unerträglich. »Sollen wir denn im Dunkeln sitzen?« beschwerten sich die Passagiere empört, und die Bedienung, die ihre Pflichten vernachlässigt hatte, machte Licht und zog die Jalousien aus biegsamem Metall herunter. Als diese Luftschiffe gebaut worden waren, hatte noch hier und da auf der Welt der Wunsch bestanden, die Dinge direkt zu betrachten. Daher die übergroße Anzahl von Oberlichten und Fenstern und die entsprechende Unannehmlichkeit für diejenigen, die zivilisiert und darum empfindlich waren. Sogar in Vashtis Kabine zwinkerte ein Stern durch eine Ritze in der Jalousie, und nach ein paar Stunden unruhigen Schlafens wurde sie von einem ungewohnten Schimmer geweckt, dem ersten Schein der Morgenröte.

So schnell das Schiff auch nach Westen schoß, die Erde hatte sich noch schneller ostwärts gedreht und Vashti samt ihren Mitpassagieren in die Sonne zurückgeholt. Die Technik konnte die Nacht zwar verlängern, aber nur um ein weniges, und jene hochgeschraubten Hoffnungen, die täglichen Umdrehungen der Erde neutralisieren zu können, waren zusammen mit noch kühneren Hoffnungen geschwunden. Das Ziel der vorhergehenden Zivilisation war es gewesen, ›mit der Sonne Schritt zu halten‹, oder sie sogar zu überholen. Zu diesem Zweck waren unendlich schnelle Flugzeuge gebaut worden, die eine unvorstellbare Geschwindigkeit erreichten und von den fähigsten Köpfen der Epoche gesteuert wurden. Doch der Erdball drehte sich immer noch schneller nach Osten, es kam zu gräßlichen Unfällen, und das Komitee der Maschine, damals immer mehr in den Vordergrund rückend, erklärte diese Bestrebungen für illegal, nicht maschinengerecht und mit Heimatlosigkeit zu bestrafen.

Über die Heimatlosigkeit werden wir später noch sprechen. Zweifellos hatte das Komitee recht. Immerhin, das Bestreben, ›die Sonne zu besiegen‹, war der Gegenstand des letzten Interesses gewesen, das unsere Rasse im Hinblick auf Himmelskörper vereinigte, das heißt, eigentlich im Hinblick auf jedweden Gegenstand. Zum letztenmal hatte sich die Menschheit zusammengeschlossen, indem sie an eine Macht außerhalb ihrer Welt dachte. Die Sonne hatte gesiegt, aber das war auch das Ende ihrer spirituellen Herrschaft gewesen. Morgengrauen, Mittag, Abenddämmerung, die Tierkreiszeichen — nichts berührte mehr den Lebensweg des Menschen oder sein Herz, und die Naturwissenschaft zog sich unter die Erde zurück, um sich auf solche Probleme zu konzentrieren, die sie mit Sicherheit lösen konnte.

Als daher Vashti feststellen mußte, daß sich ein rosiger Lichtfinger in ihre Kabine stahl, versuchte sie ärgerlich die Jalousie zurechtzuziehen. Dabei jedoch schoß diese ganz empor, und Vashti sah durch das Oberlicht kleine, rosa Wolken vor einem tiefblauen Hintergrund, und als die Sonne dann langsam höher stieg, drangen ihre Strahlen direkt herein, ergoß sich ihr Licht golden über die Wand. Es stieg und fiel mit den Bewegungen des Luftschiffes genauso, wie Wogen steigen und fallen, und schob sich währenddessen unaufhaltsam vor wie die Flut. Wenn Vashti sich nicht vorsah, würde das Licht ihr Gesicht berühren. Sie wurde von Entsetzen geschüttelt und klingelte nach der Bedienung. Auch die Bedienung war entsetzt, konnte jedoch keine Abhilfe schaffen; es war nicht ihre Aufgabe, die Jalousie zu reparieren. Deswegen schlug sie Vashti vor, die Kabine zu wechseln, und Vashti nahm den Vorschlag an.

Die Menschen waren sich überall auf der Welt annähernd gleich, die Luftschiffbedienung jedoch hob sich, vielleicht aufgrund ihres ungewöhnlichen Berufes, aus dieser Masse ein wenig heraus. Es war oft nötig, daß sie die Passagiere direkt ansprach, und diese Gewohnheit hatte ihrem Verhalten eine gewisse Grobheit und Primitivität verliehen. Als Vashti mit einem Aufschrei vor den Sonnenstrahlen zurückzuckte, benahm sie sich ausgesprochen barbarisch: Sie streckte die Hand aus, um Vashti zu stützen!

»Wie können Sie sich unterstehen!« rief Vashti empört. »Sie vergessen sich ja!«

Verwirrt stammelte die Frau eine Entschuldigung dafür, daß sie sie nicht hatte hinfallen lassen. Es gehörte sich nicht, daß man einander berührte. Dieser Brauch war, dank der Maschine, vor langer Zeit aus der Mode gekommen.

»Wo sind wir jetzt?« erkundigte sich Vashti arrogant.

»Wir sind über Asien«, erklärte die Bedienung eifrig.

»Asien?«

»Ja. Entschuldigen Sie bitte meine ungewöhnliche Ausdrucksweise. Ich habe mir angewöhnt, die Orte, über die wir hinwegfliegen, mit ihren nicht maschinengerechten Namen zu bezeichnen.«

»Ach ja, jetzt erinnere ich mich an Asien! Von dort sind doch die Mongolen gekommen!«

»Unter uns lag auf der Erdoberfläche einst eine Stadt namens Simla.«

»Haben Sie schon von den Mongolen und der Brisbane-Schule gehört?«

»Nein.«

»Brisbane lag auch auf der Erdoberfläche.«

»Diese Berge da, zu Ihrer Rechten ... Warten Sie, ich zeige sie Ihnen.« Die Bedienung schob eine Metalljalousie zur Seite. Vor ihren Augen lag die Hauptkette des Himalaja. »In früherer Zeit nannte man sie das Dach der Welt.«

»Was für ein alberner Name!«

»Sie dürfen nicht vergessen, daß diese Berge für die Menschen vor dem Beginn der Zivilisation wie eine unüberwindliche Mauer wirkten, die bis zu den Sternen reichte. Es hieß, daß nur die Götter oberhalb ihrer Gipfel leben könnten. Welch große Fortschritte wir doch dank der Maschine gemacht haben!«

»Welch große Fortschritte wir doch dank der Maschine gemacht haben!« wiederholte Vashti.

»Welch große Fortschritte wir doch dank der Maschine gemacht haben!« wiederholte der Passagier, der am Abend zuvor sein Buch fallen gelassen hatte, und der jetzt im Mittelgang stand.

»Und dieses weiße Zeug in den Vertiefungen — was ist das?«

»Ich habe vergessen, wie es heißt.«

»Verdecken Sie das Fenster, bitte. Diese Berge vermitteln mir keine Ideen.«

Der Nordhang des Himalaja lag tief im Schatten: Die Sonne war gerade über die indische Seite emporgestiegen. Die Wälder waren während der Literaturepoche für die Herstellung von Zeitungspapier verbraucht worden, aber der Schnee erwachte zu seiner morgendlichen Herrlichkeit, und an der Vorderseite der Kangchendzönga hingen noch Wolkenfetzen. In der Ebene waren die Ruinen von Städten zu sehen, an deren Mauern fast ausgetrocknete Flüsse vorbeikrochen, daneben sah man manchmal die Merkmale von Vomitorien, einziges Erkennungszeichen der modernen Städte. Über das gesamte Panorama hin jagten kreuz und quer, mit unglaublicher Kühnheit Luftschiffe, gelassen steigend, wenn sie den Turbulenzen der niederen Atmosphäre entgehen oder das Dach der Welt überqueren wollten.

»Dank der Maschine haben wir wirklich große Fortschritte gemacht«, sagte die Bedienung noch einmal abschließend und ließ den Himalaja hinter der Metalljalousie verschwinden.

Der Tag schleppte sich träge dahin. Die Passagiere saßen jeder in seiner Kabine, mieden sich mit beinahe körperlichem Abscheu und sehnten sich danach, endlich wieder unter die Erdoberfläche zu kommen. Es waren acht oder zehn, zumeist junge Männer, die aus den Öffentlichen Kinderkrippen entlassen und ausgesandt worden waren, um die Zimmer derjenigen zu beziehen, welche in den verschiedensten Teilen der Erde verstorben waren. Der Mann, der sein Buch fallen gelassen hatte, befand sich auf der Heimreise. Er war nach Sumatra geschickt worden, um dort den Fortbestand der menschlichen Rasse sichern zu helfen. Nur Vashti reiste aus eigenem Antrieb.

Um Mittag warf sie noch einmal einen Blick auf die Erde hinab. Das Luftschiff überquerte jetzt eine weitere Bergkette, doch infolge von Wolken konnte sie nur wenig erkennen. Ungeheure Massen aus schwarzem Fels lagen da unten und verschmolzen unmerklich mit dem Grau. Ihre Formen waren phantastisch; eine ähnelte einem flach ausgestreckten Mann.

»Keine Ideen zu finden«, murmelte Vashti und verbarg den Kaukasus hinter einer Metalljalousie.

Am Abend schaute sie abermals hinaus. Sie überflogen ein goldenes Meer mit vielen kleinen Inseln darin und einer Halbinsel.

Abermals sagte sie: »Keine Ideen zu finden«, und versteckte Griechenland hinter einer Metalljalousie.

2. Teil

Das Reparatursystem

Über einen Vorraum, einen Lift, eine Tunnelbahn, einen Bahnsteig und eine Schiebetür — indem sie sämtliche Stationen ihrer Abreise in umgekehrter Reihenfolge wiederholte, erreichte Vashti das Zimmer ihres Sohnes, das eine genaue Replik ihres eigenen war. Sie hatte recht gehabt, als sie behauptete, daß ihr Besuch überflüssig sei. Die Knöpfe, die Schalter, das Lesepult mit dem Buch, die Temperatur, die Luft, die Beleuchtung — alles war genauso wie bei ihr zu Hause. Und wenn nun Kuno, Blut von ihrem Blut, endlich in Person vor ihr stand, welchen Nutzen brachte das? Sie war ja viel zu wohlerzogen, um ihm die Hand zu reichen!

Den Blick von ihm abgewandt, sagte sie folgendes:

»Hier bin ich. Ich habe eine schreckliche Reise hinter mir, die die Entwicklung meiner Seele stark verzögert hat. Es lohnt sich nicht, Kuno; es lohnt sich nicht. Meine Zeit ist einfach zu kostbar. Fast hätte mich das Sonnenlicht berührt, und unsäglich rüde Menschen waren um mich herum. Ich kann nur wenige Minuten bleiben. Also sag, was du mir zu sagen hast, dann reise ich wieder ab.«

»Man hat mir Heimatlosigkeit angedroht«, sagte Kuno.

Jetzt sah sie ihn an.

»Man hat mir Heimatlosigkeit angedroht, und das konnte ich dir doch wirklich nicht durch die Maschine mitteilen.«

Heimatlosigkeit bedeutet Tod. Das Opfer wird der Außenluft ausgesetzt, die es umbringt.

»Ich bin seit unserem letzten Gespräch draußen gewesen. Das Ungeheuerliche ist geschehen, und sie haben mich ertappt.«

»Aber warum solltest du nicht nach draußen gehen?« rief sie erstaunt. »Die Oberfläche der Erde zu betreten, ist absolut legal, absolut maschinengerecht! Ich selbst bin erst neulich bei einem Vortrag über das Meer gewesen; dagegen ist nichts einzuwenden; man fordert einfach einen Respirator an und besorgt sich eine Ausgangsgenehmigung. Geistig fortgeschrittene Menschen tun das zwar nicht, und ich hatte dich ebenfalls gebeten, es nicht zu tun, aber es gibt keine gesetzlichen Einwände dagegen.«

»Ich hatte keine Ausgangsgenehmigung.«

»Aber wie bist du dann hinausgekommen?«

»Ich habe einen anderen Weg gefunden.«

Diese Worte schienen ihr nichts zu sagen, daher mußte er sie wiederholen.

»Einen anderen Weg?« flüsterte sie. »Aber das darf man doch nicht!«

»Warum nicht?«

Seine Frage erschütterte sie maßlos.

»Du fängst an, die Maschine zu vergöttern«, erklärte er kalt. »Du hältst es für gottlos, daß ich mir selbst einen Weg hinaus gesucht habe. Genau derselben Ansicht war das Komitee, als es mir Heimatlosigkeit androhte.«

Jetzt wurde sie böse. »Ich vergöttere überhaupt nichts!« schrie sie. »Ich bin sehr fortschrittlich. Ich halte dich nicht für gottlos, weil es keinen Gott und keine Religion mehr gibt. Die Maschine hat all die Ängste und all den Aberglauben, die früher einmal existierten, ausgerottet. Ich meinte damit nur, der Versuch, einen anderen Weg hinaus zu finden, ist einfach ... Außerdem gibt es keinen anderen Weg hinaus.«

»So hat es jedenfalls immer geheißen.«

»Der einzige Weg führt durch die Vomitorien, für die man eine Ausgangsgenehmigung haben muß. Etwas anderes gibt es nicht. So steht es im Buch.«

»Dann irrt sich das Buch eben, denn ich bin auf meinen eigenen Füßen hinausgelangt.«

Kuno verfügte nämlich über eine gewisse Körperkraft.

Dabei war es ein Nachteil, kräftig zu sein. Jeder Säugling wurde bei seiner Geburt genau untersucht, und alle, die unerwünscht stark zu werden versprachen, wurden beseitigt. Humanitätsapostel mögen Protest erheben, es wäre aber wenig menschenfreundlich gewesen, jemanden, der ungewöhnlich kräftig war, am Leben zu lassen; er wäre mit dem Dasein, in das die Maschine ihn berufen hatte, niemals zufrieden gewesen; er hätte sich nach Bäumen zum Hinaufklettern gesehnt, nach Flüssen zum Schwimmen, nach Wiesen und Bergen, wo er seine Körperkraft messen konnte. Man muß seiner Umgebung angepaßt sein, nicht wahr? In der Frühgeschichte der Menschheit wurden unsere Schwachen auf dem Berg Taygetos ausgesetzt; in ihrer Spätperiode verfallen die Starken der Euthanasie, auf daß die Maschine fortschreite, auf daß die Maschine fortschreite, auf daß die Maschine in alle Ewigkeit fortschreite.

»Wie du weißt, haben wir jedes Raumgefühl verloren. Wir sagen, der Raum sei ›ausgemerzt‹, doch was wir ausgemerzt haben, ist nicht der Raum, sondern das Gefühl dafür. Damit haben wir einen Teil von uns selbst verloren. Ich beschloß, diesen Teil wiederzufinden, und begann, indem ich auf dem Bahnsteig vor meinem Zimmer auf und ab ging. Auf und ab ging, bis ich ermüdete, und so die Bedeutung von ›nah‹ und ›fern‹ lernte. ›Nah‹ ist ein Ort, zu dem ich *auf meinen eigenen Füßen* in kürzester Zeit gelangen kann, und nicht etwa ein Ort, zu dem mich der Zug oder das Luftschiff in kurzer Zeit bringt. ›Fern‹ ist ein Ort, zu dem ich auf meinen eigenen Füßen *nicht* in kürzester Zeit gelangen kann; das Vomitorium ist ›fern‹, obgleich ich es mit dem Zug in achtunddreißig Sekunden erreichen kann. Der Mensch ist das Maß aller Dinge. Das war meine erste Lektion. Die Füße des Menschen sind das Maß für die Entfernung, seine Hände das Maß für Eigentum, sein Körper das Maß für alles, was liebenswert, begehrenswert und kraftvoll ist. Dann ging ich noch einen Schritt weiter. Zu jenem Zeitpunkt rief ich dich zum erstenmal an, aber du wolltest nicht zu mir kommen.

Diese Stadt liegt, wie du weißt, tief unter der Oberfläche der Erde, aus der nur die Vomitorien hervorragen. Nachdem ich den Bahnsteig vor meinem Zimmer unzählige Male abgeschritten hatte, nahm ich den Lift zum nächsthöhergelegenen Bahnsteig und schritt ihn ebenso ab, und so ging es weiter, einen nach dem anderen, bis ich den obersten erreichte, über dem die Erdoberfläche beginnt. Alle Bahnsteige glichen sich aufs Haar, und alles, was ich durch meine Ausflüge erreichte, war die Entwicklung meines Raumgefühls und meiner Muskeln. Ich hätte mich damit zufriedengeben sollen — so etwas ist ja keine Kleinigkeit —, doch während ich wanderte und überlegte, fiel mir plötzlich ein, daß unsere Städte ja in einer Zeit gebaut worden sind, da alle Menschen noch Außenluft atmeten, und daß es aus diesem Grund Belüftungsschächte für die Arbeiter gegeben haben mußte. Ich konnte an nichts anderes mehr denken, nur noch an diese Belüftungsschächte. Waren sie durch all die Nahrungs-, Medizin- und Musikleitungen, die unsere Maschine in letzter Zeit verlegt hat, zerstört worden? Oder waren noch Reste von ihnen vorhanden? Eines war jedenfalls sicher: Wenn ich sie überhaupt finden würde, dann nur in den Zugtunnels des obersten Stockwerks. Sonst gab es nirgendwo mehr Platz dafür.

Ich fasse meine Geschichte kurz, aber glaube nicht, daß ich vielleicht nicht feige gewesen bin oder daß deine Antworten mich nicht deprimiert hätten. Es gehört sich nicht, es ist nicht maschinengerecht, es ist nicht recht, einen Zugtunnel entlangzugehen. Ich hatte keine Angst davor, auf eine stromführende Schiene zu treten und umzukommen. Ich fürchtete mich vielmehr vor etwas weit weniger Greifbarem: nämlich davor, etwas zu tun, das von der Maschine nicht vorgesehen war. Dann jedoch sagte ich mir: ›Der Mensch ist das Maß aller Dinge‹, ging los und fand nach vielen vergeblichen Versuchen tatsächlich eine Öffnung.

Die Tunnels waren natürlich beleuchtet. Alles ist beleuchtet, künstlich beleuchtet; Dunkelheit ist eine Ausnahme. Als ich daher ein schwarzes Loch in den Kacheln sah, wußte ich, daß hier eine Ausnahme vorlag, und jubelte. Ich steckte meinen Arm hinein — anfangs war es gerade groß genug dafür — und ließ ihn drinnen voll ekstatischer Freude kreisen. Ich löste eine weitere Kachel, steckte den Kopf in das Loch und schrie in die Dunkelheit: ›Ich komme! Ich werde es schaffen!‹ Meine Stimme hallte durch endlose Korridore. Ich vermeinte die Geister der toten Arbeiter zu hören, die Abend für Abend zum Sternenlicht und zu ihren Frauen zurückkehrten, und alle Generationen, die in der freien Luft gelebt hatten, antworteten mir: ›Du wirst es schaffen, du wirst kommen!‹«

Er hielt inne, und so absurd seine Worte auch klangen, sie rührten Vashti. Denn Kuno hatte vor kurzem den Antrag gestellt, Vater werden zu dürfen, doch seine Bitte war vom Komitee abgelehnt worden. Er war kein Typ, den die Maschine fortbestehen lassen wollte.

»Dann kam ein Zug. Er brauste an mir vorbei, aber ich steckte Kopf und Arme in das Loch. Dann hatte ich für einen Tag genug getan, also kehrte ich zum Bahnsteig zurück, fuhr mit dem Lift hinab und rief mein Bett. Ah, was für Träume! Und wieder rief ich dich an, und wieder lehntest du ab.«

Sie schüttelte den Kopf und sagte:

»Nicht! Sprich nicht von diesen schrecklichen Dingen! Du bereitest mir Kummer. Du wirfst die Zivilisation von dir.«

»Aber ich hatte mein Raumgefühl zurückerobert, und wenn ein Mensch das einmal erreicht hat, läßt es ihm keine Ruhe mehr. Ich war fest entschlossen, durch die Öffnung zu steigen und den Schacht emporzuklettern. Deswegen trainierte ich meine Arme. Tag um Tag vollführte ich lächerliche Bewegungen, bis meine Muskeln schmerzten, bis ich an meinen Händen hängen und das Kopfkissen aus meinem Bett viele Minuten lang in den ausgestreckten Händen halten konnte. Dann forderte ich einen Respirator an und machte mich auf den Weg.

Zuerst ging es leicht. Der Mörtel war irgendwie verrottet, so daß ich bald schon weitere Kacheln herauslösen und durch das Loch in die Dunkelheit kriechen konnte. Die Geister der Toten halfen mir. Was ich damit meine, weiß ich nicht; ich spreche nur aus, was ich empfand. Zum erstenmal, fühlte ich, war ein Protest gegen die Entartung erhoben worden, und so, wie die Toten mir halfen, so half ich den Ungeborenen. Ich fühlte, daß die Menschheit existierte, daß sie ohne Kleidung existierte. Wie kann ich dir das nur erklären? Sie war nackt, die Menschheit, von allem entblößt; all diese Rohre, Knöpfe und Maschinerien sind weder mit uns auf die Welt gekommen, noch werden sie uns aus dieser Welt begleiten, ja nicht einmal, während wir auf dieser Welt weilen, spielen sie eine große Rolle. Wäre ich stark gewesen, hätte ich mir alle Kleider vom Leib gerissen und wäre unverhüllt in die freie Luft hinausgetreten. Aber das ist mir nicht vergönnt, das ist vielleicht meiner ganzen Generation nicht vergönnt. Also kletterte ich mit meinem Respirator, meinen hygienischen Kleidern und meinen Nahrungsersatztabletten hinein. Besser so als überhaupt nicht!

Drinnen fand ich eine Leiter aus irgendeinem primitiven Metall. Das Licht aus dem Zugtunnel fiel auf die untersten Sprossen, daher konnte ich erkennen, daß sie aus dem Geröll am Boden des Schachtes senkrecht nach oben führte. Unsere Vorfahren waren diese Leiter während der Bauarbeiten möglicherweise ein dutzendmal pro Tag hinauf- und hinabgestiegen. Beim Klettern schnitten die scharfen Kanten durch meine Handschuhe, so daß meine Hände anfingen zu bluten. Das Licht half mir anfangs, dann aber kam die Dunkelheit und, schlimmer noch, eine Stille, die mir wie ein Messer in die Ohren schnitt. Die Maschine summt! Wußtest du das? Ihr

Summen durchdringt unser ganzes Blut und leitet vielleicht sogar unser Denken. Wer weiß! Aber ich war im Begriff, ihrer Macht zu entkommen. Dann mußte ich plötzlich denken: ›Die Stille bedeutet, daß du unrecht tust.‹ Aber ich hörte Stimmen in dieser Stille, und abermals ermutigten sie mich.« Er lachte. »Das war auch nötig. Im nächsten Augenblick stieß ich mit dem Kopf an irgend etwas.«

Vashti seufzte.

»Ich war an einem der Luftstöpsel angekommen, die uns vor der Außenluft beschützen. Du hast sie vielleicht vom Luftschiff aus bemerkt. Es war stockfinster, meine Füße befanden sich auf den Sprossen einer unsichtbaren Leiter, meine Hände waren zerschnitten; ich kann dir nicht erklären, wie ich diese Situation überstanden habe, aber die Stimmen sprachen mir immer noch Mut zu, darum tastete ich nach den Befestigungen. Der Durchmesser des Stöpsels betrug nach meiner Schätzung ungefähr zweieinhalb Meter. Ich tastete ihn ab, so weit mein Arm reichte; seine Oberfläche war vollkommen glatt. Ich kam mit meiner Hand fast bis zur Mitte, aber eben doch nicht ganz, denn mein Arm war zu kurz. Die Stimme sagte: ›Spring! Es ist einen Versuch wert. Vielleicht ist ein Griff in der Mitte; wenn du ihn fassen kannst, kommst du auf deine eigene Art und Weise zu uns. Und wenn es keinen Griff gibt, und du fällst und wirst zerschmettert, so ist es immer noch den Versuch wert: Du wirst dann trotzdem auf deine eigene Art und Weise zu uns kommen.‹ Also sprang ich. Es war ein Griff da, und ...«

Er hielt inne. In den Augen seiner Mutter standen Tränen. Jetzt wußte sie, daß er dem Untergang geweiht war. Starb er nicht heute, so starb er morgen. Für einen solchen Menschen hatte die Welt keinen Platz. Doch in ihr Mitleid mischte sich Abscheu. Sie schämte sich, einen solchen Sohn geboren zu haben, sie, die immer so korrekt und voller Ideen gewesen war! War das denn wirklich der kleine Junge, den sie im Gebrauch der Knöpfe und Schalter unterwiesen, dem sie den ersten Unterricht über das Buch gegeben hatte? Das Haar allein, das seine Lippe entstellte, bewies, daß er sich in einen Primitiven zurückverwandelte. Dem Atavismus gegenüber kannte die Maschine keine Gnade.

»Es war also ein Griff da, und ich hatte ihn erreicht. Ich hing wie in Trance über dem Dunkel und hörte das Summen der Maschinerie, als wäre es das letzte Flüstern in einem Todestraum. Alles, was mir am Herzen gelegen hatte, alle Menschen, mit denen ich durch Apparate gesprochen hatte, erschienen mir unendlich klein. Inzwischen drehte sich der Handgriff weiter. Mein Gewicht hatte irgend etwas in Bewegung gesetzt, und ich drehte mich langsam um meine Achse. Und dann ...

Ich kann es einfach nicht beschreiben. Ich lag mit dem Gesicht dem Sonnenschein zugewandt. Blut strömte mir aus Nase und Ohren, und ein gewaltiges Brüllen ertönte. Der Stöpsel und ich mit ihm, da ich ja daran hing, war einfach aus der Erde emporgesprengt worden, und die Luft, die wir hier unten herstellen, entwich durch den Schacht nach außen. Sie schoß empor wie eine Fontäne. Ich kroch sofort an das Loch zurück und tat an seinem Rand ein paar tiefe Atemzüge, denn die Außenluft schmerzt in den Lungen. Mein Respirator war davongeflogen — irgendwohin —, meine Kleider waren zerfetzt. Ich lag ganz still mit den Lippen am Rand der Öffnung und atmete, bis die Blutung aufhörte. Du kannst dir nicht vorstellen, wie sonderbar alles war! Diese grasbewachsene Mulde — ich werde gleich mehr darüber berichten —, in die die Sonne schien — nicht grell, sondern durch marmorierte Wolken —, der Friede, die Unbekümmertheit, das Raumgefühl und, meine Wange streifend, die brüllende Fontäne unserer künstlichen Luft! Kurz darauf erspähte ich auch meinen Respirator. Er tanzte hoch oben über meinem Kopf auf dem Luftstrom, und noch viel höher jagten zahllose Luftschiffe dahin. Doch niemand schaut jemals zu einem Luftschiff hinaus, und außerdem hätten sie mich ja auch gar nicht heraufholen können. So war ich denn also richtig gestrandet. Die Sonne schien ein Stück weit in den Schacht hinein und beleuchtete die oberste Stufe der Leiter, doch jeder Versuch, sie zu erreichen, wäre zum Scheitern verurteilt gewesen. Denn entweder hätte mich der Luftstrom wieder in die Höhe geschleudert oder ich wäre hineingestürzt und umgekommen. Ich konnte nur still im Gras liegenbleiben, tiefe Atemzüge von unserer Luft nehmen und ab und zu in die Runde sehen.

Daß ich in Wessex war, wußte ich, denn ich hatte vor meinem Aufbruch vorsichtshalber einen Vortrag über das Thema gehört. Wessex liegt über dem Zimmer, in dem wir uns jetzt unterhalten. Früher einmal war es ein bedeutender Staat. Seine Könige beherrschten die gesamte Südküste vom Andredswald bis nach Cornwall, während der Wansdyke sie gegen den Norden hin schützte. Der Vortragsredner beschränkte sich ausschließlich auf den Aufstieg von Wessex, daher weiß ich nicht, wie lange es eine internationale Macht geblieben ist, und dieses Wissen hätte mir auch nicht geholfen. Ehrlich gesagt, ich war während dieser Periode zu nichts anderem fähig, als laut zu lachen. Da lag ich nun, neben mir der Luftstöpsel und hoch über meinem Kopf der tanzende Respirator, und alle drei waren wir gefangen in einer grasbewachsenen Senke, die rings von Farnen umstanden war.«

Jetzt wurde er wieder ernst.

»Ich hatte Glück, daß es eine Mulde war. Denn die Luft sank allmählich wieder zurück und füllte sie, wie Wasser eine Schüssel füllt. Bald konnte ich ein wenig herumkriechen, kurz darauf sogar stehen. Dabei atmete ich ein Gemisch, in dem die Luft, die wehtut, dominierte, sobald ich versuchte, den Rand der Mulde zu erklimmen. Das war aber gar nicht weiter schlimm. Ich hatte meine Tabletten noch, war einfach lächerlich frohgemut, und was die Maschine anging, so hatte ich sie vollkommen vergessen. Ich trachtete jetzt nur noch danach, die Höhe zu erreichen, auf der die Farne standen, und einen Blick auf alles, was dahinter lag, zu werfen.

Ich stürmte den Hang hinauf. Die neue Luft war aber immer noch zu scharf für mich, und so rollte ich nach einem flüchtigen Blick auf irgend etwas Graues wieder hinunter. Die Sonne wurde allmählich schwächer; mir fiel ein, daß sie im Skorpion stehen mußte — auch darüber hatte ich einen Vortrag gehört. Wenn nun die Sonne im Skorpion steht und man sich in Wessex befindet, so heißt das, daß man sich sehr beeilen muß, weil es nämlich sonst zu dunkel wird. (Das ist übrigens die erste nützlich Information, die ich aus einem Vortrag gezogen habe, und es wird wahrscheinlich auch die letzte sein.) Diese Erkenntnis veranlaßte mich zu dem hektischen Versuch, die neue Luft zu atmen und mich so weit wie nur möglich aus meiner Mulde hinauszuwagen. Sie füllte sich so unendlich langsam! Zuweilen hatte ich den Eindruck, als steige die Fontäne nicht mehr so hoch. Mein Respirator schien in größerer Nähe des Erdbodens zu tanzen, und das Brüllen nahm allmählich ab.«

Er unterbrach sich.

»Ich glaube kaum, daß dich das interessiert, und der Rest wird dich sogar noch weniger interessieren. Er vermittelt keine Ideen, und ich wünschte jetzt, ich hätte dich nicht überredet, mich zu besuchen. Wir sind zu verschieden, Mutter.«

Sie bat ihn, fortzufahren.

»Es wurde Abend, ehe ich die Anhöhe erklimmen konnte. Die Sonne war inzwischen fast ganz hinter dem Horizont verschwunden, daher konnte ich nicht viel sehen. Du, die du gerade das Dach der Welt überflogen hast, legst wahrscheinlich keinen Wert auf einen Bericht über die kleinen Hügel, die ich sah — flache, farblose Hügel. Für mich aber waren sie lebendig, und der Rasen, der sie bedeckte, war eine Haut, unter der sich ihre

Muskeln bewegten. Ich spürte, daß diese Hügel die Menschen in der Vergangenheit mit unbezwinglicher Macht gelockt und daß die Menschen sie geliebt haben mußten. Jetzt schlafen sie — vielleicht für immer. Im Traum nur sprechen sie zu den Menschen. Glücklich der Mann, glücklich die Frau, die in den Hügeln von Wessex erwachen. Denn wenn sie gleich schlafen, so werden sie doch niemals sterben.«

Seine Stimme steigerte sich leidenschaftlich.

»Könnt ihr denn nicht sehen, könnt all ihr Vortragsredner nicht sehen, daß wir es sind, die da sterben, und daß hier unten das einzige, was wirklich lebt, die Maschine ist? Wir schufen die Maschine, auf daß sie nach unseren Wünschen arbeite, jetzt aber können wir sie nicht mehr unter unseren Willen zwingen. Sie hat uns des Raumgefühls und des Gefühls für gegenseitige Berührung beraubt; sie hat jede menschliche Beziehung besudelt und die Liebe zu einem Fleischesakt erniedrigt; sie hat unsere Körper und unseren Willen gelähmt, und nun zwingt sie uns, sie zu vergöttern. Die Maschine entwikkelt sich, ja — aber nicht in unserem Sinne. Die Maschine schreitet fort — aber nicht auf das Ziel zu, das wir anstreben. Wir existieren für sie lediglich als Blutkörperchen, die in ihren Adern kreisen, und wenn sie ohne uns funktionieren könnte, dann würde sie uns sterben lassen. O nein, auch ich habe kein Mittel dagegen — das heißt, mir fällt nur eines ein: Den Menschen immer und immer wieder zu sagen, daß ich die Hügel von Wessex gesehen habe, wie König Alfred sie gesehen hat, als er die Dänen aus dem Land vertrieb.

Also, die Sonne ging langsam unter. Ich vergaß zu erwähnen, daß zwischen meinem Hügel und den anderen Hügeln ein Nebelstreifen lag, der von der Farbe der Perlen war.«

Er unterbrach sich ein zweites Mal.

»Sprich weiter«, bat seine Mutter erschöpft.

Aber er schüttelte den Kopf.

»Sprich weiter! Nichts, was du sagst, kann mich jetzt noch erschüttern. Ich bin gewappnet.«

»Ich hatte vor, dir auch den Rest zu erzählen, aber ich kann es nicht. Ich weiß, daß ich es nicht fertigbringe. Lebe wohl.«

Vashti war unschlüssig. All ihre Nerven schmerzten beim Anhören dieser Lästerungen. Aber sie war auch neugierig.

»Das ist unfair!« beschwerte sie sich. »Du hast mich vom anderen Ende der Welt hierherkommen lassen, um mir deine Geschichte zu erzählen, und nun will ich sie auch hören. Erzähle mir — aber bitte so kurz wie möglich, denn dies ist eine verheerende Zeitverschwendung —, erzähle mir, wie du in die Zivilisation zurückgekehrt bist.«

»Ach, das!« Er zuckte zusammen. »Du möchtest von der Zivilisation hören. Aber sicher. War ich schon dort, wo mein Respirator herunterfiel?«

»Nein — aber jetzt verstehe ich alles. Du hast den Respirator angelegt, bist auf der Erdoberfläche zu einem Vomitorium gegangen, und dort wurde dein Verhalten dem Zentralkomitee gemeldet.«

»Keineswegs.«

Er strich sich mit der Hand über die Stirn, wie um einen unauslöschlichen Eindruck fortzuwischen. Als er dann seine Erzählung wieder aufnahm, erwärmte er sich aufs neue dafür.

»Mein Respirator fiel etwa bei Sonnenuntergang herab. Daß mir die Fontäne schwächer vorkam, hatte ich ja bereits erwähnt, nicht wahr?«

»Ja, das hattest du erwähnt.«

»Bei Sonnenuntergang ließ sie den Respirator fallen. Wie gesagt, die Maschine hatte ich völlig vergessen und achtete auch nicht weiter darauf, da ich ja mit anderen Dingen beschäftigt war. Ich hatte mein Luftreservoir, auf das ich zurückgreifen konnte, sobald die scharfe Luft draußen unerträglich wurde, und das wohl auch einige

Tage vorhalten würde, vorausgesetzt, es kam kein Wind auf, der es vertrieb. Erst als es zu spät war, merkte ich, was das Aufhören des Luftausströmens bedeutete. Denn das Loch im Tunnel war repariert worden; das Reparatursystem; das Reparatursystem war hinter mir her.

Ich hatte auch schon eine andere Warnung bekommen, aber ich hatte sie nicht beachtet. Jetzt, am Abend, war der Himmel klarer als während des Tages, und der Mond, der einen halben Himmel weit hinter der Sonne herzog, schien hin und wieder sehr hell in die Mulde herein. Ich befand mich an meinem üblichen Platz — der Grenze zwischen den beiden Atmosphären —, als ich auf einmal vermeinte, etwas Dunkles über den Boden der Senke huschen und gleich darauf im Schacht verschwinden zu sehen. In meiner Torheit lief ich hinunter, beugte mich über den Schacht, lauschte und glaubte in der Tiefe ein schwaches, kratzendes Geräusch zu hören.

In diesem Moment überfiel mich die Unruhe — aber zu spät. Ich beschloß, meinen Respirator anzulegen und einfach aus der Mulde hinauszuspazieren. Doch mein Respirator war verschwunden. Ich wußte genau, wohin er gefallen war — nämlich mitten zwischen den Stöpsel und die Schachtöffnung —, ich konnte sogar noch die Vertiefung ertasten, die er auf dem Rasen hinterlassen hatte. Nun aber war er fort, und mir wurde klar, daß etwas Böses im Gange war, daß ich mich lieber in die Außenluft hinausflüchten und, selbst wenn ich dabei umkommen mußte, auf die Wolke zulaufen sollte, welche die Farbe der Perlen besaß. Ich kam nicht so weit. Aus dem Schacht ... es ist zu grauenhaft! Ein Wurm, ein langer, weißer Wurm war aus dem Schacht hervorgekrochen und glitt über das mondbeschienene Gras.

Ich schrie. Ich tat alles, was ich nicht hätte tun dürfen; ich stampfte auf der Kreatur herum, statt vor ihr davonzulaufen, und sie wand sich sofort um meinen Knöchel. Dann kämpften wir. Der Wurm ließ mich überall in der Senke herumlaufen, wand sich aber während des Laufens an meinem Bein empor. ›Hilfe!‹ schrie ich. (Dieser Teil ist zu grauenhaft. Er gehört zu dem Teil, von dem du niemals erfahren wirst.) ›Hilfe!‹ schrie ich. (Warum können wir nicht schweigend leiden?) ›Hilfe!‹ schrie ich. Dann waren meine Füße gefesselt. Ich stürzte, wurde von meinen geliebten Farnen und den lebendigen Hügeln hinweg- und an dem Metallstöpsel vorbeigeschleift (das kann ich dir wieder erzählen) und glaubte, mich noch einmal retten zu können, wenn ich den Stöpselgriff packte. Der aber war ebenfalls umwunden, der auch! Ach, die ganze Mulde war voll dieser Dinger. Sie suchten in allen Richtungen; sie entblößten sie, und aus dem Schacht spähten die weißen Körper weiterer Würmer, bereit zum Eingreifen, sowie sie benötigt wurden. Sie brachten alles an, was beweglich war: Gestrüpp, Farnbündel, alles, und alle zusammen wurden wir hinuntergezerrt in die Hölle. Das letzte, was ich sah, bevor sich der Stöpsel über uns schloß, war eine bestimmte Sterngruppe, und ich wußte, daß ein Mann meiner Art am Himmel wohnte. Denn ich wehrte mich, ich wehrte mich bis zuletzt, und nur weil mein Kopf gegen die Leiter stieß, wurde ich ruhig. Als ich aufwachte, befand ich mich hier, in diesem Zimmer. Die Würmer waren verschwunden; ich war umgeben von künstlicher Luft, künstlichem Licht, künstlichem Frieden, und meine Freunde riefen mich über Sprechapparate an, um zu hören, ob ich in letzter Zeit auf neue Ideen gestoßen sei.«

Damit endete seine Geschichte. Jegliche Diskussion darüber verbot sich von selbst, darum wandte sich Vashti zum Gehen.

»Es wird darauf hinauslaufen, daß du heimatlos wirst«, sagte sie ruhig.

»Ich wollte, es wäre so«, entgegnete Kuno.

»Die Maschine ist überaus gnädig mit dir verfahren.«

»Ich bevorzuge die Gnade Gottes.«

»Meinst du mit dieser abergläubischen Formulierung, daß du in der Außenluft existieren könntest?«

»Jawohl.«

»Hast du nicht rings um die Vomitorien die Knochen derjenigen gesehen, die nach der Großen Rebellion ausgestoßen wurden?«

»Ja.«

»Sie wurden dort liegen gelassen, wo sie umgekommen waren — zu unserer Belehrung. Einige wenige krochen davon, aber auch sie gingen unter, wer könnte daran zweifeln? Genauso wird es den Heimatlosen unserer Tage ergehen. Auf der Erdoberfläche gibt es kein Leben mehr.«

»Wirklich?«

»Farne und Gras mögen noch leben, die höheren Lebensformen aber sind alle verschwunden. Hat irgendein Luftschiff sie gesehen?«

»Nein.«

»Hat irgendein Vortragsredner darüber gesprochen?«

»Nein.«

»Warum dann diese Hartnäckigkeit?«

»Weil ich sie gesehen habe!« brach es aus ihm heraus.

»*Was* hast du gesehen?«

»Weil ich sie in der Dämmerung gesehen habe, weil sie mir zu Hilfe kam, als ich um Hilfe rief, weil sie — sie auch — von diesen Würmern umschlungen und, glücklicher daran als ich, von einem der Würmer getötet wurde, indem er ihre Kehle durchstieß.«

Er war verrückt! Vashti verließ ihn und sollte in den späteren Unruhen auch sein Gesicht nie wiedersehen.

3. Teil

Die Heimatlosen

Während der Jahre, die auf Kunos Eskapade folgten, fanden in der Maschine zwei wichtige Entwicklungsphasen statt. Oberflächlich betrachtet, wirkten sie revolutionär, in jedem Fall aber war der Verstand der Menschen sorgfältig darauf vorbereitet worden, und so waren sie in Wahrheit lediglich der Ausdruck längst vorhandener Tendenzen.

Die erste Veränderung war die Abschaffung der Respiratoren. Fortgeschrittene Denker, wie Vashti zum Beispiel, hatten es schon immer für töricht gehalten, an die Erdoberfläche hinaufzugehen. Luftschiffe mochten notwendig sein, doch was hatte man denn davon, wenn man aus bloßer Neugier hinauffuhr und ein bis zwei Meilen in einem Bodenfahrzeug herumkutschierte? Es war eine vulgäre Angewohnheit und sogar ein bißchen unpassend: Sie vermittelte keine Ideen und hatte keinerlei Beziehungen zu den Gewohnheiten, die wirklich wichtig waren. So wurden also die Respiratoren abgeschafft und mit ihnen natürlich die Bodenfahrzeuge, und abgesehen von einigen Vortragsrednern, die sich beschwerten, daß man ihnen den Zugang zum Gegenstand ihrer Themata verwehre, wurde diese Entwicklung gelassen hingenommen. Diejenigen, die immer noch wissen wollten, wie es auf der Erde aussah, brauchten ja lediglich einem Grammophon zuzuhören oder in ein Kinematophot zu schauen. Und selbst die Vortragsredner gaben Ruhe, als sie feststellten, daß ein Vortrag über das Meer genauso anregend wirkte, wenn er aus anderen Vorträgen, die bereits über dasselbe Thema gehalten wurden, zusammengestellt wurde. »Vorsicht vor Ideen aus erster Hand!« warnte einer der fortschrittlichsten von ihnen. »In Wirklichkeit gibt es nämlich überhaupt keine Ideen aus erster Hand. Sie sind lediglich physische Impressionen, hervorgerufen durch Liebe und Angst, und auf einer so primitiven Basis können wir doch keine Philosophie errichten, wie? Nein, unsere Ideen müssen aus zweiter, besser gar aus zehnter Hand stammen, denn nur dann bleiben sie unberührt von jenem störenden Element, der direkten Beobachtung. Informieren Sie sich bitte nicht selbst über mein Thema, die Französische Revolution. Informieren Sie sich statt dessen über das, was ich denke, daß Enich-armon dachte, daß Urizen dachte, daß Gutch dachte, daß Ho-Yung dachte, das Chi-Bo-Sing dachte, daß Lafcadio Hearn dachte, daß Carlyle dachte, daß Mirabeau über die Französische Revolution gesagt hat. Durch die Mittlerschaft dieser zehn großen Geistesmenschen wird das Blut, das in Paris vergossen, werden die Fenster, die in Versailles zerbrochen wurden, sublimiert zu einer Idee, welche Sie in unserem täglichen Leben vielleicht auf das vorteilhafteste verwenden können. Vergewissern Sie sich aber, daß die Mittler zahlreich und verschieden sind, denn in der Geschichte widerspricht stets eine Autorität der anderen. Urizen mag der Skeptik Ho-Yungs und Enich-armons widersprechen, ich selbst muß dem Ungestüm Gutchs widersprechen. Sie, die Sie mir zuhören, sind besser in der Lage, die Französische Revolution zu beurteilen, als ich. Ihre Nachkommen werden dazu noch besser in der Lage sein als Sie, denn sie werden erfahren, was Sie denken, daß ich denke, und so wird der Kette der Mittler wieder ein Glied hinzugefügt. Und mit der Zeit« — seine Stimme hob sich — »wird eine Generation heranwachsen, die über alle Fakten hinausgelangt ist, über Impressionen hinaus, eine Generation von absoluter Farblosigkeit,

frei und endgültig genesen
von eigner Meinung, eignem Wesen,

eine Generation also, welche die Französische Revolution nicht so sehen wird, wie sie sich abgespielt hat, und auch nicht, wie sie sich nach ihrem Wunsch hätte abspielen müssen, sondern so, wie sie sich abgespielt hätte, wäre sie in das Zeitalter der Maschine gefallen.«

Der Vortrag wurde mit ungeheurem Applaus belohnt, weil er einem Gefühl Ausdruck verlieh, das in den Gedanken der Menschen latent schon vorhanden war: dem Gefühl, daß man die irdischen Fakten ignorieren müsse und daß die Abschaffung der Respiratoren ein Schritt vorwärts sei. Es wurde sogar vorgeschlagen, die Luftschiffe ebenfalls abzuschaffen. Das geschah jedoch nicht, weil sich die Luftschiffe irgendwie in das System der Maschine eingefügt hatten. Jahr um Jahr aber wurden sie weniger benutzt und von denkenden Menschen auch immer weniger erwähnt.

Der zweite große Fortschritt war die Wiedereinführung der Religion.

Auch diesem Bedürfnis war in einem gefeierten Vortrag Ausdruck verliehen worden. Niemand konnte den ehrfürchtigen Ton überhören, mit welchem die salbungsvolle Rede schloß, und der in den Herzen aller ein ebensolches Echo erweckte. Diejenigen, die schon seit langem im stillen ihrer Verehrung Ausdruck gegeben haben, begannen nunmehr zu sprechen. Sie beschrieben das seltsame Gefühl des Friedens, das über sie gekommen war, wenn sie das Buch der Maschine in Händen hielten, das Vergnügen, das es bereitete, bestimmte Zahlen daraus zu wiederholen, sowenig diese Zahlen dem äußeren Ohr auch bedeuten mochten, die Ekstase bei der Berührung jedes noch so unwichtigen Knopfes oder beim Läuten einer noch so überflüssigen elektrischen Glocke.

»Die Maschine«, so erklärten sie, »ernährt uns, kleidet uns, schenkt uns ein Dach über dem Kopf; wenn wir miteinander sprechen, so geschieht es durch die Maschine, wenn wir einander sehen, so durch die Maschine, die Maschine ist unsere Existenz. Die Maschine ist Freund der Ideen und Feind des Aberglaubens: die Maschine ist allmächtig, ewig gesegnet sei die Maschine.« Es dauerte nicht lange, und diese Lobpreisung wurde auf der ersten Seite des Buches abgedruckt und steigerte sich in den folgenden Editionen zu einem komplizierten System von Gebet und Ritual. Das Wort ›Religion‹ wurde peinlichst vermieden; in der Theorie war die Maschine immer noch ein Werk und Werkzeug des Menschen. In der Praxis jedoch wurde sie, von ein paar Rückständigen abgesehen, als göttlich verehrt. Diese Verehrung entbehrte allerdings jeder Gemeinsamkeit. Der eine Gläubige war vielleicht hauptsächlich von den blauen Optikscheiben beeindruckt, mit deren Hilfe er die anderen Gläubigen sah; ein anderer von dem Reparatursystem, welches der sündige Kuno mit Würmern verglichen hatte; ein dritter von den Lifts; ein vierter von dem Buch. Und jeder betete zu diesem oder jenem, es möge sich bei der Maschine als Ganzem als Fürsprecher für ihn einsetzen. Verfolgung — jawohl, auch das gab es. Sie brach zwar — aus Gründen, die sogleich erklärt werden — nicht offen aus, aber latent war sie vorhanden, und alle, die nicht wenigstens die sogenannte ›paritätische Maschinengerechtheit‹ anerkannten, lebten unter der ständigen Drohung der Heimatlosigkeit, die, wie wir ja wissen, den Tod bedeutete.

Die Einführung dieser beiden großen Entwicklungsstufen dem Zentralkomitee zuzuschreiben, hieße, der Zivilisation Unrecht tun. Das Zentralkomitee proklamierte zwar ihre Einführung, aber es war ebenso wenig ihre Ursache, wie die Könige der imperialistischen Periode Ursache der Kriege waren. Vielmehr gab es lediglich zwingenden Pressionen nach, die entstanden, ohne daß jemand wußte, woher, und die, sobald man ihnen nachgab, von neuen, ebenso zwingenden Pressionen abgelöst wurden. Einem derartigen Sachverhalt gibt man bequemerweise die Bezeichnung ›Fortschritt‹. Niemand gab zu, daß die Maschine außer Kontrolle geraten war. Jahr um Jahr wurde sie mit zunehmender Tüchtigkeit und abnehmender Intelligenz bedient. Je besser ein Mensch seine Aufgaben ihr gegenüber kannte, desto weniger ahnte er von den Aufgaben seines Nachbarn, und auf der ganzen Welt gab es nicht einen einzigen Menschen, der dieses Monstrum in seiner Gesamtheit verstand. Diese überragenden Geistesgrößen waren nicht mehr. Zwar hatten sie ausführliche Instruktionen hinterlassen, und ihre Nachfolger hatten jeweils einen Teil dieser Instruktionen gemeistert. Aber die Menschheit, in ihrer Gier nach Komfort, hatte sich übernommen. Sie hatte den Reichtum der Natur zu sehr ausgebeutet. Still und zufrieden versank sie in Dekadenz, und Fortschritt bedeutete nur noch Fortschritt der Maschine.

Was nun aber Vashti anging, so verlief ihr Leben bis zur endgültigen Katastrophe friedlich. Sie machte ihr Zimmer dunkel und schlief; sie erwachte und machte ihr Zimmer hell. Sie hielt Vorträge und hört sich Vorträge an, sie tauschte mit ihren zahllosen Freunden Ideen aus und war überzeugt, immer stärker geistig orientiert zu werden. Zuweilen wurde einem Freund oder einer Freundin Euthanasie gewährt, dann machte sich dieser oder diese auf den Weg zu jener Heimatlosigkeit, die jedes menschliche Begriffsvermögen übersteigt. Das bekümmerte Vashti aber nicht weiter. Nach einem wenig erfolgreichen Vortrag bat sie sogar selbst manchmal um Euthanasie. Da aber die Sterbequote niemals die Geburtenrate übersteigen durfte, hatte ihr die Maschine bisher die Erlaubnis verweigert.

Die Unruhen begannen, lange ehe sie sich dessen bewußt wurde.

Zu ihrer Verwunderung erhielt sie eines Tages eine Nachricht von ihrem Sohn. Sie hielten schon lange keine Verbindung mehr, da sie ja nichts gemeinsam hatten; nur einmal hatte sie über Dritte erfahren, daß er noch lebte und von der Nördlichen Hemisphäre, wo er sich ja so unmöglich betragen hatte, in die Südliche versetzt worden war, und zwar in ein Zimmer, das nicht weit entfernt von ihrem war.

»Ob er wohl möchte, daß ich ihn besuchen komme?« dachte sie. »Nein! Nie wieder! Außerdem habe ich keine Zeit.«

Aber nein, diesmal handelte es sich um eine Wahnsinnsidee ganz anderer Natur.

Er weigerte sich, sein Gesicht auf der blauen Scheibe erscheinen zu lassen, und begann feierlich aus dem Dunkel zu sprechen.

»Die Maschine bleibt stehen«, sagte er.

»Was sagst du da?«

»Die Maschine bleibt stehen. Ich weiß es. Ich kenne die Anzeichen.«

Sie brach in schallendes Gelächter aus. Als er das hörte, wurde er ärgerlich und brach das Gespräch ab.

»Kannst du dir so etwas Albernes vorstellen?« sagte sie zu einer Freundin. »Ein Mann, der früher einmal mein Sohn war, glaubt tatsächlich, daß die Maschine stehenbleibt. Wenn es nicht so verrückt wäre, wäre es Blasphemie.«

»Die Maschine bleibt stehen?« erwiderte ihre Freundin. »Was bedeutet das? Ich begreife den Sinn dieses Satzes nicht.«

»Ich auch nicht.«

»Meint er vielleicht die Störungen, die in letzter Zeit bei der Musik auftreten?«

»O nein, bestimmt nicht! Aber laß uns darüber sprechen, ja?«

»Hast du dich bei den Behörden beschwert?«

»Ja. Sie sagten, sie wäre reparaturbedürftig und verwiesen mich an das Komitee für das Reparatursystem. Ich beschwerte mich über diese merkwürdig keuchenden Seufzer, von denen die Symphonien der Brisbane-Schule gestört werden. Es klingt, als leide jemand große Schmerzen. Das Komitee für das Reparatursystem sagt, es werde demnächst in Ordnung gebracht.«

Von unbestimmter Besorgnis erfüllt, nahm sie ihr Leben wieder auf. Erstens irritierte sie der Defekt in der Musik. Und zweitens konnte sie Kunos Bemerkung nicht vergessen. Hätte er gewußt, daß die Musik repariert werden mußte — er konnte es nicht wissen, da er Musik verabscheute —, hätte er gewußt, daß irgend etwas nicht in Ordnung war, wäre sein Ausspruch ›die Maschine bleibt stehen‹ genau die boshafte Art von Bemerkung gewesen, die er als Antwort darauf bereit gehabt hätte. Natürlich hatte er das einfach so dahergeredet, aber diese Koinzidenz der Ereignisse ärgerte sie, daher wandte sie sich verdrießlich an das Komitee für das Reparatursystem.

Wie zuvor erhielt sie den Bescheid, daß der Defekt binnen kurzem beseitigt werde.

»Binnen kurzem? Sofort!« erwiderte sie verärgert. »Wieso soll ich mich mit fehlerhafter Musik abgeben? Störungen sind sofort zu beseitigen! Wenn Sie es also nicht augenblicklich reparieren, werde ich mich beim Zentralkomitee beschweren.«

»Das Zentralkomitee nimmt keine persönlichen Beschwerden entgegen«, antwortete das Komitee für das Reparatursystem.

»Und durch wen kann ich meine Beschwerde einreichen?«

»Durch uns.«

»Dann beschwere ich mich hiermit.«

»Ihre Beschwerde wird zu gegebener Zeit weitergereicht.«

»Haben andere sich ebenfalls beschwert?«

Das war eine nicht maschinengerechte Frage, daher verweigerte das Komitee für das Reparatursystem die Antwort.

»Wirklich, es ist abscheulich!« klagte sie einer anderen Freundin gegenüber. »Keine Frau ist so unglücklich wie ich! Nicht einmal auf meine Musik kann ich mich jetzt noch verlassen. Sie wird jedesmal, wenn ich sie einschalte, schlechter.«

»Ich habe auch Schwierigkeiten«, erwiderte die Freundin. »Meine Ideen werden manchmal durch ein leises, scharrendes Geräusch gestört.«

»Was ist denn das?«

»Ich weiß nicht, ob es in meinem Kopf oder in der Wand ist.«

»Beschwere dich auf jeden Fall.«

»Ich habe mich schon beschwert. Meine Beschwerde wird zu gegebener Zeit an das Zentralkomitee weitergeleitet.«

Die Zeit verging, und langsam empfanden sie die Defekte nicht mehr als störend. Die Fehler waren nicht ausgemerzt worden, aber das menschliche Zellgewebe war in jenen letzten Tagen so unterwürfig geworden, daß es sich bereitwillig an jede Laune der Maschine gewöhnte. Die Seufzer im Höhepunkt der Brisbane-Symphonie störten Vashti nicht mehr, sie nahm sie nunmehr als Bestandteil der Melodieführung hin.

Das scharrende Geräusch, ob nun im Kopf oder in der Wand, wurde von ihrer Freundin nicht mehr bemerkt. Genauso wenig wie das muffig schmeckende künstliche Obst, das Badewasser, das zu stinken begann, die fehlerhaften Reime, die aus der Poesiemaschine kamen. All diese Störungen führten zunächst zu erbitterten Beschwerden, dann fügte man sich in sie, und schließlich wurden sie vergessen. Der Zustand der Dinge verschlechterte sich immer mehr, ohne daß Einwände dagegen erhoben wurden.

Anders war es dagegen, als der Schlafmechanismus versagte. Das war eine wesentlich ernsthaftere Störung. Es kam nämlich ein Tag, da alle Betten in der Welt — in Sumatra, in Wessex, in den zahllosen Städten von Kurland und Brasilien —, da alle diese Betten einfach nicht kamen, als sie von ihren Besitzern gerufen wurden. Es mag lächerlich erscheinen, aber auf diesen Zwischenfall läßt sich wahrschinlich der Zusammenbruch der Menschheit zurückführen. Das für dieses Versagen verantwortliche Komitee wurde mit Beschwerden überschwemmt, verwies die Empörten, wie üblich, an das Komitee für das Reparatursystem, während dieses ihnen wiederum versicherte, daß ihre Beschwerden an das Zentralkomitee weitergeleitet würden. Aber die Unzufriedenheit wuchs, denn die Menschheit war leider noch nicht so anpassungsfähig geworden, daß sie ohne Schlaf auskam.

»Irgend jemand macht sich an der Maschine zu schaffen«, hieß es bald.

»Irgend jemand versucht sich zum König zu machen, versucht das Personenelement wieder einzuführen.«

»Er soll mit Heimatlosigkeit bestraft werden!«

»Auf! Befreien wir uns von ihm! Rache für die Maschine! Rache für die Maschine!«

»Krieg! Bringt den Mann um!«

Doch nun trat das Komitee für das Reparatursystem in Aktion und verstand es, die Panik mit sorgfältig gewählten Worten zu dämpfen. Es gab zu, daß das Reparatursystem selbst reparaturbedürftig sei.

Die Reaktion auf dieses offene Geständnis war bewundernswert.

»Selbstverständlich«, sagte ein berühmter Vortragsredner — jener Experte für die Französische Revolution, der jede neue Verfallserscheinung mit Glanz zu umgeben verstand —, »selbstverständlich werden wir jetzt unsere Beschwerden zurückziehen. Das Reparatursystem hat uns bisher immer so gut behandelt, daß wir wohl alle Mitleid mit ihm empfinden und geduldig auf seine Wiederherstellung warten werden. Zu gegebener Zeit wird es seine Pflicht wieder aufnehmen. Bis dahin wollen wir versuchen, auch ohne unsere Betten, unsere Tabletten und unsere übrigen kleinen Bequemlichkeiten auszukommen. Das wäre, wie ich glaube, wohl auch der Wunsch der Maschine.«

Tausende von Meilen entfernt applaudierten ihm die Zuhörer. Noch waren sie durch die Maschine verbunden. Unter dem Meer, unter den Bergen hindurch verliefen die Leitungen, über die sie sahen und hörten, jene ungeheueren Augen und Ohren, die ihr überkommenes Erbe waren, und das Summen zahlloser Getriebe hüllte ihre Gedanken in ein einziges weites Gewand der Unterwürfigkeit. Nur die Alten und Kranken zeigten sich widerspenstig, denn es ging das Gerücht um, daß auch die Euthanasie nicht mehr funktioniere, und daß der Schmerz zu den Menschen zurückgekehrt sei.

Das Lesen wurde schwieriger, denn ein Dunst drang in

die Atmosphäre und minderte ihre Durchsichtigkeit. Zuweilen konnte Vashti kaum das andere Ende ihres Zimmers sehen. Die Luft roch faulig. Laut erhoben sich die Beschwerden, unzulänglich erwiesen sich die Gegenmaßnahmen, heroisch gab sich der Vortragsredner, als er rief: »Mut! Mut! Was ist schon dabei, solange die Maschine weiterläuft? Für sie sind Dunkelheit und Licht dasselbe.« Nach einer Weile besserte sich die Lage ein wenig, die alte Helligkeit aber wurde nie wieder erreicht, und die Menschheit fand nie wieder den Rückweg aus dem sie umgebenden Dämmerlicht. Es gab hysterisches Gerede von ›Maßnahmen‹, von ›provisorischer Diktatur‹, und die Bewohner Sumatras wurden gebeten, sich mit den Funktionen des Zentralen Kraftwerkes vertraut zu machen, das allerdings in Frankreich lag. Zumindest aber herrschte überall Panik und die Menschen verausgabten ihre Kräfte mit Gebeten an das Buch, dem einzig greifbaren Beweis für die Allmacht der Maschine. Es gab zwar Abstufungen des Schreckens, zwischendurch kursierten Gerüchte, die der Hoffnung neue Nahrung gaben — das Reparatursystem sei beinahe repariert, die Feinde der Maschine seien überwältigt worden, neue ›Nervenzentren‹ würden entwickelt, die sogar noch großartiger funktionierten als die zuvor; doch eines Tages brach ohne die leiseste Vorwarnung, ohne irgendein vorheriges Anzeichen von Schwäche auf der ganzen Welt das gesamte Kommunikationssystem zusammen, und damit ging nach ihrer Ansicht die Welt unter.

Vashti hielt zu dieser Zeit gerade einen Vortrag, der zunächst immer wieder von Applaus unterbrochen wurde. Als sie jedoch weitersprach, blieben die Zuhörer auf einmal stumm, und als sie schloß, kam nicht ein einziger Ton. Ein wenig verärgert rief sie eine Freundin an, die Spezialistin für Mitgefühl war. Kein Ton: Die Freundin schien gerade zu schlafen. Doch ebenso erging es ihr mit der nächsten Freundin, die sie anzurufen versuchte, und auch mit der dritten, bis ihr auf einmal Kunos rätselhafte Bemerkung einfiel: »Die Maschine bleibt stehen.«

Seine Worte enthielten für sie noch immer keinen Sinn. Sollte die Ewigkeit stehenbleiben, so würde man sie selbstverständlich sofort wieder in Gang setzen.

Es gab zum Beispiel immer noch ein wenig Licht und Luft; die Atmosphäre hatte sich erst vor wenigen Stunden wieder gebessert. Es gab auch immer noch das Buch, und solange das Buch da war, gab es Sicherheit.

Dann jedoch brach sie plötzlich zusammen, denn mit dem Aufhören jeglicher Aktivität kam ein ganz neuer, unerwarteter Schrecken: die Stille.

Sie hatte die Stille nie kennengelernt, und ihr Hereinbrechen hätte sie beinahe getötet: Tausende von Menschen wurden auf der Stelle getötet. Seit ihrer Geburt war Vashti von einem konstanten Summen umgeben gewesen, das für ihre Ohren das gleiche war wie die künstliche Luft für ihre Lungen. Jetzt marterten quälende Schmerzen ihren Kopf. Und ohne recht zu wissen, was sie tat, stolperte sie vorwärts und drückte auf den ungewohnten Knopf, den Knopf, der die Tür ihrer Zelle öffnete.

Nun hatte die Zellentür ein einfaches, separates Öffnungssystem, das nicht an das in Frankreich dahinsiechende Zentralkraftwerk angeschlossen war. Als sich die Zellentür öffnete, erwachte in Vashti daher sofort neue Hoffnung, denn sie nahm an, daß die Maschine wieder in Ordnung sei. Die Zellentür öffnete sich, und sie sah den dämmrigen Tunnel, der sich im Bogen von ihr fort in die Freiheit zog. Ein Blick jedoch, und sie schrak zurück, denn der Tunnel wimmelte von Menschen: Sie selbst war eine der letzten in jener Stadt, die von den Vorgängen aufgeschreckt wurde.

Sie hatte andere Menschen schon immer abstoßend gefunden, diese jedoch waren ein Alpdruck für sie, wie er in ihren schlimmsten Träumen nicht vorgekommen war. Überall krochen Menschen herum, berührten einander, verschwanden im Dunkeln, wurden rücksichtslos vom Bahnsteig auf die stromführenden Schienen gestoßen. Einige kämpften um die elektrischen Glocken, versuchten Wagen herbeizurufen, die nicht mehr gerufen werden konnten. Andere schrien nach Euthanasie oder den Respiratoren, wieder andere fluchten der Maschine. Manche standen wie sie in ihren Zellentüren, zu ängstlich, in ihren Zimmern zu bleiben, zu ängstlich, sie zu verlassen. Und hinter all diesem Chaos lauerte die Stille, die Stille, welche die Stimme der Erde und der längst vergangenen Generationen ist.

Nein — dies war schlimmer als Einsamkeit. Sie machte die Tür wieder zu und setzte sich hin, um auf das Ende zu warten. Der Zerfall ging weiter, begleitet von gräßlichem Krachen und Rumoren. Die Haltevorrichtungen, an denen der Medizinapparat befestigt war, hatten sich anscheinend gelockert, denn er brach durch die Decke und hing wie ein beängstigendes Ungeheuer von oben herab. Der Fußboden bäumte sich auf und schleuderte sie aus ihrem Sessel. Schlangengleich kroch eine Schlauchleitung auf sie zu. Und dann kam der entsetzlichste aller Schrecken: Das Licht ließ nach, und ihr wurde klar, daß sich der lange Tag der Zivilisation seinem Ende zuneigte.

Sie lief hierhin und dorthin, betete um Rettung um jeden Preis, küßte das Buch, drückte einen Knopf nach dem anderen. Der Höllenlärm draußen wuchs weiter, bis er sogar durch die Wand zu hören war. Allmählich wurde das Licht in der Zelle matter, die Metallschalter hörten auf zu glänzen. Jetzt konnte sie ihr Lesepult nicht mehr sehen, jetzt nicht mehr das Buch, obwohl sie es fest in ihrer Hand hielt. Auf das Schwinden der Geräusche folgte das Schwinden des Lichts, auf das Schwinden des Lichts das Schwinden der Luft, und endlich kehrte die ursprüngliche Leere in die Kavernen zurück, aus denen sie so lange ausgesperrt gewesen war. Vashti hörte nicht auf, wie ein tanzender Derwisch herumzuwirbeln, zu schreien, zu beten und mit blutenden Händen auf alle erreichbaren Knöpfe zu schlagen.

Auf diese Weise gelang es ihr, die Tür ihres Gefängnisses zu öffnen und zu entkommen — im Geist zu entkommen: so scheint es mir wenigstens, ehe meine Erzählung schließt. Daß sie auch körperlich entkam, kann ich mir nicht vorstellen. Sie traf durch Zufall jenen Schalter, der ihre Tür öffnete, und die faulige Luft, die über ihre Haut hinstrich, das laute, bebende Geflüster, das an ihre Ohren drang — das alles verriet ihr, daß sie vor sich wieder den Tunnel hatte, jenen unendlich langen Bahnsteig, auf dem sie die Menschen miteinander hatte ringen sehen. Jetzt kämpfte niemand mehr. Nur das Flüstern dauerte noch an, und kleine, wimmernde Seufzer. Da draußen, im Dunkeln, wurde zu Hunderten gestorben.

Sie brach in Tränen aus.

Tränen waren die Antwort.

Sie weinten — alle beide — nicht um sich selbst, sondern um die Menschheit. Sie konnten den Gedanken, daß dies das Ende sein sollte, nicht ertragen. Bevor es völlig still wurde, öffneten sich ihre Herzen, und plötzlich wußten sie, was auf der Erde wichtig gewesen war. Der Mensch, die Blüte allen Fleisches, die edelste aller sichtbaren Kreaturen, der Mensch, den einstmals Gott nach seinem Ebenbilde geschaffen hatte und seine Kraft in den Himmelskörpern widergespiegelt sah, der schöne, nackte Mensch lag im Sterben, erstickt von den Gewändern, die er sich selbst gewebt hatte. Jahrhundertelang hatte er sich geplagt, und nun war dies sein Lohn. Gewiß, zunächst war ihm dieses Gewand himmlisch vorgekommen, gemustert in den leuchtenden Farben der Kultur, bestickt mit den Seidenfäden der Selbstaufgabe. Und himmlisch war es auch gewesen — jedenfalls so lange, wie es ein Gewand blieb und nicht mehr, so lange, wie der Mensch es nach Belieben ablegen und von dem Element leben konnte, das seine Seele ist, und dem Element, das, nicht weniger erhaben, sein Körper ist. Die

Sünde gegen den Körper — darüber weinten sie vor allem; über die Jahrhunderte des Unrechttuns gegen Muskeln und Nerven und jede der fünf Öffnungen, mit deren Hilfe allein wir wahrnehmen können —, die Sünde gegen den Körper, die beschönigt worden war durch das Gerede von Evolution, bis der Körper nur noch eine weiße, weiche Masse war, das Behältnis von Ideen als farblose, verwässerte, letzte Regungen eines Geistes, der ehemals nach den Sternen gegriffen hatte.

»Wo bist du?« schluchzte sie.

Die Stimme im Dunkeln antwortete: »Hier.«

»Besteht noch Hoffnung, Kuno?«

»Für uns keine mehr.«

»Wo bist du?«

Über die Körper der Toten hinweg kroch sie auf ihn zu. Sein Blut spritzte über ihre Hände.

»Schneller!« keuchte er. »Ich sterbe; aber wir berühren uns, wir sprechen miteinander — und nicht durch die Maschine.«

Er küßte sie.

»Wir haben zu uns selbst zurückgefunden. Wir sterben, aber wir haben das Leben wiedererlangt, wie es in Wessex war, als König Alfred die Dänen vertrieb. Wir wissen jetzt, was die da draußen auch wissen, diejenigen, die in der Wolke leben, die von der Farbe der Perlen ist.«

»Aber, Kuno, ist es denn wirklich wahr? Leben tatsächlich Menschen auf der Erdoberfläche? Ist dieser ... dieser Tunnel, diese vergiftete Dunkelheit, wirklich nicht das Ende?«

Kuno erwiderte:

»Ich habe sie gesehen, ich habe mit ihnen gesprochen, ich habe sie geliebt. Sie verbergen sich im Nebel und in den Farnen, bis unsere Zivilisation ein Ende hat. Heute sind sie noch die Heimtlosen ... Morgen ...«

»Ach, morgen wird irgendein Narr die Maschine wieder in Gang setzen.«

»Niemals!« entgegnete Kuno. »Niemals! Die Menschheit hat ihre Lektion bekommen.«

Bei diesen Worten zerbarst die ganze Stadt wie eine Bienenwabe. Ein Luftschiff war durch das Vomitorium in eine zerstörte Werft geflogen. Es stürzte ab, explodierte im Sturz, riß mit seinen Stahlschwingen Reihe um Reihe der Wohnwaben auf. Einen Augenblick lang sahen sie die Völker der Toten und, ehe sie sich mit ihnen vereinten, ein kleines Stück freien Himmels.

IN WEITER FERNE
EINE INSEL
oder
DER SIEGESZUG
DES
ABENTEUERROMANS

Edgar Rice Burroughs
(1875—1950)

Die große Zeit der Erforschung Afrikas war um die Mitte des neunzehnten Jahrhunderts; ihr Höhepunkt Stanleys »Dr. Livingstone, I presume«. Robert Peary erreichte 1909 den Nordpol, Roald Amundsen 1911 den Südpol. Im Jahre 1912 hatte die Menschheit die letzte unzugängliche Region des Planeten Erde wenn auch noch nicht grundlegend erforscht, so doch zumindest betreten — sieht man einmal ab von den Tiefen der Ozeane und den Gipfeln des Himalaya.*

Es blieben nur wenige glaubwürdige Landstriche übrig, wo etwa ein vergessenes Volk (lost race) entdeckt werden konnte oder ungewöhnliches Treiben unbemerkt blieb: ein verborgenes Tal im Nordwesten Kanadas oder die Antarktis, eine einsame Insel im südlichen Pazifik, undurchdringlicher Dschungel im schwärzesten Afrika, die sibirische Tundra oder das Innere der Erde; wobei letzteres als fiktiver Handlungsort bereits im frühen neunzehnten Jahrhundert von dem aus Ohio stammenden Captain John Cleves Symmes populär gemacht wurde. Allmählich wurden — mit Ausnahme des Erdinnern — alle diese Orte erreicht und ausführlich beschrieben, wodurch das anfänglich Geheimnisumwitterte einer zunehmenden Vertrautheit wich. Wollten Autoren nicht ihre Glaubwürdigkeit und gegenwärtige Zugkraft verlieren, mußten sie zwangsläufig nach anderen Ufern Ausschau halten.

Der italienische Astronom Schiaparelli (1835—1910) fertigte 1877 eine Karte von der Marsoberfläche an und skizzierte vier Jahre später ein kompliziertes systematisches Muster aus geraden Linien, die er canali *nannte, ein Wort, das mit ›Kanäle‹ nur sehr unzureichend übersetzt werden kann. Percival Lowell (1855—1916) baute*

* »Dr. Livingstone, nehme ich an.« Der berühmte Ausspruch Henry Morton Stanleys, als er bei seiner Suchexpedition im Innern Afrikas den verschollenen Afrikaforscher David Livingstone am 10. November 1871 in Udjidji am Tanganika-See fand. — *Anm. d. Übers.*

sich in Arizona sein eigenes Observatorium. Schon 1894 stellte er Beobachtungen vom Mars an; dies führte einerseits zu detaillierten Zeichnungen marsianischer ›Kanäle‹ und ›Oasen‹, wo solche ›Kanäle‹ aufeinandertrafen, und darüber hinaus zu Büchern wie MARS AND ITS CANALS (1906) und MARS AS THE ABODE OF LIFE (1908). Diese trugen stark zur Verbreitung der Ansicht bei, der Mars sei bevölkert von einer Zivilisation, die in der Lage war, ein funktionierendes Kanalsystem zu errichten, das genügend Feuchtigkeit von den schmelzenden Eisdecken wegtransportierte, um der Austrocknung eines sterbenden Planeten entgegenzuwirken.

Venus, der Erde zwar viel ähnlicher, war weiterhin ein Planet voller Geheimnisse. Der immerwährende weiße Wolkenschleier bot wenig Raum für lebenswerte Bedingungen, dafür aber um so mehr unbegrenzten Spielraum für Spekulationen. Daraus ergab sich dann meist das Bild einer Welt mit feuchtem Klima, deren Flora und Fauna so übermäßig ausgeprägt war wie auf der Erde zur Zeit des Mesozoikums. In jüngster Zeit haben Beobachtungen — primär von sowjetischer Seite — ergeben, daß diese Wolken tatsächlich einen Schleier bilden und die Oberfläche der Venus tot ist, verbrannt infolge des Treibhauseffekts des Kohlendioxids in der Atmosphäre. Demzufolge überdachte ein SF-Autor (in gleichem Maße aber auch Wissenschaftler wie etwa Carl Sagan) die Möglichkeiten, der Oberfläche der Venus eine neue Gestalt zu geben.

Die restlichen Planeten bilden nach wie vor wenig Raum für Leben und irgendwelche Abenteuer. Merkur ist zu klein und vor allem zu heiß, dafür sind die äußeren Planeten zu groß und zu kalt, obwohl bisweilen die Handlung einer Geschichte dennoch dort angesiedelt ist, oder auf einem der großen Monde von Jupiter oder Saturn.

Nichtsdestoweniger aber stand der Mars in der Gunst der Autoren an erster Stelle. Wells beschrieb dessen zivi-

lisatorische Merkmale in »The Crystal Egg« (1897, dt. *»Das Kristall-Ei«), in THE WAR OF THE WORLDS (1898,* dt. *»Der Krieg der Welten«) zeigte er die Marsbewohner als mißgünstige Invasoren. Nach dem Mond wurde auch der Mars zu einem erdähnlichen vertrauten Gestirn am Himmel.*

Edgar Rice Burroughs war mit Sicherheit dieser Meinung. Nicht so sehr wegen der Qualität seines Stils, seiner neuen Ideen oder seiner thematischen Versiertheit war Burroughs wichtig für die Entwicklung der SF, sondern weil er so produktiv und erfolgreich war, weil seine Art, romantische Abenteuergeschichten zu schreiben, von nachfolgenden Lesergenerationen derart fasziniert aufgenommen wurde, daß sein Einfluß nicht ausbleiben konnte. Im Hinblick auf den ›Sense of Wonder‹ wird Burroughs in vielen Bucheinleitungen gewürdigt.

Burroughs war fünfunddreißig Jahre alt, als er sich der Schriftstellerei zuwandte. Er hatte sich in verschiedenen Berufen versucht, bevor er den Entschluß faßte, Geschichten für die Pulp-Magazine zu schreiben. 1929 bekannte er sich zu folgender Feststellung: »Wenn Leute bezahlt werden für das Schreiben von solchem Unsinn, wie ich ihn lese, kann ich auch selbst Geschichten schreiben, die bestimmt nicht noch miserabler sind.« Dies läßt einige Geringschätzung vermuten, die jedoch in seinen Werken nie offenkundig geworden ist.

Im Februar 1912 erschien in ›All-Story‹ sein Erstling; es war ein Serienroman mit dem Titel UNDER THE MOONS OF MARS, in Buchform erschienen als A PRINCESS OF MARS (1917, dt. *»Eine Marsprinzessin«, späterer Titel: »Die Prinzessin vom Mars«). Burroughs hatte augenblicklich Erfolg, und in den nächsten achtunddreißig Jahren verfaßte er neunundsechzig Bücher, von denen allein sechsundzwanzig sich um Tarzan drehten, einen der bekanntesten Buchhelden dieses Jahrhunderts. Elf Bücher veröffentlichte Burroughs in seiner Mars-Serie, in der als viertes Buch auch THE CHESSMEN OF MARS*

(1922) enthalten war; sieben Bücher, die in dem unterirdischen Reich Pellucidar angesiedelt sind; seine Venus-Serie umfaßt vier Bände. In dieser Zeit war ihm das Glück hold (zu Lebzeiten schon verdiente er zehn Millionen Dollar), er gründete eine Stadt und baute sein eigenes Verlagshaus. Auch heute noch werden seine Bücher weltweit nachgedruckt, und seine Beliebtheit bei jugendlichen Lesern ist ungebrochen.

Burroughs hat mitunter wohl auch oberflächlich und ohne das rechte Gespür für literarische Feinheiten geschrieben, doch war alles, was ihn — und offensichtlich auch die Leser — interessierte, eigentlich nur eine pakkende Story, in der das phantastische Element im Vordergrund stand, dazu viel Handlung, vorzugsweise Zweikampfszenen. Kam dabei vieles rein durch Zufall zustande, kümmerte ihn das wenig (ganz ähnlich wie Jules Verne, der dies als Bestätigung der Präsenz einer göttlichen Macht bei allem, was der Mensch tut, betrachtete). Obwohl er selten etwas umgeschrieben hat, hat Burroughs zunehmend Einzelheiten herausgearbeitet, was örtliche Gegebenheiten, Geschichte und Kultur, aber auch fremde geographische Fakten und Sprachen betrifft.

Burroughs bevorzugte die Romanform; seine Romane sind einer Kategorie zuzurechnen, die am besten als ›Adventure Fantasy‹ bezeichnet werden sollte, da der Begriff ›Heroic Fantasy‹ im Grunde genommen eine andere inhaltliche Bedeutung hat. Mit der Glaubwürdigkeit, die den späteren SF-Autoren als notwendige Voraussetzung für ihre Romane gilt, hatte Burroughs ebenfalls nicht viel im Sinn.

Doch wie R. D. Mullen gezeigt hat, entspricht der Mars, den Burroughs' John Carter vorfindet, dem bereits hinreichend beschriebenen von Percival Lowell, der nun mit den fremdartigen Geschöpfen seiner überquellenden Phantasie bevölkert wird.

Burroughs war nicht der erste, der diese Abenteuer-Fantasy schrieb, zu erwähnen wären auch Garrett P. Ser-

viss oder George Allan England, auf jeden Fall aber Henry Rider Haggard, M. P. Shiel vielleicht noch, A. Conan Doyle und ein paar andere mehr. Möglicherweise hat er seine Anregungen nicht nur durch Lowell bekommen, sondern — wie Richard Lupoff vermutet — durch vorher bereits erschienene Romane von Edwin Lester Arnold: PHRA THE PHOENICIAN (1890) und LIEUT. GULLIVER JONES: HIS VACATION (1905). Doch Burroughs bestimmte so sehr den Charakter des Genres, daß in späteren Zeiten die Autoren seinem Werk nacheiferten, und auch heute noch glaubt manch einer, ihn nachahmen zu müssen.

EDGAR RICE BURROUGHS

Die Schachfiguren des Mars

(Auszug)

2. Kapitel

Dem Sturmwind ausgesetzt

Tara von Helium kehrte nicht zu den Gästen ihres Vaters zurück, sondern erwartete in ihren privaten Räumen jene Botschaft von Djor Kantos, die, wie sie mit Bestimmtheit wußte, bald eintreffen mußte — die Botschaft, mit der er sie bat, wieder in die Gärten zurückzukehren. Sie würde sich seiner Forderung hochmütig widersetzen.

Doch Djor Kantos äußerte diese Bitte nicht. Zuerst war Tara von Helium wütend, dann fühlte sie sich verletzt, denn so etwas verwirrte sie. Sie verstand es nicht. Gelegentlich dachte sie an den Jed von Gathol, und dann stampfte sie mit dem Fuß auf, denn auf Gahan war sie auch sehr wütend. Was dieser Mann sich einbildete! Er hatte behauptet, an ihren Augen zu sehen, daß sie ihn liebte. Noch nie war sie so beleidigt und erniedrigt worden. Noch nie hatte sie einen Menschen so absolut gehaßt. Plötzlich wandte sie sich zu Uthia um.

»Meine Flugkleidung!« befahl sie.

»Aber die Gäste!« rief das Sklavenmädchen aus. »Euer Vater, der Kriegsherr, wird erwarten, daß Ihr zurückkehrt.«

»Dann wird er eben enttäuscht sein«, fauchte Tara von Helium.

Die Sklavin zögerte. »Aber er mißbilligt es, wenn Ihr allein fliegt«, erinnerte sie ihre Herrin.

Die junge Prinzessin sprang auf, packte die Sklavin bei den Schultern und schüttelte sie. »Du wirst unerträglich,

Uthia«, schrie sie. »Bald werde ich keine andere Möglichkeit mehr haben, als dich auf dem Sklavenmarkt feilzubieten. Vielleicht findest du dort eine Herrin, die dir gefällt.«

Tränen traten in die sanften Augen des Sklavenmädchens. »Es ist doch nur, weil ich Euch liebe, Prinzessin«, sagte sie leise. Und sofort schmolz Tara von Helium dahin. Sie nahm die Sklavin in die Arme und küßte sie.

»Ich bin launisch wie ein Thoat, Uthia«, sagte sie. »Verzeih mir! Ich liebe dich auch, und es gibt nichts, was ich nicht für dich tun würde. Ich würde auch niemals etwas tun, was dir Schaden brächte. Ich sage es noch einmal — wie schon oft in der Vergangenheit: Ich biete dir die Freiheit an.«

»Ich würde nicht frei sein wollen, wenn es mich von Euch trennte, Tara von Helium«, erwiderte Uthia. »Ich bin glücklich bei Euch. Ich glaube, daß ich ohne Euch sterben würde.«

Die Frauen küßten sich erneut. »Dann werdet Ihr also nicht allein fliegen?« fragte die Sklavin.

Tara von Helium lachte und zwickte ihre Gefährtin. »Du hartnäckiges kleines Biest«, rief sie. »Natürlich werde ich fliegen — tut Tara von Helium nicht immer das, was ihr Spaß macht?«

Uthia schüttelte sorgenvoll den Kopf. »Ach, und wie sie es tut«, gab sie zu. »Der Kriegsherr von Barsoom ist aus Eisen, und nur zwei können ihn beeinflussen. In den Händen von Dejah Thoris und Tara von Helium ist er weich wie der Ton des Töpfers.«

»Dann lauf und hol meine Flugkleidung, brave Sklavin, die du bist!« befahl ihre Herrin.

Weit draußen, über den ockergelben Meeresböden hinter den Zwillingsstädten von Helium, raste der schnelle Gleiter Tara von Heliums dahin. Aufgrund der Geschwindigkeit, des Schwunges und Gehorsams des kleinen Gefährts von Spannung erfüllt, steuerte die junge Frau nach

Nordwesten und hielt nicht einmal inne, um sich zu fragen, warum sie diese Richtung gewählt hatte. Vielleicht deswegen, weil in dieser Richtung die am wenigsten bekannten Gebiete Barsooms lagen, und ergo auch Romantik, Geheimnisse und Abenteuer. In dieser Richtung ging es auch nach Gathol; doch dieser Tatsache schenkte sie keinen bewußten Gedanken.

Sie dachte jedoch hin und wieder an den Jed dieses fernen Königreiches, doch die Reaktion auf diese Gedanken war nicht im entferntesten erfreulich. Sie ließen sie immer noch vor Scham erröten und ihr Herz in zornigem Blut pulsieren. Sie war schrecklich wütend auf den Jed von Gahtol, doch obwohl sie ihn nie wiedersehen wollte, hatte sie das Gefühl, der Haß auf ihn würde sich in ihrem Innern nie abkühlen.

Doch hauptsächlich drehten sich ihre Gedanken um einen anderen — um Djor Kantos. Und wenn sie an ihn dachte, dachte sie auch an Olvia Marthis von Hastor. Tara von Helium glaubte, sie wäre eifersüchtig auf die schöne Olvia, und dieser Gedanke machte sie noch wütender. Sie war wütend auf Djor Kantos und auf sich selbst, aber auf Olvia Marthis, die sie liebte, nicht im geringsten, und deswegen war sie auch nicht wirklich wütend auf ihn.

Das Problem war, daß es Tara von Helium zum ersten Mal im Leben nicht gelungen war, ihren Kopf durchzusetzen. Djor Kantos war nicht wie ein bereitwilliger Sklave angelaufen gekommen, wie sie es erwartet hatte. Ah, und das war es, was sie so aufbrachte! Gahan, der Jed von Gathol, ein Fremder, war zum Zeugen ihrer Erniedrigung geworden. Er hatte gesehen, daß sie zu Anbeginn einer großartigen Tätigkeit nicht abgeholt worden war und hatte kommen müssen, um sie vor dem Schicksal eines — wie er zweifellos glaubte — Mauerblümchens zu bewahren.

Bei diesem wiederkehrenden Gedanken spürte Tara von Helium, wie ihr ganzer Leib vor Schamröte brannte, und dann wurde sie plötzlich weiß und kalt vor Zorn. Daraufhin wendete sie ihren Gleiter so abrupt, daß das Geschirr sie beinahe auf das schmale, flache Deck gerissen hätte. Sie erreichte ihr Zuhause kurz vor Einbruch der Dunkelheit. Die Gäste waren gegangen. Ruhe hatte sich über den Palast gesenkt. Eine Stunde später gesellte sie sich zum Abendmahl zu ihrem Vater und ihrer Mutter.

»Du hast uns alleingelassen, Tara von Helium«, sagte John Carter. »Das ist nicht das, was die Gäste John Carters erwarten.«

»Sie sind ja nicht meinetwegen hergekommen«, erwiderte Tara von Helium. »Ich habe sie schließlich nicht eingeladen.«

»Deswegen waren es immer noch unsere Gäste«, erwiderte ihr Vater.

Sie erhob sich, ging auf ihn zu, blieb neben ihm stehen und schlang die Arme um seinen Hals.

»Mein zimperlicher alter Virginier«, rief sie und wühlte in seinem buschigen schwarzen Haar.

»In Virginia würde man dich über Vaters Knie legen und dich gehörig versohlen«, sagte der Mann lächelnd.

Sie glitt auf seinen Schoß und küßte ihn. »Du liebst mich nicht mehr«, stellte sie fest. »Keiner liebt mich.« Doch es gelang ihr nicht, ernst zu bleiben und zu schmollen. Sie konnte ein lautes Lachen nicht zurückhalten.

»Das Problem ist, daß es zu viele gibt, die dich lieben«, sagte er. »Und jetzt ist noch einer dazugekommen.«

»Tatsächlich?« rief sie. »Wen meinst du damit?«

»Gahan von Gathol hat um die Erlaubnis gebeten, dir den Hof machen zu dürfen.«

Sie setzte sich aufrecht hin und reckte das Kinn in die Luft. »Ich würde nie eine zweibeinige Diamantenmine heiraten«, sagte sie. »Ich will ihn nicht haben.«

»Das habe ich ihm auch erzählt«, sagte ihr Vater. »Und

außerdem, daß du so gut wie verlobt seist. Er war dennoch sehr liebenswürdig; aber gleichzeitig gab er mir zu verstehen, er sei daran gewöhnt, das zu bekommen, was er haben will, und daß er dich ganz besonders gern haben würde. Ich nehme an, das wird wieder einmal Krieg bedeuten. Die Schönheit deiner Mutter hat Helium viele Kriegsjahre gekostet, und ... Nun, Tara von Helium, wenn ich ein junger Mann wäre, wäre ich zweifellos bereit, ganz Barsoom in Brand zu stecken, um dich zu bekommen, und das gleiche würde ich auch für deine göttliche Mutter tun.« Er lächelte die schönste Frau des Mars über den Sorapustisch und das goldene Service hinweg an.

»Unsere Kleine sollte noch nicht mit solchen Dingen belastet werden«, sagte Dejah Thoris. »Vergiß nicht, John Carter, daß du es hier nicht mit einem Erdenkind zu tun hast, dessen Lebenszeit schon halb zu Ende ist, bevor eine Tochter Barsooms die wahre Reife erringt.«

»Aber heiraten die Töchter Barsooms manchmal nicht schon im Alter von zwanzig?« fragte er.

»Ja, aber sie können in den Augen der Männer auch dann noch begehrenswert sein, wenn auf der Erde vierzig Generationen zu Staub zerfallen sind. Eile tut nicht not, zumindest nicht auf Barsoom. Wir verblassen und zerfallen nicht, wie du es mir von deinem Planeten erzählst, auch wenn du persönlich deine eigenen Worte Lügen strafst. Wenn die Zeit gekommen ist, wird Tara von Helium mit Djor Kantos verheiratet werden, aber bis dahin sollten wir keinen weiteren Gedanken daran verschwenden.«

»Nein«, sagte Tara, »das Thema verdrießt mich, und ich werde weder Djor Kantos noch einen anderen ehelichen. Ich habe nicht die Absicht, zu heiraten.«

Ihr Vater und ihre Mutter sahen sie an und lächelten. »Wenn Gahan von Gathol zurückkehrt, wird er dich vielleicht mitnehmen«, sagte ihr Vater.

»Ist er abgereist?« fragte Tara.

»Sein Gleiter kehrt morgen nach Gathol zurück«, erwiderte John Carter.

»Dann habe ich ihn also zum letzten Mal gesehen«, bemerkte sie mit einem Seufzer der Erleichterung.

»Er ist nicht der Meinung«, gab John Carter zurück.

Tara ließ das Thema mit einem Achselzucken fallen, und das Gespräch wandte sich anderen Dingen zu.

Thuvia von Ptharth, die dem Hof ihres Vaters einen Besuch abstattete, während ihr Gatte Carthoris in Okar jagte, hatte einen Brief geschickt. Man hatte die Nachricht erhalten, daß die Tark und Warhoon sich wieder bekriegten. Es konnte auch sein, daß es lediglich zu neuerlichen Zusammenstößen gekommen war, denn Krieg war ein natürlicher Zustand für sie. Seit Menschengedenken hatte es zwischen den beiden grünen Horden keinen Frieden gegeben — und nur einen einzigen, zeitlich begrenzten Waffenstillstand.

In Hastor hatte man zwei neue Schlachtschiffe in Dienst gestellt. Eine kleine Gruppe heiliger Therner unternahm den Versuch, die uralte und diskreditierte Religion des Issus neu zu beleben, von dem sie behaupteten, er sei immer noch als Geistwesen vorhanden und habe mit ihnen kommuniziert. Es gab Kriegsgerüchte aus Dusar. Ein Wissenschaftler behauptete, er habe auf dem entfernteren der beiden Monde Leben entdeckt. Ein Wahnsinniger hatte den Versuch unternommen, das Atmosphärenkraftwerk zu vernichten. Während der letzten zehn Zoden (dem Äquivalent eines Erdentages) waren in Groß-Helium sieben Menschen ermordet worden.

Nach der Mahlzeit spielten Dejah Thoris und der Kriegsherr eine Partie Jetan, das barsoomische Schach, das man auf einem Brett mit hundert abwechselnd schwarzen und roten Quadraten spielt. Der eine Spieler hat zwanzig schwarze, der andere zwanzig rote Figuren. Eine kurze Spielbeschreibung interessiert vielleicht jene irdischen Leser, die schachbegeistert sind und geht vielleicht auch an jenen nicht vorbei, die dieser Erzählung bis zum Schluß folgen, da sie, bevor sie fertig sind, erkennen werden, daß das Wissen um das Jetan-Spiel ihr Interesse und die auf sie wartende Spannung nur vergrößern wird.

Die Figuren werden wie beim Schach auf das Brett gestellt, in die ersten beiden Reihen vor den Spielern. Von links nach rechts in der den Spielern nächsten Reihe stehen Krieger, Padwar, Dwar, Gleiter, Häuptling, Prinzessin, Gleiter, Dwar, Padwar und Krieger. In der nächsten Reihe stehen ausschließlich Panthans — nur nicht links und rechts außen, wo die sogenannten Thoaten stehen, die berittene Krieger symbolisieren.

Die Panthans, dargestellt als Krieger mit einer Feder, dürfen sich ein Feld weit in jede beliebige Richtung bewegen, nur nicht rückwärts. Die Thoaten — berittene Krieger mit drei Federn — dürfen je ein Feld geradeaus und eins diagonal gehen oder besetzte Felder überspringen. Krieger — Fußsoldaten mit zwei Federn — dürfen zwei Felder diagonal in jede Richtung nehmen; Padwars — Leutnante mit zwei Federn — zwei diagonal in jede Richtung oder Kombination; Dwaren — Hauptleute, die drei Federn tragen —, drei Felder geradeaus in jede Richtung oder Kombination; Gleiter, die einen dreiflügeligen Propeller tragen, drei Felder in jede Richtung oder Kombination diagonal. Sie dürfen ebenfalls besetzte Felder überspringen. Der Häuptling, den man an einem Diadem mit zehn Juwelen erkennt, darf sich drei Felder in jede Richtung, geradeaus oder diagonal bewegen. Die Prinzessin, angetan mit einem einzigen Edelstein, darf das gleiche wie der Häuptling, und kann zudem besetzte Felder überspringen.

Das Spiel ist gewonnen, wenn ein Spieler eine seiner Figuren auf das gleiche Feld stellt, auf dem sich die Prinzessin des Gegners befindet, oder wenn ein Häuptling dies bei einem Häuptling vermag. Das Spiel ist unentschieden, wenn ein Häuptling von einer gegnerischen Figur — außer dem gegnerischen Häuptling — genommen wird oder beide Seiten nur noch über drei Figuren — oder weniger — vom gleichen Wert verfügen, doch wird das Spiel während der folgenden zehn Züge — fünf pro Figur — nicht abgebrochen. Dies ist jedoch nur eine allgemeine und kurzgefaßte Erklärung des Spiels.

Dieses Spiel spielten Dejah Thoris und John Carter, als Tara von Helium ihnen einen Gutenachtgruß entbot, um sich in ihre Gemächer und ihre Schlafseiden und -pelze zurückzuziehen. »Bis morgen, meine Lieben«, rief sie ihnen zu, als sie den Raum verließ. Sie ahnte nicht — auch ihre Eltern ahnten es nicht —, daß dies der letzte Blick war, den sie einander zuwarfen.

Der Morgen zog stumpf und grau herauf. Bedrohliche, tiefhängende Wolken türmten sich rastlos. Darunter zogen zerrissene Fetzen nach Nordwest. Von ihrem Fenster aus schaute Tara von Helium auf die ungewöhnliche Szenerie. Am Himmel Barsooms waren nur selten dichte Wolken zu sehen. Zu dieser Tagesstunde ritt sie für gewöhnlich auf einem der kleinen Thoaten aus, dem Reittier der roten Marsianer, doch der Anblick der dräuenden Wolken verlockte sie zu einem neuen Abenteuer.

Uthia schlief immer noch; sie wollte das Mädchen nicht stören und kleidete sich leise an. Dann ging sie in den Hangar auf dem Palastdach, direkt über ihren Gemächern, wo ihr kleiner Privatgleiter abgestellt war. Sie war noch nie durch die Wolken geflogen. Es war ein Abenteuer, das zu erleben sie sich schon seit langem gesehnt hatte. Der Wind war stark, und es gelang ihr nur unter Mühen, das Gefährt ohne Beschädigung aus dem Hangar zu manvövrieren. Doch als es erst einmal draußen war, sauste es über die Zwillingsstädte dahin. Der zupackende Wind ergriff und beutelte es, und Tara lachte laut in heller Freude, weil es so spannend war. Sie steuerte das kleine Boot wie ein Veteran — doch nur wenige Veteranen hätten sich in einem so leichten Fahrzeug der Bedrohung eines solchen Sturms ausgesetzt.

Rasch stieg es zu den Wolken empor, raste im strömenden Auftrieb mit den vom Sturm gepeitschten Wolkenfetzen dahin, und einen Augenblick später wurde sie von den sich auftürmenden Wolkenmassen verschluckt. Sie war in einer anderen Welt, einer Welt des Chaos, und sie war allein in dieser Welt; doch es war eine kalte, klamme, einsame Welt, die ihr deprimierend vorkam, als das Gefühl des Neuen abgeklungen war und das überwältigende Ausmaß der Kräfte an ihr zerrte. Sie fühlte sich plötzlich sehr kalt und klein. Deswegen stieg sie eilig höher, bis ihr Fahrzeug plötzlich durch die Wolken brach und sich im herrlichen Sonnenschein befand, das die Oberfläche des düsteren Elements in wogende Massen aus poliertem Silber verwandelte.

Hier war es zwar immer noch kalt, aber nicht mehr so klamm wie in den Wolken, und angesichts der glänzenden Sonne schöpfte sie mit der steigendenden Nadel des Höhenmessers wieder frischen Mut. Als sie die Wolken musterte, die jetzt tief unter ihr lagen, hatte sie den Eindruck, unbeweglich auf halbem Weg zum Himmel zu sein, doch das Surren des Propellers, der auf sie niederfahrende Wind, den er verursachte und die mehrstelligen Zahlen, die unter dem Glas des Geschwindigkeitsmessers mal größer und mal kleiner wurden, sagten ihr, daß sie mit ungeheurer Schnelligkeit flog. Nun erst entschloß sie sich umzukehren.

Die ersten Versuche machte sie oberhalb der Wolken, doch sie waren erfolglos. Zu ihrer Überraschung entdeckte sie, daß sie nicht einmal gegen den Höhenwind ankam, der das zerbrechliche Gefährt schüttelte und umherstieß. Dann fiel sie rasch auf die dunkle und windige Zone zwischen den sausenden Wolken und der finsteren Oberfläche des überschatteten Bodens zu.

Sie versuchte erneut, die Nase des Gleiters nach Helium zurückzudrehen, doch der Sturm packte das kleine Gefährt und wirbelte es gnadenlos herum, wobei es sich permanent im Kreise drehte und hin und her geworfen wurde wie ein Korken in einem Katarakt. Endlich gelang es ihr durch gefährliche Manöver, den Gleiter gegen den Boden zu richten. Zwar war sie dem Tod nie zuvor so nahe gewesen, aber dennoch war sie nicht entsetzt. Es war die Gelassenheit, die sie rettete — sie und die Festigkeit der Anschnallgurte, die sie hielten. Solange sie mit dem Sturm dahintrieb, war sie sicher, doch wohin trug er sie? Sie stellte sich die Befürchtungen ihres Vaters und ihrer Mutter vor, wenn es ihr nicht gelang, zum Frühstück zu erscheinen. Man würde feststellen, daß ihr Gleiter fehlte, und annehmen, daß er irgendwo auf dem Weg, den der Sturm genommen hatte, als zerfetzte, verbogene Masse auf ihrer Leiche liegen würde. Und dann würden tapfere Männer nach ihr suchen und ihr Leben riskieren; und diese Leben, das wußte sie, würden bei der Suche verlorengehen, denn jetzt wurde ihr klar, daß noch nie zuvor ein solcher Sturm über Barsoom gewütet hatte.

Sie mußte umkehren! Sie mußte Helium erreichen, bevor ihr verrücktes Verlangen nach Nervenkitzel auch nur das Leben eines einzigen tapferen Mannes kostete! Da sie annahm, daß es größere Sicherheit und wahrscheinlicheren Erfolg über den Wolken gab, steuerte sie den Gleiter erneut durch die kalten, windgeschüttelten Wolkenmassen nach oben. Ihre Geschwindigkeit war wieder beängstigend, denn der Wind schien weiter zugenommen zu haben. Sie versuchte den raschen Flug ihres Gefährts schrittweise zu überprüfen, doch obwohl es ihr schließlich gelang, den Rückwärtsgang einzulegen, trug der Wind sie immer weiter. Und dann verlor Tara von Helium die Nerven.

Hatte die Welt ihr bisher nicht jeden Wunsch erfüllt? Wer waren diese Elemente, daß sie es wagten, sich ihr zu widersetzen? Sie würde ihnen zeigen, daß die Tochter des Kriegsherrn nicht jemand war, dem man die Stirn bot! Sie würden erfahren, daß Tara von Helium sich auch von den Kräften der Natur nicht beherrschen ließ!

Und so schaltete sie den Motor wieder auf Vorwärtsgang, biß grimmig die Zähne zusammen und schob den Steuerknüppel weit nach unten und nach Backbord, um die Nase ihres Gefährts geradewegs in den Wind hinein zu zwingen. Der Wind packte das leichte Fahrzeug, kippte es um, daß es kieloben weiterflog, wobei es sich wirbelnd hin und her drehte und um seine Achse kreiste. Der Propeller griff kurz in ein Luftloch, dann packte der Sturm den Gleiter erneut, wirbelte ihn aus einem Luftloch. Tara hing hilflos an einem steuerlosen Atom, das aufstieg, niedersank, herumrollte und sich überschlug — zum Vergnügen der Elemente, die sie geschmäht hatte.

Ihre erste Empfindung war Überraschung, daß es ihr nicht gelungen war, ihren Kopf durchzusetzen. Dann verspürte sie allmählich Besorgtheit — nicht ihrer eigenen Sicherheit wegen, sondern weil ihre Eltern sich fürchten würden und wegen der Gefahr, deren das Suchkommando sich würde aussetzen müssen. Sie schalt sich wegen ihres gedankenlosen Egoismus, der den Frieden und die Sicherheit anderer aufs Spiel setzte. Natürlich wurde ihr auch die Gefahr bewußt, in der sie selbst schwebte; aber das entsetzte sie immer noch nicht, wie man es von der Tochter Dejah Thoris' und John Carters erwarten konnte. Sie wußte, daß die Schwebetanks sie möglicherweise bis in alle Ewigkeit in der Luft halten konnten, aber sie hatte weder Nahrung noch Wasser an Bord und wurde genau auf den am wenigsten bekannten Teil Barsooms zugetrieben.

Vielleicht war es besser, auf der Stelle zu landen und auf die Ankunft des Suchkommandos zu warten, statt zuzulassen, noch weiter von Helium fortgetrieben zu werden und so die Chancen einer baldigen Entdeckung noch mehr zu schmälern. Doch als sie dem Boden entgegenfiel, erkannte sie, daß die Gewalt des Windes einen Landeversuch nur erlaubte, wenn sie bewußt das Risiko einer Bruchlandung einging, und so stieg sie schnell wieder auf.

Hundert Meter über dem Boden schwebend war sie eher in der Lage, die titanischen Ausmaße des Sturms zu würdigen als in der vergleichsweise ruhigen Zone über den Wolken, denn jetzt konnte sie deutlich erkennen, welchen Effekt der Wind auf die Oberfläche Barsooms hatte. Die Luft war voller Staub und fliegender Vegetationsteilchen, und als der Sturm sie über einen künstlich bewässerten bäuerlichen Landstrich trug, sah sie riesige Bäume, Steinmauern und Gebäude, die hoch in die Luft gehoben und auf dem verwüsteten Land zerschmettert wurden.

Dann wurde sie in andere Gefilde weitergetragen, die in ihrem Bewußtsein die Überzeugung verdichteten, daß sie, Tara von Helium, nichts anderes war als eine sehr kleine, unwichtige und hilflose Person. Es war ein ziemlicher Schock für ihr Selbstbewußtsein, der nicht so schnell abflaute, und gegen Abend war sie bereit zu glauben, daß er ewig währen würde. Die Wildheit des Sturms hatte nicht im geringsten nachgelassen, es gab nicht einmal einen Hinweis auf sein Abflauen. Sie konnte die Strecke, die sie zurückgelegt hatte, nur schätzen, weil sie an die Korrektheit der Zahlen, die sich auf dem Entfernungsmesser zeigten, nicht glauben konnte. Doch diese Anzeigen, auch wenn unglaublich, kamen der Wahrheit ziemlich nahe: Innerhalb von zwölf Stunden hatte der Sturm sie ganze siebentausend Haad weit fortgetrieben. Kurz vor Einbruch der Dunkelheit wurde sie über eine der verlassenen alten Marsstädte hinweggetragen. Es war Torquas, doch das wußte sie nicht. Hätte sie es gewußt, wäre es verzeihlich gewesen, wenn sie den letzten Hoffnungsrest aufgegeben hätte, denn für das Volk von Helium ist Toquas so abgelegen wie für uns die Südsee-Inseln. Und immer noch trug der Sturm, dessen Wut ungebrochen war, sie weiter.

Die ganze Nacht über wirbelte sie durch das Dunkel unter den Wolken oder stieg auf, um durch die mondbeschienene Leere unter dem Glanz der beiden barsoomischen Satelliten dahinzujagen. Ihr war kalt, sie hatte Hunger, und sie fühlte sich ganz allgemein sehr elend, doch ihr tapferer kleiner Geist weigerte sich zuzugeben, daß ihre Lage hoffnungslos war, obwohl die Vernunft ihr die Wahrheit nachhaltig kundtat. Ihre Antwort an die Vernunft, die sie manchmal in plötzlichem Trotz laut aussprach, erinnerte an die spartanische Sturheit ihres Vaters angesichts des absoluten Untergangs: »Noch lebe ich!«

An diesem Morgen war ein früher Besucher in den Palast des Kriegsherrn gekommen. Es war Gahan, der Jed von Gathol. Er war kurz nach dem Verschwinden Taras von Helium eingetroffen und zur Kenntnis genommen worden, doch in der Aufregung hatte man ihn nicht angekündigt, bis John Carter ihm in der großen Empfangshalle des Palastes zufällig über den Weg lief. Er war unterwegs, um das Suchkommando zusammenzustellen, das nach seiner Tochter Ausschau halten sollte.

Gahan sah die Sorge im Gesicht des Kriegsherrn. »Verzeiht mein Eindringen, John Carter«, sagte er, »aber ich bin gekommen, weil ich um die Gefälligkeit eines weiteren Tages bitten möchte, da es tollkühn wäre, den Versuch zu wagen, in diesem Sturm ein Schiff zu navigieren.«

»Bleibt, Gahan, ein willkommener Gast, bis Ihr Euch entscheidet, uns zu verlassen«, erwiderte der Kriegsherr, »aber verzeiht mir solange jede scheinbare Unaufmerksamkeit auf seiten Heliums, bis meine Tochter wieder mit uns vereint ist.«

»Eure Tochter?« rief der Gatholier. »Wieder mit Euch vereint? Was meint Ihr damit? Ich verstehe nicht.«

»Sie ist verschwunden — zusammen mit ihrem leichten Gleiter. Mehr wissen wir auch nicht. Wir können nur annehmen, daß sie den Entschluß faßte, vor dem Frühstück einen Ausflug zu machen; wahrscheinlich hat der Sturm sie fortgeweht. Verzeiht mir, Gahan, wenn ich

Euch so abrupt verlasse ... Aber ich bin unterwegs, um eine Suchflotte zusammenzustellen.«

Doch Gahan, der Jed von Gathol, eilte schon in die Richtung des Palasttors. Dort sprang er auf einen wartenden Thoat und ritt, gefolgt von zwei Kriegern in gatholischen Rüstungen, durch die Straßen von Helium auf den Vergnügungspalast zu, den man etwas abseits errichtet hatte.

3. Kapitel

Die Kopflosen

Über dem Dach des Vergnügungspalastes, in dem der Jed von Gathol und sein Hofstaat untergebracht waren, schwebte der Kreuzer *Vanator* über seinen massiven Verankerungen. Das knirschende Tauwerk paßte zum zornigen Wüten des Sturmwinds, und auch die besorgten Gesichter jener Mannschaftsangehörigen, deren Pflicht verlangte, daß sie auf dem überstrapazierten Fahrzeug ausharrten, bestätigte die Schwierigkeit der Situation. Nur dicke Taue bewahrten die Männer davor, von Deck geweht zu werden, während jene, die sich unter ihnen auf dem Dach befanden, konstant genötigt waren, sich an Geländern und Stützpfeilern festzuhalten, um zu verhindern, daß jeder neue Ausbruch atmosphärischer Wut sie davonblies.

Auf den Bug der *Vanator* war das Wappen Gathols gemalt, doch auf dem Oberwerk zeigten sich keine Wimpel, da der Sturm mehrere von ihnen in schneller Folge abgerissen hatte. Und das gleiche, so schien es den zuschauenden Männern, konnte er auch mit dem gesamten Schiff tun. Sie glaubten nicht, daß irgendein Tauwerk dieser titanischen Kraft lange widerstand. An jedem der zwölf Seile hing ein muskulöser Krieger mit gezogenem Kurzschwert. Hätte nur eine einzige Verankerung der Kraft des Sturmes nachgegeben, hätten elf Kurzschwerter die übrigen zerhauen; das Schiff war, wenn es nur teilweise verankert war, hilflos, während es frei im Sturm zumindest ein kleine Chance hatte, sich der Elemente zu erwehren.

»Bei Issus' Blut, ich glaube, sie werden halten!« schrie ein Krieger einem anderen zu.

»Und wenn nicht«, erwiderte ein anderer, der auf dem Palastdach stand, »mögen die Geister unserer Ahnen den tapferen Kriegern auf der *Vanator* beistehen, denn von dem Augenblick an, wo die Taue reißen, wird es nicht mehr lange dauern, bis sie das Leder der Toten anziehen müssen. Doch im Moment, Tanus, glaube ich, daß sie halten werden. Seien wir dankbar, daß wir nicht losgesegelt sind, bevor der Sturm aufkam, denn jetzt haben wir eine Chance, ihn zu überleben.«

»Ja«, erwiderte Tanus. »Heute wäre ich nicht darauf aus, auf dem gewaltigsten Schiff unter dem barsoomischen Himmel über fremden Ländern dahinzusegeln.«

Dies war der Augenblick, in dem Gahan, der Jed von Gathol, auf das Dach hinaustrat. Bei ihm befanden sich einige Angehörige seines Hofstaates und ein Dutzend Krieger Heliums. Der junge Häuptling wandte sich zu seinen Begleitern um.

»Ich werde sofort mit der *Vanator* lossegeln«, sagte er, »um Tara von Helium zu suchen, von der man annimmt, daß der Sturm sie in einem Ein-Mann-Gleiter davongetragen hat. Ich brauche wohl niemandem zu erklären, wie gering die Chancen sind, daß die *Vanator* der Gewalt des Sturms trotzen kann; auch will ich niemandem den Befehl erteilen, in den Tod zu segeln. Alle, die lieber hier zurückbleiben wollen, können dies ohne Ehrverlust tun. Die anderen sollen mir folgen.« Und er schritt auf die Strickleiter zu, die vom Sturmwind wild hin und her gezerrt wurde.

Der erste Mann, der ihm folgte, war Tanus, und als der letzte das Deck des Kreuzers erreicht hatte, blieben auf dem Palastdach nur noch die zwölf Krieger aus Helium zurück, die mit gezückten Schwertern an den Verankerungen die Posten der Gatholier eingenommen hatten.

Nicht ein einziger der auf der *Vanator* befindlichen Krieger wollte jetzt noch von Bord gehen.

»Das habe ich erwartet«, sagte Gahan, nachdem er und die anderen an Deck befindlichen Männer sicher angeschnallt waren. Der Kommandant der *Vanator* schüttelte den Kopf. Er liebte sein schmuckes Gefährt, es war der Stolz seiner Klasse in der kleinen gatholischen Marine. Und ihm galt sein Gedanke — er dachte nicht an sich selbst. Er sah es zerschmettert und zerrissen auf der ockergelben Vegetation eines fernen Meeresbodens liegen, wo es urplötzlich von einer wilden Horde der Grünen überfallen und ausgeplündert wurde. Er schaute Gahan an.

»Seid Ihr bereit, San Thotis?« fragte der Jed.

»Alles ist bereit.«

»Dann zertrennt die Taue!«

Der Befehl lief über das Deck und die Reling und erreichte die Helium-Krieger auf dem Dach. Beim dritten Schuß sollten sie die Taue zerhauen. Zwölf scharfe Schwerter mußten zu gleicher Zeit mit gleicher Kraft geführt werden, und ein jedes mußte absolut gleichzeitig drei Stränge eines dicken Taus durchtrennen, damit kein übriggebliebenes Ende die *Vanator* in eine sofortige Katastrophe riß.

Bumm! Das Donnern der Signalpistole rollte durch den heulenden Wind auf die zwölf Krieger auf dem Dach zu. *Bumm! Bumm!* Zwölf scharfe Klingen fuhren nieder und durchtrennten die knarrenden Verankerungen so sauber wie eine einzelne.

Mit wirbelnden Propellern schoß die *Vanator* mit dem Sturm vorwärts. Er traf sie wie mit einer gepanzerten Faust am Heck und stellte das große Schiff auf den Bug. Dann packte er es und wirbelte es herum wie den Brummkreisel eines Kindes, und auf dem Palastdach starrten die zwölf Männer in stummer Hilflosigkeit und beteten für die Seelen der tapferen Krieger, die nun dem Tod ins Auge schauten. Und auch andere sahen es, auf den hochragenden Landebühnen Heliums und in tausend Hangars und auf abertausenden Dächern. Doch man hielt nur einen kurzen Augenblick mit den Vorbereitungen inne, die weitere brave Männer in den fürchterlichen Mahlstrom der scheinbar hoffnungslosen Suche schicken würden, denn so groß ist der Mut der Krieger von Barsoom.

Zwar stürzte die *Vanator* nicht zu Boden, zumindest nicht in Sichtweite der Stadt, doch so lange die Zuschauer sie sehen konnten, ruhte sie nicht einen Augenblick auf ebenem Kiel. Manchmal lag sie auf dieser oder jener Seite, dann sauste sie kieloben weiter oder überschlug sich, dann wieder stand sie auf dem Bug oder dem Heck, der gewaltigen Kraft ausgeliefert, die sie weitertrug.

Und die Zuschauer sahen, wie das riesige Schiff zusammen mit vielen anderen Dingen, mit großen und kleinen Trümmerstücken, die den Himmel erfüllten, fortgeblasen wurde. Kein einziger Mensch — auch die Annalen der aufgezeichneten Geschichte nicht — erinnerten sich daran, daß je ein Sturm wie dieser auf der Oberfläche Barsooms gewütet hatte.

Und einen Augenblick später war die *Vanator* vergessen, als nämlich der hoch aufragende scharlachrote Turm, der über viele Zeitalter hinweg das Wahrzeichen Unter-Heliums gewesen war, krachend zusammenstürzte und Tod und Verderben über die unter ihm liegende Stadt brachte. Panik breitete sich aus. In den Ruinen brachen Feuer aus.

Sämtliche Ordnungskräfte der Stadt schienen hilflos zu sein, doch in diesem Augenblick befahl der Kriegsherr, daß jene Männer, die sich gerade auf den Weg machen wollten, um Tara von Helium zu suchen, ihre Kräfte auf die Rettung der Stadt konzentrieren sollten, denn auch er hatte dem Start der *Vanator* zugesehen, und ihm war bewußt geworden, daß es sinnlos war, Männer zu opfern, die man in Unter-Helium dringend brauchte, wenn man die Stadt vor der gänzlichen Vernichtung bewahren wollte.

Kurz nach Mittag des zweiten Tages ließ der Sturm allmählich nach, und bevor die Sonne unterging, trieb das kleine Gefährt, auf dem Tara von Helium in den langen Stunden zwischen Leben und Tod geschwebt hatte, langsam vor einer sanften Brise über einem Landstrich aus welligen Hügeln, die einst die aufragenden Berge eines marsianischen Kontinents gewesen waren.

Der Mangel an Schlaf, Essen und Trinken hatte das Mädchen erschöpft, und ebenso die nervöse Reaktion, die auf die schrecklichen Ereignisse, die hinter ihr lagen, gefolgt war. Ganz in der Nähe, knapp über einem Hügelrücken, erblickte sie kurz etwas, das wie ein Turm mit einer Kuppel aussah. Schnell ließ sie den Gleiter sinken, bis der Hügel ihn vor dem Blick etwaiger Bewohner des Gebäudes verbarg, das sie gesehen hatte. Der Turm sagte ihr, daß es hier wahrscheinlich Menschen gab, und er deutete das Vorhandensein von Wasser und — vielleicht — Nahrung an. Falls er das verlassene Relikt eines längst vergangenen Zeitalters war, würde sie wohl kaum Nahrung in seinem Innern finden, aber es bestand doch die Möglichkeit, daß er Wasser enthielt.

Wenn er bewohnt war, mußte sie sich ihm vorsichtig nähern, da man davon ausgehen mußte, daß in einem dermaßen weit entfernten Land nur Feinde lebten. Tara von Helium wußte, daß sie weit von den Zwillingsstädten im Reich ihres Großvaters entfernt sein mußte, doch selbst wenn ihre Mutmaßungen der Wirklichkeit nur tausend Haad nahe gekommen wären, hätte die absolute Hoffnungslosigkeit ihrer Situation sie gelähmt.

Da der Tragetank immer noch intakt war, ließ das Mädchen das Gefährt langsam weiterschweben und glitt über den Boden dahin, bis der sanfte Windstrom sie zu einer Hügelflanke getragen hatte, die zwischen ihr und dem Gebäude aufragte. Dort setzte sie den Gleiter zwischen ein paar kargen Bäumen auf und zog ihn unter das Geäst, wo man ihn aus der Luft nicht entdecken konnte. Sie band ihn fest und erkundete die Umgebung.

Wie die meisten Frauen ihrer Klasse war sie nur mit einer schmalen Klinge bewaffnet, so daß sie sich in Notfällen wie diesen weniger auf ihre Kampfkraft als auf ihre Klugheit verlassen mußte, sich vor Feinden zu verbergen. Mit äußerster Vorsicht kroch sie auf den Hügelkamm zu, wobei sie den Vorteil aller natürlichen Abschirmungen ausnutzte, die die Landschaft bot, denn sie wollte verhindern, daß man ihre Annäherung eventuell aus großer Höhe bemerkte. Sie warf dabei schnelle Blikke hinter sich, damit sie nicht aus dieser Richtung überrascht werden konnte.

Endlich erreichte sie den Gipfel, wo sie, hinter niedrigem Buschwerk verborgen, erkennen konnte, was vor ihr lag. Unter ihr breitete sich ein wunderschönes, von niedrigen Hügeln umgebenes Tal aus. Überall zeigten sich die runden Türme mit den kuppelartigen Dächern, und jeder war von einer Steinmauer umgeben, die mehrere Hektar Ackerland einschloß. Das Tal war Kulturland, und seine Bewohner schienen auf einer hohen Entwicklungsstufe zu stehen.

Auf der gegenüberliegenden Seite des Hügels, knapp unter ihr, befand sich ebenfalls ein Turm mit einer Mauer. Es war sein Dach gewesen, das ihre Aufmerksamkeit erweckt hatte. Architektonisch schien der Turm in jeder Hinsicht identisch mit den anderen zu sein, die in diesem Tal standen. Eine hohe gekalkte Steinmauer gab ein ähnliches Bauwerk, auf dessen grauer Oberfläche in bunten Farben ein eigentümliches Wappen gemalt war. Die Türme hatten ungefähr vierzig Sofad Durchmesser — etwa fünfzehn Erdmeter — und waren vom Fundament bis zum Kuppeldach etwa zwanzig Meter hoch. Für einen Erdenmenschen hätten sie mit ziemlicher Sicherheit wie Silos gewirkt, in denen die Bauern das Futter für ihre Herden lagerten, doch blickte man näher hin, sah man da und dort Öffnungen, die Schießscharten sein mochten und — zusammen mit der eigentümlichen Dachkonstruktion — einem solchen Schluß widersprachen.

Tara von Helium sah, daß die Dächer allem Anschein nach mit zahllosen Glasprismen bedeckt waren. Sie waren auf die sinkende Sonne gerichtet und funkelten so prächtig, daß sie sich an die herrlichen Schätze Gahan von Gathols erinnerte. Als sie an den Mann dachte, schüttelte sie wütend den Kopf und bewegte sich vorsichtig einen halben Meter voran, damit sie einen ungehinderten Blick auf den nächsten Turm und die ihn umgebende Mauer werfen konnte.

Als sie auf die Mauer hinuntersah, die den Turm vor ihr umgab, runzelte sie plötzlich überrascht die Stirn, und dann weiteten sich ihre Augen in einem Ausdruck von Unglauben und Entsetzen, denn das, was sie sah, schienen zwei oder drei Dutzend menschliche Körper zu sein — nackt und ohne Kopf.

Sie musterte sie geraume Zeit, ohne Luft zu holen, denn sie war nicht in der Lage, das zu glauben, was sich ihren Augen darbot — daß diese abscheulichen Gestalten sich bewegten und lebendig waren! Sie sah, wie sie auf Händen und Knien übereinanderkrochen und irgend etwas mit den Fingern zu suchen schienen. Und sie sah einige von ihnen an Trögen, nach denen die anderen zu tasten schienen, und die an den Trögen fischten etwas aus ihnen heraus und stopften es in Löcher, die sich dort befanden, wo der Hals hätte sein sollen. Sie befanden sich nicht tief unter ihr. Sie konnte sie deutlich sehen und erkannte, daß es die Körper sowohl von Männern als auch von Frauen waren, und daß sie wunderbar proportioniert waren. Ihre Haut ähnelte der ihren, wenn sie auch etwas roter war. Zuerst hatte sie geglaubt, sie sähe ein Bild der Verwüstung vor sich, daß die Körper, erst vor kurzem enthauptet, sich aufgrund einer Reaktion der Muskeln noch bewegten, doch jetzt wurde ihr klar, daß dies ihr Normalzustand war.

Das Grauen, das sie ausstrahlten, faszinierte Tara von Helium so, daß sie den Blick kaum von ihnen abwenden konnte. Die tastenden Hände zeigten deutlich, daß sie augenlos waren, und ihre schwerfälligen Bewegungen deuteten auf ein rudimentäres Nervensystem und ein darauf abgestimmtes winziges Gehirn hin.

Sie fragte sich, wie diese Geschöpfe am Leben blieben, denn sie konnte sich nicht einmal beim wildesten Ausflug ihrer Phantasie vorstellen, daß diese unvollkommenen Geschöpfe intelligente Ackerbauern waren, die den Boden bearbeiteten. Doch daß der Boden des Tals bearbeitet wurde, war unübersehbar, und das gleiche galt für die Nahrung dieser Wesen. Aber wer bearbeitete hier den Boden? Wer kümmerte sich um und ernährte diese unglücklichen Geschöpfe — und welchem Zweck dienten sie? Es war ein Rätsel, das die Kräfte ihrer Kombinationsgabe überstieg.

Der Anblick von Nahrung machte ihr den eigenen nagenden Hunger und den ihre Kehle ausdörrenden Durst nachhaltig bewußt. Sie konnte innerhalb der Umzäunung sowohl Nahrung als auch Wasser sehen; aber würde sie es wagen, das Gelände zu betreten, selbst wenn sie eine Möglichkeit des Zutritts fand? Sie bezweifelte es, denn schon der Gedanke einer möglichen Berührung durch diese greulichen Kreaturen ließ sie frösteln.

Dann wanderte ihr Blick wieder über das Tal, bis sie plötzlich etwas bemerkte, das wie ein kleiner Fluß aussah, der mitten durch das bebaute Ackerland verlief — ein seltener Anblick auf Barsoom. Ah, hoffentlich war es Wasser! Dann konnte sie vielleicht wirklich hoffen, denn die Felder würden sie ernähren, wenn sie nach Einbruch der Dunkelheit zu ihnen hinabschlich, und tagsüber konnte sie sich in den umgebenden Hügeln verstecken, und irgendwann, ja, irgendwann, das wußte sie, würden auch die Männer kommen, die nach ihr suchten, denn John Carter, der Kriegsherr von Barsoom, würde es niemals zulassen, daß man die Suche nach seiner Tochter abbrach, ehe man nicht jeden Quadratmeter des Planeten doppelt und dreifach durchgekämmt hatte. Sie kannte ihn, und sie kannte die Krieger von Helium, und deswegen wußte sie, daß sie sich bloß aus Schwierigkeiten heraushalten mußte, bis sie kamen. Und kommen würden sie, daran gab es keinen Zweifel.

Sie mußte warten, bis die Dunkelheit hereinbrach, ehe sie es wagen konnte, in das Tal einzudringen. Und bis es soweit war, war es ein guter Gedanke, sich in der Nähe einen Platz zu suchen, an dem sie vor etwaigen herumstreifenden Raubtieren sicher war. Zwar bestand die Möglichkeit, daß diese Gegend davon frei war, aber in einem fremden Land konnte man sich dessen nie sicher sein. Als sie Anstalten machte, sich hinter den Hügelkamm zurückzuziehen, wurde ihre Aufmerksamkeit erneut auf das unter ihr liegende, umzäunte Gebiet gelenkt.

Aus dem Turm waren zwei Gestalten getreten. Ihre ansehnlichen Leiber schienen identisch mit denen der kopflosen Kreaturen zu sein, zwischen denen sie sich bewegten, aber kopflos waren sie nicht. Auf ihren Schultern waren Köpfe, die humanoid wirkten, doch das Mädchen spürte intuitiv, daß sie es nicht waren. Doch die Gestalten waren zu weit entfernt, um sie im matter werdenden Licht des sich neigenden Tages genauer erkennen zu können, doch sie wußte, daß ihre Köpfe zu groß waren. Ihre Proportionen paßten nicht zu den perfekt modellierten Körpern und sie wirkten irgendwie abgeflacht.

Sie konnte erkennen, daß die Männer so etwas wie Harnische trugen, an denen die traditionellen Lang- und Kurzschwerter der barsoomischen Krieger hingen. Um ihren kurzen Hals trugen sie schwere Lederkragen, die so geschnitten waren, daß sie auf den Schultern ruhend den unteren Teil des Kopfes schützten. Ihre Gesichtszüge waren kaum wahrnehmbar, doch sie wirkten auf eine Weise grotesk, die in ihr ein Gefühl des Ekels erzeugte.

Die beiden hatten ein langes Seil bei sich, an dem in Abständen von zwei Sofad etwas befestigt war, das wie eine Handfessel aussah, und sie sah, wie die beiden Krieger zwischen den armen kopflosen Kreaturen in dem Gehege umherschritten und am rechten Handgelenk eines jeden eine Handfessel befestigten.

Nachdem auf diese Weise alle an das Seil gebunden worden waren, zerrte einer der Krieger an dem losen Ende, als unternähme er den Versuch, die kopflose Menge in Richtung Turm zu ziehen. Der andere ging derweil mit einer langen, dünnen Peitsche daneben her und schlug den Kreaturen auf die nackte Haut. Langsam, schwerfällig, erhoben sich die Geschöpfe auf die Beine, und die hoffnungslose Gruppe wurde — zwischen dem zerrenden Krieger an der Spitze und dem peitschenden hinter ihr — schließlich in den Turm getrieben. Tara von Helium schüttelte sich, als sie sich abwandte. Was waren das nur für Kreaturen?

Plötzlich war die Nacht da. Der barsoomische Tag war zu Ende, und ebenso die kurze Dämmerungsperiode, die den Wechsel vom Tageslicht zur Finsternis fast so abrupt einleitete wie das Ausschalten einer elektrischen Lampe, und Tara von Helium hatte noch immer kein Obdach gefunden.

Aber vielleicht gab es hier keine Tiere, die man fürchten oder denen man aus dem Wege gehen mußte — Tara von Helium liebte das Wort ›Angst‹ nicht. Allerdings wäre sie glücklich gewesen, wenn es auf ihrem Gleiter einen Unterschlupf gegeben hätte, und wäre es die allerwinzigste Hütte. Doch die gab es nicht. Das Innere des Gefährts wurde gänzlich von den Schwebetanks eingenommen. Ah, das war es! Wie dumm von ihr, nicht gleich daraufgekommen zu sein! Sie konnte das Gefährt an den Baum binden, unter dem es ruhte, und es ein

Stück an dem Seil aufsteigen lassen! An Deck festgeschnallt würde sie dann von jedem umherstreifenden Raubtier sicher sein. Am Morgen konnte sie, bevor man das Fahrzeug entdeckte, wieder zum Boden zurückkehren.

Als Tara von Helium über den Hügelkamm talwärts kroch, verbarg die Dunkelheit der Nacht ihre Anwesenheit vor dem Blick eines jeden Beobachters, der sich vielleicht aus einem Fenster des nahen Turms beugte. Cluros, der weiter entfernte Mond, stieg gerade über den Horizont, um seine gemächliche Reise über den Himmel anzutreten.

Acht Zoden — etwa neunzehneinhalb irdische Stunden — später würde er untergehen, und in dieser Zeit würde Thuria, seine feurige Gefährtin, den Planeten zweimal umkreist und fast die Hälfte der dritten Reise hinter sich gebracht haben. Sie war gerade erst untergegangen. Es würde über dreieinhalb Stunden dauern, bevor sie über den gegenüberliegenden Horizont jagte, um rasch und tiefhängend über das Angesicht des sterbenden Planeten dahinzuschweben. Während der zeitweiligen Abwesenheit des verrückten Mondes hoffte Tara von Helium Nahrung und Wasser zu finden und wieder in die Sicherheit des Gleiterdecks zurückkehren zu können.

Sie tastete sich durch die Finsternis, wobei sie um den Turm und sein Gehege einen weiten Bogen machte. Manchmal strauchelte sie, da die langen Schatten des im Osten aufsteigenden Mondes Cluros sämtliche Hindernisse grotesk verzerrten; sein Licht reichte noch nicht aus, um ihr eine große Hilfe zu sein. Außerdem — und dies war eine Tatsache — war sie nicht auf sein Licht aus. Sie konnte den Fluß in der Dunkelheit ganz leicht finden, wenn sie einfach bergab ging, bis sie direkt in ihn hineinlief, und sie hatte gesehen, daß in diesem Tal zahlreiche früchtetragende Bäume und Sträucher wuchsen, so daß sie an genügend Nahrung vorbeikommen würde, bevor sie den Fluß erreicht hätte.

Wenn der Mond ihr den Weg zeigte und sie vor Stürzen bewahrte, würde er sie auch für die eigenartigen Turmbewohner sichtbar machen, und darauf legte sie keinen Wert. Natürlich hätte sie auch bis zur nächsten Nacht warten können — dann wären die Umstände noch besser gewesen, da Cluros dann nicht am Himmel erschien und während der Abwesenheit Thurias absolute Dunkelheit herrschte. Doch konnte sie angesichts des sich in Reichweite befindlichen Essens und Trinkens die Qualen des Durstes und des nagenden Hungers nicht mehr ertragen, und so hatte sie den Entschluß gefaßt, lieber das Risiko einer Entdeckung einzugehen, als noch länger zu leiden.

Als sie den ersten Turm sicher passiert hatte, bewegte sie sich so schnell voran, wie sie es sich erlauben konnte, ohne Gefahren einzugehen, und wählte ihren Weg so, daß sie die Schatten der Bäume, die in großen Abständen wuchsen, als Deckung benutzen konnte. Kurz darauf entdeckte sie die ersten, die Früchte trugen. Dabei hatte sie fast sofort Erfolg, da jeder dritte Baum, unter dem sie stehenblieb, schwer von reifen Früchten war. Noch nie zuvor, dachte Tara von Helium, hatten solche Köstlichkeiten ihren Gaumen ergötzt, obwohl das, was sie fand, nichts anderes war als der ziemlich fade Usa, der nur schmeckt, wenn man ihn gekocht und scharf gewürzt hat.

Der Usa wächst problemlos und braucht wenig Bewässerung, und die Bäume tragen ihn im Überfluß. Die Frucht, die einen hohen Nährwert aufweist, ist ein Grundnahrungsmittel der weniger Begüterten Barsooms und gehört wegen ihres geringen Preises und hohen Sättigungsgehalts zum Grundnahrungsmittel der Armee und Marine, wo sie den Ruf eines marsianischen Sobriquet genießt und frei übersetzt ›Kampfkartoffel‹ heißt. Tara war klug genug, nur wenig zu essen, doch sie füllte ihre Beuteltasche mit der Frucht, bevor sie weiterging.

Sie hatte zwei Türme passiert, als sie endlich den Fluß

erreichte, und auch hier hielt sie sich zurück und trank nur wenig und sehr langsam. Dann wusch sie Gesicht, Hände und Füße, und obwohl die Nacht kalt war, wie es die marsianischen Nächte nun einmal sind, glich das Gefühl des Erfrischtseins die körperliche Unbequemlichkeit und niedrige Temperatur mehr als aus.

Sie zog ihre Sandalen wieder an und suchte zwischen den Büschen, die in der Nähe des Flusses wuchsen, nach allerlei genießbaren Beeren und Knollen, die man dort vielleicht angepflanzt hatte. Sie fand ein paar Arten, die man roh essen konnte. Diese tauschte sie gegen einige der in ihrer Beuteltasche befindlichen Usa aus — nicht nur, um sich einer größeren Nahrungsvielfalt zu versichern, sondern auch deswegen, weil sie ihr besser schmeckten. Hin und wieder kehrte sie zum Fluß zurück und trank, aber jedesmal blieb sie bescheiden. Ihre Augen und Ohren waren stets darauf aus, die ersten Anzeichen einer Gefahr zu erkennen, doch bislang hatte sie weder etwas gehört noch gesehen, was sie erschreckte.

Und dann kam plötzlich die Zeit, in der sie das Gefühl entwickelte, sie müsse zu ihrem Gleiter zurückkehren, falls sie nicht vom enthüllenden Licht des niedrig kreisenden Thuria verraten werden wollte. Es behagte ihr nicht, sich vom Wasser zu entfernen, da ihr bewußt war, daß sie sehr durstig werden würde, bevor sie wieder hierher zurückkehren konnte. Hätte sie doch nur einen kleinen Behälter gehabt, in dem man ein bißchen Wasser hätte mitnehmen können! Selbst eine geringe Menge konnte ihr helfen, bis zur nächsten Nacht durchzuhalten; doch sie hatte nichts dergleichen, und so mußte sie sich, so gut es eben ging, mit dem Saft der Früchte und Knollen bescheiden, die sie gesammelt hatte.

Nach einem letzten Trank, dem längsten und tiefsten, den sie sich bisher gestattet hatte, erhob sie sich, um in die Hügel zurückzukehren; doch im gleichen Moment, als sie dies tat, erfaßte sie plötzlich ein starkes Gefühl der Beunruhigung. Was war das? Sie hätte schwören können, daß sich in den nicht weit entfernten Schatten unter einem Baum etwas bewegt hatte.

Einen Moment lang regte sie sich nicht — atmete kaum. Ihr Blick blieb auf den dichten Schatten unter dem Baum gerichtet, ihre Ohren lauschten in die Stille der Nacht. Ein leises Knurren kam von den Hügeln herunter, wo ihr Gleiter versteckt war. Sie kannte diesen Ton nur allzu gut — es waren die bizarren Laute eines Banth auf Jagd. Und das große Raubtier versperrte ihr genau den Weg. Aber es war nicht so nahe wie das andere Ding, das sich gleich da vorn, etwas abseits, im Schatten verbarg.

Was war es?

Es war der Druck der Ungewißheit, der ihr am meisten zu schaffen machte. Hätte sie die Natur der dort lauernden Kreatur gekannt, hätte sie die Bedrohung nur als halb so stark empfunden. Sie warf einen schnellen Blick um sich und hielt, für den Fall, daß sich das Ding als gefährlich erweisen sollte, nach einem Versteck Ausschau.

Erneut kam das Knurren von den Hügeln, doch diesmal war es näher. Fast gleichzeitig kam eine Antwort von der gegenüberliegenden Seite des Tals — hinter ihr —, und dann aus der Ferne — rechts von ihr — und zweimal von links. Ihre Augen machten einen nahen Baum aus. Langsam, ohne den Blick vom Schatten des anderen Baumes zu wenden, bewegte sie sich auf die überhängenden Äste zu, die ihr im Falle einer Gefahr vielleicht Schutz bieten konnten. Bei ihrer ersten Bewegung ertönte ein dumpfes Grollen von dem Fleck, den sie beobachtet hatte, und sie vernahm plötzlich die Bewegungen eines großen Körpers. Im gleichen Augenblick schoß die Kreatur auch schon ins volle Mondlicht und griff an — mit hochgerecktem Schweif, kleinen, angelegten Ohren und einem gewaltigen Maul, in dem mehrere scharfe und mächtige Zahnreihen blitzten.

Und dann trugen seine zehn Beine es mit großen Sprüngen vorwärts. Die Bestie stieß jenes furchterregende Gebrüll aus, mit dem sie ihre Beute lähmen will. Es war ein Banth — einer der großen Mähnenlöwen Barsooms. Tara von Helium sah ihn kommen und rannte auf den Baum zu, den sie ins Auge gefaßt hatte, doch der Banth erkannte ihre Absicht und erhöhte seine Geschwindigkeit. Sein schreckliches Gebrüll erzeugte nicht nur Echos zwischen den Hügeln, sondern auch im Innern des Tals; doch diese Echos kamen aus den lebenden Kehlen von anderen seiner Art, bis das Mädchen den Eindruck hatte, das Schicksal habe es mitten in ein riesiges Rudel dieser wilden Bestien geworfen.

Die Geschwindigkeit eines heranstürmenden Banth ist unglaublich, und es war reines Glück, daß Tara sich nicht auf einer offenen Fläche aufgehalten hatte. Doch auch so war ihre Chance, sich vor der Bestie in Sicherheit zu bringen, kaum der Rede wert, denn als sie sich halb betäubt in die unteren Astreihen schwang, krachte das sie verfolgende Geschöpf auch schon gegen das Blattwerk und machte einen Satz, um sie zu schnappen.

Es war nur eine Kombination aus Glück und Agilität, die sie rettete. Ein dicker Ast lenkte die ausgefahrenen Krallen des Raubtiers ab, doch es war schon so nahe, daß eine gewaltige Pranke Taras Fleisch im gleichen Augenblick zerkratzte, in dem sie sich in höheres Geäst zurückzog.

Verblüfft stieß der Banth in seiner Wut und Enttäuschung ein furchterregendes Brüllen aus, das den Boden erbeben ließ, und dazu kam das Gebrüll und das Grollen und Knurren seiner Gefährten, die sich nun aus allen Richtungen näherten — in der Hoffnung, ihm von seiner Beute zu entreißen, was sie kraft ihrer Stärke und Geschicklichkeit kriegen konnten.

Nun wandte er sich fauchend zu ihnen um, denn auch sie umkreisten jetzt den Baum, während Tara, in einer Astgabel über ihnen hockend, auf die schauerlich gelben Ungeheuer hinabsah, die sie ruhelos umkreisten. Und nun wunderte sie sich über das bizarre Schicksal, das es ihr gestattet hatte, während der Nacht unverletzt in dieses Tal zu gelangen; doch noch mehr fragte sie sich nun, wie sie wieder auf den Hügel zurückkehren sollte.

Sie wußte, daß sie es während der Nacht nicht wagen konnte, und sie ging davon aus, daß sie bei Tag vielleicht noch ernsteren Gefahren ausgesetzt sein würde. Wenn sie sich auf dieses Tal verließ, wenn es um Nahrung ging — damit war es vorbei, denn die Banth würden sie bei Nacht von Nahrung und Wasser fernhalten, während die Turmbewohner ein Vordringen bei Tag unmöglich machten.

Es gab nur eine Lösung für ihr Problem, und diese bestand darin, daß sie zu ihrem Gleiter zurückkehrte und darum betete, daß der Wind sie in irgendein weniger schreckliches Land wehte. Doch wann konnte sie zu ihrem Gleiter zurückkehren? Die Banth gaben wenig Anlaß zu einer solchen Hoffnung. Selbst wenn sie außerhalb ihres Blickfelds waren — würde sie das Risiko eines Versuches eingehen? Sie bezweifelte es.

Ihre Lage schien wirklich hoffnungslos zu sein. Sie war hoffnungslos.

Originaltitel: Excerpt from »The Chessmen of Mars«
Erstmals erschienen in »Argosy All Story Magazine«, 1922

Aus dem Amerikanischen übersetzt von Ronald M. Hahn

MEHR DINGE
ZWISCHEN
HIMMEL UND ERDE

Abraham Merritt
(1884—1943)

Das Genre der abenteuerlichen Fantasy schöpft aus jedem von Burroughs' Erfolgen neue Kraft, aber auch aus dem Erfolg von Autoren wie Arthur Conan Doyle, dessen THE LOST WORLD (1912, dt. *»Die verlorene Welt«, spätere Titel: »Die vergessene Welt« und »Der streitbare Professor«) zu nennen wäre, sowie George Allan England mit DARKNESS AND DAWN (1912), als Fortsetzungsroman in der Zeitschrift ›Cavalier‹ erschienen und später zur Triologie erweitert.*

Überhaupt gab es in dieser Zeit fast ausschließlich Serien, Fortsetzungen und Trilogien. Auch in der realen Welt tat sich damals einiges, beispielsweise die Entdekkung kosmischer Strahlen, des Atoms als mikroskopischen Planetensystems, die Erfindung der Röntgenröhre, des Panzers des Kathodenstrahloszillographen, des rostfreien Stahls und des Massenspektroskops und den Ausbruch des Ersten Weltkriegs.

POLARIS OF THE SNOWS hieß der erste Band einer ›Lost Race‹-Trilogie von Charles B. Stilson, die in der Antarktis spielt und ab 1915 erschien. J. U. Giesys Trilogie über die Abenteuer eines Mannes auf Sirius erschien 1918, ebenfalls im ›All-Story‹-Magazin; erster Band war PALOS OF THE DOG STAR PACK. Dem Genre zuzurechnen sind auch Autoren wie Austin Hall, Homer Eon Flint, Ray Cummings, Victor Rousseau, Francis Stevens und Garrett Smith.

1917 tauchte dann ein neues Talent im Umfeld der Pulp-Magazine auf, und mit ihm eine neue Spielart des Genres ›Adventure Fantasy‹. Diese neue Variante beschäftigte sich mehr mit dem phantastischen Gehalt von Situationen und der heldenhaften Natur des Kampfes zwischen dem absolut Guten und dem absolut Bösen. Dieses neue Talent hieß Abraham Merritt.

Lange Zeit arbeitete Merritt als stellvertretender Chefredakteur und schließlich alleinverantwortlicher Herausgeber von ›The American Weekly‹, einem sonntags erscheinenden Magazin von William Randolph Hearst.

Der Job war gut bezahlt, doch brauchte Merritt offensichtlich auch ein Betätigungsfeld für seine kreative Seite, die möglicherweise durch die vielen Manuskripte, die über seinen Schreibtisch wanderten, entstanden war. Außergewöhnliche Ereignisse, geheimnisvolle Schauplätze und romantische Episoden hießen die Ingredienzen der leichten Kost, die Hearst jeden Sonntag seinen Lesern vorsetzte.

*1917 erschien in ›All-Story‹ unter dem Titel »Through the Dragon Glass« (*dt. *»Durch das Drachenglas«) Merritts erste, im Orient angesiedelte Fantasystory, ein Jahr später folgte die zweite: »The People of the Pit« (*dt. *»Das Volk in der Tiefe«). Gleichzeitig erschien auch die hervorragende Novelle »The Moon Pool«. 1919 gab es eine Fortsetzung dazu, Merritts ersten Roman: THE CONQUEST OF THE MOON POOL. Beides wurde kurze Zeit später gemeinsam aufgelegt als THE MOON POOL (1919,* dt. *»Der Mondsee«).*

Merritt wurde auf seine Art allmählich ebenso erfolgreich wie Burroughs, wenngleich er auch nicht ganz so produktiv war. In den folgenden Jahren erschienen THE METAL MONSTER (1920), THE SHIP OF ISHTAR (1924, dt. *»Schiff der Ischtar«/»König der zwei Tode«, 2 Bände), SEVEN FOOTPRINTS TO SATAN (1928), THE FACE IN THE ABYSS (1931,* dt. *»Die Schlangenmutter«), DWELLERS IN THE MIRAGE (1932,* dt. *»Königin im Schattenreich«/»Die Höhle des Kraken«, 2 Bände), BURN WITCH BURN! (1933,* dt. *»Die Puppen der Madame Mandilip«, späterer Titel: »Flieh, Hexe, flieh!«) und CREEP, SHADOW! (1934,* dt. *»Die Königin der Schatten«). All diese Romane wurden — vornehmlich in ›Argosy‹ — in Fortsetzungen veröffentlicht; sie wurden oft nachgedruckt und erschienen auch umgehend in Buchform. Jahrzehntelang waren sie der Garant für hohe Verkaufszahlen, sowohl im Hardcover als auch im Paperback. Sie sind auch heute noch erhältlich und haben mittlerweile Auflagen in Millionenhöhe erreicht.*

Merritts Bedeutung für die Entwicklung der SF beruht einerseits auf dem Einfluß, den er auf andere Autoren und auf den Lesergeschmack ausübte, aber auch auf dem Wert seiner eigenen Werke, die dann in Gernsbacks ›Amazing Stories‹ eine Neuauflage erlebten. Frühe SF-Autoren wie Jack Williamson oder Edmond Hamilton orientierten sich mit ihren ersten Stories an Merritts phantastischen Ortsbeschreibungen, seiner Schilderung elementarer Gefahren und seiner stilistischen Vielseitigkeit. Seine Vorliebe für Fantasy romantischer Couleur prägte die frühen SF-Magazine.

Waren Burroughs' Romane Abenteuergeschichten mit phantastischem Hintergrund, endeten Merritts Geschichten stets mit dem tödlichen Kampf zwischen Gut und Böse. Der Ausgang eines solchen Konflikts war aber nicht nur abhängig von Waffenstärke, Mut, Ehre, Kampflist und Geschicklichkeit; es kam mehr an auf die innere Standfestigkeit, Versuchungen zu widerstehen und Härten zu ertragen. Nicht selten wurde die Kraft, einer letzten Herausforderung standzuhalten, erst durch selbstlose Liebe ermöglicht.

Bei Burroughs gesteht sich keiner der Helden die Möglichkeit einer Niederlage ein. »Ich lebe noch«, sagt John Carter. Merritts Heldinnen und Helden zweifeln unablässig an ihrer Fähigkeit, über scheinbar unüberwindbare Hindernisse letztlich doch die Oberhand zu gewinnen, trotz eines danach bevorstehenden kläglichen Schicksals, angesichts dessen sogar der Tod noch besser wäre.

Seine ›Lost Race‹-Geschichten siedelte Merritt an verborgenen Stätten der Erde an: Höhlen und versteckte Täler waren es gewöhnlich, wobei auch große Entfernungen eine wesentliche Rolle spielten. Diese Orte waren von einzigartigen phantastischen Geschöpfen bevölkert: Energiewesen, Kraken, riesigen Gesichtern, die Tränen aus Blut vergossen, Schlangenmüttern, teuflischen Anführern bösartiger Schurken ...

An diesen Orten wurden heldenhafte Frauen und Männer auf die Probe gestellt von Kräften, die das Vorstellungsvermögen und die eigene Macht bei weitem überstiegen, Kräfte, die Schreckliches und Wundervolles stets im Gleichgewicht hielten.

Bei der Beschreibung dieser Einzelheiten neigte Merritt oft zu Übermäßigkeit, am besten gefielen ihm exotisch gefärbte Begriffe wie ›Amethyst‹, ›gehörnt‹, ›schimärisch verwinkelt‹, ›Schillern‹, ›Leuchten‹ und so weiter; auch gab es widersprüchliche Wendungen wie ›eine Mischung aus Verzückung und Schrecken‹ oder ›wunderlich, doch noch beunruhigend gleichmäßig‹. Die widersprüchlichen Züge von Merritts fremdartigen Geschöpfen wie auch sein Erfindungsreichtum erhielten sich aber ihre Frische, es war gewissermaßen glaubhafter, als hätte es ausschließlich das Böse gegeben, vielleicht auch ansprechender. Genau hier war der ›Sense of Wonder‹ in seiner ausgeprägtesten Form vorhanden.

Merritts üppige Prosa war zu seinen Lebzeiten sehr beliebt, heutzutage ist dies weniger der Fall. Was er bewirken wollte, war ein Gefühl des absolut Phantastischen. Sollte er bei der versuchten Beschreibung des Unbeschreiblichen ein wenig zu weit gegangen sein, ist diese Übermäßigkeit wohl ebenso entschuldbar wie die Häufung von Zufällen in Burroughs' Werken.

ABRAHAM MERRITT

Die Wesen der Tiefe

Nördlich von uns schoß ein Lichtbalken halbwegs bis zum Zenit hoch. Er kam von einer Stelle hinter den fünf Gipfeln. Der Strahl stieg durch eine Säule aus blauem Nebel auf, deren Umrisse sich so deutlich abhoben wie Regen, der aus einer Gewitterwolke strömt. Er sah wie das Licht eines Suchscheinwerfers aus. Schatten warf er nicht.

Die Gipfel wurden in dieser Beleuchtung zu harten, schwarzen Silhouetten, und mir fiel auf, daß das ganze Gebirge wie eine Hand gestaltet war. Es sah aus, als streckten die gigantischen Finger sich, als schiebe sich die Hand vor. Man hatte ganz den Eindruck, sie wolle etwas zurückholen. Der helle Strahl blieb einen Augenblick lang stehen. Dann zerbrach er in Myriaden leuchtender Kügelchen, die hin und her schwangen und sacht nach unten sanken. Sie schienen zu suchen.

Der Wald war sehr still geworden. Jedes Rauschen und Rascheln war verstummt. Ich fühlte, wie sich die Hunde an meine Beine drückten. Auch sie waren still, aber jeder Muskel in ihren Körpern zitterte, das Haar hatte sich entlang dem Rücken aufgerichtet und ihre Augen, die sich auf die fallenden Lichter richteten, hatten den glasigen Blick des Entsetzens.

Ich sah Anderson an. Er starrte nach Norden, wo sich eben der Strahl von neuem erhoben hatte.

»Ein Nordlicht kann es nicht sein.« Ich sprach, ohne die Lippen zu bewegen. Mein Mund war so trocken, als habe Lao T'zai mir seinen Angststaub in den Hals geschüttet.

»Wenn es eins ist, habe ich etwas Derartiges noch nie

gesehen«, antwortete Anderson in dem gleichen Ton. »Außerdem, wer hat je von einem Nordlicht zu dieser Jahreszeit gehört?«

Er sprach aus, was ich mir auch schon gedacht hatte.

»Mir macht es den Eindruck, als fände da oben eine Jagd statt«, sagte er, »eine unheimliche Jagd — nur gut, daß wir außer Reichweite sind.«

»Der Berg scheint sich jedes Mal, wenn der Strahl nach oben schießt, zu bewegen«, meinte ich. »Was mag er zurückhalten, Starr? Ich muß dabei an die gefrorene Wolkenhand denken, die Shan Nadour vor das Tor der Ghouls setzte, um sie in den Höhlen festzuhalten, die Iblis für sie ausgehauen hatte.«

Er hob die Hand und lauschte.

Von Norden und weit oben kam ein Wispern. Es war nicht das Knistern der Nordlichter, ein Geräusch, das sich anhört, als rasten die Geister der Winde, die bei der Schöpfung geblasen haben, durch die Skelettblätter der Bäume, die einst Lilith beschirmten. Es war ein Flüstern, das eine Forderung mit sich trug. Es rief uns, nach oben zu kommen, wo der Strahl gleißte. Es zog uns an. Ein unwiderstehliches Drängen lag darin. Es berührte mein Herz mit tausend winzigen Fingern, auf deren Spitzen Furcht saß, und es füllte mich mit unendlichem Sehnen, loszulaufen und mit dem Licht zu verschmelzen. Das muß Odysseus empfunden haben, als er seine Fesseln, die ihn an den Mast banden, zerreißen wollte, um dem kristallreinen süßen Singen der Sirenen zu gehorchen.

Das Flüstern wurde lauter.

»Zum Teufel, was ist mit den Hunden los?« rief Anderson wild. »Sieh dir das an!«

Die Huskys rasten winselnd auf das Licht zu. Wir sahen sie zwischen den Bäumen verschwinden. Ein klagendes Heulen schallte zu uns zurück. Dann erstarb auch das, und nur das drängende Murmeln in der Luft blieb zurück.

Die Lichtung, auf der wir unser Lager aufgeschlagen

hatten, blickte gerade nach Norden. Ich glaube, wir befanden uns dreihundert Meilen oberhalb der ersten großen Biegung des Koskokwim auf den Yukon zu. Ganz bestimmt war das hier ein unbetretener Teil der Wildnis. Wir waren bei Frühlingsbeginn von Dawson aus aufgebrochen, weil uns glaubhafte Kunde von den verlorenen fünf Gipfeln geworden war, zwischen denen, so hatte der Medizinmann der Athapasken uns erzählt, das Gold wie Sand zwischen den Fingern einer geballten Faust hervorströmt. Wir konnten keinen einzigen Indianer dazu bewegen, mit uns zu kommen. Das Land des Handberges sei verflucht, sagten sie. Wir hatten die Gipfel am gestrigen Abend zum ersten Mal gesichtet; sie hatten sich schwach vor einem pulsierenden Glühen abgehoben. Und jetzt sahen wir das Licht, das uns zu ihnen geführt hatte.

Anderson erstarrte. Durch das Flüstern war ein merkwürdiges Tapp-tapp und ein Rascheln zu hören. Es klang, als bewege sich ein kleiner Bär auf uns zu. Ich warf einen Armvoll Holz aufs Feuer, und als es aufflammte, sahen wir etwas durch die Büsche brechen. Es ging auf allen vieren, aber es ging nicht wie ein Bär. Plötzlich sah es mich an — es hatte die Haltung eines Babys, das eine Treppe hochkriecht. Die Vorderpfoten hoben sich auf groteske infantile Art. Es war grotesk, aber es war — schrecklich. Das Wesen kam näher. Wir faßten nach unseren Gewehren — und ließen sie sinken. Denn wir erkannten, daß dieses kriechende Ding ein Mensch war!

Es war ein Mensch. Immer noch mit den tappenden Bewegungen, als krieche er eine Treppe hinauf, schwankte er zum Feuer. Er hielt an.

»Gerettet«, flüsterte der kriechende Mann mit einer Stimme, die ein Echo des Murmelns in den Lüften war. »Ganz sicher hier. Sie können aus dem Blauen nicht heraus, wissen Sie. Sie können einen nicht holen — solange man nicht zu ihnen geht ...«

Er fiel zur Seite. Wir liefen zu ihm. Anderson kniete sich nieder.

»Um der Liebe Gottes willen!« sagte er. »Frank, sieh dir das an!«

Er zeigte auf die Hände. Die Handgelenke waren mit Fetzen eines dicken Hemdenstoffs umwickelt. Die Hände selbst waren Stümpfe! Die Finger waren in die Handflächen gebogen, und das Fleisch war bis auf die Knochen abgeschunden. Sie sahen wie die Füße eines kleinen schwarzen Elefanten aus. Mein Blick wanderte den Körper hinunter. Um die Mitte lag ein schweres Band aus gelbem Metall. Daran hingen ein Ring und ein Dutzend Glieder einer schimmernden weißen Kette.

»Wer ist er? Woher ist er gekommen?« fragte Anderson. »Sieh, er schläft fest — und noch im Schlaf versuchen seine Arme zu klettern, und seine Füße werden einer nach dem anderen hochgezogen. Und seine Knie — wie in Gottes Namen hat er es fertiggebracht, auf ihnen weiterzurutschen?«

Es war, wie Anderson gesagt hatte. In dem tiefen Schlaf, der sich auf den kriechenden Mann gesenkt hatte, fuhren Arme und Beine fort, zielstrebige, unheimliche Kletterbewegungen zu machen. Man hätte meinen können, sie führten ein eigenes Leben und mühten sich unabhängig von dem liegenden Körper ab. Mich erinnerte es an einen Semaphor. Wenn Sie schon einmal auf der letzten Plattform eines Zuges gestanden und beobachtet haben, wie die Semaphoren auf- und abgehen, werden Sie genau wissen, was ich meine.

Das Flüstern über uns hörte abrupt auf. Der Lichtbalken fiel in sich zusammen und stieg nicht wieder empor. Der kriechende Mann wurde ruhig. Ein sanftes Glühen breitete sich um uns aus. Der Morgen dämmerte; die kurze Sommernacht Alaskas war vorbei. Anderson rieb sich die Augen und wandte mir ein hohlwangiges Gesicht zu.

»Mann!« rief er. »Du siehst aus, als hättest du eine Krankheit hinter dir!«

»Keine schlimmere als du, Starr«, entgegnete ich. »Was hältst du von dem allen?«

»Ich glaube, unsere einzige Antwort liegt dort.« Er wies auf den Fremden. Er lag ruhig unter den Decken, die wir über ihn gebreitet hatten. »Was es auch gewesen sein mag — es war hinter dem da her. Dieser Strahl hatte nichts mit einem Nordlicht zu tun, Frank. Es war, als flamme eine seltsame Hölle auf, mit der die Prediger uns niemals geängstigt haben.«

»Wir wollen heute nicht weitergehen«, sagte ich. »Ich möchte ihn nicht für all das Gold, das zwischen den Fingern der fünf Gipfel hervorrinnt, aufwecken — und auch nicht aus Angst vor all den Teufeln, die dahinterstecken mögen.«

Der kriechende Mann lag in einem Schlaf, der so tief war wie der Styx. Wir wuschen und verbanden die Stümpfe, die seine Hände gewesen waren. Arme und Beine waren so steif wie Krücken. Er zuckte kein einziges Mal, während wir ihn versorgten, lag da, wie er hingefallen war, die Arme ein wenig angehoben, die Knie gebeugt.

»Warum ist er gekrochen?« flüsterte Anderson. »Warum ist er nicht gegangen?«

Ich feilte das Band um seine Mitte auf. Es war aus Gold, aber es war keinem Gold ähnlich, das ich je angefaßt hatte. Reines Gold ist weich. Das hier war auch weich, aber es hatte ein unsauberes, klebriges eigenes Leben und blieb an der Feile hängen. Ich durchtrennte das Band, bog es von dem Körper ab und schleuderte es weit weg. Es war — ekelerregend.

Den ganzen Tag schlief er. Es wurde dunkel, und er schlief immer noch. In dieser Nacht gab es keinen Lichtbalken, keine suchenden Kugeln, kein Flüstern. Ein gräßlicher Bann schien von dem Land gewichen zu sein. Um die Mittagszeit erwachte der kriechende Mann. Ich fuhr zusammen, als seine sympathische, schleppende Stimme erklang.

»Wie lange habe ich geschlafen?« fragte er. Seine hellblauen Augen sahen mich unsicher an.

»Eine Nacht — und beinahe zwei Tage«, antwortete ich.

»War letzte Nacht ein Licht zu sehen?« Er wies aufgeregt mit dem Kopf nach Norden. »Haben Sie ein Flüstern gehört?«

»Wir haben nichts gesehen und nichts gehört«, sagte ich. Sein Kopf fiel zurück, und er blickte zum Himmel.

»Dann haben sie aufgegeben?« fragte er schließlich.

»Wer soll aufgegeben haben?« wollte Anderson wissen.

»Die Wesen der Tiefe«, erwiderte der kriechende Mann ruhig.

Wir starrten ihn an.

»Die Wesen der Tiefe«, wiederholte er. »Geschöpfe, die der Teufel vor der Sintflut gemacht hat und die irgendwie Gottes Rache entronnen sind. Sie beide waren nicht vor ihnen in Gefahr, weil Sie ihrem Ruf nicht gefolgt sind. Weiter, als der blaue Nebel reicht, können sie nicht kommen. Ich war ihr Gefangener«, setzte er einfach hinzu. »Sie haben versucht, mich zurückzuflüstern.«

Anderson und ich sahen uns an, und beide hatten wir den gleichen Gedanken.

»Sie irren sich«, sagte der kriechende Mann. »Ich bin nicht wahnsinnig. Geben Sie mir ein ganz klein bißchen zu trinken. Ich werde bald sterben, aber ich bitte Sie, mich vorher so weit nach Süden zu bringen, wie Sie können, und danach ein großes Feuer zu machen und mich zu verbrennen. Ich möchte in einem Zustand sein, in dem kein höllischer Zauber meinen Körper zu ihnen zurückzerren kann. Sie werden es gern tun, wenn ich Ihnen von diesen Wesen erzählt habe ...« Er zögerte. »Trage ich ihre Kette nicht mehr?«

»Ich habe sie abgefeilt«, erklärte ich kurz.

»Auch dafür sei Gott gedankt«, flüsterte der kriechende Mann.

Er trank den Brandy mit Wasser, den wir ihm an die Lippen setzten.

»Arme und Beine sind ganz tot«, stellte er fest. »So tot, wie ich bald sein werde. Nun, diese Gliedmaßen haben mir gute Dienste geleistet. Und jetzt werde ich Ihnen erzählen, was da oben hinter dieser Hand ist. Die Hölle!

Hören Sie zu! Mein Name ist Stanton — Sinclair Stanton. Abschlußexamen 1900 in Yale, Forschungsreisender. Ich brach letztes Jahr von Dawson auf, um fünf Gipfel zu suchen, die sich wie eine Hand in einem verhexten Land erheben und reines Gold zwischen sich hervorrinnen lassen. War das auch Ihr Ziel? Das habe ich mir gedacht. Im Herbst wurde mein Kamerad krank. Ich schickte ihn mit ein paar Indianern zurück. Später liefen mir alle meine Indianer davon. Ich entschloß mich zu bleiben, baute eine Hütte, versah mich mit Lebensmitteln und bereitete mich darauf vor zu überwintern. Im Frühling zog ich weiter. Vor nicht ganz zwei Wochen entdeckte ich die fünf Gipfel. Allerdings nicht von dieser Seite — von der anderen. Geben Sie mir noch etwas Brandy!

Ich hatte einen zu weiten Bogen geschlagen«, fuhr er fort, »und war zu weit nach Norden abgekommen. Also kehrte ich um. Von dieser Seite sieht man nichts als Wald, der bis an den Fuß des Handgebirges heranreicht. Drüben auf der anderen Seite ...«

Er schwieg einen Augenblick lang.

»Dort drüben ist auch Wald. Aber er reicht nicht so weit. Nein! Ich kam aus ihm heraus. Eine Ebene erstreckte sich meilenweit vor mir. Der Boden war ebenso ausgelaugt und alt wie die Wüste um die Ruinen von Babylon. Am Ende der Ebene standen die Gipfel. Zwischen mir und ihnen — weit entfernt — erhob sich etwas wie ein niedriger Steinwall. Dann — stieß ich auf die Straße.«

»Die Straße!« rief Anderson ungläubig.

»Die Straße«, bestätigte der kriechende Mann. »Eine schöne glatte Steinstraße. Sie lief gerade auf das Gebirge zu. Oh, es war tatsächlich eine Straße — und abgenutzt, als ob Millionen und Millionen von Füßen sie in Tausenden von Jahren beschritten hätten. Auf beiden Seiten lagen Sand und Steinhaufen. Nach einer Weile fiel mir auf, daß die Steine behauen waren, und die Form der Haufen brachte mich auf die Idee, sie könnten vor hunderttausend Jahren Häuser gewesen sein. Ich spürte menschliches Leben rings um sie, und gleichzeitig rochen sie nach unvorstellbarem Alter. Nun ...

Die Gipfel rückten näher. Die Trümmerhaufen wurden größer. Eine unaussprechliche Verlassenheit lagerte über ihnen, und sie griff mir ans Herz wie die Berührung so alter Geister, daß sie nur die Geister von Geistern sein konnten. Ich ging weiter.

Und jetzt sah ich, daß das, was ich für einen niedrigen Steinwall am Fuß der Berge gehalten hatte, eine dickere Schicht von Ruinen war. Das Handgebirge lag in Wirklichkeit viel weiter weg. Die Straße lief zwischen zwei hohen Felsen hindurch, die wie ein Tor wirkten.«

Der kriechende Mann hielt inne.

»Sie waren ein Tor«, sagte er. »Ich erreichte sie. Ich ging zwischen ihnen hindurch. Und dann warf ich mich hin und klammerte mich voller Entsetzen an die Erde! Ich lag auf einer breiten Steinplattform. Vor mir war — leerer Raum! Stellen Sie sich den Grand Cañon fünfmal so breit und mit hinausgefallenem Boden vor. In so etwas blickte ich hinein. Es war, als luge ich über den Rand einer gespaltenen Welt in die Unendlichkeit, in der die Planeten sich drehen. Auf der anderen Seite standen die fünf Gipfel. Sie sahen wie eine riesige warnende Hand aus, die sich gen Himmel reckt. Der Rand des Abgrunds bog sich zu beiden Seiten von mir zurück.

Ich konnte vielleicht tausend Fuß hinuntersehen. Dann blockierte ein dichter blauer Nebel die Sicht. Er war wie der Dunst, der sich in der Dämmerung auf den hohen Hügelkuppen sammelt. Und der Abgrund — er war grauenerregend, so grauenerregend wie der Golf von Ranalak, an den die Maoris glauben. Er klafft zwischen den Lebenden und den Toten, und nur eine eben befreite Seele hat die Kraft, ihn zu überspringen — doch zurückkehren kann sie nie.

Ich kroch von der Kante zurück und stand auf. Ich fühlte mich schwach. Meine Hand ruhte an einem der Torpfeiler. Es war etwas darin eingemeißelt. In immer noch scharfen Umrissen hob sich die heroische Gestalt eines Mannes ab. Er drehte dem Betrachter den Rücken zu. Seine Arme waren ausgestreckt. Er hatte eine merkwürdig spitze Kopfbedeckung auf. Ich sah mir den gegenüberliegenden Pfeiler an und entdeckte eine ähnliche Figur. Die Pfeiler waren dreiseitig, und die Bilder befanden sich auf den Seiten, die dem Abgrund abgekehrt waren. Die Männer schienen etwas zurückzuhalten. Ich sah sie mir genauer an. Hinter den ausgestreckten Händen meinte ich, weitere Umrisse zu erkennen.

Ich folgte ihnen mit dem Finger, so gut es ging. Plötzlich wurde mir ohne triftigen Grund übel. Mich überkam eine Vorstellung von riesigen, aufrechtgehenden Schnekken. Ihre geschwollenen Körper waren schwach eingeritzt — alles bis auf die Köpfe, die deutlich ausgearbeitete Kugeln waren. Sie waren — unaussprechlich ekelhaft. Ich wandte mich von dem Tor ab und von neuem dem Abgrund zu. Ich legte mich auf die Plattform und sah über den Rand.

Eine Trepe führte in die Tiefe hinunter.«

»Eine Treppe!« riefen wir.

»Eine Treppe«, wiederholte der kriechende Mann ebenso geduldig wie zuvor. »Sie schien weniger aus dem Fels herausgehauen, als in ihn hineingebaut zu sein. Die Stufen waren ungefähr sechs Fuß lang und drei breit. Sie führten von der Plattform nach unten und verschwanden in dem blauen Nebel.«

»Aber wer könnte eine solche Treppe bauen?« fragte ich. »Eine Treppe, die eine senkrechte Wand hinunter in einen bodenlosen Abgrund führt!«

»Nicht bodenlos«, erklärte der kriechende Mann ruhig. »Es war ein Boden da. Ich habe ihn erreicht.«

»Erreicht?«

»Ja, über die Treppe«, versicherte uns der kriechende Mann. »Verstehen Sie? Ich bin die Treppe hinabgestiegen.

Ja, ich bin sie hinabgestiegen. Aber nicht am gleichen Tag. Ich schlug mein Lager auf der anderen Seite des Tores auf. Am frühen Morgen füllte ich meinen Rucksack mit Essen, meine beiden Feldflaschen mit Wasser aus einer Quelle, die dort bei dem Tor entspringt, ging zwischen den beiden bebilderten Monolithen hindurch und trat über den Rand des Abgrunds.

Die Stufen liefen an der Klippe in einem Winkel von vierzig Grad entlang. Im Hinuntersteigen sah ich sie mir genau an. Sie waren aus einem grünlichen Stein, der sich von dem granitartigen Porphyr der Felswand deutlich unterschied. Anfangs dachte ich, die Erbauer hätten eine zutageliegende Gesteinsschicht zu ihren Zwecken benutzt und ihre gigantische Treppe aus ihr herausgehauen. Aber der unverändert gleiche Winkel, in dem sie nach unten führte, ließ mich an dieser Theorie zweifeln.

Nachdem ich vielleicht eine halbe Meile gegangen war, kam ich an einen Absatz. Hier machte die Treppe eine V-förmige Kehre und verlief im gleichen Winkel wie zuvor nach unten. Es war ein Zickzackweg, und nachdem ich drei dieser Absätze passiert hatte, war mir klar, daß die Stufen in einer Folge solcher Kehren senkrecht nach unten führten. Keine Gesteinsschicht konnte so regelmäßig sein. Nein, die Treppe war mit Händen gebaut worden. Aber wessen Hände waren es gewesen? Die Antwort könnte man sicher in den Ruinen am Fuß der Berge finden — wenn sie zu entziffern wäre.

Um die Mittagszeit waren die fünf Gipfel und der Rand des Abgrunds außer Sicht geraten. Über mir, unter mir war nichts als der blaue Nebel. Auch neben mir war leerer Raum, denn die gegenüberliegende Klippenwand war längst verschwunden. Ich fühlte keinen Schwindel, und jede Spur von Furcht ging in einer überwältigenden Neugier unter. Was würde ich entdecken? Eine uralte und wundervolle Zivilisation, die geblüht hatte, als die Pole tropische Gärten waren? Nichts Lebendiges, davon war ich überzeugt — alles war zu alt für Leben. Immerhin, eine so großartige Treppe mußte zu etwas gleichermaßen Großartigem führen. Was mochte es sein! Ich ging weiter.

In regelmäßigen Abständen war ich an Eingängen zu kleinen Höhlen vorbeigekommen. Nach zweitausend Stufen kam eine Öffnung, nach nochmals zweitausend Stufen wieder eine — und so weiter und so weiter. Am späten Nachmittag blieb ich vor einem dieser Einschnitte stehen. Ich schätze, daß ich bis dahin drei Meilen in die Tiefe gestiegen war, doch durch den Zickzackweg hatte ich volle zehn Meilen zurückgelegt. Ich prüfte den Eingang. Auf beiden Seiten waren die Gestalten des großen Portals oben eingemeißelt, nur standen sie jetzt mit dem Gesicht nach vorn, die Arme ausgestreckt, als wollten sie etwas aus den tieferen Bereichen zurückhalten. Ihre Gesichter waren mit Schleiern bedeckt. Es waren keine ekelhaften Figuren hinter ihnen. Ich ging in die Höhle. Sie führte zwanzig Yards nach hinten wie der Bau eines Tieres. Drinnen war es trocken und ganz hell. Wenn ich hinausblickte, sah ich den blauen Nebel sich wie eine Säule mit deutlich markierten Rändern erheben. Mich überkam ein starkes Gefühl von Sicherheit, obwohl ich mir vorher meiner Angst bewußt gewesen war. Ich spürte, daß die Gestalten am Eingang Wächter waren — aber gegen was?

Der blaue Nebel wurde dichter und begann schwach zu leuchten. Ich sagte mir, daß sicher oben die Dämmerung einfalle. Ich aß und trank ein wenig und schlief. Als ich erwachte, war der Nebel wieder durchsichtiger geworden. Also mußte es oben Morgen sein. Ich ging weiter. Ich vergaß den neben mir gähnenden Schlund. Ich empfand keine Müdigkeit und kaum Hunger und Durst, obwohl ich sparsam gegessen und getrunken hatte. Auch die nächste Nacht verbrachte ich in einer Höhle, und im Morgengrauen setzte ich den Abstieg fort.

Spät an diesem Tag sah ich zum ersten Mal die Stadt ...«

Er schwieg eine Weile.

»Die Stadt«, fuhr er endlich fort. »Dort gibt es eine Stadt, wissen Sie. Aber es ist eine Stadt, wie Sie noch nie eine gesehen haben — und auch sonst kein Mensch, der am Leben geblieben ist, um davon zu berichten. Ich vermute, daß der Abgrund die Form einer Flasche hat; die Öffnung vor den fünf Gipfeln ist der Hals. Aber wie breit der Boden ist, weiß ich nicht — vielleicht Tausende von Meilen. Ich erhaschte ab und zu einen Blick auf Lichtpünktchen weit unten in dem Blau. Dann sah ich die Wipfel von ... Bäumen, so muß man sie wohl nennen. Aber sie waren nicht von der Art unserer Bäume, sondern unerfreuliche, schlangenhafte Gewächse. Sie erhoben sich auf hohen dünnen Stämmen, und ihre Kronen waren Nester dicker Tentakel mit häßlichen kleinen Blättern wie Pfeilspitzen. Die Bäume waren rot, und es war ein lebhaftes, zorniges Rot. Hie und da entdeckte ich Flecken von einem leuchtenden Gelb. Ich wußte, das war Wasser, weil ich Wesen sah, die die Oberfläche durchbrachen — oder vielmehr konnte ich die Spritzer und Wellen sehen, aber das, was sie erzeugte, blieb meinen Augen verborgen.

Gerade unter mir lag — die Stadt. Ich blickte auf Meile um Meile dichtgepackter Zylinder hinab. Sie lagen auf der Seite, aufgestapelt in Pyramiden von dreien, von fünfen — von Dutzenden. Es ist schwierig, Ihnen ein Bild von dieser Stadt zu vermitteln. Doch stellen Sie sich einmal vor, Sie hätten Abflußrohre einer bestimmten Länge und würden erst drei von ihnen nebeneinander und dann zwei darüber und auf diese beiden eins legen. Oder Sie nehmen als Basis fünf und schichten darauf vier und dann drei, dann zwei und dann eins. Verstehen Sie?

So sahen die Gebäude aus. Aber auf ihnen erhoben sich zudem Türme, Minaretts, Lichtsignale, Fächer und unkenntliche Gebilde. Sie schimmerten, als seien sie von hellrosa Flammen umhüllt. Daneben erhoben sich die giftig-roten Bäume wie die Häupter von Hydras, die Nester gigantischer, juwelenbesetzter, schlafender Würmer bewachten.

Ein paar Fuß unter mir lief die Treppe in einen titanischen Bogen aus, unirdisch wie die Brücke, die die Hölle überspannt und nach Asgard führt. Er schwang sich hinaus und hinunter und in den oberen Teil des höchsten Zylinderstapels hinein und verschwand darin. Es war abstoßend — es war dämonisch ...«

Der Fremde hielt inne. Die Augen rollten ihm nach oben in den Kopf. Er zitterte, und seine Arme und Beine begannen wieder mit ihren schrecklichen kriechenden Bewegungen. Von seinen Lippen kam ein Flüstern. Es war ein Echo des Murmelns in den Lüften, das wir in der Nacht, als er zu uns kam, gehört hatten. Ich legte meine Hände auf seine Augen. Er beruhigte sich.

»Die Verfluchten!« sagte er. »Die Wesen der Tiefe! Habe ich geflüstert? Ja — aber sie können mich jetzt nicht mehr einfangen — sie können es nicht!«

Nach einer Weile sprach er so vernünftig wie zuvor weiter.

»Ich überquerte die Brücke. Ich stieg durch den oberen Teil dieses — Gebäudes hinunter. Blaue Dunkelheit umfing mich für einen Augenblick, und ich fühlte, daß sich die Stufen zu einer Wendeltreppe wanden. Ich folgte ihr und dann ... dann stand ich hoch oben in ... ich kann Ihnen nicht sagen, in was, ich werde es einen Raum nennen müssen. Wir haben keine Begriffe für das, was in der Tiefe ist. Hundert Fuß unter mir war der Boden. Die Wände kurvten von da, wo ich stand, in einer Reihe von größer werdenden Halbkreisen nach außen und unten. Der Raum war kolossal — und er war erfüllt von einem merkwürdig scheckigen roten Licht. Es war wie das Licht innerhalb eines grün und golden gefleckten Feueropals. Ich stieg bis zu der letzten Stufe hinab. Vor mir, aber weit entfernt, erhob sich ein hoher Säulenaltar. Seine Pfeiler waren zu eklen Schneckenschnörkeln gemeißelt — wie wahnsinnige Oktopusse mit tausend betrunkenen Tentakeln. Sie ruhten auf den Rücken formloser Ungeheuer aus karminrotem Stein. Die Altarfront war eine gigantische purpurfarbene Tafel, bedeckt mit Steinmetzarbeiten.

Ich kann diese Bilder nicht beschreiben! Kein menschliches Wesen könnte es — das menschliche Auge kann sie ebensowenig in sich aufnehmen wie die Gestalten, die in der vierten Dimension ihr Wesen treiben. Nur eine Art sechster Sinn nahm sie vage wahr. Sie ließen sich nicht fassen, und doch preßten sie sich in den Verstand wie kleine heiße Brandeisen — Vorstellungen von Haß — von Kämpfen zwischen unvorstellbaren greulichen Dingen — von Siegen in einer nebelhaften Hölle aus dampfendem, obszönem Dschungel — von unermeßlich widerwärtigen Zielen und Idealen ...

Wie ich da stand, merkte ich, daß etwas hinter dem Rand des Altars fünfzig Fuß oberhalb von mir lag. Ich wußte, es war dort — ich fühlte es mit jedem Haar und jeder kleinsten Stelle meiner Haut. Etwas unendlich Böses, unendlich Gräßliches, unendlich Altes. Es lauerte, es brütete, es drohte, und — es war unsichtbar!

Hinter mir war ein senkrecht stehender Kreis aus blauem Licht. Ich rannte hin. Eine innere Stimme drängte mich, umzukehren, die Treppe hochzusteigen und fortzulaufen. Es war mir unmöglich. Der Abscheu vor diesem unsichtbaren Ding ließ mich vorwärtseilen, als risse eine Strömung mich mit sich fort. Ich durchquerte den Kreis. Ich war draußen auf einer Straße, die sich zwischen Steinzylindern, deren Reihen hie und da von roten Bäumen unterbrochen wurden, bis in eine dämmerige Ferne erstreckte.

Jetzt konnte ich die erstaunlichen Zierate erkennen,

die die Gebäude umgaben. Sie lagen da wie glatte, abgeschälte Baumstämme, umrankt von hochreichenden, giftigen Orchideen. Ja — so waren diese Zylinder — und mehr. Sie hätten zusammen mit den Dinosauriern verschwunden sein sollen. Sie waren — monströs. Sie trafen die Augen wie ein Schlag, und sie fuhren über die Nerven wie eine Raspel. Und nirgendwo war etwas Lebendiges zu sehen oder zu hören.

Die Zylinder hatten kreisrunde Öffnungen wie der Tempel unter der Treppe. Ich durchschritt eine von ihnen und stand in einem langen, kahlen Raum, dessen gewölbte Seiten sich zwanzig Fuß über meinem Kopf nicht ganz schlossen. Sie ließen einen breiten Schlitz frei, der in die Kammer darüber führte. Es war absolut nichts in dem Raum bis auf das gleiche gefleckte rötliche Licht, das ich in dem Tempel gesehen hatte. Ich stolperte. Ich konnte immer noch nichts sehen, aber da war etwas auf dem Fußboden, und ich war mit dem Fuß dagegengestoßen. Ich faßte nach unten — und meine Hand berührte etwas Kaltes und Glattes — das sich unter ihr bewegte ... Ich drehte mich um und stürzte hinaus. Mich packte ein solcher Ekel, daß es etwas von Wahnsinn an sich hatte. Blindlings rannte ich los — rang die Hände — weinte vor Entsetzen ...

Als ich wieder zu mir kam, war ich immer noch zwischen den Steinzylindern und den roten Bäumen. Ich versuchte den Weg, auf dem ich hereingelangt war, zurückzugehen, den Tempel zu finden. Was mich erfüllte, war mehr als Angst. Ich war wie eine frisch losgelassene Seele, die von den ersten Schrecken der Hölle in Panik gejagt wird. Ich konnte den Tempel nicht finden! Dann begann der Nebel, sich zu verdichten und zu glühen, und die Zylinder glänzten heller. Das bedeutete, daß es in der Welt oben dunkel wurde, und ich spürte, daß sich mir mit der Dunkelheit die Gefahr näherte und das Verdichten des Nebels das Signal für das Erwachen der Wesen war, die in diesem Abgrund lebten.

Ich kletterte an einem der Bauwerke hoch und versteckte mich hinter einem verrenkten steinernen Alptraum. Vielleicht, dachte ich, gab es eine Chance, daß ich unentdeckt blieb, bis der Nebel wieder lichter wurde und die Gefahr vorbei war. Um mich erhob sich ein Murmeln. Es war überall — und es schwoll zu einem gewaltigen Flüstern an. Ich sah Lichter hin- und herwandern. Mehr und mehr Lichter — sie schwammen aus den runden Eingängen und drängten sich auf der Straße. Die höchsten schwebten acht Fuß über dem Pflaster, die niedrigsten vielleicht zwei. Sie eilten oder schlenderten, sie verbeugten sich, sie hielten an und tuschelten — und es war nichts unter ihnen!«

»Nichts unter ihnen!« keuchte Anderson.

»Nein, das war ja gerade das Schreckliche daran — es war nichts unter ihnen. Und doch waren die Lichter bestimmt Lebewesen. Sie hatten Bewußtsein, Willen, Denkvermögen — was sonst noch, wußte ich nicht. Im Durchmesser maßen sie fast zwei Fuß — die größten. Ihr Zentrum war ein heller Kern — rot, blau, grün. Dieser Kern verblaßte allmählich zu einem verschleierten Glühen, das nicht abrupt endete. Es schien sich ins Nichts zu verlieren — aber in ein Nichts, das unter sich ein Etwas hatte. Ich strengte meine Augen an, um diesen Körper zu erkennen, zu dem die Lichter zusammenflossen. Man konnte nur spüren, daß er da war, aber ihn nicht sehen.

Und mit einem Mal erstarrte ich. Etwas Kaltes und Dünnes wie eine Peitsche hatte mein Gesicht berührt. Ich drehte den Kopf. Dicht hinter mir waren drei der Lichter. Sie waren hellblau. Sie sahen mich an — wenn Sie sich vorstellen können, daß Lichter Augen sind. Ein zweiter Peitschenhieb traf meine Schultern. Unter dem mir nächsten Licht kam ein schrilles Flüstern hervor. Ich schrie. Das Murmeln auf der Straße hörte plötzlich auf. Ich riß meine Augen von der hellblauen Kugel, die mich in Bann hielt, los und sah mich um — die Lichter auf der Straße stiegen in Myriaden zu der Höhe auf, wo ich stand! Dort hielten sie an und betrachteten mich. Sie drängten und stießen sich wie eine Menge Neugieriger auf dem Broadway. Zwanzig Peitschen schlugen nach mir ...

In dem großen Raum unter der Treppe kam ich wieder zu mir. Ich lag am Fuß des Altars. Alles war still. Lichter waren keine da — nur das scheckige rote Glühen. Ich sprang auf die Füße und rannte auf die Treppe zu. Etwas riß mich auf die Knie zurück. Und dann sah ich, daß mir ein gelber Metallring um den Leib gelegt worden war. Von ihm hing eine Kette, und diese Kette führte nach oben über den Rand der hohen Kante. Ich war an den Altar gefesselt!

Ich suchte in meinen Taschen nach meinem Messer, um den Ring durchzuschneiden. Es war nicht da! Man hatte mir alles abgenommen bis auf die eine Feldflasche, die ich um den Hals hängen hatte. Ich nehme an, man hatte geglaubt, sie sei ein Teil von mir. Ich versuchte, den Ring zu zerbrechen. Er schien lebendig zu sein. Ich wand ihn in meinen Händen, und er zog sich fester um mich zusammen. Ich zerrte an der Kette. Sie hing unlösbar fest. Da fiel mir das unsichtbare Ding über dem Altar wieder ein. Ich kauerte mich am Fuß der Frontplatte zusammen und weinte. Allein an diesem Ort des seltsamen Lichts, und über mir dieser lauernde Horror — ein monströses Ding, ein unvorstellbares Ding — ein unsichtbares Ding, das Entsetzen verströmte ...

Nach einer Weile faßte ich mich. Dann sah ich neben einem der Pfeiler eine gelbe Schüssel, die mit einer dikken weißen Flüssigkeit gefüllt war. Ich trank sie. Es war mir gleichgültig, ob sie mich umbrachte. Aber der Geschmack war angenehm, und sowie ich trank, kehrte schlagartig meine Kraft zurück. Offensichtlich wollte man mich nicht verhungern lassen. Die Lichter, was sie auch sein mochten, hatten eine Vorstellung von menschlichen Bedürfnissen.

Und nun vertiefte das rötliche, gefleckte Schimmern

sich. Draußen erhob sich das Summen, und durch den Kreis, der den Eingang darstellte, strömten die Kugeln herein. Sie stellten sich in Reihen auf, bis sie den Tempel füllten. Ihr Flüstern stieg zu einem Gesang an, einem kadenzierten Flüstergesang, der stieg und fiel, stieg und fiel, während sich die Kugeln zu seinem Rhythmus hoben und senkten, hoben und senkten.

Die ganze Nacht kamen und gingen die Lichter — und die ganze Nacht erklang zu ihrem Heben und Senken der Gesang. Zum Schluß kam ich mir nur noch wie ein Atom des Bewußtseins in einem Meer melodischen Murmelns vor, ein Atom, das sich mit den Lichtern hob und senkte. Ich versichere Ihnen, daß sogar mein Herz im Einklang mit ihren Verbeugungen schlug! Das rote Glühen verblaßte, die Lichter strömten hinaus, das Flüstern erstarb. Ich war wieder allein, und ich wußte, daß in meiner eigenen Welt ein neuer Tag angebrochen war.

Ich schlief. Als ich erwachte, fand ich neben dem Pfeiler mehr von der weißen Flüssigkeit. Ich überprüfte die Kette, die mich an dem Altar festhielt, und begann, zwei der Glieder gegeneinanderzureiben. Das tat ich stundenlang. Als das Rot sich verdichtete, hatte sich eine Furche in sie eingegraben. Hoffnung stieg in mir auf. Es gab also eine Chance, zu fliehen.

Mit dem Dunkelwerden kamen die Lichter herein. Die ganze Nacht sangen sie ihre Flüsterlieder, hoben und senkten sich. Der Gesang ergriff Besitz von mir. Er durchpulste mich, bis jeder Nerv und Muskel in seinem Rhythmus bebte. Meine Lippen begannen zu zittern. Sie mühten sich ab wie bei einem Menschen, der in einem Alptraum zu schreien versucht. Und endlich flüsterten auch sie das Lied, das die Wesen der Tiefe sangen. Mein Körper verbeugte sich gemeinsam mit den Lichtern — ich war, mich bewegend und singend, eins mit den namenlosen Dingen, während meine Seele sich verkroch, krank vor Entsetzen und Hilflosigkeit. Und dann sah ich SIE!«

»Die Lichter?« fragte ich einfältig.

»Die Wesen unter den Lichtern«, antwortete er. »Große, transparente Körper mit Dutzenden sich windender Tentakel — runde, klaffende Münder unter den leuchtenden, sehenden Kugeln. Sie waren wie die Geister unvorstellbar widerwärtiger Schnecken! Ich konnte durch sie hindurchsehen. Und wie ich so starrte, immer noch flüsternd und mich verbeugend, brach der Morgen an, und sie strömten durch den Eingang hinaus. Sie krochen nicht, sie gingen nicht — sie schwebten! Sie schwebten hinaus und waren verschwunden.

Ich schlief nicht. Ich arbeitete den ganzen Tag an meiner Kette. Als das Rot sich verdichtete, hatte ich ein Sechstel abgerieben. Und die ganze Nacht flüsterte ich und verbeugte ich mich mit den Wesen der Tiefe, stimmte in ihren Gesang an das Ding ein, das über mir lauerte.

Noch zweimal verdichtete das Rot sich und hielt der Gesang mich fest. Dann, am Morgen des fünften Tages, zerbrach ich die abgeriebenen Glieder der Kette. Ich war frei! Ich trank aus der Schüssel mit der weißen Flüssigkeit und goß das, was übrigblieb, in meine Feldflasche. Ich rannte zur Treppe. Ich eilte nach oben und an dem unsichtbaren Horror hinter dem Altarrand vorbei und war draußen auf der Brücke. Ich lief hinüber und begann die Stufen hochzusteigen.

Können Sie sich vorstellen, wie es ist, geradewegs aus einer Abgrundwelt hochzusteigen — mit der Hölle auf den Fersen? Die Hölle war hinter mir her, und das Entsetzen schüttelte mich. Die Stadt war längst in dem blauen Nebel verschwunden, bevor ich erkannte, daß ich nicht fähig war, weiterzuklettern. Mein Herz schlug wie ein Schmiedehammer und dröhnte mir in den Ohren. Vor einer der kleinen Höhlen fiel ich nieder. Hier war endlich ein Zufluchtsort. Ich kroch tief hinein und wartete darauf, daß der Nebel sich verdichtete. Das geschah beinahe sofort. Von weit unter mir kam ein vielstimmiges, zorniges Murmeln. Vor der Öffnung sah ich ein pulsierendes Licht durch das Blau nach oben steigen. Es barst, und Myriaden der Kugeln, die die Augen der Wesen sind, schwangen sich in den Abgrund hinunter. Wieder und immer wieder pulsierte das Licht und fielen die Kugeln. Sie suchten mich. Das Flüstern wurde lauter, drängender.

In mir wuchs der schreckliche Wunsch, in das Flüstern einzustimmen, wie ich es in dem Tempel getan hatte. Ich zerbiß mir die Lippen, um sie ruhig zu halten. Die ganze Nacht schoß der Lichtstrahl durch den Abgrund, suchten die Kugeln und erklang das Flüstern — und jetzt erkannte ich den Zweck der Höhlen und der eingemeißelten Gestalten, die immer noch die Macht hatten, sie zu bewachen. Aber wer waren die Leute gewesen, die sie eingemeißelt hatten! Warum hatten sie ihre Stadt am Rand des Abgrunds angelegt, warum hatten sie eine Treppe in die Tiefe gebaut? Was hatten sie jenen Wesen bedeutet, die auf dem Grund lebten, und welchen Nutzen hatten sie aus den Wesen gezogen, daß sie sich neben ihrem Wohnort niederließen? Daß irgendein Sinn dahintersteckte, war klar. Nur dann wird ein so großartiges Werk wie die Treppe überhaupt in Angriff genommen. Aber was war das für ein Sinn? Und wie kam es, daß diejenigen, die an dem Abgrund gewohnt hatten, seit Äonen verschwunden waren, und die Wesen der Tiefe immer noch lebten? Ich fand keine Antwort — und ich kann auch jetzt keine finden. Ich habe nicht einmal ein Bruchstück von einer Theorie.

Über meinem Grübeln wurde es Morgen, und mit ihm kehrte Stille ein. Ich trank, was von der Flüssigkeit in meiner Feldflasche übrig war, verließ die Höhle und begann von neuem zu klettern. An diesem Nachmittag versagten meine Beine. Ich zog mein Hemd aus und zerriß es zu Polstern für meine Knie und Hände. Ich kroch aufwärts. Ich kroch höher und höher. Und wieder versteckte ich mich in einer der Höhlen und wartete, bis das Blau sich verdichtete, der Lichtstrahl hindurchschoß und das Flüstern begann.

Aber jetzt hatte das Flüstern einen anderen Ton angenommen. Es drohte nicht mehr. Es rief und schmeichelte. Ein neues Entsetzen packte mich. In mir war der heftige Wunsch entstanden, die Höhle zu verlassen und hinauszugehen, dahin, wo die Lichter schwebten, sie mit mir tun zu lassen, was ihnen gefiel, mich forttragen zu lassen, wohin sie wünschten. Der Wunsch verstärkte sich. Er gewann mit jedem Aufsteigen des Strahls neue Kraft, bis ich unter ihm ebenso vibrierte wie unter dem Gesang in dem Tempel. Mein Körper verhielt sich wie ein Pendel. Der Strahl stieg auf, und ich schwang mich auf ihn zu. Nur meine Seele blieb fest. Sie hielt mich auf dem Boden der Höhle zurück. Und die ganze Nacht kämpfte sie mit meinem Körper gegen den Zauber der Wesen aus der Tiefe.

Der Morgen kam. Wieder kroch ich aus der Höhle und an die Treppe. Ich konnte sie nicht erklimmen. Meine Hände waren zerrissen und bluteten, meine Knie eine einzige Qual. Stufe um Stufe zwang ich mich hoch. Nach einer Weile wurden meine Hände gefühllos, und der Schmerz verließ meine Knie. Sie starben ab. Stufe um Stufe trieb mein Wille meinen Körper auf diesen Knien empor.

Und dann — ein alptraumhaftes Kriechen unzählige Treppenabsätze hinauf — Erinnerungen an dumpfes Entsetzen, wenn ich mich in den Höhlen versteckte und die Lichter draußen pulsierten und das Flüstern mich rief und rief — einmal erwachte ich und stellte fest, daß mein Körper dem Ruf gehorchte und mich schon fast zwischen den Wächtern des Portals hindurch nach draußen geführt hatte, wo Tausende von schimmernden Kugeln in dem blauen Nebel schwebten und mich beobachteten. Ein erbitterter Kampf gegen den Schlaf und immer, immer — das Hochkriechen über eine Unendlichkeit von Stufen, die von Abaddon zu dem Paradies des blauen Himmels und der offenen Welt führten!

Endlich kam mir dumpf zu Bewußtsein, daß ich den freien Himmel über mir, den Rand des Abgrunds vor mir hatte. Ich erinnere mich, zwischen den hohen Säulen, die das Portal zu der Tiefe darstellen, hindurchgekommen und mich von ihnen entfernt zu haben. Ich träumte von Riesen mit seltsamen spitzen Kronen und verschleierten Gesichtern. Sie schoben mich weiter und weiter weg und hielten die Wunderkerzen-Kugeln zurück, die mich wieder in den Abgrund ziehen wollten, in dem Planeten zwischen den Zweigen roter Bäume mit Schlangen als Wipfeln schwammen.

Und dann ein langer, langer Schlaf — wie lang, weiß Gott allein — in einer Felsspalte, ein Erwachen, bei dem ich weit entfernt im Norden den Strahl immer noch steigen und fallen, die Lichter immer noch jagen sah und das Flüstern in den Lüften mich rief.

Wieder kroch ich auf toten Armen und Beinen, die sich bewegten — die sich bewegten — unabhängig von meinem Willen, aber mich von einem verwunschenen Ort wegtrugen. Und dann — Ihr Feuer — und dort — Sicherheit!«

Der kriechende Mann lächelte uns ganz kurz an. Dann erlosch plötzlich das Leben auf seinem Gesicht. Er schlief.

An diesem Nachmittag brachen wir das Lager ab und zogen nach Süden zurück, den kriechenden Mann mit uns tragend. Drei Tage lang trugen wir ihn, und er schlief immerfort. Und am dritten Tag starb er im Schlaf. Wir bauten einen großen Scheiterhaufen und verbrannten seine Leiche, wie er es gewünscht hatte. Seine Asche verstreuten wir zusammen mit der Asche des Holzes, das ihn verzehrt hatte, im Wald. Es müßte wirklich ein großer Zauber sein, der diese Aschen auseinandersortieren und ihn in einer dahinjagenden Wolke in den Abgrund, den er verflucht nannte, zurückziehen könnte.

Ich glaube, daß nicht einmal die Wesen der Tiefe über einen solchen Zauber verfügen. Nein.

Aber wir kehrten nicht zu den fünf Gipfeln zurück, um nachzusehen.

Aus dem Amerikanischen übersetzt von Rosemarie Hundertmarck

DER RUF
DES
PHANTASTISCHEN

Jack London
(1876—1916)

Jegliche Diskussion über die essentiellen Wurzeln der SF kann möglicherweise zur Überbewertung der Pulp-Magazine und deren Autoren führen. Zu Beginn dieses Jahrhunderts nämlich hatten die Magazine noch nicht die vereinende Kraft wie in späterer Zeit, und richtungsweisende SF wurde in Buchform oder allgemeinen Magazinen publiziert. Nicht mit dem Genre vertraute Leser hatten die SF bislang unbeachtet gelassen, und der SF-Leser selbst fieberte nach allem erdenklichen Lesestoff, um seinem noch nicht eindeutig definierten Bedarf nachzukommen.

Als endlich das erste SF-Magazin auf dem Markt war, gab es einige Jahre lang pro Monat nur ein einziges neues Heft zu kaufen, nach anderthalb Jahren kam dann ein vierteljährlich erscheinendes dazu. Diese konnten den Lesehunger allerdings für höchstens ein oder zwei Tage stillen, danach versuchte der — in der Regel männliche — Leser, anderswo Lesestoff zu ergattern. In der Hoffnung, etwas SF-Ähnliches zu finden, stöberte er in anderen Pulp-Magazinen und durchforstete die Bestände der Büchereien.

In den dreißiger Jahren gab es zwei weitere Magazine, dem Leser war allerdings etwas in der Art von ›Doc Savage‹ am liebsten; trotzdem entdeckte er Olaf Stapledon, Aldous Huxley oder Philip Wylie, als deren Bücher herauskamen, auch wurden Jules Verne, H. Rider Haggard, M. P. Shiel, H. G. Wells und A. Conan Doyle wieder ausgegraben.

Als Schöpfer von Sherlock Holmes war Doyle (1859—1930) berühmt und auch reich geworden, nachdem er eine ziemlich aussichtslose Karriere als Arzt zugunsten der Laufbahn als freier Schriftsteller aufgegeben hatte. Seine Vorliebe galt dem historischen Roman, doch schrieb er auch SF und Fantasy-Stories für die Magazine, die sich um seine Erzählungen förmlich rissen: ›The Strand‹ in England, in den Vereinigten Staaten ›Lippincott's‹, ›The Saturday Evening Post‹ und andere. Profes-

sor George Edward Challenger hieß die Hauptfigur in seinen bekanntesten Romanen THE LOST WORLD (1912, dt. *»Die verlorene Welt«, spätere Titel: »Die vergessene Welt« und »Der streitbare Professor«) und THE POISON BELT (1913,* dt. *»Im Giftstrom«), ebenfalls sehr bekannt ist THE MARACOT DEEP (1927,* dt. *»Die Maracot-Tiefe«).*

Ein weiterer Autor, der zwar regelmäßig, aber nicht ausschließlich SF schrieb, war Jack London. Er war der uneheliche Sohn eines irischen Wanderastrologen und fanatischen Spiritualisten. Sein Vater ließ seine Frau noch vor Jacks Geburt im Stich und leugnete die Vaterschaft. London wurde im kalifornischen Oakland geboren und wuchs dort in ärmlichen Verhältnissen auf. Seinen Familiennamen erhielt er von John London, den seine Mutter heiratete, als Jack kaum ein Jahr alt war.

London verrichtete in seiner Jugendzeit eine Vielzahl von schlechtbezahlten handwerklichen Jobs, Schichtarbeit in einer Konservenfabrik beispielsweise, oder Austernräuber, Hafenarbeiter und Seemann. Als Armeesoldat marschierte er für kurze Zeit in Richtung Osten, wo er ohnehin hinwollte, als Tramp ging die Reise weiter, bis er im Staat New York wegen Landstreicherei eingesperrt wurde und einen Monat in einer Besserungsanstalt verbrachte. 1897 schloß er sich den Goldsuchern in Klondike an, bereits ein Jahr später aber kehrte er mit leeren Händen zurück. Danach wurde aus ihm ein eingefleischter Sozialist.

Während all der Jahre, in denen er herumgezogen, gearbeitet und sich weitergebildet hatte, waren auch recht erfolgreiche schriftstellerische Arbeiten beendet worden, Von THE CALL OF THE WILD (1903, dt. *»Der Ruf der Wildnis«), ein auf seinen in Alaska gesammelten Erfahrungen basierender Roman, wurden allein im Hardcover anderthalb Millionen Exemplare verkauft. Das verschaffte ihm eine gewisse finanzielle Sicherheit, doch wurde er wegen seines ausschweifenden und ver-*

schwenderischen Lebensstils immer wieder an den Schreibtisch gezwungen, um seine Rechnungen bezahlen zu können. Als er im Alter von nur vierzig Jahren starb, war ihm möglicherweise das Nachlassen seiner schöpferischen Kräfte ebenso bewußt geworden wie der starke finanzielle Druck und die Folgeerscheinungen seiner Trunksucht. Todesursache war höchstwahrscheinlich eine Harnvergiftung, möglicherweise aber eine Überdosis Morphium.

Unter seinen zweiundzwanzig Romanen gibt es zwei, die eindeutig der SF zuzurechnen sind: BEFORE ADAM (1906, dt. *»Bevor Adam kam«, späterer Titel: »Vor Adams Zeiten«) und THE STAR ROVER (1914,* dt. *»Die Zwangsjacke«), aber auch THE IRON HEEL (1907,* dt. *»Die eiserne Ferse«) kann dazugezählt werden, trotz der sozialistisch-propagandistischen Grundhaltung, denn der Roman ist letztlich ein zukunftsorientiertes politisches Werk. Alle anderen Romane enthielten ebenfalls spekulative und teilweise in den Bereich der Fantasy gehörende Elemente, die sie zum geeigneten Lesestoff für SF-Fans machten, vor allem THE CALL OF THE WILD und THE SEA WOLF (1904,* dt. *»Seewolf«).*

»A Thousand Deaths« (1898/99), eine seiner frühesten SF-Stories erschien in einem ungewöhnlichen Fantasy-Magazin, in H. D. Umbstaetters ›Black Cat‹, doch schon bald darauf waren Londons Stories in ›Collier's‹, ›The Atlantic Monthly‹, ›McCLure's‹, ›Redbook‹, ›Cosmopolitan‹ oder ›The Saturday Evening Post‹ zu finden. Seine bekannteste SF-Story dürfte »The Scarlet Plague« (1912, dt. *»Die Scharlachpest«) sein, die in einem Storyband unter demselben Titel erschien.*

Londons größere Romane waren dem SF-Publikum der dreißiger und vierziger Jahre bestens bekannt, sehr viel weniger allerdings sein Kurzgeschichtenwerk — mit Ausnahme von »The Scarlet Plague« und »The Shadow and the Flash«, die in den späten vierziger Jahren in ›Famous Fantastic Mysteries‹ neu aufgelegt wurden. Hierzu gehört auch »The Red One« (1918, dt. *»Der Rote«), posthum in ›Cosmopolitan‹ veröffentlicht und noch im gleichen Jahr nachgedruckt in einer Collection unter demselben Titel.*

»The Red One« veranschaulicht das bereits um die Jahrhundertwende erreichte Maß an Raffinesse und Anspruch der Science Fiction, das von ihren Lesern auch akzeptiert wurde. Ähnliche Geschichten, in denen der Besuch Außerirdischer als etwas derart Selbstverständliches und ganz Normales in die Handlung eingebracht wird, wurden erst wieder im Goldenen Zeitalter der SF veröffentlicht.

JACK LONDON

Der Rote

Da war es! Als Bassett das plötzlich einsetzende Geräusch nach seiner Armbanduhr maß, verglich er es mit der Posaune eines Erzengels. *Ganze Stadtmauern,* dachte er, *könnten auf diese gewaltige und zwingende Aufforderung hin einstürzen.* Zum tausendsten Mal bemühte er sich vergebens, den ungeheuren Klang zu analysieren, der das Land bis weit in die Hochburgen der umliegenden Stämme hinein beherrschte. Die Bergesschlucht, der er entstieg, hallte wider von der schwellenden Flut, die Erde, Himmel und Wolken überschwemmte. Mit der ausufernden Phantasie des Kranken verglich er es mit dem donnernden Brüllen eines von Unglück oder Raserei befallenen Titanen der Alten Welt. Höher und höher stieg der Klang, herausfordernd und verlangend, und seine Fülle war von solcher Tiefe, als seien sie für Ohren jenseits der Grenzen des Sonnensystems bestimmt. Auch schien in ihm ein Protest mitzuschwingen, da es kein Ohr gab, das seine Äußerungen hörte und verstand.

So war die Vorstellung des Kranken. Doch er gab sich immer noch Mühe, das Geräusch zu analysieren. Es war wie ein rollender Donner, weich wie eine goldene Glokke, zart und melodisch wie eine angeschlagene silberne Saite. — Nein, es war weder dies noch eine Mischung aus all dem. In seinem Wortschatz und seiner Erfahrung gab es nichts, womit er die Gesamtheit des Geräusches hätte beschreiben können.

Die Zeit verging. Minuten wurden zu Viertelstunden, und Viertelstunden zu halben, und immer noch war das Geräusch da. Zwar veränderte es seinen anfänglichen Klang, doch es blieb stets gleichmäßig, ohne neu einzusetzen, bis es schwächer und undeutlicher wurde und ebenso gewaltig erstarb, wie es entstanden war. Es wurde zu einer Mixtur aus wirrem Gemurmel, Geschwätz und einem lauten Flüstern. Langsam, Schluchzer für Schluchzer, zog es sich in die mächtige Brust zurück, die es geboren hatte, bis ein wütendes Flüstern wimmernd vom Tod kündete, und ein ähnlich verführerisches von der Freude, stets bemüht, gehört zu werden, um irgendein kosmisches Geheimnis und eine Erkenntnis von grenzenloser Wichtigkeit und ebensolchem Wert zu offenbaren. Es erstarb zu einem wehenden Klang, der seine Drohung und sein Versprechen verloren hatte, um etwas zu werden, das noch Minuten nach seinem Erlöschen im Bewußtsein des Kranken pochte. Als er es nicht mehr hören konnte, sah Bassett auf die Uhr. Eine Stunde war vergangen, bis die Posaune des Erzengels zu einem tonalen Nichts geschrumpft war.

Ist dies also *mein* dunkler Turm? fragte sich Bassett und dachte an seinen Browning, als er seine skelettartigen, vom Fieber verheerten Hände betrachtete. Die Vorstellung an Jung-Harald, der mit einem Arm, der so schwach war wie der seine, ein Horn an die Lippen führte, ließ ihn lächeln. War es jetzt Monate oder Jahre her, seit er den geheimnisvollen Ruf am Strand von Ringmanu zum ersten Mal gehört hatte? Er hätte es nicht einmal sagen können, wenn sein Leben davon abgehangen hätte. Die Krankheit hatte ihn nun schon so lange in den Klauen. Soweit es die Zeit seines Wachseins betraf, wußte er von vielen, vielen Monaten, aber die langen Intervalle zwischen Delirium und Benommenheit konnte er nicht einmal schätzen. Er fragte sich, wie es wohl Kapitän Bateman auf dem Seelenverkäufer *Nari* ging. Ob sein ständig betrunkener Steuermann schon am Delirium tremens gestorben war?

Nach diesen vergeblichen Spekulationen wandte Bassett sich erneut all jenem zu, was seit dem Tag geschehen war, als er das Geräusch am Strand von Ringmanu zum ersten Mal gehört hatte und in den Dschungel gestürzt war, um es zu verfolgen. Sagawa hatte protestiert. Er sah ihn jetzt noch vor sich, das komische kleine Affengesicht ängstlich verzogen, als er, den Rücken voller Botanisiertrommeln, Bassetts Schmetterlingsnetz und die Schrotflinte in den Händen, in Trepang-Englisch brabbelte: »Mich Fella zuviel Angst im Busch. Böse Fella Boys sein im Busch.«

Bassett lächelte traurig bei dieser Erinnerung. Der kleine Neu-Hannoveraner Junge war zwar ängstlich gewesen, aber er hatte sich als treu erwiesen und war ihm ohne zu zögern in den Dschungel gefolgt, um die Quelle des wundersamen Geräusches zu suchen. Bassett war zu dem Schluß gekommen, daß es sich hierbei nicht um einen vom Feuer ausgehöhlten Baumstamm handelte, der in der Tiefe des Dschungels zum Krieg rief. Auch sein nächster Schluß war irrig gewesen — er hatte angenommen, die Ursache des Geräusches sei nicht weiter als eine Stunde entfernt und er könne mit Leichtigkeit um Mitternacht zurück sein, um vom Beiboot der *Nari* aufgenommen zu werden.

»Das große Fella Lärm nicht gut, Teufel-Teufel da überall«, hatte Sagawa geurteilt. Und er hatte recht gehabt. Hatte man ihm nicht noch am gleichen Tag den Kopf abgeschlagen? Bassett schüttelte sich. Zweifellos hatten die »schlimm Fella Boys«, die sich im Dschungel herumtrieben, ihn gefressen. Bassett sah ihn so vor sich, wie beim letzten Mal: der Schußwaffe und sonstigen Ausrüstung seines Herrn beraubt, lag er auf dem schmalen Pfad, wo man ihn kurz zuvor geköpft hatte. Ja, es war alles in einer einzigen Minute geschehen. Kaum eine Minute vorher hatte Bassett, als er einen Blick zurückwarf, ihn noch geduldig unter seiner Last dahintrotten sehen. Dann hatten Bassetts eigene Probleme angefangen. Er warf einen Blick auf die schlechtgeheilten Stümpfe des Zeige- und Mittelfingers seiner linken Hand und rieb damit die Narbe an seinem Hinterkopf. So schnell wie das Aufblinken der langschaftigen Streitaxt hatte er sich geduckt und den

Schlag teilweise mit der ausgestreckten Hand abgewehrt. Zwei Finger und eine häßliche Kopfwunde waren der Preis für sein Leben gewesen. Mit dem ersten Lauf seiner zehnkalibrigen Schrotflinte hatte er dem Buschmann, der ihm so nahe gekommen war, das Lebenslicht ausgeblasen; mit dem anderen hatte er die sich über Sagawa beugenden Buschmänner in die Flucht geschlagen und mit Vergnügen gesehen, daß der größte Teil der Ladung den getroffen hatte, der mit Sagawas Kopf davongerannt war. All dies war in einem Sekundenbruchteil passiert. Nur Bassett, der tote Buschmann und das, was von Sagawa übriggeblieben war, waren auf dem schmalen Pfad zurückgeblieben. Aus dem finsteren Dschungel zu beiden Seiten waren weder das Rascheln einer Bewegung noch das Geräusch von irgend etwas Lebendigem zu hören gewesen. Und es hatte ihm einen schrecklichen Schock versetzt. Zum ersten Mal im Leben hatte er ein menschliches Wesen getötet, und er verspürte Übelkeit, als er das Werk seiner Hände betrachtete.

Dann hatte die Jagd begonnen. Bassett zog sich vor denen, die ihn jagten, vom Strand abschnitten, auf den Pfad zurück. Er hatte keine Ahnung, wie viele sie waren. Nach dem, was er zu sehen bekam, konnte es einer, konnten es aber auch hunderte sein. Daß einige von ihnen auf die Bäume und durch die Wipfel kletterten, war für ihn gewiß; doch er sah nie mehr als den Schimmer sich gelegentlich bewegender Schatten. Er hörte zwar das Schwirren ihrer Bogensehnen nicht, doch dann und wann, ohne daß er wußte, aus welcher Richtung sie kamen, sausten kleine Pfeile an ihm vorbei, trafen die Baumstämme oder fielen zu Boden. Sie waren mit knöchernen Spitzen und Federschäften versehen. Die Federn, aus der Brust von Kolibris gerissen, leuchteten wie Edelsteine.

Einmal — und jetzt, viel später, kicherte er freudig bei der Erinnerung — hatte er einen Schatten über sich gesehen, der sofort regungslos wurde, als er den Blick nach oben wandte. Bassett konnte zwar nichts erkennen, doch da er kein Risiko eingehen wollte, faßte er den Entschluß, eine Schrotladung ins Blaue hinein abzufeuern. Mit dem Aufschrei einer wütenden Katze krachte der Schatten durch Baumfarne und Orchideen und knallte vor seinen Füßen auf den Boden und verbiß sich, vor Wut und Schmerz pausenlos brüllend, mit den Zähnen in Bassetts schwere Marschstiefel. Bassett war jedoch nicht untätig geblieben; er hatte das Gebrüll mit dem freien Bein zum Verstummen gebracht. Die Barbarei hatte ihn so abgehärtet, daß er bei der Erinnerung erneut freudig kicherte.

Und was für eine Nacht war darauf gefolgt! Es war kein Wunder, dachte er, als ihm die qualvolle und schlaflose Nacht einfiel, daß er sich eine solche Vielfalt an bösartigen Fiebern zugelegt hatte. Das Pochen seiner Wunde war nichts im Vergleich mit den Myriaden von Moskitostichen, denen er nicht entgangen war. Er hatte nicht gewagt, ein Feuer anzuzünden. Sie hatten seinen Körper im wahrsten Sinne des Wortes mit Gift vollgepumpt, so daß er bei Tagesanbruch mit geschwollenen, fast geschlossenen Augen blind umhergetappt war, ohne einen Gedanken daran zu verschwenden, daß man auch ihn köpfen und seinen Leichnam, wie den Sagawas, ins Kochfeuer legen könnte. Die letzten vierundzwanzig Stunden hatten aus Bassett ein Wrack an Leib und Seele gemacht. Er war kaum noch Herr seiner Sinne gewesen, denn das Insektengift hatte ihn fast um den Verstand gebracht. Er hatte die Schrotflinte mehrmals erfolgreich auf die Schatten abgefeuert, die ihn verfolgten. Stechende Tagesinsekten und Mücken vermehrten seine Qualen, während seine blutigen Wunden Schwärme von abscheulichen Fliegen anlockten, die träge an seinem Körper hingen, so daß er sie fortwischen oder zerquetschen mußte.

Einmal an diesem Tag vernahm er wieder das wundersame Geräusch, das nun zwar weiter entfernt zu sein schien, aber die nahen Kriegstrommeln im Dschungel übertönte. Und in genau diesem Moment hatte er einen Fehler gemacht. Er hatte angenommen, ihnen entkommen zu sein, hatte geglaubt, das Geräusch befände sich zwischen ihm und dem Strand von Ringmanu. In der Annahme, sich dem Klang entgegenzuarbeiten, war er in Wirklichkeit immer tiefer in das geheimnisvolle Herz der unerforschten Insel eingedrungen. Er hatte die Nacht erschöpft und zusammengekauert in den verfilzten Wurzeln eines indischen Feigenbaums verbracht, während die Moskitos freies Spiel mit ihm gehabt hatten.

Die folgenden Tage und Nächte waren in seiner Erinnerung so schummrig wie ein Alptraum. Er erinnerte sich noch klar daran, daß er plötzlich mitten im Dschungel in einem Dorf gestanden und zugesehen hatte, wie die alten Männer und Kinder in den Dschungel flohen: Außer einer waren alle geflohen. Ganz in der Nähe, dicht über ihm, hatte ihn ein Wimmern zusammenfahren lassen, das von einem gequälten und erschreckten Tier zu kommen schien. Als er aufschaute, hatte er es gesehen — ein Mädchen, eher eine junge Frau, die man in der sengenden Sonne an einem Arm aufgehängt hatte. Vielleicht hing sie schon seit Tagen da; die geschwollene Zunge, die ihr zum Mund heraushing, deutete darauf hin. Sie lebte noch und starrte ihn mit entsetzten Augen an. *Zu spät, um ihr zu helfen,* dachte Bassett, als er die Schwellungen an ihren Beinen sah, die zeigten, daß man ihre Gelenke zerschmettert und ihre Knochen gebrochen hatte. Er hatte sie erschießen wollen, doch an dieser Stelle brach seine Vision ab. Er konnte sich nicht daran erinnern, ob er es getan hatte oder nicht. Er wußte ebenso wenig, wie er in das Dorf gelangt war und es geschafft hatte, es wieder zu verlassen.

Viele zusammenhanglose Bilder zogen durch Bassetts Geist, als er an diese Periode seiner schrecklichen Wanderung dachte. Ihm fiel ein, daß er in ein anderes, nur aus einem Dutzend Hütten bestehendes Dorf eingedrungen war. Er hatte die Eingeborenen mit der Schrotflinte vor sich hergetrieben — alle bis auf einen alten Mann, der zwar zur Flucht zu schwach gewesen war, aber vor ihm ausspie und wimmerte und fauchte, als Bassett einen Erdofen geöffnet und ein gebratenes Ferkel von den heißen Steinen genommen hatte, das, in grüne Blätter eingepackt, delikat dampfte. In diesem Dorf hatte ihn die Brutalität ergriffen. Nachdem er sich den Bauch vollgeschlagen hatte, war er mit einem Hinterviertel des Ferkels in der Hand, auf dem Rückweg mit voller Absicht zu einer Hütte gegangen und hatte mit seinem Brennglas das Strohdach in Brand gesetzt.

Doch am tiefsten hatte sich der feuchte und lärmende Dschungel in Bassetts Hirn eingebrannt. Er stank förmlich vor Übel, und in ihm herrschte ewiges Dämmerlicht. Nur selten drang ein Sonnenstrahl durch das verfilzte Dach, das sich dreißig Meter über ihm befand. Und unter diesem Dach erstreckte sich eine Sumpfvegetation, ein monströses, parasitäres Getropfe aller dekadenten Lebensformen, die im Tod wurzelten und von ihm lebten. Und durch all dies bewegte er sich dahin, ständig verfolgt von den schwebenden Schatten der Kannibalen, die selbst Geister des Bösen waren. Zwar wagten sie es nicht, ihm im offenen Kampf zu begegnen, doch sie wußten, daß sie ihn über kurz oder lang fressen würden. Bassett fiel ein, daß er sich in Zeiten lichter Augenblicke mit einem verwundeten Stier verglichen hatte, der von Coyoten verfolgt wurde. Sie waren zu feige, um mit ihm um sein Fleisch zu kämpfen, aber sie wußten genau, daß sein Ende unausweichlich war. Und dann würde es einen Festschmaus geben. So wie die Stierhörner und seine stampfenden Hufe die Coyoten in Schach hielten, so hielt Bassetts Schrotflinte die Bewohner der Salomon-Inseln in Schach — die finsteren Schatten der Buschmänner von Guadalcanal.

Dann der Tag des Graslandes. Abrupt, wie von göttlicher Hand mit einem Schwert abgetrennt, hörte der

Dschungel auf. Sein Rand, senkrecht und so schwarz wie abscheulich, ragte dreißig Meter auf. Und dort, wo sein Rand war, wuchs das Gras — süßes, weiches, zartes Weidegras, die Freude eines jeden Farmers und seines Viehs, und es breitete sich weithin aus, Kilometer um Kilometer, bis ans Rückgrat der großen Insel und an eine steile Gebirgskette, die in uralter Zeit irgendeine Eruption emporgeschleudert hatte. Sie war gezackt und ausgehöhlt, aber von der Erosion tropischer Regengüsse noch nicht fortgewaschen. Aber für das Gras! Bassett war ein Dutzend Meter weit hineingekrochen, hatte das Gesicht darin vergraben, daran gerochen und war in einem Weinkrampf zusammengebrochen.

Und während er weinte, hatte das wundersame Geräusch erneut gedröhnt — vorausgesetzt, man konnte, wie er sich sagte, ein dermaßen fremdes und melodiöses Geräusch überhaupt mit dem Wort ›dröhnen‹ beschreiben. Es war melodischer als jedes andere, das er in seinem Leben gehört hatte. Es war so weitreichend und von so mächtiger Resonanz, daß es ein Ungeheuer mit einer erzenen Kehle hätte erzeugen können. Und doch rief es ihn von jenseits der ausgedehnten Savanne. Es war wie ein Segen für seinen leidenden, schmerzgeplagten Geist.

Ihm fiel ein, wie er im Gras gelegen hatte — mit nassen Wangen zwar, aber ohne zu schluchzen. Er hatte dem Geräusch gelauscht und sich gefragt, wieso er es am Strand von Ringmanu hatte hören können. Irgendeine Laune des Luftdrucks oder der Luftströmungen, hatte er gemeint, mußte den Ton so weit getragen haben. Die gleichen Bedingungen trafen vielleicht nur alle tausend oder zehntausend Tage zu; doch der Tag, an dem es geschehen war, war jener gewesen, an dem er, von der *Nari* aus an Land gegangen war, um ein paar Stunden lang Insekten zu sammeln. Er hatte es besonders auf den berühmten Dschungelschmetterling abgesehen, der eine Flügelspannweite von fünfundzwanzig

Zentimetern aufwies, wegen seiner mangelnden Färbung dem matt-samtenen, dunklen Urwalddach glich und sich in den hohen Bäumen aufhielt, so daß man ihn nur mit einem Schrotschuß herunterholen konnte. Aus diesem Grund hatte Sagawa auch die Flinte getragen.

Bassett hatte zwei Tage und Nächte gebraucht, um den Grasgürtel kriechend zu überwinden. Er hatte zwar viel ertragen müssen, doch zumindest hatte am Rand des Dschungels die Verfolgung aufgehört. Er wäre verdurstet, hätte ihn nicht am zweiten Tag ein starkes Gewitter belebt.

Und dann war Balatta gekommen. Im ersten Schatten, dort, wo die Savanne in den dichten Gebirgsdschungel überging, war er zusammengebrochen, um zu sterben. Zuerst hatte sie angesichts seiner Hilflosigkeit vor Freude aufgeschrien und Anstalten gemacht, ihm mit einem kräftigen Ast aus dem Wald den Schädel einzuschlagen. Vielleicht hatte seine absolute Hilflosigkeit sie umgestimmt, vielleicht aber auch ihre menschliche Neugier. Jedenfalls hatte sie gezögert, denn als sie gerade zuschlagen wollte, hatte er die Augen geöffnet und sah, daß sie ihn eingehend musterte. Besonders schienen seine blauen Augen und seine weiße Haut es ihr angetan zu haben. Sie hatte sich gelassen neben ihn niedergehockt, auf seinen Arm gespuckt und mit den Fingerspitzen den Tage alten Schmutz des Urwaldes von ihm abgerieben, der das Weiß seiner Haut verbarg.

Ihr Anblick hatte ihn nicht weniger überwältigt, obwohl an ihr nichts Gewöhnliches war. Als es ihm wieder einfiel, lachte er leise, denn was ihre Kleidung anging, so war sie ebenso unschuldig gewesen wie Eva vor der Geschichte mit dem Feigenblatt. Plump und mager zugleich, mit asymmetrischen Gliedern, und Muskeln wie Stricken, von Kindheit an schmutzig, und nur bei Regen gewaschen, war sie der Prototyp des unschönen Weibes, wie es nur Naturforscher je zu sehen bekommen. Ihre Brüste zeugten von Reife und Jugend zugleich; doch hätten sie es nicht getan, verriet sich ihr Geschlecht durch ihr einziges Schmuckstück, einen Schweineschwanz, der in einem Loch ihres linken Ohrläppchens steckte. Er war so frisch abgetrennt worden, daß von seinem Ende noch Blut tropfte, das wie Kerzenwachs auf ihrer Schulter gerann. Und erst ihr Gesicht! Es war ein verzerrter, faltiger Komplex affenartiger Züge, durchbohrt von breiten, nach vorn sich öffnenden mongolischen Nasenlöchern und einem Mund, der schlaff unter einer langen Oberlippe hing und dann in ein fliehendes Kinn überging. Ihre Augen starrten ihn verwirrt und blinzelnd an wie die Augen eines in den Käfig gesperrten Affen.

Nicht mal das Wasser, das sie ihm in einem großen Blatt brachte, und das uralte, fast verfaulte Stück gebratenen Schweinefleisches konnte ihre groteske Häßlichkeit verwischen. Nachdem er ein bißchen gegessen hatte, schloß er die Augen, damit er sie nicht ansehen mußte, doch Balatta piesackte ihn unentwegt mit den Fingern, damit sie einen Blick auf ihr Blau werfen konnte. Und dann war das Geräusch ertönt. Es war nun viel näher, das wußte er. Doch ebenso wußte er, daß es, trotz des weiten Wegs, den er zurückgelegt hatte, noch viele Stunden weit entfernt war. Seine Wirkung auf sie war verblüffend. Sie kauerte sich stöhnend und zähneklappernd vor Furcht zusammen und wandte das Gesicht ab. Als es sein einstündiges Leben ausgelebt hatte, schloß Bassett die Augen und schlief ein. Balatta hielt die Fliegen von ihm fern.

Als er erwachte, war tiefe Nacht. Balatta war verschwunden. Doch Bassett erkannte, daß er neue Kräfte gewonnen hatte. Da er schon jetzt mit soviel Moskitogift geimpft war, daß er sich keine weiteren Sorgen um weitere Insektenangriffe zu machen brauchte, schloß er die Augen und schlief bis zum Sonnenaufgang. Da kehrte Balatta zurück, und bei ihr befanden sich ein halbes Dutzend weiterer Weiber, die, obwohl sie nicht gerade schön waren, doch weniger häßlich waren als sie. An ihrem Verhalten erkannte Bassett, daß er als ihr Fund auch ihr Eigentum war, und der Stolz, den sie zeigte, als sie ihn den anderen präsentierte, hätte ihn zum Lachen gebracht, wäre seine Lage nicht so verzweifelt gewesen.

Später, nach einer schrecklich weiten Reise, war Bassett vor der Teufel-Teufel-Hütte im Schatten des Brotfruchtbaums niedergestürzt, und sie hatte äußerst lebhaft darauf bestanden, ihn zu behalten. N'Gurn, den Bassett später als Teufel-Teufel-Doktor, Priester oder Medizinmann des Dorfes kennenlernte, hatte seinen Kopf haben wollen. Andere der grinsenden und schwatzenden Affenmenschen, die ebenso wenig bekleidet waren und nicht weniger tierisch wirkten als Balatta, hatten ihn im ganzen für den Kochtopf gewollt. Bassett hatte ihre Sprache damals noch nicht verstanden — falls man die unartikulierten Töne, die sie von sich gaben, um Gedanken auszudrücken, überhaupt *Sprache* nennen konnte. Doch das Thema ihres Palavers hatte er nur zu gut verstanden — besonders als die Männer prüfend seinen Körper betastet hatten, als befänden sie sich in einem Metzgerladen.

Es hätte nicht viel gefehlt, und Balatta hätte während des Palavers den kürzeren gezogen, doch dann war das Unglück geschehen. Einer der Männer, der neugierig Bassetts Schießeisen untersucht hatte, hatte versehentlich den Hahn gespannt und den Stecher durchgezogen. Der Rückstoß des Kolbens in die Magengrube des Mannes war nicht das blutigste Ergebnis gewesen, denn die Schrotladung hatte aus einem Meter Entfernung einem anderen Debattierer den Kopf weggeblasen.

Balatta war mit den anderen geflohen. Als sie zurückkehrten, befand sich Bassett zwar wieder im Besitz seiner Flinte, aber ein nahender Fieberanfall ließ alles um ihn herum verschwimmen. Obwohl seine Zähne vor Fieber klapperten und seine Augen kaum noch sehen konnten, hielt er sich an seinem schwindenden Bewußtsein fest, bis er die Buschmänner durch ein paar simple Zauberkunststücke mit Kompaß, Armbanduhr, Brennglas und Streichhölzer in Schrecken versetzt hatte. Schließlich hatte er mit gehörigem Nachdruck eine unheimliche Feierlichkeit erzeugt, mit der Schrotflinte ein Ferkel getötet und war dann in Ohnmacht gefallen.

Bassett beugte die Armmuskeln, um herauszufinden, wieviel Kraft möglicherweise noch in seiner Schwäche wohnen mochte. Langsam und wankend kam er wieder auf die Beine. Er war furchtbar erschöpft und hatte sich trotz der vielen Genesungsmonate noch nicht von seiner Krankheit erholt oder seine frühere Stärke zurückgewonnen. Er befürchtete einen jener Rückfälle, die er schon oft gehabt hatte. Zwar war es ihm bislang gelungen, trotz der Kombination seiner schrecklichen und bösartigen Malaria- und Schwarzwasserfieberanfälle ohne Medikamente und Chinin zu überleben, aber würde es auch so weitergehen? Ständig stellte er sich diese Frage. Als echter Gelehrter wollte er erst dann sterben, wenn er das Geheimnis des seltsamen Geräusches gelöst hatte.

Auf einen Knüppel gestützt wankte er die wenigen Schritte bis zur Teufel-Teufel-Hütte, wo der Tod und N'Gurn in der Finsternis regierten. Für Bassett war die Teufel-Teufel-Hütte ebenso abscheulich finster und übelriechend wie der Dschungel, doch in ihr hielt sich gewöhnlich sein liebster Genosse und seine lebendige Zeitung auf: N'Gurn, der, in der Todesasche sitzend und im dünn aufsteigenden Rauch scharfsinnig grübelnd die von den Sparren hängenden Menschenköpfe bearbeitete, war stets zu einer Geschichte oder zu einem Schwatz aufgelegt. Während seiner monatelangen Krankheit hatte Bassett, wenn er wach war, die geistigen Einfachheiten und phonetischen Schwierigkeiten der Sprache N'Gurns, Balattas und Vungunguns gemeistert. Letzterer war der einfältige junge Häuptling, der von N'Gurn beherrscht wurde und, wenn die Gerüchte stimmten, auch sein Sohn war.

»Wird der Rote heute sprechen?« fragte Bassett, der sich schon sehr an die ekelhafte Tätigkeit des alten Mannes gewöhnt hatte, daß er sie kaum noch ernstlich wahrnahm.

Mit einem fachmännischen Blick untersuchte N'Gurn den Schrumpfkopf, an dem er gerade arbeitete.

»Es wird zehn Tage dauern, ehe ich ›fertig‹ sagen kann«, erwiderte er. »Noch nie hat ein Mann einen Kopf wie diesen geräuchert.«

Bassett lächelte heimlich. Er kannte die Abneigung des alten Knaben, mit ihm über den Roten zu sprechen. Es war immer so gewesen. Niemals, nicht einmal gedankenlos, hatte N'Gurn oder ein anderes Mitglied des schrecklichen Stammes etwas über die körperlichen Eigenschaften des Roten verraten. Doch einen Körper mußte der Rote haben, wenn er die wundervollen Klänge erzeugen konnte, doch auch wenn man ihn den Roten nannte — Bassett war sich nicht sicher, ob dies auch seine Farbe war. Doch nach den wenigen Anspielungen zu urteilen, die er aufgeschnappt hatte, waren seine Taten und Kräfte rot genug. Wie N'Gurn erzählt hatte, verfügte der Rote nicht nur über größere tierische Kraft als die Götter der Nachbarstämme (und dürstete nicht nur nach dem Blut lebendiger Menschen), sondern man opferte ihm sogar die Nachbargötter. Er war der Gott eines Dutzends verbündeter Dörfer wie diesem, dem Hauptdorf des Bündnisses. Mit seiner Hilfe hatte man viele fremde Dörfer verwüstet und ausradiert, und ihre Bewohner dem Roten geopfert. Es war nicht nur heute so. So war es schon in alter Zeit gewesen; man wußte davon aus den mündlichen Überlieferungen, die von Generation zu Generation weitergegeben wurden. Als N'Gurn noch ein junger Mann gewesen war, hatten die Stämme, die hinter dem Grasland lebten, einst einen Plünderungszug unternommen. Bei ihrem Rachefeldzug hatten N'Gurn und seine kriegerischen Stammesgenossen viele Gefangene gemacht. Man hatte allein über hundert Kinder vor dem Angesicht des Roten ausbluten lassen, und dazu viele Männer und Frauen.

Der Donnerer war ein anderer Name N'Gurns für die geheimnisvolle Gottheit. Man nannte ihn zuweilen auch den Lauten, die Gottesstimme, den Vogelkehligen, den Honigvogelkehligen, den Sanften Sänger und den Sterngeborenen.

Warum der Sterngeborene? Bassett fragte N'Gurn vergebens. Laut dem alten Teufel-Teufel-Doktor hatte der Rote immer gelebt, und zwar so wie jetzt. Er hatte immer gesungen und den Menschen seinen Willen zugebrüllt. Doch N'Gurns Vater, der jetzt — in trockene Grasmatten gehüllt — über ihnen zwischen den rauchschwarzen Sparren der Teufel-Teufel-Hütte hing, hatte es anders gesehen. Der verstorbene weise Mann hatte daran geglaubt, daß der Rote aus der Sternennacht gekommen sei, denn warum, so hatte seine Ansicht gelautet, hätten die längst vergessenen Alten seinen Namen sonst als der Sterngeborene überliefert? Bassett konnte nicht umhin, in diesen Worten etwas Überzeugendes zu sehen.

Doch N'Gurn gab an, er habe in den langen Jahren seines Lebens zwar viele sternenklare Nächte erlebt, doch noch nie einen Stern auf der Steppe oder im Dschungel gefunden — obwohl er danach gesucht hatte. Natürlich hatte er Sternschnuppen gesehen (dies als Antwort auf Bassetts Einwand), doch ebenso das phosphoreszierende Leuchten von Pilzgewächsen, faulem Fleisch, von Libellen in dunklen Nächten und die Flammen von Holzfeuern. Aber was wurde aus der Flamme, dem Feuer, der Glut, wenn sie ausgebrannt waren? Die Antwort: Erinnerungen; nur Erinnerungen an Dinge, die nicht mehr waren, wie die Erinnerungen an vollzogene Paarungen, vergessene Feste und Wünsche, die nur noch Geister von Wünschen waren, brennend und flammend, doch keine Wirklichkeit, da sie weder für Erleuchtung noch für Befreiung gesorgt hatten. Wo war der Appetit von gestern? Das gebratene Fleisch des Wildschweins, das der Pfeil des Jägers verfehlt hatte? Wo das Mädchen, das gestorben war, ehe der Jüngling es kennengelernt hatte?

N'Gurn wandte ein, daß eine Erinnerung kein Stern war. Wie konnte eine Erinnerung ein Stern sein? Außerdem hatte er während seines ganzen Lebens keine Veränderung am nächtlichen Sternenhimmel beobachtet. Er hatte nie bemerkt, daß auch nur ein einziger Stern an seinem gewohnten Platz fehlte. Außerdem bestanden Sterne aus Feuer, doch der Rote nicht. Doch auch seine letzte unfreiwillige Enthüllung sagte Bassett nichts.

»Wird der Rote morgen sprechen?« fragte er.

N'Gurn zuckte die Achseln, und es sah aus, als wolle er sagen: Wer kann das schon wissen?

»Und übermorgen? Und am Tag darauf?« fragte Bassett beharrlich.

»Ich möchte gern deinen Kopf räuchern«, sagte N'Gurn und wechselte damit das Thema. »Er ist anders als alle anderen. Kein Teufel-Teufel hat so einen Kopf. Ich würde ihn gut verarbeiten. Ich würde viele, viele Monde dafür brauchen. Die Monde würden kommen und gehen, und der Rauch würde sehr langsam sein. Ich würde das Material zum Räuchern selbst sammeln. Die Haut würde glatt bleiben, wie jetzt.«

Er stand auf und holte aus den nur vage erkennbaren Dachsparren, die vom Räuchern unzähliger Köpfe geschwärzt waren und der Dämmerung, die hier sogar tagsüber herrschte, ein eingewickeltes Päckchen und öffnete es.

»Das ist ein Kopf wie deiner«, sagte er, »aber schlecht verarbeitet.«

Bei der Andeutung, daß es sich um den Schrumpfkopf eines Weißen handelte, spitzte Bassett die Ohren, denn er war schon vor langem zu dem Schluß gelangt, daß die im Herzen der großen Insel lebenden Eingeborenen noch nie mit Weißen in Berührung gekommen waren.

Sie kannten nicht mal das überall gebräuchliche Trepang-Englisch, das im westlichen Südpazifik gesprochen wurde. Sie kannten auch keinen Tabak oder Pulver. Ihre paar kostbaren Messer, aus eisernen Tonnenreifen gemacht, und ihre wenigen, noch wertvolleren Tomahawks, waren billige Tauschäxte, die sie, wie er vermutete, von den Dschungelbewohnern jenseits des Graslandes erobert hatten, und diese hatten sie ihrerseits auf ähnliche Art von den Bewohnern der Korallenküste erbeutet, die hin und wieder mit Weißen in Berührung kamen.

»Die Stämme anderswo wissen nicht, wie man Köpfe bearbeitet«, erklärte der alte N'Gurn, während er aus der schmutzigen Matte einen zweifellos weißen Kopf wickelte und Bassett in die Hände legte.

Der Kopf war fraglos alt; und er gehörte einem Weißen, wie das blonde Haar bezeugte. Bassett hätte schwören können, daß er einst einem Engländer gehört hatte. Vermutlich einem englischen Seemann, und vor langer Zeit. Man konnte es an den schweren goldenen Ohrringen erkennen, die noch in seinen verwelkten Ohrläppchen steckten.

»Was deinen Kopf betrifft ...«, nahm der alte Teufel-Teufel-Doktor sein Lieblingsthema wieder auf.

»Ich sage dir was«, unterbrach Bassett ihn, denn ihm war plötzlich eine Idee gekommen. »Wenn ich sterbe, kannst du meinen Kopf haben — doch zuerst mußt du mir den Roten zeigen!«

»Wenn du tot bist, kriege ich deinen Kopf so oder so«, wies N'Gurn seinen Vorschlag zurück und fügte mit der brutalen Offenheit des Wilden hinzu: »Außerdem lebst du sowieso nicht mehr lang. Du bist jetzt schon so gut wie tot. Deine Kraft nimmt ab. In ein paar Monden werde ich deinen Kopf hier im Rauch drehen. Es ist schön, an langen Tagen den Kopf eines Mannes zu drehen, den man so gut gekannt hat, wie ich dich kenne. Ich werde zu dir sprechen und dir die vielen Geheimnisse anvertrauen, die du kennen möchtest. Doch dann wird es nicht mehr schaden, denn du wirst tot sein.«

»N'Gurn«, drohte Basset in plötzlicher Verärgerung, »du kennst den kleinen Donner in dem Eisen, das mir gehört.« (Dies war eine Andeutung auf sein allmächtiges und schreckliches Schießeisen.) »Ich kann dich töten, wann immer ich will — und dann kriegst du meinen Kopf nicht.«

»Dann wird Vungungun oder ein anderer meines Stammes ihn kriegen«, sagte N'Gurn selbstgefällig, »und er wird sich trotzdem im Rauch der Teufel-Teufel-Hütte drehen. Je eher du mich mit deinem Donner tötest, desto schneller wird sich dein Kopf hier im Rauch drehen.«

Und Bassett wußte, daß er in der Diskussion geschlagen war.

Was ist der Rote? Diese Frage stellte Bassett sich während der folgenden Woche, in der er wieder kräftiger zu werden schien, tausendmal. Was war der Ursprung dieses wunderbaren Gesangs? Was war dieser Sonnensänger, dieser Sterngeborene, diese mysteriöse Gottheit, die sich ebenso tierisch aufführte, wie die schwarzen, affenähnlichen Menschentiere, die sie anbeteten, und welchen silbersüßen, stiermäuligen Gesang hörte er da, wenn er sich der Tabuzone näherte?

Es war ihm nicht gelungen, N'Gurn mit dem Angebot, er könne nach seinem Tod seinen Kopf haben, zu bestechen. Vungungun, der ziemlich belämmerte Häuptling, war nicht nur zu einfältig, sondern stand auch zu sehr unter N'Gurns Fuchtel. Also blieb ihm nur Balatta. Von dem Augenblick an, als sie ihn entdeckt und ihre Häßlichkeit sich in seinen blauen Augen gespiegelt hatte, war sie seine unentwegte Bewunderin geblieben. Sie war eine Frau, und Bassett war klar, daß die einzige Möglichkeit, sie zum Verrat an ihrem Stamm zu bewegen, durch ihr weibliches Herz ging.

Bassett war ein wählerischer Mann. Er hatte nie den ersten Schreck überwunden, den Balattas Häßlichkeit in ihm hervorgerufen hatte. Zu Hause in England hatten die Frauen nie sonderlichen Reiz auf ihn ausgeübt. Doch jetzt fing er mit der Entschlossenheit, die nur ein Mann aufbringt, der bereit ist, sich für die Wissenschaft zu opfern, an, seine Empfindsamkeit zu vergessen und dem unglaublich häßlichen Buschweib Liebe vorzuheucheln.

Es schauderte ihn dabei, doch er wandte das Gesicht ab und verbarg seine Grimassen und seinen Ekel, wenn er den Arm um ihre schmutzbedeckten Schultern legte und die Berührung ihres zotteligen, mit ranzigem Öl beschmierten Haars an seinem Hals und seinem Kinn spürte. Doch er hätte beinahe aufgeschrien, als sie seiner Süßholzraspelei und seinen Liebkosungen augenblicklich erlag. Sie verzog den Mund und stieß unartikulierte Laute und leise, schweineartig gurgelnde Freudenschreie aus. Es war zuviel für ihn. Das nächste, was er im Laufe seiner merkwürdigen Werbung tat, bestand darin, sie mit an den Fluß zu nehmen und ordentlich abzuschrubben.

Von nun an weihte er sich ihr wie ein treuer Knappe, so regelmäßig und lange, wie sein Wille seinen Abscheu unterdrücken konnte. Doch der Ehe, die sie eifrig und unter Beachtung der Stammesgesetze vorschlug, entzog er sich. Zum Glück waren die Tabus des Stammes sehr streng. Ihnen zufolge war es N'Gurn nicht gestattet, die Knochen, das Fleisch oder die Haut eines Krokodils zu berühren. Es war bei seiner Geburt so bestimmt worden. Vungungun durfte niemals eine Frau berühren. Wurde dieses Tabu je verletzt, konnte es nur mit dem Tod des schuldigen Weibes gesühnt werden. Nach seiner Ankunft hatte Bassett gesehen, wie ein neunjähriges Mädchen beim Spiel gestolpert und gegen den heiligen Häuptling gefallen war. Seither war es verschwunden. Balatta hatte ihm zu verstehen gegeben, es sei drei Tage und Nächte lang vor dem Angesicht des Roten gestorben. Balattas Tabu war die Brotfrucht. Bassett empfand Dankbarkeit dafür. Ihr Tabu hätte auch Wasser sein können.

Er legte sich ein besonderes Tabu zu. Er erklärte, daß er sich nur verheiraten könne, wenn das Kreuz des Südens am höchsten am Himmel stünde. Da er etwas von Astronomie verstand, gewann er so eine Frist von neun Monaten, und er war davon überzeugt, daß er bis dahin entweder tot oder mit dem vollen Wissen über den Roten und den Ursprung seiner wunderlichen Stimme an die Küste entkommen war. Zu Anfang hatte er sich unter dem Roten eine gigantische, Memnon-ähnliche Statue vorgestellt, die unter bestimmten, vom Sonnenlicht abhängigen Temperaturverhältnissen ihre Stimme ertönen ließ. Doch als man ihm nach einem Feldzug eine Schar von Gefangenen nachts im Regen opferte, hatte seine Stimme stärker als gewöhnlich geklungen, und Bassett verwarf diese Theorie.

In Balattas Begleitung, manchmal auch in der einer Männer- oder Frauengruppe, durfte Bassett den Dschungel im Umkreis von drei Vierteln der Entfernung zum Roten erkunden. Doch das letzte Viertel, die Gegend, in der sich der Rote aufhielt, war tabu. Bassett machte Balatta immer stürmischer den Hof und achtete darauf, daß sie sich häufiger wusch. Sie war eine Frau, und um der Liebe willen zu jedem Verrat fähig. Obwohl ihr Anblick ihm Übelkeit verursachte, ihre Berührungen ihn verzweifeln ließen und er ihr nicht einmal in seinen Träumen entgehen konnte, erkannte er die überall gültige Wahrheit über ihr Geschlecht: Ihr eigenes Leben galt ihr weniger als das Glück ihres Geliebten, den sie zu ehelichen hoffte. Julia oder Balatta? Wo war der wesentliche Unterschied? Das weiche, zärtliche Produkt der Ultra-Zivilisation oder sein tierhaftes, hunderttausend Jahre zurückliegendes Vorbild. Es gab keinen Unterschied.

Bassett war in erster Linie Wissenschaftler, erst in zweiter war er Mensch. Er machte im Herzen des Dschungels von Guadalcanal ein Experiment, so, wie er im Labor eine chemische Reaktion erzeugt hätte. Er erhöhte seine vorgebliche Leidenschaft für die Buschfrau, und gleichzeitig verlangte er mit erhöhtem Nachdruck, daß sie ihn vor das Angesicht des Roten führte. Es war die alte Geschichte, erkannte er, daß die Frau stets bezahlen muß. Und eines Tages passierte es dann, als die beiden einen kleinen, namenlosen schwarzen Fisch fingen, der nur drei Zentimeter lang war, halb Aal und halb Schalentier, dick von lachsgoldenem Rogen, der sich im Süßwasser aufhielt und im allgemeinen, ob roh oder im Ganzen, frisch oder verfault, für eine absolute Delikatesse gehalten wurde. Balatta warf sich der Länge nach auf den faulenden Urwaldboden, schlang die Arme um seine Beine, küßte seine Füße und stieß brabbelnde Laute aus, so daß es ihm kalt den Rücken hinunterlief. Sie bat ihn, er solle sie lieber töten, als den höchsten Preis für ihre Liebe zu verlangen. Sie erzählte ihm von der Strafe, die darauf stand, das Tabu des Roten zu brechen: Eine Woche Folter bei lebendigem Leibe, deren Einzelheiten sie vor ihm in den Schlamm jammerte, bis ihm klar wurde, daß er nur ein Anfänger in seinem Wissen um jene Schrekken war, die der Mensch einem anderen antun konnte.

Dennoch bestand er — auch angesichts der ihr drohenden Gefahr — darauf, seinen Manneswillen zu befriedigen. Er mußte das den Roten umgebende Rätsel lösen, auch wenn sie dabei einen langsamen, schrecklichen Tod unter Schreien sterben mußte. Und da Balatta eine Frau war, gab sie nach und führte ihn in die Tabuzone. Ein steiler, sich aus dem Norden vorschiebender Berg, der auf einen ähnlichen aus dem Süden stieß, zwängte den Fluß, in dem sie gefischt hatten, in eine tiefe, finstere Schlucht. Nachdem sie eine Meile durch die Schlucht gegangen waren, stieg der Weg steil an, bis sie auf einen Bergsattel aus rauhem Kalkstein kamen, der Bassetts geologisch geschulten Blick auf sich zog. Immer weiter kletternd, obwohl seine körperliche Schwäche ihn oft zum Rasten zwang, kamen sie auf eine bewaldete Höhe, und schließlich auf eine kahle Mesa. Bassett erkannte ihren Untergrund als schwarzen vulkanischen

Sand. Er wußte, daß ein Taschenmagnet eine volle Ladung der scharfkantigen Körner, über die er ging, hätte einfangen können.

Und dann — er hielt Balattas Hand — erreichte er die Stelle: eine gewaltige, offensichtlich künstlich erzeugte Vertiefung im Herzen des Plateaus. Alte Geschichten, Navigationsanweisungen für die Südsee und viele Daten und ihre Zusammenhänge schossen ihm mit rasender Schnelligkeit durch den Kopf. Mendana hatte diese Inseln entdeckt und sie Salomonen genannt, denn er hatte geglaubt, die Minen des legendären Königs entdeckt zu haben. Man hatte die kindliche Leichtgläubigkeit des alten Seefahrers verlacht; doch jetzt stand Bassett am Rande einer Grube, die tatsächlich so aussah wie eine südafrikanische Diamantenmine.

Doch das, was er sah, war kein Diamant. Es war eher wie eine Perle, mit dem tiefen irisierenden Schimmer einer Perle: Doch sie war so groß, daß sämtliche Perlen, die man je auf der Erde gefunden hatte, zusammen ihre Größe nicht erreicht hätten, und sie wies eine Färbung auf, die keine Perle der Welt besaß. Es war die Farbe des Roten. Bassett wußte sofort, daß er ihm persönlich gegenüberstand — einer vollkommenen Kugel von siebzig Metern Durchmesser, deren höchster Punkt etwa dreißig Meter unter der Höhe des Plateaus lag. Ihre Färbung erinnerte an Lack, und er nahm an, daß es sich um eine von Menschenhand gefertigte Lackierung handelte — aber sie war zu perfekt für die Hände der Buschmänner. Die Farbe war noch heller als helles Kirschrot und wirkte, als hätte man sie Schicht für Schicht aufgetragen. Der Rote glühte und funkelte im Sonnenlicht, als werde er von innen heraus erleuchtet.

Balatta versuchte vergebens, ihn an seinem Abstieg zu hindern. Sie warf sich in den Staub. Doch als er den Pfad hinunterging, der sich an der Grubenwand entlangschlängelte, folgte sie ihm geduckt und vor Angst wimmernd. Daß die rote Kugel in harter Arbeit ausgegraben worden war, war Bassett klar. Als er an die wenigen Einwohner der zwölf verbündeten Dörfer und die primitiven Geräte und Arbeitsmethoden der Buschmänner dachte, erkannte er auch, daß nicht einmal die Anstrengungen von Myriaden Generationen diese ungeheure Grube ausgehoben haben konnten.

Der Boden der Grube war mit menschlichen Gebeinen bedeckt, und dazwischen lagen zerschmetterte und zerbrochene Dorfgötzen aus Holz und Stein. Einige von ihnen, mit obszönen Totem-Figuren und Zeichen bedeckt, waren aus festen Holzstämmen geschnitzt und zehn bis fünfzehn Meter lang. Bassett fiel das Fehlen der in den Küstendörfern häufig vorkommenden Hai- und Schildkrötengötter auf, und es verwunderte ihn, immer wieder auf ein Helmmotiv zu stoßen. Was wußten die wilden Insulaner aus dem finsteren Herzen Guadalcanals von Helmen? Hatten Mendanas Krieger Helme getragen? Waren sie vor Jahrhunderten hier eingedrungen? Wenn nicht, woher kannten die Buschmänner dann dieses Motiv?

Von der jammernden Balatta verfolgt, stieg Bassett über das Tohuwabohu aus Götzen und Knochen. Er gelangte in den Schatten der riesigen Kugel und betastete sie mit den Fingerspitzen. Sie war nicht lackiert, und ihre Oberfläche war auch nicht glatt. Im Gegenteil, sie war zerfurcht und voller Vertiefungen. Da und dort sah er Flecken, die ihm wie Anzeichen von Hitze und Schmelzung erschienen. Der Stoff, aus dem die Kugel bestand, war Metall — auch wenn es keinem Metall und keiner Legierung glich, die er kannte. Die Farbe, glaubte er, war kein Anstrich. Es handelte sich hier um die Eigenfarbe des Metalls.

Er bewegte die Fingerspitzen, die er bisher ruhig gehalten hatte, über die Oberfläche und spürte, daß die gewaltige Kugel lebte und reagierte. Es war unglaublich! Diese leichte Berührung — und diese ungeheure Masse reagierte darauf! Sie bebte in rhythmischer Vibration unter der Bewegung seiner Finger und erzeugte flüsternde, raschelnde und murmelnde Geräusche — Klänge, die so täuschend zart waren, daß sie einem Wispern glichen. Das Wispern war so sanft, daß es berauschend lebendig wirkte. Es erinnerte Bassett an ein Elfenhorn, und er hatte das Gefühl, daß so eine Götterglocke klingen mußte, wenn ihr Ton vom Weltraum aus zur Erde niedersank.

Er sah Balatta an, um ihr eine kurze Frage zu stellen, doch die Stimme des Roten, die er hervorgerufen hatte, hatte sie der Länge nach zu Boden geschleudert, wo sie stöhnend zwischen den Knochen lag. Er wandte sich wieder der Betrachtung des Monstrums zu und kam zu dem Schluß, daß es hohl sein mußte und aus einem auf der Erde unbekannten Metall bestand. Die Alten der Vergangenheit hatten es mit Recht den Sterngeborenen genannt: Der Rote konnte nur von den Sternen gekommen sein. Er war kein Produkt des Zufalls, sondern ein Werk von Kunst und Verstand. Die Vollkommenheit seiner Form und sein hohles Inneres konnten kein Ergebnis bloßen Zufalls sein. Der Rote war unzweifelhaft das Produkt weit entfernt lebender, unbegreiflicher Intelligenzen, die mit Metall zu arbeiten verstanden. Er starrte die Kugel verwundert an, und sein Verstand war ein einziges, jagendes Lauffeuer wilder Hypothesen, die zu erklären versuchten, wer dieser Weitgereiste war, der durch die Weltraumnacht und die Sterne gezogen war und jetzt vor ihnen aufragte, von geduldigen Kannibalen ausgegraben — vernarbt und lackiert durch das Feuerbad in zwei Atmosphären.

War seine Farbe oder Lackierung die durch die Wärme erzeugte Legierung irgendeines bekannten Metalls? Oder eine Eigenschaft, die dem Metall selbst zu eigen war? Er bohrte die Spitze seines Taschenmessers in die Metallhülle, um die Materialbeschaffenheit zu prüfen. Sofort äußerte die gesamte Kugel in einem mächtigen Flüstern scharfen Protest, der beinahe den Klang von Gold hatte, wenn man sich Gold klingend vorstellen konnte. Der Ton hob und senkte sich, wobei die Extreme der Tonleiter den Kreis zu schließen und sich zu dem stiermäuligen Donner zu vereinen drohten, den er des öfteren vor der Tabuzone gehört hatte.

Alle Sicherheit und seine Existenz vergessend, durch das Wunder dieses unbegreiflichen Gegenstandes in Ekstase versetzt, hob er das Messer zu einem kräftigen Stoß, doch Balatta hielt ihn zurück. Sie erhob sich voller Entsetzen auf die Knie, umfaßte seine Beine und flehte ihn an, aufzuhören. Um ihm klarzumachen, wie ernst es ihr war, schob sie einen Unterarm zwischen ihre Zähne und biß sich bis auf den Knochen.

Bassett nahm ihr Tun kaum wahr, obwohl er allmählich seinen sanfteren Gefühlen nachgab und den Klingenstoß zurückhielt. Für ihn war angesichts dieser gewaltigen Verkündigung höheren Lebens in den Fernen des Universums jede menschliche Existenz zu mikroskopischen Proportionen geschwunden. Als wäre sie ein Hund, trat er nach dem häßlichen kleinen Buschweib, damit es aufstand. Dann zwang er Balatta, die Kugel mit ihm zu umkreisen. Nach einem Teil des Weges stieß er auf etwas Grauenvolles. Zwischen den Knochen erkannte er die in der Sonne geschrumpften Überreste des neunjährigen Mädchens, das versehentlich Häuptling Vungunguns persönliches Tabu verletzt hatte. Und unter den Überresten jener, die bereits zerfallen waren, fand er auch solche, die noch gut zu erkennen waren. Die Buschmänner hatten sich mit Recht nach dem Roten benannt; sie sahen in ihm ihr Vorbild, und durch ihre blutigen Opfer erstrebten sie seine Gunst und sein Wohlgefallen.

Etwas weiter entfernt stieß Bassett, der ständig auf menschliche Gebeine und Götzenbilder trat, mit denen der Boden der alten Opferstelle übersät war, schließlich auf die Konstruktion, die es dem Roten erlaubte, seinen donnernden Ruf auszuschicken, der weit über den Dschungelrand und die Grassteppe hinaus bis zum fernen Strand von Ringmanu hörbar war. Sie war so einfach und primitiv, wie der Rote ein Kunstwerk war: Ein großer, fünfzehn Meter langer, waagerecht hängender Balken, von abergläubischer Fürsorge vor Jahrhunderten gefertigt, zu Dynastien von Göttern geschnitzt, von denen jeder mit einem Helm geschmückt war und im Maul eines Krokodils saß, war mit Lianenseilen an einem aus drei großen Stämmen bestehenden Dreibein befestigt. Auch sie wiesen grinsende und angesichts der modernen Vorstellungen des Menschen von Kunst und Gott lächerlich geschnitzte Fratzen auf. Lianenseile hingen von dem Balken herab, an denen die Männer ihre Kraft prüfen konnten, um den Balken so zu bewegen, daß er wie ein Rammbock gegen die mächtige, rotschimmernde Kugel fuhr.

Hier verrichtete N'Gurn sein Amt und die religiösen Zeremonien für die ihm unterstehenden zwölf Stämme. Bassett lachte laut, als er an den wundersamen Kurier dachte, den eine Intelligenz durch den Weltraum hatte ziehen lassen, damit er unter die Kopfjäger fiel und von affenartigen, menschenfressenden Wilden angebetet wurde. Es war, als wäre Gottes Wort in den Schlamm jenes Abgrunds gefallen, der noch unter der Hölle liegt; als hätte man Jehovas in Steintafeln gehauene Gebote den Bewohnern eines Affenkäfigs im Zoo vorgelegt; als wäre die Bergpredigt vor einer brüllenden Meute sabbernder Irrer gehalten worden.

Langsam vergingen die Wochen. Die Nächte verbrachte Bassett freiwillig auf dem aschebestreuten Fußboden der Teufel-Teufel-Hütte unter den ewig schwingenden Schrumpfköpfen, die langsam geräuchert wurden. Er tat es, weil die Hütte, die für das weniger zählende weibliche Geschlecht tabu war, ihm eine Zuflucht vor Balatta bot, deren Verliebtheit, je höher das Kreuz des Südens stieg und die nahende Hochzeit verkündete, immer leidenschaftlicher und gefährlicher wurde. Die Tage verbrachte Bassett in der Hängematte, die im Schatten des großen Brotfruchtbaums vor der Teufel-Teufel-Hütte hing. Er wich von diesem Programm ab, weil er im Koma der schrecklichen Fieberanfälle Tage und Nächte in der Hütte mit den Schrumpfköpfen lag. Er war permanent bemüht, das Fieber zu bekämpfen, um weiterzuleben. Er wollte wieder zu Kräften kommen, um stark genug zu sein, es mit dem Grasland und dem dahinter liegenden Dschungel aufzunehmen. Er wollte die Küste und irgendeine Schaluppe oder einen Schoner erreichen, der nach Arbeitskräften oder Sklaven suchte. Er wollte wieder in die Zivilisation und zu den zivilisierten Menschen zurück, um ihnen die Nachricht vom Kurier von einer anderen Welt zu bringen, der, von Tiermenschen angebetet — im schwarzen Herzen Guadalcanals lag.

In anderen Nächten verbrachte Bassett, unter dem Brotfruchtbaum liegend, viele Stunden damit, dort, wo die Eingeborenen ihn durch Rodung zurückgedrängt hatten, um das langsame Versinken der westlichen Sterne hinter der schwarzen Wand des Urwalds zu beobachten. Da seine astronomischen Kenntnisse mehr als nur oberflächlich waren, empfand er in der typischen Freude eines Kranken Vergnügen, wenn er über die Bewohner dieser unbekannten Welten nachdachte, die zu unvorstellbar fernen Sonnen gehörten. Ihr strahlendes Licht versuchte stets das Leben zu erreichen, wenn es wie ein scheuer Besucher das Versteck der Materie verließ. Bassett verstand die Grenzen der Zeit ebensowenig wie die Schranken des Raums. Keine subversive Raumspekulation hatte seinen festen wissenschaftlichen Glauben an die Unvergänglichkeit von Energie und Materie erschüttert. Es hatte immer Sterne gegeben, und sie würden ewig bestehen. Und gewiß war in diesem kosmischen Ferment alles einander irgendwie ähnlich und bestand in etwa aus der gleichen Substanz oder den gleichen Substanzen, außer wenn es seinen Launen nachgab. Alles gehorchte ohne Unterschied den gleichen Gesetzen, die die menschliche Erfahrung bewiesen hatte. Deswegen, machte er sich klar, mußten folglich zu allen Sonnen Planeten und Lebewesen gehören, wie die in ihrem eigenen Sonnensystem.

So wie er unter dem Brotfruchtbaum lag, ein vernunftbegabtes Wesen, das in die sternenübersäte Kluft hinaussah, so mußten in diesem Moment auch unzählige Augen ähnlicher Beschaffenheit das Universum durchforschen: Augen, die sich zwar voneinander unterschieden, doch hinter denen Intelligenz arbeitete, die nach dem Sinn und dem Aufbau des Ganzen fragte. Bei diesem Gedanken spürte er eine Seelenverwandtschaft mit den vielen Wesen, deren Blick ständig auf die Unendlichkeit gerichtet war.

Wer und was waren sie, diese fernen, überlegenen Wesen, die den Himmel mit ihrem gewaltigen, rotleuchtenden, singenden Kurier überbrückt hatten? Sicherlich hatten sie den Pfad, auf den der Mensch erst (nach dem kosmischen Kalender) vor kurzem den Fuß gesetzt hatte, schon vor langer Zeit betreten. Um in der Lage zu sein, einen Kurier dieser Art durch den Raum zu schicken, mußten sie Höhen erreicht haben, in die sich der Mensch in Finsternis und geistiger Wirrnis unter Tränen, Arbeit und blutigem Schweiß erst noch vorarbeiten mußte. Und was waren sie auf ihren Höhen? Hatten sie die Brüderschaft erreicht? Oder hatten sie erfahren, daß das Gesetz der Liebe mit Schwäche und Verfall bestraft wurde? Bestand das Leben aus Kampf? Galt im gesamten Universum das gnadenlose Gesetz der natürlichen Auslese? Und das naheliegendste und quälendste: Waren ihre längst gewonnenen Erkenntnisse und Weisheiten in dem gewaltigen metallenen Herzen des Roten eingeschlossen und warteten darauf, daß der erste Erdenmensch sie las? Eins war Bassett völlig klar: Die tönende Kugel war kein roter Tautropfen, den irgendeine gefolterte Sonne aus ihrer Löwenmähne geschüttelt hatte. Sie diente einem Zweck, sie war kein Zufallsprodukt; sie enthielt die Worte und die Weisheit der Sterne.

Welche Maschinerie, welche Elemente, welche gemeisterten Kräfte — welche Weisheit, Rätsel und Schicksalsbestimmungen konnte sie enthalten! Natürlich, denn wenn man schon in ein so kleines Ding wie den Grundstein eines öffentlichen Gebäudes soviel einschließen konnte, mußte diese gewaltige Kugel Unmengen an historischen Aufzeichnungen und Forschungsergebnissen enthalten; Erkenntnisse, die die wildesten Vermutungen, Gesetze und Theorien des Menschen übertrafen. Sie konnten sein irdisches Dasein individuell und kollektiv aus seiner momentanen Tiefe in unglaubliche Höhen der Reinheit und Macht aufsteigen lassen. Es war das größte Geschenk der Zeit an den mit verbundenen Augen blind himmelwärts stürmenden Menschen. Und er, Bassett, hatte das Glück gehabt, der erste zu sein, der den Kurier der menschlichen Verwandten aus der Sternenwelt empfing.

Bisher hatte noch kein Weißer, geschweige denn ein Buschmann der entfernter lebenden Stämme, den Roten gesehen und dies überlebt. So, hatte N'Gurn erklärt, lautete das Gesetz. Es müsse etwas mit Blutsbrüderschaft zu tun haben, hatte Bassett anfangs gemeint, doch N'Gurn hatte es mit ernster Miene abgestritten. Nicht einmal Blutsbrüderschaft wurde von der Gunst des Roten umfaßt. Nur die im Stamm geborenen Männer durften den Roten sehen und weiterleben. Jetzt, wo nur Balatta, der die Furcht, sie werde dem Roten geopfert, die Lippen verschloß, sein strafwürdiges Geheimnis kannte, hatte sich die Situation geändert. Er mußte jetzt dafür sorgen, daß er sich von den scheußlichen Fieberanfällen erholte, die ihn schwächten, und wieder in die Zivilisation zurückkehren. Er würde eine Expedition hierher zurückführen. Und wenn die gesamte Bevölkerung der Insel dabei zugrunde ging — er würde die Botschaft, die andere Welten der Erde geschickt hatten, aus dem Herzen des Roten holen.

Doch Bassetts Rückfälle kamen immer häufiger. Momentan fühlte er sich überhaupt nicht mehr stark. Er schlief immer länger, und schließlich wurde ihm etwas klar, was den Optimismus seines körperlichen Zustandes vernichtete: Er würde nie wieder die Grassteppe und den gefährlichen Dschungel durchdringen, um das Meer zu erreichen. Während das Kreuz des Südens immer höher am Himmel aufstieg, siechte er dahin, bis sogar Balatta erkannte, daß er den von seinem Tabu bestimmten Hochzeitstag nicht mehr erleben würde. N'Gurn unternahm eine Wallfahrt, sammelte Material zur Bearbeitung seines Kopfes und gab Bassett stolz die künstlerische Vollendung dessen bekannt, was er nach seinem Tod vorhatte. Was Bassett anging, so war er nicht einmal entsetzt. Zu lange schon verebbte das Leben in ihm, als daß er sich vor seinem drohenden Erlöschen gefürchtet hätte. Er vegetierte vor sich hin, erlebte wechselnde Perioden von Bewußtlosigkeit und träumerischem, irrealem Halbbewußtsein. In diesem Zustand grübelte er unkonzentriert darüber nach, ob er den Roten wirklich gesehen oder ihn sich im Delirium nur eingebildet hatte.

Dann kam der Tag, an dem sich alle Nebel und Spinnweben auflösten, an dem sein Geist so klar war wie eine Glocke und er völlig gelassen seinen körperlichen Zustand analysierte. Er konnte weder Hand noch Fuß heben. Er beherrschte seine Glieder so wenig, daß er sich seines Körpers kaum bewußt war. Sein Körper lastete in der Tat leicht auf seiner Seele, und sie, das wußte er in den kurzen Momenten der Klarheit, sah dem großen Ende seines Lebens entgegen. Bassett machte sich zwar nichts vor, aber er wußte nun auch, daß er den Weltenkurier voll und ganz und mit eigenen Augen gesehen hatte. Er wußte, daß er nicht mehr lange genug leben würde, um der Welt seine Botschaft zu bringen — die Botschaft, die möglicherweise schon seit zehntausend Jahren im Herzen Guadalcanals darauf wartete, daß die Menschheit sie hörte. Und so raffte sich Bassett zu einem Entschluß auf. Er rief N'Gurn in den Schatten des

Brotfruchtbaums und verhandelte mit dem alten Teufel-Teufel-Doktor die Bedingungen und Regeln für die letzte Anstrengung seines Lebens, das letzte Abenteuer, zu dem sein Leib noch fähig war.

»Ich kenne das Gesetz, N'Gurn«, sagte er abschließend. »Wer nicht im Stamm geboren ist, darf den Roten nicht sehen, ohne zu sterben. Mein Tod steht fest. Die jungen Männer sollen mich vor das Angesicht des Roten tragen, und ich werde ihn sehen, seine Stimme hören und dann von deiner Hand sterben. So wird drei Dingen Genüge getan: dem Gesetz, meiner Neugier und deinem Wunsch, meinen Kopf schnell zu bekommen, weil all deine Vorbereitungen auf ihn warten.«

N'Gurn stimmte zu und sagte: »Es ist besser so. Es ist töricht, wenn ein kranker Mann, der einfach nicht gesund werden kann, noch eine Weile vor sich hinlebt. Es ist auch für die Lebenden besser, wenn er geht. Du bist mir in letzter Zeit eine große Last gewesen. Auch wenn es gut für mich ist, mit einem weisen Mann wie dir zu reden, doch seit vielen Monden haben wir uns kaum unterhalten. Du hast den Köpfen in meiner Hütte Platz weggenommen, hast Lärm gemacht wie ein sterbendes Schwein und in einer Sprache geredet, die ich nicht verstehe. All dies hat mich verwirrt, denn ich denke gern an große Dinge wie Licht und Finsternis, wenn ich die Köpfe im Rauch drehe. — Dein Lärm hat mich beim Nachdenken über die endgültige Weisheit gestört, die ich erringen will, bevor ich sterbe. Für dich, über den das Dunkel schon brütet, ist es gut, daß du stirbst. Ich verspreche dir, daß keiner von uns stören soll, wenn die langen Tage kommen und ich deinen Kopf im Rauch drehe. Und ich werde dir viele Geheimnisse erzählen, denn ich bin ein weiser alter Mann und will Weisheit zu Weisheit fügen.«

So baute man eine Trage, und Bassett wurde auf den Schultern von sechs Männern zu seinem letzten Abenteuer getragen, das für ihn die Krönung des ganzen Lebens darstellte. Seinen Körper spürte er kaum noch, denn sogar der Schmerz war gegangen. Doch sein Verstand war hell und klar und versetzte seine Gedanken in einen gelassenen Zustand der Entrückung. Er lag ausgestreckt auf der sich wiegenden Trage, sah letztmalig Welten an sich vorüberziehen und schwinden, den Brotfruchtbaum vor der Teufel-Teufel-Hütte, den trüben Tag, das verfilzte Dschungeldach, die finstere Schlucht zwischen den scharfkantigen Bergen, den rauhen Kalksteinsattel und die Mesa aus schwarzem, vulkanischem Sand.

Man trug ihn über den spiralförmigen Pfad in die Grube hinab. Die Eingeborenen umkreisten den glühenden Roten, der stets den Eindruck erweckte, er werde augenblicklich von Farbe und Licht zu melodischem Singen und Donnern übergehen. Sie trugen ihn über die Knochen und Holzblöcke geopferter Menschen und Götter, an den Schatten anderer geopferter Wesen vorbei, die noch lebten, bis zu dem Dreibein und dem gewaltigen, hängenden Rammbock.

Hier richtete Bassett sich mit Hilfe von N'Gurn in seiner Schwäche schwankend auf und musterte den Roten mit einem klaren und unerschütterlichen Blick.

»Einmal, N'Gurn«, sagte er, ohne den Blick von der hellen, vibrierenden Oberfläche zu wenden, auf der sämtliche Kirschrot-Schattierungen pausenlos spielten, stets auf dem Sprung, zu einem Geräusch, einem seidigen Rascheln, einem silberhellen Flüstern, zum Klimpern goldener Saiten, zu samtweichem Elfenland-Flöten, zu sanftem, fernem Donner zu werden.

»Ich warte«, mahnte N'Gurn ihn nach einer langen Pause, die langschäftige Axt bereit in der Hand.

»Einmal, N'Gurn, laß den Roten sprechen, damit ich ihn gleichzeitig sprechen sehen und hören kann«, sagte Bassett. »Und dann, wenn ich die Hand hebe, schlag zu! Wenn ich die Hand hebe, beuge ich den Kopf und entblöße den Hals, so daß du zuschlagen kannst. Doch jetzt, N'Gurn, wo ich für immer aus dem Licht des Tages scheide, möchte ich, daß mir die wunderbare Stimme des Roten laut in den Ohren klingt.«

»Und ich verspreche, daß nie ein Kopf so gut behandelt werden wird wie der deine«, versicherte N'Gurn, der den Männern seines Stammes gleichzeitig Zeichen gab, die von dem Rammbock herunterhängenden Seile in Bewegung zu versetzen. »Dein Kopf wird mein größtes Meisterwerk werden.«

Angesichts des Stolzes von diesem alten Mann mußte Bassett lächeln, doch schon wurde der geschnitzte, über zwölf Meter weit zurückgezogene Holzblock losgelassen. Im nächsten Moment verlor er sich in der Ekstase des plötzlich ertönenden donnernden Geräuschs. Was für ein Donner! Er war weich, verbunden mit der Köstlichkeit aller klingenden Metalle. Erzengel sprachen aus ihm. Er war schöner als jeglicher Gesang. Aus ihm sprach die Intelligenz der Übermenschen anderer Planeten. Es war Gottes Stimme, lockend und gebieterisch, damit man sie vernehme. Und — das beständige Wunder des interstellaren Metalls! Bassett sah mit eigenen Augen, wie sich eine Farbe nach der anderen in Geräusche umsetzte, bis die gesamte einsehbare Oberfläche der riesigen Kugel von kribbelndem Dampf erfüllt zu sein schien. Er konnte nicht mehr sagen, ob es Farbe oder Geräusch war.

Die Zeit verging. Schließlich riß ein N'Gurn Bassett mit einer ungeduldigen Bewegung aus seiner Verzückung. Er hatte den alten Teufel-Teufel-Doktor fast vergessen. Ein flüchtiger Gedanke, der ihm durch den Kopf schoß, ließ Bassett leise kichern. Sein Schießeisen lag neben ihm auf der Trage. Er brauchte sich bloß die Mündung an den Kopf zu setzen und abzudrücken, dann würde sein Kopf in tausend Stücke gerissen.

Aber warum soll ich ihn betrügen? dachte Bassett. Wenn der alte N'Gurn auch ein Kopfjäger und menschenfressendes Halbtier war — mehr Affe als Mensch —, er hatte sich als redlicher Mensch erwiesen und war auf seine Weise ein Vorläufer der Ethik und der Verträge und der Rücksichtnahme und Sanftmütigkeit des Menschen. *Nein,* dachte Bassett, *es wäre ein böses Unrecht und unehrenhaftes Verhalten, den alten Knaben in letzter Sekunde hereinzulegen.* Sein Kopf gehörte N'Gurn; er hatte ihm versprochen, daß er ihn würde räuchern können.

Als Bassett wie vereinbart die Hand hob und den Kopf senkte, um den Hals zu entblößen, vergaß er Balatta, die nur ein Weib, nichts als ein Weib war und dazu noch von keinem begehrt wurde. Er wußte, ohne hinzusehen, daß sich nun hinter ihm die rasiermesserscharfe Axt in die Luft hob. Und in dem Augenblick, vor dem Ende, fiel der Schatten des Unbekannten auf ihn, das Gefühl eines kurz bevorstehenden Wunders, das die Mauern, die alles Vorstellbare umgaben, sprengen würde. In dem Bewußtsein, daß der Hieb begonnen hatte, kurz bevor die stählerne Schneide in sein Fleisch und seine Nerven biß, hatte er das Empfinden, Medusa — der Wahrheit — ins Gesicht zu sehen. Im gleichen Moment, mit dem Biß des Stahls und dem plötzlichen Einbruch der Dunkelheit, gaukelte ihm die Phantasie des Augenblicks eine Vision seines eigenen Kopfes vor, der sich langsam und unablässig in der Teufel-Teufel-Hütte neben dem Brotfruchtbaum drehte.

Originaltitel: »The Red One«
Erstmals erschienen in »Cosmopolitan«, Oktober 1918;
mit freundlicher Genehmigung von I. Milo Shepard
im Namen der Erben von Irving Shepard

Aus dem Englischen übersetzt von Ronald M. Hahn

DER HORROR
ALS
FÜGUNG DES SCHICKSALS

H. P. Lovecraft

(1890—1937)

Neben den Spekulationen der SF zog sich noch ein anderer Faden von befremdlichem Charakter durch das ansonsten recht uninteressante Gebilde aus literarischen Ergüssen. Es war der Faden des übernatürlichen Horrors.

Im weitesten Sinne ist die Geburt der Horror-Story mindestens fünfzig Jahre früher anzusetzen als die der SF, vielleicht sogar hundert Jahre oder gar Jahrtausende, je nach Definition. In dem Buch SUPERNATURAL HORROR IN LITERATURE (1927, dt. *»Die Tradition der Weird Fiction in Amerika«, Auszug) verfolgte H. P. Lovecraft, der sich selbst als Meister betrachtete in der Kunst, den Leser in Angst und Schrecken zu versetzen, die Wurzeln zurück bis zu den magischen Zeremonien der Ägypter und Semiten sowie mittelalterlichem Hexenkult.*

Aus den mittelalterlichen Mythen über Werwölfe, Geister, Zauberer und lebende Tote entstand die Gothic Novel, *der (Gotische) Schauerroman. Horace Walpole schuf das erste Werk dieser Gattung mit THE CASTLE OF OTRANTO (1764,* dt. *»Die Burg von Otranto«). Weitere Romane in dieser Tradition waren William Beckfords VATHEK (1784,* dt. *»Vathek«), Ann Radcliffes THE MYSTERIES OF UDOLPHO (1784,* dt. *»Die Geheimnisse von Udolpho«), THE MONK (1796,* dt. *»Der Mönch«) von Matthew Gregory Lewis und Charlotte Dacres ZOFLOYA aus dem Jahre 1806. Alle diese Bücher handelten von einer jungen Frau in drohender Gefahr, von Spukschlössern, rasselnden Ketten, gespenstischen Erscheinungen oder bisweilen auch von einer schicksalhaften Bedrohung, die schlimmer war als der Tod.*

Mary Shelleys FRANKENSTEIN (1818, dt. *»Frankenstein«), von vielen als erster SF-Roman überhaupt angesehen, wurde stark von den obengenannten Büchern beeinflußt und zeigt viele von deren charakteristischen Merkmalen.*

Nach Lovecrafts Meinung waren auch Bulwer-Lytton, LeFanu, Wilkie Collins, Haggard, Doyle, Wells und Ste-

venson dieser Tradition verhaftet, seine größte Bewunderung galt allerdings Poe, O'Brien und Bierce. Er erwähnt auch F. Marion Crawford, Robert W. Chambers, Henry James, Oscar Wilde, M. P. Shiel, Bram Stoker, Sax Rohmer, William Hope Hodgson und andere, richtet allerdings besonderes Augenmerk auf Arthur Machen, Algernon Blackwood, M. R. James und Lord Dunsany.

›Weird Tales‹ hieß das Magazin, das die meisten von Lovecrafts Werken veröffentlichte; es wurde 1923 von Clark Henneberger gegründet, ein Jahr später aber bereits wieder verkauft. Der Herausgeber Farnsworth Wright führte die Geschäfte weiter, bis das Magazin 1938 wiederum verkauft wurde. Dorothy McIlraith übernahm daraufhin die Leitung bis zur letzten Ausgabe im Jahre 1954. Zu keinem Zeitpunkt war mit ›Weird Tales‹ viel Geld zu verdienen gewesen, und auch einem kürzlichen Wiederbelebungsversuch war kein Erfolg beschieden.

Die Zahl der Leser mit einer Vorliebe für Horrorstoffe schien begrenzt, doch ›Weird Tales‹ hielten sie die Treue. Ähnlich verhielt es sich bei den Autoren, obwohl ihre Bezahlung niedrig war und nicht gerade pünktlich erfolgte.

»Dagon« (1923, dt. *»Dagon«), Lovecrafts erste Story in ›Weird Tales‹, wurde in der ersten Ausgabe des Magazins abgedruckt, war allerdings 1919 schon einmal erschienen, und zwar in einem kleinen Magazin, das sich ›The Vagrant‹ nannte. Lovecraft schrieb nun ständig für ›Weird Tales‹, und wurde einmal ein Manuskript abgelehnt, was selten vorkam, schickte er es meistens gar nicht erst an eine andere Adresse. Bei zwei Manuskripten sahen Freunde von ihm sich gezwungen, diese zu ›Astounding‹ zu schmuggeln. Gewöhnlich veröffentlichten auch andere Magazine solche Literatur, etwa ›All-Story‹, ›Argosy‹ oder ›Cavalier‹. Später gab es ›Horror Tales‹ und ›Terror Tales‹, die sich auf sadistische Themen spezialisierten, und ›The Thrill Book‹, ›Strange Tales‹ oder ›Ghost Stories‹ verschwanden entweder schnell*

wieder von der Bildfläche oder hatten ohnedies geringen Einfluß.

Lovecrafts Bedeutung beruht auf zwei wichtigen Fakten: er schuf sich selbst seinen eigenen festen Platz innerhalb der Pulp-Literatur, und er schuf ein ganzes Heer von Nachfolgern. Übernatürlicher Horror entstand an diesem festen Platz. Lovecraft unterschied zwischen diversen Erscheinungsformen. Rein physische Angst oder »diesseitiges Grauen« bedeuteten ihm nichts. Was er hervorrufen wollte, war die Furcht vor dem Unbekannten:

> *Das wirklich Unheimliche läßt sich nur daran ermessen, ob es gelingt, im Leser ein unergründliches Gefühl für das Grauenvolle zu wecken, für seine Verbindung mit unbekannten Sphären und Mächten, eine bewußte Haltung ehrfürchtigen Lauschens, etwa auf das Schlagen schwarzer Schwingen oder das Scharren jenseitiger Wesen unbekannter Daseinsform am äußersten Rand des uns bekannten Universums.*

Lovecraft selbst schien fast genauso befremdend zu sein wie das, was er schuf. Als er gerade acht Jahre alt war, starb sein Vater, seine Mutter war in einem Zustand geistiger Verwirrung. Abgesehen von einer kurzen, unglücklichen Ehe mit einer Geschäftsfrau aus Brooklyn, lebte er mit seinen Tanten zusammen ausschließlich in Providence, wo er geboren wurde. Dort führte er ein zurückgezogenes und eher bescheidenes Leben, da ihm seine Schreibtätigkeit nur wenig einbrachte.

Durch Briefe von teils beträchtlicher Länge und Detailfreudigkeit gewann er auf dem Postweg neue Freunde. Oft konnte er ihnen Anregungen geben für ihre Arbeit, und manchmal arbeitete er auch mit ihnen zusammen. Dafür bestärkten sie ihn in seiner Arbeit. Zu diesen Freunden zählten E. Hoffman Price, Clark Ashton Smith,

Donald und Howard Wandrei, Robert Bloch, Henry Kuttner, C. L. Moore, Frank Belknap Long und Carl Jacobi. August Derleth war so angetan von Lovecrafts Werken, vor allem dem Cthulhu-Mythos, den Lovecraft als Hintergrund für eine Vielzahl seiner Geschichten erdacht hatte, daß er mit Donald Wandrei zusammen den Verlag Arkham House gründete, um nach dessen Tod Lovecrafts THE OUTSIDER, AND OTHERS (1939, dt. *in verschiedenen Originalzusammenstellungen enthalten) und mehr bislang Unveröffentlichtes herauszubringen, später dann auch anderes aus dem Bereich der Fantasy sowie den frühen Ray Bradbury und nicht zu vergessen, auch SF-Autoren wie A. E. Van Vogt.*

Lovecraft starb 1937 an chronischer Nierenentzündung und Darmkrebs. Er hinterließ den Roman THE CASE OF CHARLES DEXTER WARD (1941, dt. *»Der Fall Charles Dexter Ward«) sowie einen ganzen Berg an Kurzgeschichten, von denen eine ganze Reihe um den Mythos von uralten bösen Mächten kreist, welche einst die Erde beherrschten, die dann vertrieben werden konnten, aber jetzt zurückkehren wollen, und denen an düsteren, abgelegenen Stätten der Erde noch immer wie in alter Zeit gehuldigt wird. Bekannte Geschichten sind u. a. »The Shadow out of Time« (1934,* dt. *»Der Schatten aus der Zeit«), »At the Mountains of Madness« (1931,* dt. *»Berge des Wahnsinns«), »The Colour out of Space« (1927,* dt. *»Die Farbe aus dem All«), »The Shadow Over Innsmouth« (1931,* dt. *»Schatten über Innsmouth«), »The Dunwich Horror« (1928,* dt. *»Der Schrecken von Dunwich«, späterer Titel: »Das Grauen von Dunwich«), »The Whisperer in Darkness« (1930,* dt. *»Der Flüsterer im Dunkeln«), »The Call of Cthulhu« (1926,* dt. *»Cthulhus Ruf«), »The Rats in the Wall« (1923,* dt. *»Die Ratten in den Mauern«, späterer Titel: »Die Ratten im Gemäuer«) und »The Outsider« (1921,* dt. *»Der Außenseiter«).*

»Dagon« entstand primär aus einem nicht von Lovecraft erdachten Mythos und läßt demzufolge vieles von

dem vermissen, was Lovecraft später hinsichtlich der Besonderheiten von Aufbau und Sprache entwickelt hat, um bei seinen Lesern eine Gänsehaut zu erzeugen.

Horrorstories lassen sich, wie auch jede andere Art von Fantasy, nur schwer von SF abgrenzen, da beides sich mit Phantastischem auseinandersetzt. Viele Kritiker wagen erst gar nicht einen diesbezüglichen Versuch, einige haben sich sogar darauf versteift, daß gar kein wesentlicher Unterschied besteht. Tatsache aber ist, daß Fantasy durch die Macht der Bilder oder die Kraft der Sprache entweder Begeisterung hervorruft oder Abscheu; SF hingegen überzeugt durch logischen Aufbau sowie durch Erläuterungen und präsentiert eine Fremdartigkeit, die der Leser innerhalb seiner Welt bisher nicht für möglich gehalten hatte. Fantasy möchte den Leser glauben machen, daß diese Welt auch noch jenseits seines Vorstellungsvermögens unergründlich und fremd ist.

H. P. LOVECRAFT

Dagon

Ich schreibe dies unter spürbar geistiger Anspannung, da ich heute abend nicht mehr sein werde. Ohne einen Penny und am Ende meines Drogenvorrats angelangt, der allein das Leben erträglich macht, kann ich die Folter nicht länger ertragen; deswegen werde ich mich aus dem Mansardenfenster auf die unter mir liegende, schmutzige Straße stürzen. Glaubt nicht, ich sei ein Schwächling, oder degeneriert, weil ich zum Sklaven des Morphiums geworden bin. Wenn ihr diese in aller Eile niedergeschriebenen Seiten lest, werdet ihr vielleicht die Gründe ahnen, auch wenn ihr es nie völlig verstehen werdet, warum ich das Vergessen oder den Tod suche.

Es war in einem der offensten und am wenigsten frequentierten Teile des weiten Pazifik, in dem das Paketboot, dessen Frachtaufseher ich war, einem deutschen Kaperschiff zum Opfer fiel. Der Große Krieg hatte gerade erst angefangen, und die Seestreitkräfte dieser Hunnen waren noch nicht so tief gesunken wie später; also stellte unser Schiff einen legitimen Preis für sie dar, während man uns, die Mannschaft, mit aller Fairness und Rücksichtnahme behandelte, die man Kriegsgefangenen aus den Kreisen der Marine entgegenbringt. Tatsächlich war die Disziplin unserer Erbeuter so liberal, daß mir fünf Tage nach unserer Gefangennahme allein in einem kleinen Boot die Flucht gelang, zusammen mit Wasser und Proviant für eine ordentliche Zeitspanne.

Als ich schließlich frei dahintrieb, hatte ich kaum eine Vorstellung von meiner Umgebung. Da ich nie ein fähiger Navigator gewesen war, konnte ich nur vage anhand der Sonne und der Sterne abschätzen, daß ich mich ein

Stück südlich des Äquators aufhielt. Wie mein Längengrad aussah, wußte ich nicht, und keine Insel oder Küstenlinie war in Sicht. Das Wetter blieb schön, und zahllose Tage lang trieb ich ziellos unter der sengenden Sonne dahin. Ich wartete auf ein vorbeikommendes Schiff oder darauf, daß ich an die Ufer irgendeiner bewohnbaren Insel getrieben wurde. Doch weder Schiff noch Land tauchten auf, und so fing ich in meiner Einsamkeit auf der sich hebenden Weitläufigkeit des ungebrochenen Blaus allmählich an zu verzweifeln.

Die Veränderung geschah, während ich schlief. Ich werde die Einzelheiten niemals erfahren, denn mein Schlummer, wenn er auch nicht frei von Störungen und traumgeplagt war, ging ohne Unterbrechung vonstatten. Als ich endlich erwachte, fand ich mich in einer halb schleimigen Masse aus höllenschwarzem Sumpf vergraben wieder. Sie wogte monoton und erstreckte sich um mich herum, so weit das Auge reichte. Mein Boot, das ein Stück von mir entfernt lag, war darin gestrandet.

Obwohl man vielleicht annehmen könnte, meine erste Gefühlsregung hätte angesichts dieser erstaunlichen und unerwarteten Veränderung der Szenerie in Verwunderung bestanden, war ich in Wirklichkeit eher entsetzt als erstaunt, denn die Luft und der verrottende Boden waren von so unheilvoller Beschaffenheit, daß es mich bis ins Mark erschreckte. Die Umgebung stank von den Kadavern verwesender Fische und anderer, ungleich schwieriger beschreibbarer Dinge, die ich in der endlosen Ebene aus dem dreckigen Matsch ragen sah. Ich sollte vielleicht nicht einmal die Hoffnung hegen, daß man die unaussprechliche Gräßlichkeit, die der absoluten Stille und der öden Weite innewohnt, mit puren Worten beschreiben kann. Es gab in Hör- und Sichtweite nichts außer dem allgegenwärtigen schwarzen Schleim, und doch drückten die absolute Stille und die Homogenität der Landschaft mich mit einer Furcht nieder, die Übelkeit erzeugte.

Die Sonne brannte aus einem Himmel herab, der mir in seiner wolkenlosen Grausamkeit beinahe so schwarz erschien, als spiegele er den tintigen Sumpf unter meinen Füßen wider. Als ich auf das gestrandete Boot zukroch, wurde mir klar, daß nur eine Theorie meine Position erklären konnte. Aufgrund irgendeiner noch nie dagewesenen vulkanischen Erscheinung mußte ein Teil des Meeresbodens an die Oberfläche gedrückt worden sein, der nun Regionen preisgab, die seit unzähligen Jahrmillionen unter unermeßlichen Wassertiefen verborgen gelegen hatten. So groß war die Ausdehnung des neuen Landes, das sich unter mir erhoben hatte, daß ich nicht das leiseste Geräusch des wogenden Ozeans hören konnte, so sehr ich meine Ohren auch anstrengte. Ebensowenig gab es hier Meeresvögel, die sich die Kadaver zur Beute machten.

Mehrere Stunden lang saß ich brütend und sinnierend in dem auf der Seite liegenden Boot, das mir nur wenig Schatten spendete, während die Sonne über den Himmel wanderte. Als der Tag voranschritt, verlor der Boden ein wenig von seiner Klebrigkeit und schien zu trocknen, was mir vielleicht die Möglichkeit gab, mich in Kürze auf die Beine zu machen. In dieser Nacht schlief ich nur wenig, doch am nächsten Tag schnürte ich mir ein Bündel mit Nahrung und Wasser und traf Vorbereitungen für eine Überlandreise. Ich wollte nach dem verschwundenen Ozean und möglicher Rettung suchen.

Am vierten Morgen erwies sich der Boden als trocken genug, um ihn problemlos zu begehen. Der Gestank der toten Fische trieb mich fast zum Wahnsinn, doch da ich zu sehr mit ernsthafteren Dingen beschäftigt war, um mich mit einem so naheliegenden Übel zu befassen, schritt ich tüchtig einem unbekannten Ziel entgegen. Den ganzen Tag über mühte ich mich unbeirrt westwärts, geführt von einem weit entfernten Hügel, der sich höher erhob als jede andere Erhebung in dieser welligen Ödnis. In der Nacht schlug ich ein Lager auf, und am folgenden Tag wanderte ich weiter auf den Hügel zu, obgleich er mir kaum näher schien als an jenem Tag, an dem ich ihn zum ersten Mal erspäht hatte. Am vierten Abend gelangte ich an den Fuß der Erhebung, die sich als viel höher erwies, als es mir aus der Ferne erschienen war; ein zwischen ihr und mir liegendes Tal hob sie in schärferen Umrissen von der sonstigen Oberfläche ab. Da ich zu müde war, um ihn zu besteigen, übernachtete ich im Schatten des Hügels.

Ich weiß nicht, warum meine Träume in dieser Nacht so bizarr waren; doch bevor der abnehmende und phantastisch gebuckelte Mond sich weit über die östliche Ebene erhoben hatte, war ich wach, von kaltem Schweiß bedeckt und konnte nicht mehr einschlafen. Die Visionen, die ich gehabt hatte, waren zu schrecklich, um mich ihnen erneut auszusetzen. Und im Leuchten des Mondes erkannte ich, wie dumm ich gewesen war, am Tag zu marschieren. Ohne das Flammen der ausdörrenden Sonne hätte mich der Weg weniger Kraft gekostet. Und wirklich, ich fühlte mich durchaus fähig, den Aufstieg in Angriff zu nehmen, der mich beim Sonnenuntergang noch abgeschreckt hatte. Ich hob mein Gepäck auf und nahm den Hügel in Angriff.

Ich habe schon darauf hingewiesen, daß die endlose Monotonie der welligen Ebene für mich eine Quelle leichten Grauens war, doch ich glaube, mein Grauen wurde noch größer, als ich den Gipfel der Erhebung erreichte und auf die andere Seite hinuntersah — in eine unermeßliche Grube oder einen Canyon, dessen schwarze Nischen der Mond, obwohl er schon hoch stand, noch nicht erleuchtete. Ich hatte den Eindruck, am Rande der Welt zu stehen; ich spähte über den Rand in ein bodenloses Chaos aus ewiger Nacht. Durch mein Entsetzen rannen wunderliche Erinnerungen an *Das verlorene Paradies* und an Satans abscheuliche Kletterpartie durch die bizarren Bereiche der Finsternis.

Während der Mond am Himmel höherstieg, sah ich

allmählich, daß die Abhänge des Canyons nicht ganz so steil abfielen, wie es im ersten Augenblick erschienen war. Simse und Felsvorsprünge boten relativ guten Platz zum Stehen für einen Abstieg, und nach einer Strecke von ein paar hundert Fuß wurde der Abhang noch abgestufter. Von einem Impuls gedrängt, den ich nicht genau analysieren kann, kletterte ich unter Schwierigkeiten die Felsen hinab und blieb auf dem darunterliegenden sanfteren Abhang stehen, von dem aus ich in stygische Tiefen starrte, in die kein Licht je vorgedrungen war.

Und dann wurde meine Aufmerksamkeit urplötzlich auf einen gewaltigen, einzigartigen Gegenstand auf dem gegenüberliegenden Abhang gelenkt, der, etwa hundert Yards von mir entfernt, steil aufragte; ein Gegenstand, der weißlich in den frisch gespendeten Strahlen des aufsteigenden Mondes leuchtete. Ich redete mir sofort ein, daß es nur ein gewaltiges Stück Gestein war, doch ich war mir des undeutlichen Eindrucks bewußt, daß seine Konturen und seine Haltung nicht das alleinige Werk der Natur waren. Ein intensiverer Blick erfüllte mich mit Gefühlen, die ich nicht zu artikulieren vermag; denn trotz seiner gewaltigen Größe und seiner Position in einer Kluft, die schon auf dem Meeresboden gegähnt hatte, als die Welt noch jung war, nahm ich ohne Zweifel wahr, daß das eigentümliche Objekt aus einem wohlgeformten Monolithen bestand, dessen massiver Leib die Kunstfertigkeit und vielleicht auch die Verehrung lebendiger und denkender Geschöpfe erfahren hatte.

Verwirrt und verängstigt, doch nicht ohne die gewiß gespannte Freude eines Forschers oder Archäologen, untersuchte ich meine Umgebung genauer. Der Mond, jetzt in der Nähe des Zenits, schien unheimlich und klar über den sich auftürmenden Abhängen, die die Kluft säumten, und er enthüllte die Tatsache, daß dort, am Boden, eine ausgedehnte Wassermasse dahinfloß, die sich in beiden Richtungen meinen Blicken entzog und mir, der ich auf dem Abhang stand, beinahe die Füße benetzte. Hinter der Kluft überspülten die kleinen Wellen das Fundament des zyklopenhaften Monolithen, auf dessen Oberfläche ich nun sowohl Inschriften als auch ungeschlachte Abbildungen erkennen konnte. Die Schrift bestand aus mir unbekannten Hieroglyphen und im Gegensatz zu allem anderen, was ich je in Büchern gelesen hatte, hauptsächlich aus konventionellen aquatischen Symbolen — wie Fischen, Aalen, Kraken, Krebsen, Mollusken, Walen und dergleichen. Mehrere Abbildungen stellten offenbar Meereslebewesen dar, die der modernen Welt unbekannt sind, doch deren zerfallende Formen ich auf der aus dem Ozean aufgestiegenen Ebene gesehen hatte.

Es waren jedoch die bildlichen Darstellungen, die mich am meisten in den Bann schlugen. Wegen ihrer gewaltigen Größe trotz des uns trennenden Wassers ganz deutlich sichtbar, erblickte ich eine Folge von Basreliefs, deren Themen den Neid eines Doré hervorgerufen hätten. Ich nehme an, daß die Gestalten Menschen darstellen sollten — oder zumindest eine bestimme Sorte Menschen: doch die Kreaturen wurden herumtollend gezeigt, wie Fische in den Wassern irgendeiner Meeresgrotte, oder wie sie sich ehrfürchtig einem monolithischen Schrein näherten, der ebenfalls unter Wasser zu liegen schien. Ich wage es nicht, ihre Gesichter und Formen in allen Einzelheiten zu beschreiben; schon die bloße Erinnerung an sie bringt mich einer Ohnmacht nahe. Sie waren grotesk und jenseits der Vorstellungskraft eines Poe oder Bulwer; sie waren in ihrem allgemeinen Aussehen abscheulich menschlich, trotz ihrer mit Schwimmhäuten versehenen Hände und Füße, trotz schockierend breiten und schlabberigen Lippen, den glasigen, hervorquellenden Augen und anderen Zügen, an die man sich nicht gern erinnert. Kurioserweise waren sie mehr oder weniger unproportioniert in den szenischen Hintergrund gemeißelt, denn eine dieser Kreaturen wurde beim Töten eines Wals gezeigt, der kaum größer war als sie selbst. Mir fiel, wie ich schon anmerkte, ihre groteske Form und eigentümliche Größe auf; doch dann kam ich augenblicklich zu dem Schluß, daß es sich bei ihnen nur um die imaginären Götter irgendeines primitiven Fischer- oder Seefahrervolkes handeln konnte; den Göttern irgendeines Stammes, dessen letzter Nachfahre schon gestorben war, bevor der erste Vorfahr des Piltdown-Menschen oder Neandertalers auf die Welt kam. Von diesem unerwarteten Ausblick in eine Vergangenheit, die jenseits des Vorstellungsvermögens des wagemutigsten Anthropologen hinausgeht, stand ich, von Ehrfurcht überwältigt, nachdenklich da, während der Mond unheimliche Reflexe auf den vor mir liegenden Kanal warf.

Dann sah ich es plötzlich. Mit einer kaum wahrnehmbaren Bewegung, die seinen Aufstieg zur Oberfläche anzeigte, glitt das Ding über dem dunklen Wasser in mein Blickfeld. Gewaltig wie ein Polyphem und ebenso ekelhaft, zuckte es wie ein riesenhaftes Alptraum-Ungeheuer auf den Monolithen zu, um den es seine gigantischen, geschuppten Arme schlang, während es sein abscheuliches Haupt senkte und in rhythmischen Tönen seinen Gefühlen freien Lauf ließ. Ich glaube, dann bin ich durchgedreht.

Von meinem panischen Aufstieg über den Abhang und die Klippe sowie meiner wie im Wahn erfolgten Rückkehr zum gestrandeten Boot weiß ich nur noch wenig. Ich glaube, daß ich die meiste Zeit gesungen und irre gelacht habe, wenn ich nicht mehr singen konnte. Ich habe undeutliche Erinnerungen an einen gewaltigen Sturm, der aufkam, kurz nachdem ich mein Boot erreicht hatte; jedenfalls weiß ich, daß ich ein Donnergrollen und andere Geräusche hörte; Töne, die die Natur nur in ihren wüstesten Stimmungen äußert.

Als die Dunkelheit von mir wich, befand ich mich in einem Krankenhaus in San Francisco; dorthin hatte mich das amerikanische Schiff gebracht, das mein Boot mitten aus dem Ozean gefischt hatte. In meinem Delirium hatte ich zwar viel erzählt, doch ich stellte fest, daß man meinen Worten nur wenig Glauben schenkte. Meine Retter wußten nichts von irgendeiner Landerhebung im Ozean; aber ich hielt es auch nicht für nötig, auf einer Angelegenheit zu bestehen, die, wie ich wußte, mir niemand glauben würde. Einmal suchte ich einen berühmten Ethnologen auf und erheiterte ihn mit gezielten Fragen, die eine alte Spießer-Legende betrafen, in der Dagon, der Fischgott, eine Rolle spielt; doch als ich erkannte, daß er hoffnungslos konventionell dachte, bedrängte ich ihn nicht mehr weiter.

Nur nachts, besonders dann, wenn der Mond klar ist und abnimmt, sehe ich das Ding. Ich habe es mit Morphium versucht, doch die Droge hat mir nur vorübergehend Linderung verschafft und mich als hoffnungslosen Sklaven in ihren Bann gezogen. Deswegen werde ich jetzt allem ein Ende machen, nachdem ich zur Information oder verächtlichen Erheiterung meiner Mitmenschen eine volle Zusammenfassung der Ereignisse niedergeschrieben habe. Oftmals frage ich mich, ob es nicht reine Einbildung gewesen sein könnte — eine Auswirkung des Fiebers, als ich, vom Sonnenstich umgeworfen und nach der Flucht aus deutscher Kriegsgefangenschaft phantasierend in dem offenen Boot lag. Dies frage ich mich, doch stets sehe ich diese abscheulich helle Vision als Antwort vor mir. Ich kann nicht an die Tiefsee denken, ohne mich angesichts jener namenlosen Dinge zu schütteln, die vielleicht in diesem Augenblick in ihrem schleimigen Bett dahinkriechen, zappelnd ihre uralten Steingötzen anbeten, und ihr ekelhaftes Aussehen in unterseeische Obelisken aus wassergetränktem Granit meißeln. Ich träume von dem Tag, an dem sie sich vielleicht über die Wogen erheben werden, um die Reste der schwächlichen, vom Krieg erschöpften Menschheit mit ihren übelriechenden Klauen hinunterzuziehen — von einem Tag, an dem das Land versinkt und der finstere

Meeresboden sich inmitten eines universalen Pandämoniums aus den Fluten erheben wird.

Das Ende ist nah. Ich höre ein Geräusch an der Tür — als würde sich ein gewaltiger, schlüpfriger Körper gegen sie pressen. Es darf mich nicht finden. Gott, *diese Hand!* Das Fenster! Das Fenster!

DAS
SF-MAGAZIN
STARTET SEINE ERSTAUNLICHE
KARRIERE

Julian Huxley
(1887—1975)

Das erste SF-Magazin konnte 1924 — ein Jahr nach ›Weird Tales‹ aus der Taufe gehoben werden. Seit 1911 hatte Hugo Gernsback (1884—1967) in seinen wissenschaftlichen Magazinen auch SF-Stories veröffentlicht, darunter auch eigene Beiträge; 1923 gab er eine »Scientific Fiction«-Nummer von ›Science and Invention‹ heraus. 1924 verschickte er an potentielle Abonnenten einen Prospekt mit der Ankündigung eines Magazins namens ›Scientifiction‹, die Reaktion darauf war allerdings eher entmutigend.

Gernsback ließ jedoch nicht locker und gründete im April 1926 ›Amazing Stories‹. Im Editorial verkündete er seine Vision einer aufregenden und lohnenswerten Zukunft, die durch Wissenschaft und Technik möglich sei, und machte damit gleichzeitig Werbung für sein Magazin: »... eine völlig neue Art von Magazin ... gänzlich neu, vollkommen anders ... noch nie dagewesen ... verdient Ihre Aufmerksamkeit ...«

Bald gelangte er zu der Überzeugung, daß ›Scientifiction‹ als alleiniger Titel zu abschreckend wirkte, zu sehr hatte es den Beigeschmack des Wissenschaftlichen. ›Amazing‹ war da schon besser geeignet, demzufolge hieß es künftig ›Amazing Stories — Scientifiction‹, der inhaltlichen Definition wegen.

Die ersten drei Ausgaben lieferten kaum mehr als Nachdrucke von Jules Verne, H. G. Wells und Edgar Allan Poe. Jack Williamson, von Anfang an ein treuer Leser, wertete es als großes Verdienst des Magazins, die Werke von Wells wieder in Umlauf gebracht zu haben. Anfangs war lange Zeit der Name von Verne, Wells oder Poe auf dem Umschlag zu lesen, manchmal auch zwei davon, manchmal auch alle drei.

Ab der vierten Ausgabe gab es dann auch neue Stories. Da einige Leser Wells' Weitschweifigkeit kritisiert hatten, reduzierte Gernsback die Nachdrucke und ließ zugunsten der neuen Autoren die Namen auf den Umschlägen weg.

Mit 200 Dollar und dem Bauplan für eine Batterie in der Tasche war Gernsback mit achtzehn Jahren in die Vereinigten Staaten gekommen. Zu Beginn gingen die Geschäfte nicht besonders gut, und nach mehreren mißglückten Anfängen gründete er ein Importgeschäft mit elektrischen Geräten, entwickelte ein Radiogerät und entwarf seinen eigenen Warenkatalog.

Die frühen Geschichten, die er in seinen populären wissenschaftlichen Magazinen veröffentlichte, wurden in erster Linie wegen ihrer enthusiastischen Komponente geschätzt, weniger wegen der erzählerischen Qualität. Mit »The Tissue-Culture King« aber tauchte eine neue Art von Story auf. Sie sollte nicht nur wegen ihres sorgfältigeren Sprachgebrauchs Aufsehen erregen, sondern vor allem wegen ihres Bezugs zu biologischen Themen.

In den dreißiger und vierziger Jahren konnte die Biologie nur vereinzelt inspirieren, da sowohl Autoren wie auch Leser zu sehr fasziniert waren von den Errungenschaften der Technik. Erst in den sechziger Jahren interessierten die Autoren sich wieder für die Biologie, infolge neuer und überraschender Entwicklungen auf diesem Gebiet. Bemerkenswerte Entdeckungen in biologischer Hinsicht hatte es allerdings schon um die Jahrhundertwende gegeben und sogar schon davor: Pasteurs Entdeckung auf dem Gebiet der Bakteriologie, Listers Sterilisationsprozesse, die Wiederentdeckung der Mendelschen Gesetze, weitere Entwicklungen in der Vererbungslehre und vieles mehr.

Jener Alexis Carrel, auf den in »The Tissue-Culture King« (1927) Bezug genommen wird, war gleichzeitig auch der Anlaß für die Geschichte. 1912 gewann Carrel den Nobelpreis für seine Arbeit über Blutgefäße, interessanter aber waren seine Studien über Organverpflanzungen. Vierunddreißig Jahre lang hielt er das noch nicht gänzlich ausgebildete Herz eines Kükenembryos dergestalt am Leben, daß es sogar geringfügig wuchs. Außer-

dem arbeitete er mit Charles Lindbergh zusammen, um ein künstliches Herz zu entwickeln.

Julian Huxley war ebenfalls ein Mann, der seiner Zeit voraus war. T. H. Huxley, sein Großvater, war Darwins Fürsprecher in England (und der Biologielehrer von H. G. Wells) gewesen. Sein Großonkel hieß Matthew Arnold. Sein Bruder Aldous wurde als Romanschriftsteller und Sozialkritiker weltberühmt.

Julian Huxley war Biologe und wissenschaftlicher Autor. Er lehrte Zoologie und Physiologie in den USA und in England, lebte in Afrika, leitete den Regent's Park Zoo, war Mitherausgeber der ›Encyclopedia Britannica‹ im Bereich Biologie, arbeitete mit Wells zusammen an THE SCIENCE OF LIFE und schrieb noch eine ganze Anzahl weiterer Bücher mit wissenschaftlicher oder soziologischer Thematik. Er war auch der erste Generalsekretär der UNESCO.

»The Tissue-Culture King« dürfte seine einzige SF-Story sein. Warum er sie schrieb und wieso sie in ›Amazing‹ erscheinen konnte, ist nach wie vor ungeklärt. Aber sein Beispiel des SF schreibenden Wissenschaftlers machte Schule. Als Nachfolger sind unter anderem John Taine (Eric Temple Bell), Philip Latham (Robert S. Richardson), Isaac Asimov, Fred Hoyle und Gregory Benford zu nennen.

Höchst bemerkenswert ist auch die Tatsache, daß Huxley lange vor der Atombombe Fragen aufwarf über den sozialen Wert der Wissenschaft und die soziale Verantwortung des Wissenschaftlers.

JULIAN HUXLEY

Der Gewebekulturen-König

Wir hatten drei Tage gebraucht, um einen Sumpf zu durchqueren. Endlich waren wir wieder auf trockenem Boden und zogen einen sanften Hang hinauf. Gegen sein Ende zu wurde das Gestrüpp dichter. Beim Näherkommen verstärkte sich der Eindruck einer Verteidigungsanlage; es sah ganz so aus, als seien die Büsche absichtlich von Menschenhand gepflanzt worden. Wir hatten keine Lust, uns einen Weg durch die dornige Barrikade zu hakken. Deshalb bogen wir rechts ab und marschierten an der Vorderseite des grünen Walls entlang. Nach drei- oder vierhundert Yards kamen wir an eine Lichtung, die in den Busch führte und sich zu etwas verengte, das ganz nach einem regelmäßig begangenen Weg oder Trampelpfad aussah. Das machte uns ein bißchen argwöhnisch. Doch ich meinte, wir sollten lieber sehen, so schnell wie möglich voranzukommen, und deshalb befahl ich der Karawane, in die Öffnung einzuschwenken. Ich selbst nahm die zweite Stelle hinter dem Führer ein.

Plötzlich blieb der Tracker mit einem kehligen Ausruf stehen. Ich sah hin, und da hüpfte eine der großen afrikanischen Kröten mit einer gewissen Schwerfälligkeit über den Pfad. Und ihr wuchs ein zweiter Kopf aus den Schultern nach oben! Ich hatte noch nie etwas Derartiges gesehen und wollte mir eine solche bemerkenswerte Monstrosität für unsere Sammlung sichern. Aber als ich einen Schritt vorwärts tat, verschwand das Geschöpf mit zwei Hopsern im Schutz des stachligen Gestrüpps.

Wir gingen weiter, und meine Überzeugung verstärkte sich, daß die Lücke, der wir folgten, von Menschenhand geschaffen war. Nach kurzer Zeit drang ein Brummen an unsere Ohren, das wir bald als menschliche Stimme erkannten. Ich ließ die Leute halten und kroch mit dem Führer weiter vor. Wir lugten durch den letzten Schirm aus Zweigen in eine Senke, und was wir dort sahen, verblüffte uns über die Maßen. Die Stimme kam von einem riesigen Neger, mit mindestens acht Fuß der größte Mensch, den ich je außerhalb eines Zirkus gesehen hatte. Er hockte, und von Zeit zu Zeit warf er sich mit dem Oberkörper auf den Boden und sprach ein Gebet oder eine Beschwörung. Der Gegenstand seiner Anbetung stand vor ihm auf der Erde. Es war ein flaches Stück Glas auf einem kleinen geschnitzten Ebenholzständer. Neben dem Mann sahen wir einen gewaltigen Speer und einen bemalten Deckelkorb.

Nach etwa einer Minute verbeugte der Riese sich schweigend. Er nahm den Gegenstand aus Ebenholz und Glas und legte ihn in den Korb. Dann zog er zu meinem äußersten Erstaunen eine zweiköpfige Kröte hervor wie die, die wir auf dem Weg gesehen hatten, aber in einem Käfig aus verwobenem Gras, den er auf den Boden stellte, um von neuem mit Verbeugungen und rituellem Gemurmel zu beginnen. Damit fertig, verstaute er die Kröte wieder, und dann betrachtete der hockende Riese in aller Gemütsruhe die Landschaft.

Jenseits der Senke war der Boden wellig und trug Klumpen von Buschwerk. Ein Geräusch aus mittlerer Entfernung zog unsere Aufmerksamkeit auf sich. Farbflecke schimmerten durch die Büsche, und ein Trupp von drei oder vier Dutzend Männern näherte sich, die meisten ebenso groß wie unser erster Bekannter. Sie marschierten in guter Ordnung. Bewaffnet waren sie mit langen Speeren und bekleidet mit farbigen Lendenschurzen. Dazu hatten sie anscheinend eine Tasche von der Art umhängen, wie sie zur schottischen Nationaltracht gehört. Ihnen voran schritt ein intelligent aussehender Neger von normaler Statur mit einer Keule, begleitet von zwei Gestalten, die auffälliger als die Riesen waren. Sie waren von Untergröße, beinahe zwergenhaft, mit riesigen Köpfen und sowohl im Gesicht als auch am Körper enorm dick und muskulös. Sie trugen leuchtend gelbe Mäntel über ihren schwarzen Schultern.

Unser Riese bemerkte sie, erhob sich und stand neben dem Korb stramm. Der Trupp kam heran und machte halt. Ein Befehl erschallte, ein Riese trat aus dem Glied und auf den unseren zu. Dieser ergriff den Korb, überreichte ihn förmlich dem Neuankömmling und begab sich auf den freigewordenen Platz in der Kolonne. Offensichtlich wurden wir Zeugen einer regulären Wachablösung, und ich zermarterte mir das Gehirn, was das alles — Wachen, Riesen, Zwerge, Kröten — bedeuten mochte, als ich zu meinem Schreck einen Ausruf dicht hinter mir hörte.

Es war einer dieser verdammten Träger, ein verflixter Bursche, der es liebte, stets seine Unabhängigkeit zu demonstrieren. Ich nehme an, daß ihm das Warten langweilig geworden war und er wichtigtuerisch nach oben gekrochen war, um nachzusehen, was da vorging. Doch dann war der plötzliche Anblick der Riesen-Kompanie zuviel für seine Nerven gewesen. Ich gab ihm ein Zeichen, stillzuliegen, aber es war zu spät. Der Ausruf war gehört worden; der Anführer erteilte rasch einen Befehl, und die Riesen schwärmen in zwei Gruppen aus, um uns einzukreisen.

Natürlich kam es nicht in Frage, daß wir uns zur Wehr setzten und Widerstand leisteten. Obwohl mir das Herz bis zum Hals herauf schlug, sprang ich mit soviel Würde, wie ich aufbringen konnte, hoch und hob meine leeren Hände. Gleichzeitig sagte ich dem Tracker, er solle nicht schießen. Ein Dutzend Speere zeigte auf mich, aber sie wurden nicht geschleudert; der Anführer lief den Hang hinauf und gab einen Befehl. Zwei Riesen kamen und zogen meine Hände durch ihre Arme. Der Tracker und der Träger wurden mit Speerspitzen vor uns hergetrieben. Jetzt merkten die anderen Träger, daß etwas nicht stimmte. Sie liefen schreiend weg, und die Hälfte der Speerträger lief hinter ihnen drein. Wir drei wurden mit sanfter Gewalt in die Senke hinunter- und weitergeführt.

Ich verstand nichts von der Sprache und rief meinem Tracker zu, er solle versuchen, ob er sich verständigen könne. Wie sich herausstellte, war es ein Dialekt, den er nur schlecht beherrschte. Wir konnten nichts weiter erfahren, als daß wir zu irgendeiner höheren Autorität gebracht würden.

Zwei Tage lang führte man uns durch ein schönes, parkähnliches Land mit verstreuten Dörfern. Hin und wieder bekamen wir eine neue Monstrosität in der Gestalt eines Zwerges oder einer unglaublich fetten Frau oder eines zweiköpfigen Tieres zu Gesicht, bis ich glaubte, in die ursprüngliche Quelle sämtlicher Zirkus-Mißgeburten hineingestolpert zu sein.

Endlich fiel das Land allmählich zu einem angenehmen Flußtal ab, und dann näherten wir uns der Hauptstadt. Sie erwies sich als eine für Afrika wirklich große Stadt. Ihre Schlammwälle waren von merkwürdig eindrucksvoller architektonischer Form und von schweren Steinpfeilern gestützt. Oben standen Riesen Wache. Als sie uns sahen, riefen sie, und eine Menschenmenge strömte aus dem nächsten Tor. Mein Gott, was für eine Menschenmenge! An Riesen hatte ich mich mittlerweile gewöhnt, aber das hier war eine regelrechte Barnum-und-Bailey-Show — weitere Halbzwerge, andere wie sie, aber noch kleiner — man konnte nicht sagen, ob die Wesen frühreife Kinder oder entsetzlich verkümmerte Erwachsene waren. Manche waren ungeheuer dick mit Armen wie rußige Hammelkeulen und Rollen und Schnecken aus Fett, das aus ihren geschwollenen Hintern hervorkroch, manche verrieten bösartigen Schwachsinn. Natürlich gab es auch eine Menge normaler Neger, aber genug von den außergewöhnlichen Typen, daß es einem ein ziemlich unbehagliches Gefühl gab. Kurz nach Betreten der Stadt fiel mir plötzlich noch etwas auf, das unerklärlich schien — eine Telefonleitung mit einwandfreien Isolatoren, die von Baum zu Baum lief. Telefon in einer unbekannten afrikanischen Stadt! Ich gab es auf.

Aber es wartete eine weitere Überraschung auf mich. Ich sah einen Mann von einem großen Gebäude zu einem anderen gehen — und er war unverkennbar ein Weißer. Erstens trug er weiße Segeltuchhosen und einen Tropenhelm, und zweitens hatte er ein helles Gesicht.

Er hörte unseren Trupp, drehte sich um und blieb stehen. Dann kam er uns entgegen.

»Hallo!« rief ich. »Sprechen Sie Englisch?«

»Ja«, antwortete er, »aber seien Sie einen Augenblick ruhig.« Er begann auf unsere Führer einzureden, die ihn mit der größten Ehrerbietung behandelten. Dann ließ er sich zu mir zurückfallen und sagte rasch: »Sie sollen in die Ratshalle gebracht und befragt werden, aber ich werde dafür sorgen, daß Ihnen nichts geschieht. Fremden ist es verboten, dieses Land zu betreten, und Sie müssen sich darauf gefaßt machen, einige Zeit festgehalten zu werden. Sobald die Formalitäten vorbei sind, wird man Sie zu mir in die Tempelgebäude schicken, und dann werde ich Ihnen alles erklären. Die Dinge hier werden ein paar Erklärungen brauchen«, setzte er mit trockenem Auflachen hinzu. »Übrigens, mein Name ist Hascombe. Ich war früher Mitarbeiter der Forschungsabteilung am Middlesex Hospital , und jetzt bin ich religiöser Ratgeber seiner Majestät Königs Mgobe.« Wieder lachte er und ging weiter. Er war eine interessante Erscheinung — vielleicht fünfzig Jahre alt, magerer Körper, schmales Gesicht mit einem kleinen Bart und ziemlich tiefliegenden haselnußbraunen Augen. Was seinen Ausdruck betraf, so blickte er zynisch drein, aber auch so, als habe er Interesse am Leben.

Inzwischen waren wir am Eingang zu der Halle angekommen. Unsere Riesen stellten sich draußen auf mit meinen Männern hinter sich, und nur ich und der Anführer traten ein. Die Befragung war eine reine Formsache und zeichnete sich durch Ritualisierung und die Feierlichkeit aus, mit der die zwei Dutzend gutaussehender Männer in langen Roben, die das Verhör leiteten, alles taten. Meine Männer wurden zu irgendeinem Pferch fortgeführt. Mich geleitete man zu einer kleinen Hütte, die mit dem Versuch, den europäischen Stil zu imitieren, eingerichtet war. Dort fand ich Hascombe.

Sobald wir allein waren, überfiel ich ihn mit meinen Fragen. »Jetzt können Sie es mir sagen. Wo sind wir? Was haben diese Zirkusgestalten und diese Menagerie von Monstrositäten zu bedeuten? Und wie sind Sie hierhergekommen?« Er unterbrach mich. »Das ist eine lange Geschichte, und es wird Zeit sparen, wenn Sie mir erlauben, sie auf meine Art zu erzählen.«

Ich werde sie nicht wiederholen, wie ich sie von ihm gehört habe, sondern will versuchen, unter Verwendung vieler späterer Gespräche mit ihm und meiner eigenen Beobachtungen einen zusammenhängenderen Bericht zu geben.

Hascombe war ein vielversprechender Medizinstudent gewesen, und nachdem er seinen Doktor gemacht hatte, war er in die Forschung gegangen. Begonnen hatte er mit parasitischen Protozoen, die er aber zugunsten von Gewebekulturen aufgab. Von diesen war er zur Krebsforschung fortgeschritten und sodann zu einer Studie über die Entwicklungsphysiologie. Später war eine Forschergruppe zur Untersuchung der Schlafkrankheit zusammengestellt worden, und Hascombe, ruhelos und reiselustig, hatte Beziehungen spielen lassen und es fertiggebracht, daß er als Mitglied des wissenschaftlichen Stabes nach Afrika gesandt wurde. Ihn faszinierte die Idee, daß wilde Tiere als Reservoir für die *Trypanosoma gambiense* dienten. Als er von den weiten Wanderungen dieser Tiere erfuhr, sah er darin eine wesentliche Ursache zur Verbreitung der Krankheit, und er ließ sich beurlauben, um ins Landesinnere zu ziehen und das Problem zu untersuchen. Als die übrigen Forscher mit ihrer Arbeit fertig waren, wurde ihm gestattet, zusammen mit einem weiteren weißen Mann und einer Schar von Trägern in Afrika zu bleiben und zu sehen, was er entdekken könne. Sein weißer Gefährte war ein Labortechniker, eine schweigsame Hilfskraft namens Aggers.

Ihre Erlebnisse tun hier nichts zur Sache. Es möge genügen, daß sie sich verirrten und in die Hände eben dieses Stammes fielen. Das war fünfzehn Jahre her, und Aggers war jetzt schon lange tot — als Folge einer Wunde, die er nach zwei Jahren anläßlich eines mißglückten Fluchtversuchs davontrug.

Bei ihrer Gefangennahme waren auch sie in der Ratshalle befragt worden, und Hascombe (der sich wie für fast alle wissenschaftlichen Forschungsgebiete auf dilettantische Weise auch für Anthropologie interessiert hatte) war regelrecht gefesselt von dem, was er als betont religiöse Atmosphäre bezeichnete. Alles geschah unter komplizierten Zeremonien; der Häuptling schien eher Priester als König zu sein und vollführte in Abständen verschiedene Riten, und die ganze Zeit waren Priester an einer Art Altar beschäftigt. Unter anderem beobachtete Hascombe, daß eine ihrer Riten in Zusammenhang mit Blut stand. Zuerst der Häuptling und dann die Ratgeber wurden der Reihe nach um einen Tropfen Lebenssaft ersucht, den man ihren Fingerspitzen entnahm. Die in einem kleinen Gefäß aufgefangene Mischung wurde dann über einem Feuer langsam verdampft.

Von Hascombes Männern sprachen ein paar einen Dialekt, der dem dieses Stammes ähnlich war, und einer betätigte sich als Dolmetscher. Die Situation sah nicht allzu günstig aus. Das Land war anscheinend ein ›heiliger Ort‹ und der Stamm eine ›heilige Rasse‹. Andere Afrikaner, die hier eindrangen, wurden entweder getötet oder versklavt, aber im allgemeinen machten sie einen weiten Bogen um das Gebiet. Von Weißen hatten die Bewohner gehört, aber bisher noch keinen gesehen, und es wurde darüber debattiert, ob man die Gefangenen töten, laufenlassen oder versklaven solle. Sie laufenzulassen, widersprach sämtlichen Prinzipien des Stammes: Der heilige Ort wäre entweiht, wenn sich die Kunde darüber im Ausland verbreitete. Besser war, sie zu versklaven — aber wozu waren sie gut? Der Rat schien eine instinktive Antipathie gegen diese andersfarbigen Wesen zu empfinden. Hascombe hatte eine Idee. Er wandte sich dem Dolmetscher zu. »Sag ihnen dieses: ›Ihr verehrt das Blut. Das tun auch wir Weißen, aber wir tun mehr — wir können die verborgene Natur und Realität des Blutes sichtbar machen, und mit eurer Erlaubnis werde ich euch diesen großen Zauber zeigen.‹« Er winkte dem Träger, der sein kostbares Mikroskop hatte, stellte es auf, ritzte sich den Finger mit seinem Messer und brachte einen Tropfen Blut auf einem Objektträger unter einem Deckgläschen an. Die führenden Persönlichkeiten waren offensichtlich interessiert. Sie flüsterten miteinander. Schließlich befahl der Häuptling: »Zeige es uns!«

Hascombe führte seine Demonstration mit mehr Eifer durch als früher bei Medizinstudenten im ersten Jahr. Er erklärte, das Blut setze sich aus kleinen Leuten verschiedener Sorten zusammen, jede mit ihrem eigenen Leben, und wer sie ausspionieren könne, gewinne neue Macht über sie. Die Ältesten waren mehr oder weniger beeindruckt. Jedenfalls brachte der Anblick dieser Tausende von Korpuskeln, wo sie zuvor nichts gesehen hatten, sie zum Nachdenken, und sie sagten sich, der weiße Mann besitze eine Macht, die ihn als wünschenswerten Diener erscheinen lasse.

Sie wollten ihn nicht auffordern, ihnen ihr eigenes Blut zu zeigen, weil sie fürchteten, wer es sehe, könne sie in seine Gewalt bekommen. Aber sie ließen einem Sklaven Blut abzapfen. Hascombe bat zudem um einen Vogel, und es gelang ihm, eine gewisse Aufmerksamkeit zu finden, indem er nachwies, wie unterschiedlich die kleinen Leute in dessen Blut waren.

Kurzum, das Ergebnis war, daß er und seine Begleiter verschont wurden. Wie er mir erzählte, konnte er sich in diesem Augenblick vorstellen, was ein Angeklagter empfindet, wenn der Richter sagt: »Für eine Woche zurück in die Untersuchungshaft.«

Er fühlte sich von einem der älteren Staatsmänner des Stammes angezogen, einem hochgewachsenen, energisch wirkenden Mann mittleren Alters, und war angenehm überrascht, als dieser Mann ihn am nächsten Tag besuchen kam. Hascombe gab ihm später wegen der Kombination seiner Eigenschaften als Staatsmann und als Geistlicher den Spitznamen »der Fürstbischof«; sein richtiger Name lautete Bugala. Er war ebenso bestrebt, mehr über Hascombes geheimnisvolle Künste und Hilfsmittel zu lernen, wie es Hascombe war, über die Leute, in deren Hände er gefallen war, zu erfahren, was er konnte. So trafen sie sich beinahe jeden Abend und unterhielten sich bis weit in die Nacht hinein.

Bugalas Fragen waren ebensowenig wie die Hascombes auf reine akademische Neugier zurückzuführen. Von dem Mikroskop an sich und noch mehr von der Wirkung beeindruckt, die es auf seine Kollegen gehabt hatte, brannte er darauf, herauszufinden, ob er nicht durch Nutzbarmachung der Kräfte des weißen Mannes sein eigenes Avancement fördern könne. Am Ende schlossen sie einen Handel ab: Bugala wollte dafür sorgen, daß Hascombe nichts Böses widerfuhr; Hascombe dagegen mußte seine Hilfsmittel und Fähigkeiten dem Rat zur Verfügung stellen, und Bugala würde schon mit Bedacht alles so arrangieren, daß er einen Vorteil davon hatte. Soviel Hascombe feststellen konnte, stellte sich Bugala eine radikale Umformung der Nationalreligion vor, eine Art Reformation auf der Basis von Hascombes Zaubertricks, und aus diesem veränderten System würde er als Oberpriester hervorgehen.

Hascombe besaß Sinn für Humor, und die Sache sprach ihn an. Es stand so gut wie fest, daß sie nicht fliehen konnten, wenigstens vorerst nicht. Da dem so war, konnte er doch ebensogut die Gelegenheit zu ein bißchen Forschungsarbeit auf Staatskosten ergreifen. Verlangten er und seinesgleichen zu Hause nicht ständig lautstark, eine solche Gelegenheit zu bekommen? Seine Gedanken galoppierten ihm davon. Er würde alles, was er konnte, über die Riten und die abergläubischen Vorstellungen dieses Stammes herausfinden. Er würde mit Hilfe seiner Kenntnisse und seiner wissenschaftlichen Begabung alle Einzelheiten dieser Riten, den Ausdruck dieser abergläubischen Vorstellungen, die ganze physikalische Seite ihrer Religiosität auf ein neues Niveau heben, das ihnen wie eine Reihe echter Wunder vorkommen sollte.

Es wäre der Mühe nicht wert, all die Verhandlungen, die Fehlstarts, die Mißverständnisse zu schildern. Am Ende bekam er, was er wollte: Ein Gebäude, das als Laboratorium benutzt werden konnte, eine unbegrenzte Zahl von Sklaven für die niedrigen und von Priestern für die verantwortlicheren Aufgaben von Laboratoriumsassistenten sowie das Versprechen, wenn seine wissenschaftlichen Vorräte erschöpft seien, würden sie ihr Bestes tun, um neue von der Küste zu besorgen — ein Versprechen, das gewissenhaft eingehalten wurde, so daß er niemals knapp an Dingen war, die man für Geld kaufen konnte.

Als nächstes widmete er sich mit großem Fleiß dem Studium ihrer Religion und stellte fest, daß sie um verschiedene Hauptmotive aufgebaut war. Von diesen stand der Glaube an die Göttlichkeit und ungeheure Bedeutung des Priesterkönigs im Mittelpunkt. An zweiter Stelle kam eine Art von Ahnenverehrung, an dritter ein Tierkult, der sich im besonderen auf die groteskeren Spezies der afrikanischen Fauna richtete. Das vierte Motiv war Sex, *con variazioni.* Hascombe dachte über diese Tatsachen nach. Gewebekultur — experimentelle Embryologie — endoktrine Behandlung — künstliche Parthenogenese. Lachend sagte er zu sich selbst: »Nun, zumindest kann ich es versuchen, und es müßte amüsant werden.«

So fing es an. Vielleicht kann ich Ihnen am besten eine Vorstellung davon vermitteln, wie es sich entwickelt hatte, wenn ich Ihnen schildere, welche Eindrücke ich selbst gewann, als Hascombe mich in seinen Laboratorien herumführte. Ein ganzes Viertel der Stadt diente ausschließlich der Religion — mir kam das übertrieben vor, aber Hascombe erinnerte mich daran, daß Tibet ein Fünftel seiner Staatseinkünfte für geschmolzene Butter ausgibt, die vor den Schreinen verbrannt wird. An dem größten Platz stand der Haupttempel, richtig großartig aus festem Schlamm erbaut. Auf beiden Seiten lagen die Räumlichkeiten, in denen die Diener der Götter und die Verwalter der heiligen Riten wohnten. Dahinter erstreckten sich Hascombes Laboratorien, einige mit Schlammwänden, andere, die später unter seiner Anleitung errichtet worden waren, aus Holz. Sie wurden bei Tag und Nacht von einer Patrouille aus Riesen bewacht und waren in einer Reihe von Vierecken angeordnet. Ein Viereck beherbergte einen Teich, der als Aquarium diente, in den beiden nächsten waren Volieren, große Hühnerställe und Käfige mit verschiedenen Tieren zu sehen. In dem vierten war ein kleiner Botanischer Garten angelegt worden. Ställe mit Dutzenden von Kühen und Schafen schlossen sich an, dazu eine Art Experimentierstation für menschliche Wesen.

Hascombe führte mich in das nächstgelegene Gebäude. »Das hier«, erklärte er, »ist den Leuten als die ›Fabrik‹ bekannt (es ist schwierig, den genauen Sinn des Wortes wiederzugeben, aber es bedeutet buchstäblich Produktionsstätte), die Stätte zur Fabrikation von Königschaft oder Majestät und der Urquell der Unsterblichkeit der Ahnen.« Ich sah mich um und bemerkte ein ganzes Aufgebot von drallen Afrikanerinnen, vorteilhaft, aber ungewöhnlich in engsitzende weiße Kleider und Kappen gekleidet und mit Gummihandschuhen ausgerüstet. Auffällig waren die Mikroskope und verschiedene Gefäße, aus denen Dampf quoll. Der hintere Teil des Raums war durch eine Holzwand abgeteilt. In ihr öffnete sich eine Reihe von Glastüren zu Fächern, die Etiketten mit Namen in dieser unbekannten Sprache trugen. Jedes enthielt eine Anzahl von Gegenständen, wie ihn der Riese in seinem Korb gehabt hatte, kurz bevor wir gefangengenommen wurden. Rohre umgaben diese Kammer und verteilten anscheinend Wärme von einem Feuer in einer Ecke.

»Fabrikation von Majestät!« rief ich aus. »Ursprung der Unsterblichkeit! Zum Henker, was meinen Sie damit?«

»Wenn Sie einen prosaischeren Namen vorziehen«, sagte Hascombe, »kann ich das hier auch ›Institut für religiöse Gewebekulturen‹ nennen.« Meine Gedanken wanderten zurück zu einem Tag im Jahre 1918, als mich in New York ein Freund, der Biologe war, in das berühmte Rockefeller-Institut mitgenommen hatte. Bei dem Wort ›Gewebekultur‹ sah ich nämlich Dr. Alexis Carrel und Truppen weißgekleideter amerikanischer Mädchen wieder vor mir, die Kulturen anlegten, sterilisierten, mikroskopierten, inkubierten und was es sonst noch alles gibt. Sicher, das Hascombe-Institut war nicht so gut ausgerüstet, aber es hatte einen noch größeren, wenn auch anders gefärbten Stab von Mitarbeiterinnen.

Hascombe begann mit seinen Erklärungen. »Wie Sie wahrscheinlich wissen, brachte uns Frazers ›Golden Bough‹* die Vorstellung von einem heiligen Priesterkönig nahe und zeigte uns, wie fundamental sie in primitiven Gesellschaften ist. Das Wohlergehen des Stammes wird als unlösbar verbunden mit dem des Königs be-

* (*dt.* »Der goldene Zweig«) Eine sehr gelehrte Abhandlung über ein Unterkapitel der römischen Mythologie, speziell über den Diana-Kult. — *Anm. d. Autors*

trachtet, und es werden außergewöhnliche Vorsichtsmaßnahmen getroffen, um Schaden von ihm abzuwenden. In diesem Königreich wurde dem König in alter Zeit kaum erlaubt, den Fuß auf den Boden zu setzen, damit er nicht an Göttlichkeit verliere. Die ihm abgeschnittenen Haare und Fingernägel wurden einem der wichtigsten Staatsbeamten anvertraut, dessen Aufgabe es war, sie heimlich zu vergraben, damit kein Feind, indem er sie für Riten der Schwarzen Magie benutzte, Krankheit oder Tod auf den König übertragen könne. Trat ein Mensch von gewöhnlichem Blut auf den Schatten des Königs, bezahlte er diesen Frevel mit dem Leben. Jedes Jahr ernannte man einen Sklaven für eine Woche zum Scheinkönig und gestand ihm sämtliche Privilegien des Königs zu. Am Ende seiner kurzen Glorie wurde er enthauptet, weil man annahm, den König so in Stellvertretung von Krankheit und Unglück, die ihn befallen könnten, befreit zu haben.

Als erstes stellte ich meine Apparate auf, und mit Hilfe von Aggers gelangen mir gute Kulturen, anfangs von Hühnergewebe und später von Geweben verschiedener ausgewachsener Säugetiere. Darauf ging ich zu Bugala und sagte ihm, ich könne für mehr Sicherheit wenn nicht des Königs als Individuum, so doch des Lebens, das in ihm wohne, sorgen, was vermutlich auch vom theologischen Gesichtspunkt aus begrüßenswert sei. Ich wies darauf hin, wenn er zum Bewahrer der Hilfsleben des Königs ernannt würde, habe er ein viel wichtigeres Amt inne als der Kammerherr oder der Bestatter der heiligen Fingernagelschnipsel und könne zum einflußreichsten Mann des Staates werden.

Schließlich wurde mir (bei Androhung des Todes, sollte etwas Widriges geschehen) erlaubt, Seiner Majestät unter lokaler Betäubung Stückchen des subkutanen Bindegewebes zu entnehmen. In Gegenwart des versammelten Adels legte ich Fragmente davon in eine Nährlösung und zeigte sie ihnen unter dem Mikroskop. Die Kulturen kamen dann in den Inkubator. Ein halbes Dutzend Krieger, die alle acht Stunden abgelöst wurden, bewachten ihn. Nach drei Tagen stellte ich zu meiner Freude fest, daß alle Kulturen gediehen und üppig wucherten. Der Rat war beeindruckt, und ich ließ eine großartige Ansprache vom Stapel. Dieses Wachstum, sagte ich, stelle eine Zunahme der Menge des im Königtum inhärenten göttlichen Prinzips dar, und was noch mehr sei, ich könne es unbeschränkt vermehren. Damit schnitt ich jede meiner Kulturen in acht Teile und legte mit ihnen neue an. Wieder wurden sie bewacht und nach drei Tagen geprüft. Diesmal waren nicht alle angewachsen, und es gab einiges Gemurmel und zornige Blicke, weil ich einen Teil des Königs getötet hatte. Aber ich wies darauf hin, daß der König immer noch der König und seine kleine Wunde vollständig geheilt sei und daß jede erfolgreiche Kultur zusätzliche Heiligkeit und mehr Schutz für den Staat darstelle. Ich muß sagen, sie verhielten sich sehr vernünftig und verfügten über großen theologischen Scharfsinn, denn sie verstanden die Andeutung sofort.

Ich machte Bugala klar, und er überzeugte ohne große Schwierigkeiten die anderen, daß sie jetzt einige ältere Auslegungen der Doktrinen der Königschaft außer acht lassen könnten. Die wichtigste neue Idee, die einzuführen mir gelang, war *Massenproduktion.* Unser Ziel war, die Gewebe des Königs immer weiter zu vervielfältigen und so dafür zu sorgen, daß ihre schützende Kraft überall im Land residierte. Indem wir uns auf die Quantität konzentrierten, konnten wir es uns leisten, ein paar Einschränkungen, die dem König in seiner Lebensweise auferlegt waren, abzuschaffen. Das gefiel dem König natürlich und ebenso Bugala, der eine Machtfülle in seiner Reichweite sah, von der er sich nie hätte träumen lassen. Man hätte meinen sollen, eine solche Neuerung wäre auf großen Widerstand gestoßen, einfach *weil* sie eine Neuerung war, aber ich muß einräumen, daß diese Menschen, was ihren Mangel an Vorurteilen betrifft, im

Vergleich mit dem durchschnittlichen Geschäftsmann sehr vorteilhaft abschnitten.

Nachdem das Prinzip aufgestellt war, hatte ich viele Diskussionen mit Bugala über die beste Methode, die Masse der Bevölkerung für unsere Pläne zu gewinnen. Welch eine Gelegenheit für wissenschaftliche Werbung! Nur konnte die Bevölkerung unglücklicherweise nicht lesen. Aber hatte Kriegspropaganda nicht schon in mehr oder weniger analphabetischen Ländern funktioniert? Also warum nicht auch hier?«

Hascombe organisierte eine Reihe von öffentlichen Vorträgen in der Hauptstadt, bei denen er der Menge, die durch königliche Herolde herbeibefohlen worden war, seine königlichen Gewebe vorführte. Eine eindrucksvolle Podiumsgruppe stand ständig aus den Reihen des Adels zur Verfügung. Der Redner erklärte, wie wichtig es für die Gemeinde sei, in den Besitz von größeren und immer größeren Vorräten der heiligen Gewebe zu kommen. Unglücklicherweise sei die Herstellung mühsam und kostspielig, und so könne man mit Fug und Recht verlangen, daß alle dabei mithülfen. Vorbereitungen seien getroffen, daß jeder, der eine Kuh oder einen Büffel oder deren Gegenwert — drei Ziegen, Schweine oder Schafe — spende, einen Teil der königlichen Anatomie, hübsch in einen Ebenholzhalter eingebettet, erhalte. Die Anlage von Subkulturen solle zu bestimmten Tagen und Stunden erfolgen, und es sei Pflicht, die Kulturen zur Erneuerung einzuschicken. Sollte das Gewebe aufgrund von Nachlässigkeit absterben, gebe es keine Erneuerung. Ein Spender erwerbe zusammen mit der Kultur für ein Jahr das Recht, Subkulturen anlegen zu lassen, und könne es natürlich verlängern. Auf diese Weise werde die Totalität des Königs nicht nur zum Vorteil aller sehr vermehrt, es habe auch jeder Kulturträger einen echten Teil Seiner Majestät in seinem Besitz und die Freude und das Privileg, durch seine eigenen Bemühungen zu der Vervielfältigung der Göttlichkeit beizutragen.

Außerdem könnten sie ihrem Land dienen, indem sie dem Staat eine Tochter weihten. Diese jungen Frauen würden auf Staatskosten untergebracht und verköstigt und in der Technik der heiligen Kultur unterrichtet. Die Auswahl geschehe nach der allgemeinen Eignung der Kandidatinnen, doch sie müßten sich auch in einem Examen über die Prinzipien der Religion auszeichnen. Nach einer Probezeit von sechs Monaten würden sie für dauernd übernommen und erhielten den Titel »Schwester des heiligen Gewebes«. Von da könnten sie mit der Zunahme an Alter, Erfahrung und Verdiensten zu Müttern, Großmüttern, Urgroßmüttern und Ahninnen desselben vorrücken. Der Segen, den sie durch den engen Kontakt mit der Quelle alles Guten erhielten, werde auf ihre Familien überfließen.

Der Gedanke verbreitete sich wie ein Buschfeuer. Schweine, Ziegen, Kühe, Büffel und Negermädchen strömten herein. Im Jahr darauf wurde das ganze Land in den Plan einbezogen, indem ein Wanderlaboratorium wöchentlich die Runde machte.

Am Ende des dritten Jahres gab es kaum noch eine Familie im Land, die nicht zumindest eine heilige Kultur besaß. Ohne eine solche zu sein, wäre so peinlich gewesen, wie ohne Hose — oder zumindest ohne Hut* — die Fifth Avenue entlangzugehen. Auf diese Weise bewerkstelligte Bugala eine Reformation der Staatsreligion, inthronisierte sich selbst als wichtigste Persönlichkeit im Lande und verwurzelte die angewandte Wissenschaft und Hascombe fest in der Organisation des Staates.

Durch seinen Erfolg ermutigt, machte sich Hascombe bald daran, sich auch des Zweiges der Religion zu bemächtigen, der den Ahnenkult zum Gegenstand hatte. In einer öffentlichen Proklamation wurde darauf hinge-

---

* Dies wurde vor dem Jahr 1927 geschrieben — *Anm. d. Hrsg.*

wiesen, wieviel mehr Zufriedenheit es gewähre, wenn ein Mensch nicht den verkohlten Knochen seiner Vorfahren, sondern Stückchen von ihnen, die immer noch leben und wüchsen, Ehrerbietung erweisen könne. Wer deshalb den Wunsch hege, von der Aktion zu profitieren, die Bugalas Ministerium durchführe, solle seine älteren Verwandten zu bestimmten, festgelegten Stunden in das Laboratorium bringen, wo ihnen schmerzlos Fragmente zur Anlegung einer Kultur entnommen würden.

Auch das erwies sich als sehr attraktiv für den Durchschnittsbürger. Sicher, gelegentlich trafen Großväter und alte Mütter in einem Zustand der Entrüstung und des Protestes ein. Darauf kam es jedoch nicht an, denn nach dem Gesetz hatten Kinder, sobald sie fünfundzwanzig Jahre alt wurden, nicht nur die Pflicht, ihre Vorfahren, ob lebend oder tot, anzubeten, sondern erhielten auch die vollständige Kontrolle über sie, damit zur Gewährleistung des allgemeinen Wohls alle Riten ordnungsgemäß ausgeführt würden. Außerdem stellten die Vorfahren bald fest, daß die Operation selbst eine Kleinigkeit war und, hatte man sie einmal hinter sich, die wünschenswertesten Folgen zeitigte. Denn ihre Nachkommen zogen es vor, sich auf die Kulturen, die sie nach dem Tod der alten Leute anbeten sollten, schon gleich zu konzentrieren, und so ließen sie ihren Eltern und Großeltern viel mehr Freiheit als früher von lästigen Vorschriften, die zu allen Zeiten die offiziell Heiligen betroffen haben.

An fast jedem Herd im Königreich sah die neue Generation anstelle der altmodischen Reihen von roten Krügen, die die verbrannten Überreste des einen oder anderen Vorfahren enthielten, eine Sammlung von Familien-Objektträgern wachsen. Zur Stunde des Gebets wurde jeder einzelne herausgenommen und ehrfurchtsvoll überprüft. »Großpapa wächst diese Woche gar nicht gut«, mochte man den jungen schwarzen Gläubigen sagen hören; der Familienvater pflegte über dem Gewebestückchen zu beten, und wenn das nichts half, wurde es zur Verjüngung in die ›Fabrik‹ zurückgeschickt. Andererseits, welch eine Freude, wenn sich in den Kulturen ein Rhythmus an Aktivität rührte! Eine plötzliche Ausbreitung von Urgroßmutters Gewebe rief ihr faltiges altes Lächeln ins Gedächtnis zurück, und manchmal hatte es den Anschein, als wachse eine bestimmte Generation gleichzeitig auf einen Impuls hin los, um ihre ergebene Nachkommenschaft gemeinsam zu segnen.

Zur Verhütung des Aussterbens von Kulturen legte Hascombe ein zentrales Lager an, wo Duplikate jeder Linie verwahrt wurden. Dieses Repositorium der nationalen Gewebe war es, das meine Aufmerksamkeit im rückwärtigen Teil des Laboratoriums auf sich gezogen hatte. Eine solche Kollektion habe es noch nie zuvor gegeben, versicherte er mir. Keine Nekropolis, sondern eine Histopolis, wenn mir erlaubt ist, ein neues Wort zu prägen: Kein Friedhof, sondern ein Ort ewigen Wachstums.

Das zweite Gebäude war den Experimenten mit Hormonen gewidmet. Die Einwohner nannten es ›Fabrikationsstätte für Diener des Schreins‹.

»Hier«, sagte Hascombe, »werden Sie nicht viel Neues finden. Sie wissen ja von dem Drüsen-Rummel, den wir vor ein paar Jahren zu Hause hatten, und seinen Resultaten in Gestalt von Drüsenpräparaten, einem neuen Genre an Patentmedizinen und einer populärwissenschaftlichen Literatur, die die Freudianer auszustechen drohte und menschliche Wesen gänzlich auf der Basis ihrer Drüsenbeschaffenheit erklärte, ohne ein einziges Mal auf den Geist Bezug zu nehmen.

Ich brauchte meine Kenntnisse nur auf verhältnismäßig einfache Weise anzuwenden. Als erstes zeigte ich Bugala, wie ich einen normalen Säugling durch wiederholte Injektionen eines Hypophysenvorderlappenpräparats zum Riesen heranwachsen lassen konnte. Das gefiel ihm, und er machte die Idee einer heiligen Leibwache populär, deren Mitglieder mit ihrer gigantischen Statur des Alten Fritz' preußische Lange Kerls in den Schatten stellen würden.

Aber ich ging in mehreren Richtungen vor. So nutzte ich die Tatsache aus, daß zu ihrer Religion die Verehrung monströser und schwachsinniger menschlicher Wesen gehört. Natürlich ist es ein in vielen Ländern auftretendes Phänomen, daß Trottel als göttlich inspiriert gelten und Zwerge Gegenstand abergläubischer Ehrfurcht sind. Ich machte mich also daran, verschiedene neue Typen zu entwickeln. Durch Anwendung eines bestimmten Extraktes der Nebennierenrinde produzierte ich Kinder, die es mit dem Säugling Herkules hätten aufnehmen können und tatsächlich nach einer Kreuzung zwischen ihm und dem Rollkutscher einer Brauerei aussahen. Indem ich den gleichen Extrakt heranwachsenden Mädchen einspritzte, versah ich sie mit den üppigsten Schnurrbärten, woraufhin sie leicht Beschäftigung als Prophetinnen fanden.

Herumexperimentieren mit dem Hormon des Hypophysenhinterlappens ergab bemerkenswerte Fälle von Fettleibigkeit. Das schlachtete Bugala zusammen mit der Leidenschaft der Männer für korpulente Frauen zu seinem Vorteil aus, und ich glaube, er hat sich ein hübsches Vermögen erworben, indem er auf diese Weise behandelte Sklavinnen als Konkubinen verhökerte. Endlich löste ich durch eine andere Hypophysenbehandlung sogar das Geheimnis echten Zwergentums, bei dem die perfekten Proportionen erhalten bleiben.

Von diesen Produktionen blieben die Zwerge als Akoluthen im Tempel. Eine Gruppe der fetten jungen Damen bildete eine Art Gesellschaft jungfräulicher Vestalinnen mit besonders religiösen Pflichten. Ihnen als der Verkörperung des nationalen Schönheitsideals traut man zu, daß sie dabei eine besonders günstige Wirkung erzielen. Die Riesen bilden unsere reguläre Truppe.

Die fetten Jungfrauen stellen mich vor ein Problem, das ich, wie ich gestehen muß, immer noch nicht gelöst habe. Wie alle Rassen, denen sexuelle Vergnügungen viel bedeuten, haben diese Leute eine entsprechende übertriebene Verehrung für die Jungfräulichkeit. Mir ist deshalb die Idee gekommen, wenn ich Jacques Loebs große Entdeckung der künstlichen Parthenogenese auf den Menschen oder, genauer gesagt, auf diese jungen Damen anwenden könnte, wäre es möglich, eine Rasse von sich selbst reproduzierenden, immer jungfräulich bleibenden Vestalinnen zu züchten, denen die Verehrung, die ich eben erwähnte, in konzentrierter Form zuteil werden würde. Sie sehen, ich behalte immer im Auge, daß jede Arbeit, die ich in Angriff nehme, die Nationalreligion fördern muß. Wahrscheinlich würde die vom Staat unterstützte Forschung in einem wirklich demokratischen Land auf die gleichen Schwierigkeiten stoßen. Nun, wie gesagt, hier bin ich vorerst an meine Grenzen gestoßen. Ich bin in der Sache einen Schritt weitergekommen als Bataillon mit seinen vaterlosen Fröschen, und ich habe Parthenogenese in die Eier von Reptilien und Vögeln induziert. Bei Säugetieren habe ich bis heute versagt. Doch ich gebe nicht auf!«

Wir gingen in das nächste Gebäude, das voll von den unglaublichsten Tier-Monstrositäten war. »Dieses Laboratorium ist das amüsanteste«, erklärte Hascombe. »Seine offizielle Bezeichnung ist ›Heim der lebenden Fetische‹. Hier habe ich wieder einfach einen vorherrschenden Wesenszug der Einwohner genommen und als Pflock benutzt, um die Forschung daran aufzuhängen. Ich sagte Ihnen ja schon, daß sie von jeher eine Vorliebe für das Groteske an Tieren gehabt haben, und sie benutzten die bizarresten Formen in Gestalt von kleinen Ton- oder Elfenbeinstatuen als Fetische.

Ich sagte mir, es wäre doch gelacht, wenn die Kunst die Natur nicht verbessern könne, und rief mir meine experimentelle Embryologie ins Gedächtnis zurück. Ich arbeite nur mit den einfachsten Methoden und benutze die Formbarkeit der frühen Stadien, um doppelköpfige und einäugige Ungeheuer zu erzeugen. Sicher, das hat Spemann schon vor Jahren bei Wassermolchen und Stockard bei Fischen gemacht, und ich habe nur die Methoden der Massenproduktion von Mr. Ford auf ihre Ergebnisse übertragen. Doch meine Spezialität sind dreiköpfige Schlangen und Kröten mit einem zweiten, zum Himmel gerichteten Kopf. Erstere sind ein bißchen schwierig herzustellen, aber die Nachfrage nach ihnen ist groß, und sie erzielen einen guten Preis. Mit den Fröschen geht es leichter: Ich werde einfach Harrisons Methoden auf Kaulquappen-Embryos an.«

Er führte mich in das letzte Gebäude. Im Gegensatz zu den anderen enthielt es keine Zeichen, daß hier Forschung betrieben wurde, sondern war leer. Es war mit schwarzen Wandbehängen dekoriert und erhielt nur von oben Licht. In der Mitte standen Bankreihen aus Ebenholz, und vor ihnen glitzerte eine goldene Kugel auf einem Ständer.

»Hier beginne ich mit meiner Arbeit an der verstärkten Telepathie«, berichtete Hascombe mir. »Sie müssen irgendwann einmal vorbeikommen und sich ansehen, um was es dabei geht, denn es ist wirklich interessant.«

Sie können sich vorstellen, daß ich sprachlos war angesichts dieses Katalogs von Wundern. Jeden Tag unterhielt ich mich mit Hascombe, und allmählich wurden diese Gespräche feste Punkte unseres Tagesablaufs. Einmal fragte ich ihn, ob er die Hoffnung auf Flucht aufgegeben habe. Seine Antwort kam nach einem merkwürdigen Zögern. »Um Ihnen die Wahrheit zu gestehen, mein lieber Jones«, sagte er schließlich, »ich habe in den letzten paar Jahren wirklich kaum noch daran gedacht. Anfangs schien mir eine Flucht so unmöglich zu sein, daß ich sie mir absichtlich aus dem Kopf schlug und mich mit mehr und mehr Energie, ich möchte fast sagen, Wut, in meine Arbeit stürzte. Und jetzt, bei meiner Seele, bin ich mir nicht mehr ganz sicher, ob ich fliehen möchte oder nicht.«

»Sie können doch unmöglich meinen, daß Sie *nicht* fliehen möchten!« rief ich aus.

»Ich bin mir nicht sicher«, wiederholte er. »Am meisten wünsche ich mir, Fortschritte in dieser meiner Arbeit zu erzielen. Sie machen sich nicht klar, welche Chance sich mir bietet! Und alles wächst so schnell — ich kann jede Art von Möglichkeit voraussehen.« Er brach ab und verstummte.

Ich für mein Teil fand seine unglaublichen Errungenschaften zwar interessant, war aber nicht bereit, meine Zukunft seinem pervertierten intellektuellen Ehrgeiz zu opfern. Er wiederum wollte seine Arbeit nicht verlassen.

Die Experimente, die seine Phantasie am stärksten entzündeten, waren die auf dem Gebiet der Massentelepathie. Er hatte seine medizinische Ausbildung zu einer Zeit erhalten, als die Psychologie des Abnormalen in England noch entschieden abgelehnt wurde, aber zu seinem Glück war er in Kontakt mit einem jungen Arzt gekommen, der ein eifriger Student des Hypnotismus war. Durch ihn war er einigen der großen Pioniere wie Bramwell und Wingfield vorgestellt worden. Das Ergebnis war, daß auch er sich zu einem passablen Hypnotiseur ausbildete und gute Kenntnisse der einschlägigen Literatur erwarb.

In der ersten Zeit seiner Gefangenschaft entwickelte er Interesse für die heiligen Tänze, die in jeder Vollmondnacht stattfanden und die himmlischen Mächte versöhnen sollten. Die Tänzer gehörten alle zu einer besonderen Sekte. Nach einer Reihe von aufregenden Figuren, die verschiedene Aktivitäten der Jagd, des Krieges und der Liebe symbolisierten, führte der Vortänzer seine Gruppe zu einer Zeremonialschranke. Er machte Handbewegungen gegen sie, und Hascombe beeindruckte es, daß ein paar Sekunden genügten, um sie alle in tiefe Hypnose gegen das Ebenholzgeländer fallen zu lassen. Es erinnerte ihn, erzählte er, an die verblüffendsten Fälle kollektiver Hypnose, die von französischen Wissenschaftlern berichtet worden sind. Der Anführer ging als nächstes von einem Ende der Schranke zum anderen und flüsterte in jedes Ohr einen kurzen Satz. Dann näherte er sich, einem seit undenklichen Zeiten überlieferten Ritual folgend, dem Priesterkönig und rief laut aus: »Herr der Majestät, befiehl diesen Tänzern, darzustellen, was dir beliebt!« Der König nannte nun ein Thema, das bis dahin geheimgehalten worden war. Oft lautete der Auftrag, einen Gegenstand zu holen und am Mondschrein niederzulegen oder gegen die Feinde des Staates zu kämpfen, oder (und das liebten die Anwesenden besonders) ein vierfüßiges Tier oder ein Vogel zu werden. Wie der Befehl auch lautete, die hypnotisierten Männer gehorchten ihm, denn die geflüsterten Worte des Anführers waren eine Anweisung gewesen, nur das zu hören und auszuführen, was der König sagte. Die seltsamsten Szenen gab es zu sehen, wenn sie, ohne irgend etwas auf ihrem Weg wahrzunehmen, auf der Suche nach Kürbissen oder Schafen, die sie holen sollten, losrannten oder sich auf unsichtbare Feinde stürzten oder auf alle viere niederfielen und wie Löwen brüllten oder wie Zebras galoppierten oder wie Kraniche tanzten. War die Aufgabe erfüllt, standen sie da wie Stöcke oder Steine, bis ihr Anführer, der von einem zum anderen lief, einen jeden mit dem Finger berührte und rief: »Erwache!« Sie erwachten und tanzten erschöpft, aber sich bewußt, daß sie Gefäße des unbekannten Geistes gewesen waren, zu ihrer besonderen Hütte oder ihrem Clubhaus zurück.

Diese Empfänglichkeit für hypnotische Suggestionen begeisterte Hascombe, und er erhielt die Erlaubnis, die Tänzer eingehender zu testen. Bald hatte er festgestellt, daß die Leute als Rasse außerordentlich anfällig für eine Dissoziation waren und ohne besondere Mühe dazu gebracht werden konnten, in tiefe Hypnose zu fallen. Dabei behielt das Unterbewußtsein jedoch, wenn auch völlig von dem wachen Ego abgeschnitten, Teile der Persönlichkeit, die bei hypnotisierten Europäern nicht mehr aufzuspüren sind. Wie die meisten, die um die psychologische Kerzenflamme herumgeflattert sind, hatte Hascombe sich für Telepathie interessiert, und jetzt, mit diesem Material von leicht hypnotisierbaren Personen an der Hand, begann er mit einer ernsthaften Erforschung des Problems.

Nicht lange, und er war imstande zu beweisen, daß es Telepathie gibt, indem er einem hypnotisierten Mann etwas suggerierte, das dieser ohne physisches Zwischenglied an einen weit von ihm entfernten zweiten Mann weitergab. Später — und das war der Höhepunkt seiner Arbeit — fand er heraus, daß sich der telepathische Effekt deutlich verstärkte, wenn er die weiterzugebende Nachricht mehreren Versuchspersonen gleichzeitig statt nur einer einzelnen mitteilte — die hypnotisierten Gehirne verstärkten sich gegenseitig. »Ich bin hinter dem Superbewußtsein her«, sagte Hascombe, »und den Ansatz dazu habe ich schon.«

Ich muß gestehen, daß ich mich beinahe ebenso wie Hascombe über die Möglichkeiten erregte, die sich dadurch eröffneten. Es kam mir wirklich so vor, als habe er im Prinzip recht. Wenn alle Versuchspersonen praktisch im gleichen psychologischen Zustand waren, konnte man außerordentlich verstärkende Wirkungen beobachten. Anfangs war es sehr schwierig, diese Einheitlichkeit des Zustandes zu erreichen. Wir entdeckten jedoch, daß es möglich war, hypnotisierte Versuchspersonen auf denselben Ton abzustimmen, wenn Sie mir die Metapher verzeihen wollen, und dann ging der Spaß erst richtig los.

Eins der ersten Ergebnisse war, daß wir mit größerer Verstärkung telepathische Botschaften über immer größere Entfernungen leiten konnten, bis wir schließlich imstande waren, von der Hauptstadt aus Befehle bis an die Grenzen des Staates zu schicken, die fast hundert Meilen entfernt waren. Als nächstes stellte sich heraus, daß der

Empfänger nicht hypnotisiert zu sein brauchte, um den Befehl zu empfangen. Fast jeder, besonders aber Menschen von ausgeglichenem Temperament, konnte auf diese Weise beeinflußt werden. Jedoch am außergewöhnlichsten war, was wir anfangs ›Naheffekt‹ nannten, weil wir die Möglichkeit einer Sendung über weite Strekken nicht gleich entdeckten. Wenn Hascombe einer größeren Gruppe von hypnotisierten Versuchspersonen einen einfachen Befehl erteilt hatte und dann er oder ich uns unter sie mischten, teilte sich uns ein ganz seltsames Gefühl mit. Es war, als wiederhole eine übermenschliche Persönlichkeit den Befehl auf drohende und überwältigende Weise, und während sich uns die Überzeugung mitteilte, den Befehl ausführen zu müssen, war uns gleichzeitig zumute, als seien wir Bestandteil des Befehls beziehungsweise Bestandteil von dem, das da befahl, und es war etwas viel Größeres, als wir es waren. Und das, behauptete Hascombe, war der erste wirkliche Beginn des Superbewußtseins.

Es versteht sich, daß wir Bugala nicht übergehen durften. Hascombe, der dabei wieder das Bild der altbekannten tibetanischen Gebetsmühle vor seinem geistigen Auge hatte, wies ihn darauf hin, daß er letzten Endes imstande sein werde, die ganze Bevölkerung in Hypnose zu versetzen und dann ein Gebet zu senden. Damit sei gewährleistet, daß das tägliche Gebet, zum Beispiel, wirklich von der ganzen Bevölkerung und dazu noch gleichzeitig gesprochen werde, was zweifellos eine Verstärkung seiner Wirksamkeit zur Folge habe. Und in Kriegs- oder Notzeiten böte sich ihm damit eine Gelegenheit, die ganze Betkraft der Nation für eine lange Zeitspanne zusammenzuhalten.

Bugala war sehr interessiert. Er sah sich schon, wie er die Gehirnkästen seines Volkes mittels dieser mentalen Maschinerie mit den Ideen füllte, die er für richtig hielt. Er sah sich einen Befehl aussprechen, und das ganze Land erwachte aus der Trance, um ihn auszuführen. Verglichen mit seinen Träumen hätten die des Eigentümers eines Zeitungssyndikats und sogar eines Propagandaministers in Kriegszeiten blaß und schüchtern ausgesehen. Natürlich verlangte er, selbst in den Methoden unterwiesen zu werden, und ebenso natürlich konnten wir ihm das nicht verweigern, obwohl ich sagen muß, daß mir oft ein bißchen mulmig bei dem Gedanken wurde, was er sich einfallen lassen könne, sollte er je hinter Hascombes Rücken auf eigene Faust zu experimentieren beginnen. Das und dazu meine ständige Sehnsucht, diesen Ort zu verlassen, ließen mich von neuem auf Mittel zur Flucht sinnen. Dann fiel mir ein, daß eben diese Methode, die mich mit so düsteren Vorahnungen erfüllte, zu dem Schlüssel gemacht werden könne, der unser Gefängnis öffnen würde.

Nachdem ich eines Tages Hascombe zugesetzt hatte, welchen Verlust es für die Menschheit bedeuten würde, sollte diese große Entdeckung mit ihm in Afrika sterben, nahm ich ihn mir im Ernst vor. »Mein lieber Hascombe«, sagte ich, »Sie müssen hier weg und nach Hause zurückkehren. Was hindert Sie daran, Bugala zu sagen, Ihre Experimente seien kurz davor, von Erfolg gekrönt zu werden, aber für bestimmte Tests brauchten Sie eine viel größere Zahl von Versuchspersonen? So beschaffen Sie sich eine Batterie von zweihundert Mann, und nachdem Sie sie abgestimmt haben, wird die Verstärkung ausreichen, die gesamte Bevölkerung zu erfassen. Wir könnten dann eines Tages das Potential unserer Geistesbatterie auf das höchstmögliche Niveau bringen und durch sie einen allgemeinen hypnotischen Einfluß aussenden. Überall im Land würden Männer, Frauen und Kinder in Stupor versinken. Als nächstes müßte unsere Testgruppe den Befehl weitergeben: ›Schlaft eine Woche lang.‹ Die telepathische Botschaft erreichte sofort jedes der Tausende von empfangsbereiten Gehirnen und schlüge darin Wurzel, bis die ganze Nation zu einem einzigen Superbewußtsein zusammenwüchse, sich nur des einen Gedankens ›Schlaf‹ bewußt, den wir hineinversenkt hätten.«

Der Leser wird vielleicht fragen, wie wir den Fängen des Superbewußtseins, wenn wir es geschaffen hatten, zu entschlüpfen gedachten. Nun, wir hatten entdeckt, daß Metall verhältnismäßig undurchlässig für telepathische Effekte ist und hatten uns eine Art Katheder aus Zinn gemacht, auf dem wir bei der Durchführung von Experimenten standen, sowie Kappen aus Metallfolie. Beides kombiniert reduzierte die Wirkung enorm. Über diese Eigenschaft von Metall hatten wir Bugala nicht informiert.

Hascombe schwieg lange Zeit. Dann sagte er: »Mir gefällt die Idee. Ich stelle mir gern vor, daß, sollte ich jemals nach England zurückgelangen und wissenschaftliche Anerkennung finden, meine Entdeckung mir die Möglichkeit zur Flucht gegeben hat.«

Von diesem Augenblick an arbeiteten wir emsig an der Perfektionierung unserer Methode und unserer Pläne. Nach rund fünf Monaten schien uns der geeignete Zeitpunkt gekommen zu sein. Lebensmittel und Kompasse waren verpackt. Mir war auf mein Versprechen hin, es niemals abzufeuern, erlaubt worden, mein Gewehr zu behalten. Wir hatten Freundschaft mit einigen der Männer geschlossen, die als Händler an die Küste zogen, und ihnen alle Fragen nach Einzelheiten des Weges gestellt, die wir stellen konnten, ohne ihren Verdacht zu erregen.

Endlich war der Abend da. Wir versammelten unsere Männer wie zu einer normalen Übung, und nachdem sie hypnotisiert waren, begannen wir, sie abzustimmen. In diesem Augenblick kam unangemeldet Bugala herein. Davor hatten wir Angst gehabt, aber wir hatten keine Möglichkeit gesehen, es zu verhindern. »Was sollen wir tun?« flüstere ich Hascombe auf englisch zu.

»Weitermachen, zum Teufel!« lautete seine Antwort. »Wir können ihn mit den übrigen einschläfern.«

So hießen wir ihn willkommen und gaben ihm so nahe wie möglich an den dichtgepackten Reihen der Versuchspersonen einen Sitz. Dann waren die Vorbereitungen abgeschlossen. Hascombe trat hinter das Katheder und sagte: »Achtet auf die folgenden Worte!« Die Körper spannten sich ein wenig.

»Schlaft!« sagte Hascombe. »*Schlaft* lautet der Befehl. Befiehlt allen in diesem Land, ununterbrochen zu schlafen!« Bugala sprang mit einem Ausruf in die Höhe, aber die Sendung hatte bereits begonnen.

Wir waren mit unserem Metallschutz immun dagegen. Aber Bugala wurde von dem mentalen Strom in voller Stärke getroffen. Er sank hilflos auf seinen Stuhl zurück. Ein paar Minuten lang widerstand seine außergewöhnliche Willenskraft der Suggestion. Er konnte sich nicht bewegen, hielt jedoch seine zornigen Augen offen. Endlich unterlag er und schlief ebenfalls ein.

Wir verloren keine Zeit, brachen sofort auf und kamen in dem stillen Land gut voran. Die Leute saßen herum wie Wachsfiguren. Frauen hockten schlafend bei ihren Melkeimern, und die Kuh war inzwischen weit fort. Dickbäuchige nackte Kinder waren bei ihrem Spiel eingeschlafen. Die Häuser waren voll von Schläfern, die aufrecht um ihr Essen saßen und an Wordworths berühmtes ›Gesellschaft in einem Salon‹ erinnerten.

Es war uns ziemlich komisch zumute, und wir konnten kaum glauben, daß wir ein ganzes Volk in diesen Zustand gestürzt hatten. Dann erreichten wir die Grenze, wo wir mit unendlicher Erleichterung an einer erstarrten Wache aus Riesen vorbeigingen. Ein paar Meilen weiter gönnten wir uns eine solide Mahlzeit und etwas Schlaf. Unser Gepäck war ziemlich schwer, und wir entschlossen uns, einiges an überflüssigem Gewicht in der Form von Lebensmitteln und Mustern wegzuwerfen, auch unsere Metallkappen oder Gehirnschützer, weil wir meinten, in dieser Entfernung und bei schon etwas abgenützter Hypnose brauchten wir sie nicht mehr.

Gegen Abend des dritten Tages blieb Hascombe plötzlich stehen und wandte den Kopf.

»Was ist los?« fragte ich. »Haben Sie einen Löwen gesehen?« Seine Antwort kam mir völlig unerwartet. »Nein. Ich habe mir nur gerade überlegt, ob ich nicht umkehren sollte.«

»Umkehren!« schrie ich. »Warum, im Namen Gottes des Allmächtigen, wollen Sie das tun?«

»Mir kam plötzlich der Gedanke, daß ich es tun sollte«, sagte er. »Vor ungefähr fünf Minuten. Und wirklich, wenn ich so darüber nachdenke, glaube ich nicht, daß ich jemals wieder eine solche Chance zu Forschungsarbeit bekomme. Außerdem ist es eine gefährliche Reise zur Küste, und ich rechne nicht damit, daß wir lebendig durchkommen.«

Ich war außer mir, und das sagte ich ihm auch. Und plötzlich hatte auch ich ein paar Augenblicke lang das Gefühl, ich müsse zurückgehen. Es war wie dieser alte Freund aus unserer Knabenzeit, die Stimme des Gewissens.

»Ja, sicher, wir müssen umkehren«, dachte ich mit Leidenschaft. Aber dann siegte die Vernunft. *Warum* sollten wir umkehren? Alle möglichen Gründe wurden mir sozusagen von unsichtbaren Händen, die sich aus verborgenen Teilen meines Ichs hochstreckten, präsentiert.

Und dann erkannte ich, was geschehen war. Bugala war aufgewacht. Er hatte die Suggestion gelöscht, die wir dem Superbewußtsein eingegeben hatten, und eine andere an seine Stelle gesetzt. Ich sah ihn richtig vor mir, wie er es sich ausdachte, der listige Teufel (Verstand hatte er, das muß man ihm lassen!), und hörte ihn, nachdem er mit der Beschwörung fertig war, dem Volk in vorgeschriebener Form seinen neuen Befehl zuflüstern: »Kehrt zurück!« Für die meisten Einwohner würde der Befehl gegenstandslos sein, weil sie sich bereits zu Hause befanden. Zweifellos kehrten eben jetzt ein paar junge Männer von den Hügeln und herumstreunende Kinder und Mädchen, die heimlich davongelaufen waren, um sich mit ihren Liebhabern zu treffen, steif und in somnambuler Trance nach Hause zurück. Nur für sie hatte der neue Befehl des Superbewußtseins einen Sinn — und für uns.

Ich schildere das hier so weitschweifig, aber in dem Augenblick *sah* ich in Blitzesschnelle, was geschehen war. Ich sagte es Hascombe, ich zeigte ihm, daß es so sein *müsse,* daß sonst nichts die plötzliche Änderung habe bewirken können. Ich bat und beschwor ihn, seinen Verstand zu gebrauchen, bei seinem Entschluß zu bleiben und mit mir weiterzugehen. Wie bereute ich, daß wir in unserem Bestreben, nutzloses Gewicht abzuwerfen, unsere metallenen telepathiefesten Kopfbedeckungen zurückgelassen hatten!

Hascombe wollte oder konnte seinen Standpunkt nicht einsehen. Ich nehme an, er war viel stärker von all den Gefühlen und dem Geist des Landes durchdrungen und deshalb auch viel anfälliger als ich. Wie dem auch sei, ich konnte ihn nicht überzeugen. Er müsse umkehren, behauptete er, er wisse es, er sehe es deutlich, es sei seine heilige Pflicht und noch eine Menge ähnlichen Unsinns. In der ganzen Zeit griff die Suggestion auch mich an, und schließlich sagte ich mir, wenn ich nicht eine größere Entfernung zwischen mich und diese einstimmige Willensbatterie legte, würde ich ihr ebenso zum Opfer fallen wie er.

»Hascombe«, sagte ich, »ich gehe weiter. Um Gottes willen, kommen Sie mit!« Und ich schulterte meinen Packen und ging. Er war erschüttert und kam mir ein paar Schritte nach. Doch dann machte er kehrt, und trotz meiner häufigen Pausen und der Zurufe, er solle mir folgen, schlug er die Richtung ein, aus der wir gekommen waren. Ich kann Ihnen versichern, daß ich meinen einsamen Weg mit verfinsterter Seele fortsetzte. Mit meinen Abenteuern will ich Sie nicht langweilen. Es genüge, daß ich endlich, schwach vor Erschöpfung, Hunger und Fieber, einen weißen Vorposten erreichte.

Ich verhielt mich sehr schweigsam über meine Erlebnisse und gab nur an, unsere Expedition habe sich verirrt, und meine Männer seien davongelaufen oder von den ansässigen Stämmen getötet worden. Ich gelangte nach England zurück. Aber ich war ein gebrochener Mann, und der Gedanke an Hascombe und die Art, wie er sich in seinem eigenen Netz gefangen hatte, verdüsterte mir das Leben. Ich habe nie herausgefunden, was ihm widerfahren ist, und ich glaube auch nicht, daß ich es je herausfinden werde. Vielleicht fragen Sie, warum ich keine Rettungsexpedition organisierte oder zumindest Hascombes Entdeckungen der Königlichen Gesellschaft oder dem Metaphysischen Institut mitteilte. Ich kann nur wiederholen, daß ich ein gebrochener Mann war. Ich rechnete nicht damit, daß man mir glauben würde; ich war mir gar nicht sicher, ob ich unsere Ergebnisse mit dem gleichen Menschenmaterial noch einmal hätte erzielen können, ganz zu schweigen von Menschen einer anderen Rasse, ich fürchtete, mich lächerlich zu machen, und schließlich quälten mich Zweifel, ob das Wissen um die Massentelepathie für die Menschheit nicht eher ein Fluch als ein Segen sein würde.

Doch jetzt bin ich ein alter Mann und, was schwerer wiegt, alt für meine Jahre. Ich wollte mir die Geschichte von der Seele schreiben. Außerdem predigen alte Männer gern, und ich bitte um Verzeihung, wenn ich zum Schluß noch zu predigen beginne. Die Frage, die ich stellen möchte, ist folgende: Dr. Hascombe gewann eine unvergleichliche Macht, indem er wissenschaftliche Erkenntnisse in die Praxis umsetzte, aber — *wohin hat ihn all diese Macht gebracht?* Es wäre billige Phrasendrescherei, wollte auch ich in die von unserer Presse so häufig erhobene Forderung einstimmen, die Vermehrung wissenschaftlicher Erkenntnisse müsse in sich selbst gut sein. Ich empfehle dem großen Publikum, sich die offensichtliche Moral meiner Geschichte zu Herzen zu nehmen. Für Sie, geneigter Leser, wird nach und nach Macht angehäuft — durch die Bemühungen derer, die sich bemühen, weil sie die Macht lieben, oder weil sie die Wahrheit über das Funktionieren der Dinge herausfinden wollen. Ich bitte Sie, darüber nachzudenken, was man Ihrer Meinung nach mit dieser Macht anfangen soll.

Aus dem Amerikanischen übersetzt von Rosemarie Hundertmarck

DAS WORT
EINES FUSSGÄNGERS
UND HOCHFLIEGENDE
KONZEPTE

David Harry Keller
(1880—1966)

Nachdem es mittlerweile drei SF-Magazine gab, erhob sich die Frage, wo die Autoren hergenommen werden sollten, um die Magazine auch zu füllen. Etliche Antworten boten sich an, denn zum einen gab es Autoren, die bereits Stories für Gernsbacks wissenschaftliche Magazine und für etliche Pulps geliefert hatten, andere fanden ›Amazing Stories‹ genau richtig für ihre Zwecke, wieder andere entdeckten plötzlich in sich das enthusiastische Gespür für das Spekulative.

Edgar Rice Burroughs erklärte sich bereit, den Roman THE MASTERMIND OF MARS (1927) für Gernsbacks ›Amazing Annual‹ zu schreiben. Ray Cummings begann seine lange Schriftstellerkarriere mit »The Girl in the Golden Atom« (1919) bei ›All-Story‹ und schrieb Dutzende von Geschichten für alle möglichen Magazine. Murray Leinster (Will J. Jenkins) erschien 1918 auf der Bildfläche und veröffentlichte in ›Argosy‹ »The Runaway Skyscraper« (1919), doch anfangs war er anderweitig so beschäftigt, daß er bis in die vierziger Jahre nur sporadisch für SF-Magazine schrieb.

Etliche hauptberufliche Autoren schrieben in allen möglichen Sparten. Schrieben sie schnell genug und hatten einigermaßen Erfolg, konnten sie mit dem damit verdienten Geld ganz gut leben, obwohl nach heutigen Maßstäben ein Cent pro Wort kaum der Rede wert scheint. Der legendäre Frederick Faust war ein Autor solchen Typs. Unter Pseudonymen (meist Max Brand) schrieb und verkaufte er Millionen von Worten. Für die SF-Magazine schrieb auch Arthur J. Burks, der ab 1930 angeblich 10000 Worte pro Tag schrieb und auch fast alles verkaufte. Harl Vincent (H. V. Schoeplin) veröffentlichte zwischen 1928 und 1941 dreiundsiebzig Stories. Stanton A. Coblentz, der die Dichtkunst liebte und die SF als Vermittler von Sozialsatire betrachtete, konnte zwischen 1928 und 1950 einundsechzig Stories bei verschiedenen Magazinen unterbringen.

Doch dann kamen die neuen Autoren, für die die SF

ausschließlich Neues bot, Idealistisches, Menschen, die fasziniert waren von den Möglichkeiten, die die Zukunft für sie bereithielt, sowie dem schier unerschöpflichen Kräftepotential der Menschheit.

*Da war zunächst einmal Edward Elmer Smith, dessen erste Space Opera, THE SKYLARK OF SPACE (*dt. *»Die Abenteuer der Skylark«) zwar 1919 schon fertiggestellt war, aber erst 1928 in ›Amazing‹ veröffentlicht wurde. Philip Nowlan schrieb zwei SF-Stories mit der Hauptfigur Anthony Rogers; nach ihrer Veröffentlichung in›Amazing‹ kam es zu der lange anhaltenden Verbindung mit Buck Rogers. P. Schuyler Miller hatte bereits siebenunddreißig Geschichten veröffentlicht, als er die Buch-Kritik-Kolumne bei ›Astounding‹ übernahm. Andere Autoren waren Arthur K. Barnes, Raymond Z. Gallun, Neil R. Jones, Nathan (Nat) Schachner und Arthur Leo Zagat.*

Unter den Autoren, die sich in der SF zu Hause fühlten, war auch David H. Keller. Als Arzt hatte er sich auf die Psychoanalyse spezialisiert und in einer Reihe von Krankenhäusern für psychisch Kranke gearbeitet. Er schrieb 700 Artikel und zehn Bücher über medizinische Themen, aber auch viel SF. Eigenartigerweise schrieb er bis zum Alter von siebenundvierzig Jahren alle Stories ausschließlich für sich selbst, um sie anschließend für seine private Bibliothek binden zu lassen.

»The Revolt of the Pedestrians« war 1928 seine erste Story für ›Amazing‹. Die meisten anderen seiner Erzählungen folgten in den nächsten sechs Jahren, gelegentlich schrieb er auch für ›Weird Tales‹. Zu den bekannteren Stories zählen »The Thing in the Cellar«, »A Piece of Linoleum«, »Stenographer's Hand« und »The Ivy War«, aber auch die Romane LIFE EVERLASTING, THE SOLITARY HUNTERS und THE ABYSS.

»The Revolt of the Pedestrians« weist viele, zu ihrer Zeit durchaus überraschende raffinierte Techniken auf und erinnert von der Aussage her an Forsters »The Machine Stops«. Aber erst Jack Williamsons »With Folded

Hands« (1954, dt. *»Die Humanoiden«) zeigt eine Antiutopie, die von einer derartigen Hoffnungslosigkeit geprägt ist, daß sie innerhalb der SF ihresgleichen sucht.*

1928 nährten die SF-Magazine noch die Hoffnung, daß vernunftbegabte Frauen und Männer für jedes Problem eine Lösung finden würden, vorausgesetzt, sie erkannten es.

DAVID H. KELLER

Die Revolution der Fußgänger

Langsam, ihren kleinen Sohn an der Hand, ging eine junge Fußgängermutter eine Landstraße hinunter. Beide waren prächtige Exemplare von Fußgängern, wenn auch müde und staubig nach den vielen Tagen ihrer Reise von Ohio nach Arkansas, wo sich die kläglichen Überreste einer zum Untergang verurteilten Spezies zum letzten Kampf sammelten. Mehrere Tage lang waren sie die Straßen westwärts gewandert und dem gewaltsamen Tod wieder und immer wieder durch eine ganze Reihe von Wundern entgangen. Doch diesen Nachmittag schlief die Frau, erschöpft, hungrig und von der untergehenden Sonne auf ihrem Gesicht hypnotisiert, im Gehen ein und erwachte schreiend mit der Erkenntnis, daß ein Entkommen unmöglich war. Sie schaffte es, ihren Sohn in den Rinnstein zu stoßen, wo er in Sicherheit war, und dann starb sie unter den Rädern eines geschickt gesteuerten Wagens, der eine Geschwindigkeit von sechzig Meilen die Stunde hatte.

Die Dame in der Limousine ärgerte sich über den Ruck und fragte den Chauffeur ziemlich scharf durch das Sprachrohr:

»Was hatte der Stoß zu bedeuten, William?«

»Madam, wir haben soeben eine Fußgängerin überfahren.«

»Oh, ist das alles? Nun, fahren Sie vorsichtig.« Sie setzte, zu ihrer Tochter gewandt, hinzu: »William hat gerade eine Fußgängerin überfahren, und wir haben den Bums kaum gespürt.«

Das kleine Mädchen betrachtete voller Freude sein

neues Kleid. Es war ihr achter Geburtstag, und sie fuhren zu ihrer Großmutter, um den Tag dort zu verbringen. Ihre verdrehten, verkümmerten Beine bewegten sich langsam und rhythmisch. Mit Stolz pflegte ihre Mutter zu erzählen, daß sie niemals versucht hatte zu laufen. Aber denken konnte sie, und offenbar beunruhigte sie etwas. Sie blickte auf.

»Mutter«, fragte sie, »empfinden Fußgänger ebenso Schmerz wie wir?«

»Natürlich nicht, Herzchen«, antwortete die Mutter. »Sie sind nicht wie wir. Manche sagen, daß sie im Grunde überhaupt keine menschlichen Wesen sind.«

»Sind sie wie Affen?«

»Nun, vielleicht stehen sie höher als Affen, aber bestimmt viel tiefer als Automobilisten.«

Die Maschine raste weiter.

Meilen hinter ihnen lag ein von Entsetzen geschüttelter Junge weinend auf dem blutenden Körper seiner Mutter, den er — irgendwie hatte er die Kraft dazu gefunden — an den Straßenrand gezerrt hatte. Dort blieb er, bis ein neuer Tag dämmerte. Dann verließ er die Tote und stieg langsam den Berg hinauf in den Wald. Er hatte Hunger, er war müde und erschöpft, und sein Herz war gebrochen, aber er blieb einen Augenblick lang auf der Kuppe des Hügels stehen und schüttelte in wortlosem Zorn die Faust.

Von diesem Tag an glühte ein wilder Haß in seiner Seele.

Die Welt war automobilverrückt geworden. Verkehrspolizisten hatten keine Zeit für die schneckenhaften Bewegungen von gehenden Personen, denn sie stellten eine Bedrohung der Zivilisation dar — einen Rückschlag der Entwicklung — eine Behinderung des wissenschaftlichen Fortschritts. Von dem Körper eines Menschen war allein das Gehirn wichtig.

Die Muskeln als ein Mittel, die Wünsche des Menschen auf der Erde zu verwirklichen, waren nach und nach durch Maschinen ersetzt worden. Das Leben bestand nur noch aus unaufhörlichen Explosionen von Benzin oder Alkohol — Luftmischungen oder Dampfausdehnungen in hohlen Zylindern und Turbinen, und das erzeugte eine Kraft, die angewendet werden konnte, wo der Verstand des Menschen es diktierte. Die gesamte Menschheit erreichte, was sie wollte, durch in kleinen Mengen erzeugte mechanische Energie, die als Elektrizität zum Gebrauch in den großen Bevölkerungszentren über Drähte geleitet wurde.

Der Himmel hatte ständig seine Flugzeuge, die größeren Höhen für den Intercity-Expreßdienst, die niedrigeren für den Individual-Vorortverkehr — die Fahrbahnen, alle aus bewehrtem Beton, waren oft Einbahnstraßen, damit es nicht dauernd zu Zusammenstößen zwischen der Unzahl von Maschinen kam. Während ein Teil der Welt mit Begeisterung in die Lüfte aufstieg, war die Mehrheit wegen Untauglichkeit der Bogengänge des inneren Ohrs gezwungen, auf der Erde zu bleiben.

Das Automobil hatte sich entwickelt, während die Beine verkümmerten. Nicht länger damit zufrieden, den Wagen außerhalb des Hauses ständig zu benutzen, hatten die Nachfolger Fords die kleinere Individualmaschine zur Benutzung drinnen perfektioniert. Alle Treppen waren geschwungenen Rampen gewichen. Schließlich lebten die Menschen in metallenen Gehäusen, die sie nur zum Schlafen verließen. Teils aus Notwendigkeit, teils aus Neigung gingen sie dazu über, das Automobil auch für Sport und Spiel zu benutzen. Man baute Spezialfahrzeuge für Golf; in Autocars sitzende Kinder rollten Reifen durch schattige Parks; lässig auf ihrem Wagen hingelagert, trieb ein Mädchen durch die tropischen Gewässer eines Ferienortes in Florida. Die Menschheit hatte den Gebrauch ihrer unteren Gliedmaßen eingestellt.

Die Folge war die Atrophie, die Folge davon waren fortschreitende und deutliche Veränderungen in der Gestalt des Menschen, und die Folge davon waren neue

Vorstellungen von weiblicher Schönheit. All das geschah nicht in einer Generation, auch nicht in zehn Generationen, aber allmählich im Laufe der Jahrhunderte.

Die Sitten änderten sich, und die Gesetze änderten sich mit ihnen. Die Gesetze sorgten nicht mehr für das Wohl aller, sondern nur noch für das Wohl der Automobilisten. Die Straßen, früher für alle da, blieben zum Schluß den in Maschinen sitzenden Menschen vorbehalten. Anfangs war es nur gefährlich, auf den Autostraßen zu Fuß zu gehen; später galt es als kriminell. Wie alle Veränderungen, vollzog sich auch diese langsam. Zuerst wurde ein Gesetz erlassen, das bestimmte Straßen für Automobilisten reservierte. Dann kam ein Gesetz, das Fußgängern die Benutzung von Straßen verbot, dann ein Gesetz, das ihnen alle Rechtsansprüche nahm, wenn sie beim Begehen einer öffentlichen Autostraße verletzt wurden, dann wurde das Begehen einer öffentlichen Autostraße zu einem Verbrechen.

Das endgültige Gesetz legalisierte den Mord an Fußgängern auf der Straße, wann und wo auch immer sie von einem Auto angefahren werden konnten.

Niemand war es zufrieden, sich langsam fortzubewegen — die ganze Welt war verrückt auf Tempo. Auch hegte jeder Automobilist, ganz gleich, wo er sich befand, den Wunsch, in eine andere Stadt zu fahren. So waren die Sonn- und Feiertage dadurch gekennzeichnet, daß Tausende und Millionen von Automobilen ›irgendwohin‹ fuhren, denn keiner hatte Lust, die Mußestunden still da zu verbringen, wo er war. Ländliche Gebiete bestanden aus langen Reihen von Maschinen, die mit achtzig Meilen die Stunde zwischen Plakatwänden dahinrasten. Ab und zu hielten sie bei einer Tankstelle oder einem Rasthaus an oder, um einen einzelnen Baum seiner Blüten zu berauben. Die Luft war erfüllt vom Qualm aus den Auspüffen der Maschinen und dem rauhen Lärm zahlloser Hupen aller Typen. Niemand sah etwas, und es wollte auch niemand etwas sehen; der Wunsch eines jeden Fahrers war, schneller als der Wagen vor ihm zu sein. Im Sprachgebrauch jener Zeit nannte man das ›einen ruhigen Sonntag auf dem Lande‹.

Es gab keine Fußgänger — das heißt, fast keine. Selbst in den ländlichen Gebieten bewegte sich die Menschheit mechanisch auf Rädern fort. Was an Farmarbeit zu erledigen war, wurde von Maschinen erledigt. Ein paar übriggebliebene Fußgänger, die manchmal aus eigener Wahl, meistens aber der Not gehorchend ihre Beine weiter benutzt hatten, klammerten sich hie und da wie Wildschafe an unzugängliche Berghänge. Diese Leute waren immer arm. Anfangs barg das Gesetz keine Schrecken für sie. Jeder Staat beherbergte ein paar Familien, die niemals aufgehört hatten, Fußgänger zu sein. Die Automobilisten blickten erst belustigt, dann beunruhigt auf sie hinab. Niemand machte sich die furchtbare Tiefe des Abgrunds zwischen den beiden Gruppen des Genus Homo klar, bis das Bundesgesetz erlassen wurde, das Fußgängern die Benutzung aller Autostraßen verbot. Sofort begann überall in den Vereinigten Staaten die Revolte der Geher. Obwohl Bunker Hill Hunderte von Jahren zurücklag, war der Geist von Bunker Hill lebendig geblieben, und das Verbot, auf den Straßen zu gehen, verstärkte nur den Wunsch, es zu tun. Mehr Fußgänger als je zuvor wurden durch Unfälle getötet. Als Vergeltung nahmen ihre Familien jede Anstrengung auf sich, um das Autofahren unangenehm und gefährlich zu machen — als Waffen dienten Nägel, Heftzwecken, Glasscherben, Baumstämme, Stacheldraht, Felsblöcke. In den Ozark-Bergen war es den Hinterwäldlern eine Wonne, mit gutgezielten Gewehrschüssen Windschutzscheiben zu zerschmettern und Reifen zu durchlöchern. Andere liefen über die Straßen und verhöhnten die Automobilisten. Bei gleichen Chancen wäre das Ergebnis ein Zustand der Anarchie gewesen, doch da sie nicht gleich waren, stellten die Fußgänger lediglich eine Belästigung dar. Das Klassenbewußtsein erreichte seinen Höhepunkt, als Senator

Glass von New York in einer Rede vor dem Senat unter anderem erklärte:

»Eine Rasse, die aufgehört hat, sich weiterzuentwikkeln, muß aussterben. Seit Jahrhunderten bewegt sich die Menschheit auf Rädern und hat sich einem Zustand mechanischer Perfektion genähert. Der Fußgänger hat ohne Achtung vor seinem Geburtsrecht, zu fahren, nicht nur darauf bestanden, weiterhin zu gehen, sondern erdreistet sich sogar, gleiche Rechte wie der höhere Typ des Automobilisten zu verlangen. Die Geduld hat aufgehört, eine Tugend zu sein. Für diese elenden Degenerierten unserer Rasse kann nichts mehr getan werden. Die freundlichste Maßnahme ist jetzt, den Prozeß des Aussterbens zu beschleunigen. Nur so können wir eine Fortdauer der Unruhen vermeiden, die die ansonsten gleichmäßig friedliche Geschichte unseres schönen Landes stören. In meinen Augen gibt es nur eins: Das Gesetz zur Auslöschung von Fußgängern muß schleunigst verabschiedet werden. Wie Sie wissen, sieht es den sofortigen Tod aller Fußgänger vor, wann und wo auch immer sie von der Polizei eines Staates angetroffen werden. Die letzte Volkszählung zeigt, daß nur noch rund zehntausend von ihnen übrig sind, die zum größten Teil in einigen der Staaten des Mittelwestens leben. Ich bin stolz, erklären zu können, daß mein eigener Wahlbezirk, der bis gestern einen einzigen Fußgänger hatte, einen alten Mann von über neunzig, ab heute sauber ist. Eben wurde mir telegrafisch mitgeteilt, daß er glücklicherweise in einer senilen Bemühung, das Grab seiner Frau zu besuchen, auf eine öffentliche Straße wankte und auf der Stelle von einem Automobilisten getötet wurde. Aber obwohl es in New York gegenwärtig keinen von diesen scheußlichen Degenerierten gibt, ist es uns ein echtes Anliegen, unseren weniger glücklichen Staaten zu helfen.«

Das Gesetz wurde prompt verabschiedet, und nur die Senatoren aus Kentucky, Tennessee und Arkansas waren dagegen. Um das Interesse zu fördern, wurde für jeden getöteten Fußgänger eine Prämie bezahlt. Jedes County, das hundertprozentigen Erfolg meldete, erhielt einen silbernen Stern, jeder Staat, in dem nur noch Automobilisten lebten, einen goldenen. Der Fußgänger war wie die Brieftaube zum Aussterben verurteilt.

Man konnte nicht damit rechnen, daß die Auslöschung sofort oder vollständig erfolgen würde. Es gab unerwarteten Widerstand. Das Gesetz war ein Jahr lang in Kraft, als das Fußgängerkind den mechanischen Mitteln, die die Menschheit zerstörten, Rache schwor.

An einem Sonntagnachmittag hundert Jahre später war die Akademie der Naturwissenschaften in Philadelphia mit der üblichen Menge von Vergnügungssuchenden, jeder in seinem Autocar, gefüllt. Geräuschlos rollten sie auf Gummireifen die langen Gänge hinunter und blieben hin und wieder vor einem Ausstellungsobjekt — oder was gerade ihre Aufmerksamkeit erregte — stehen. Ein Vater führte seinen kleinen Sohn hindurch, und beide waren lebhaft interessiert: Der Junge an der neuen Wunderwelt, der Vater an den intelligenten Fragen und Beobachtungen des Jungen. Schließlich hielt der Junge sein Autocar vor einem Glaskasten an.

»Was ist das, Vater? Sie sehen aus wie wir, aber was für merkwürdige Gestalten!«

»Das, mein Sohn, ist eine Familie von Fußgängern. Es ist lange her, daß all das geschah, und ich weiß es nur, weil meine Mutter mir von ihnen erzählte. Diese Familie wurde in den Ozark-Bergen erschossen. Man nimmt an, daß es die letzten auf der Welt waren.«

»Das ist schade«, meinte der Junge nachdenklich. »Wenn es noch welche gäbe, würde ich mir von dir einen kleinen zum Spielen wünschen.«

»Es gibt keine mehr«, gab der Vater zurück. »Sie sind alle tot.«

Der Mann glaubte, er sage seinem Sohn die Wahrheit.

Tatsächlich war er stolz darauf, zu Kindern immer ehrlich zu sein. Und doch irrte er sich. Denn ein paar Fußgänger waren übriggeblieben, und ihr Anführer war der Urenkel des kleinen Jungen, der vor langer Zeit mit Haß im Herzen oben auf dem Berg gestanden hatte.

Ungeachtet der klimatischen Bedingungen, der Umwelt und aller möglichen Feinde ist der Mensch immer fähig gewesen, sich zu behaupten. Bei der Rasse der Fußgänger handelte es sich im wahrsten Sinne des Wortes um das Überleben der Tüchtigsten. Nur die behendesten, intelligentesten und ausdauerndsten konnten den systematischen Versuchen, sie auszulöschen, entgehen. Obwohl in verminderter Zahl, überlebten sie, obwohl aller sogenannten Segnungen der modernen Zivilisation beraubt, existierten sie. Gezwungen, nicht nur ihre individuelle Existenz, sondern das Bestehen ihrer Rasse zu verteidigen, erwarben sie die Schläue ihrer hinterwäldlerischen Vorfahren und blieben am Leben. Sie lebten, jagten, liebten und starben, und zwei Generationen lang ahnte die zivilisierte Welt nichts von ihrem Vorhandensein. Sie hatten ihre politische Organisation, ihre Gerichtshöfe. Das auf Blackstone und der Verfassung beruhende Recht herrschte. Immer regierte ein Miller: Zuerst der kleine Junge mit dem Haß im Herzen, der zum Mann herangewachsen war, dann sein Sohn, der von Kindesbeinen an zu der einzigen Aufgabe erzogen worden war, alle mechanischen Dinge zu hassen, dann der Enkel, weise, klug, vorausblickend, und schließlich der Urenkel Abraham Miller, von drei Generationen vorbereitet auf die letzte Rache.

Abraham Miller war der erbliche Präsident der in den Ozark-Bergen verborgenen Fußgänger-Kolonie. Sie waren isoliert, aber nicht unwissend, wenige an Zahl, aber anpassungsfähig. Zu den ersten Flüchtlingen hatten viele brillante Männer gehört: Erfinder, College-Professoren, Patrioten und sogar ein studierter Jurist. Diese Männer bewahrten ihr Wissen und gaben es weiter. Sie gruben auf dem Feld, jagten in den Wäldern, angelten in den Flüssen und bauten in ihren Laboratorien. Sie besaßen sogar Automobile und reisten gelegentlich, die Beine fest an den Körper gebunden, als Spione in das Land des Feindes. Einige der Kinder wurden von klein auf dazu trainiert. Es gibt sogar Hinweise, daß einer dieser Spione jahrelang in St. Louis lebte.

Es war eine Kolonie mit einem einzigen Ehrgeiz, eine Vereinigung von Individuen zu einem einzigen Zweck. Die Kleinen lallten es, die Schulkinder sprachen es täglich, die jungen Leute flüsterten es einander im Mondschein zu, in den Laboratorien war es in jede Wand eingeschnitzt, die Alten versammelten ihre Nachkommen um sich und ließen sie es beschwören. Jede Handlung der Kolonie war auf ein einziges Ziel ausgerichtet ...

»Wir werden zurückkehren.«

Sie waren paranoid in ihrem Haß. Alle ihre Vorfahren waren ohne Ausnahme wie wilde Tiere gejagt, ohne Gnade wie Ungeziefer vernichtet worden. Was sie wollten, war nicht Rache, sondern Freiheit, das Recht, zu leben, wie sie wünschten, zu gehen und zu kommen, wie es ihnen gefiel.

Drei Generationen lang hatte die Kolonie das Geheimnis ihrer Existenz gewahrt. Jahr für Jahr hatte die ganze Gemeinschaft für ein einziges Ziel gelebt und gearbeitet. Jetzt war die Zeit zur Ausführung ihrer Pläne, zur Erfüllung ihrer Wünsche gekommen. Inzwischen war in der Welt der Automobilisten alles wie bisher weitergegangen, materialistisch, mechanisch, selbstsüchtig. Der Sozialismus hatte den Massen ein besseres Leben gebracht, aber vollkommen darin versagt, ihnen Glück zu bringen. Alle lebten, jeder hatte ein Einkommen, niemandem mangelte es an einem Heim, an Nahrung und Kleidung. Doch die Häuser waren aus Beton, sie waren alle gleich, zu Millionen produziert, und die mit den Häusern in einem Guß hergestellten Möbel waren auch alle gleich. Die Kleidung bestand aus wasserfestem Papier; alles war von ein und demselben Schnitt und wurde geliefert — vier Anzüge im Jahr pro Person. Das Essen kaufte man in Riegeln. Jeder Riegel enthielt sämtliche fürs Leben notwendigen Elemente, und auf jedem Riegel war die Zahl der Kalorien gestempelt. Jahrhundertelang hatten Erfinder erfunden, bis schließlich das Leben einförmig und die Arbeit eine Angelegenheit des Knopfdrückens wurde. Die Welt der Automobilisten war eine unglückliche Welt, denn niemand arbeitete mit seinen Muskeln. Im Sommer transpirierte man natürlich vor Hitze, aber seit Generationen hatte niemand mehr vor Anstrengung geschwitzt. Die Wörter ›Mühe‹, ›Arbeit‹, ›Plackerei‹ wurden in den Lexika als veraltet bezeichnet.

Außerdem war niemand glücklich, weil es sich als mechanische Unmöglichkeit herausgestellt hatte, ein Automobil zu erfinden, das schneller als hundertundfünfzig Meilen die Stunde fuhr und trotzdem auf einer normalen Landstraße blieb. Die Automobilisten hatten keine Chance, so schnell zu fahren, wie sie wollten. Der Raum kann nicht vernichtet, die Zeit kann nicht zerstört werden.

Hinzu kam, daß sie alle vergiftet waren. Gefährliche Dämpfe, erzeugt durch die Verbrennung von Millionen Litern Benzin und seiner Ersatzstoffe, erfüllten die Luft, auch wenn viele Maschinen elektrisch betrieben wurden. Den größten Beitrag zu dieser Toxikämie lieferte jedoch die stark verminderte Ausscheidung von Giftstoffen durch die Haut und die fast schon unter Null gesunkene Energieproduktion mittels Muskelkontraktionen. Die Automobilisten hatten aufgehört zu arbeiten, wenn man den Ausdruck in seiner rein archaischen Form versteht, und da sie aufgehört hatten zu arbeiten, hatten sie auch aufgehört zu schwitzen. Ein paar Stunden pro Tag auf seinem Stuhl in einer Fabrik oder an einem Schreibtisch genügten, um das zum Leben Notwendige zu verdienen. Die Automobilisten ermüdeten sich nie, und so verlangte die Natur eine geringere Zahl von Stunden, die im Schlaf verbracht werden mußten. Die übrigen Stunden wurden in Automobilen verbracht, mit denen man irgendwohin fuhr; es kam nicht darauf an, wohin, solange die Fahrt schnell war. Babies wurden in Maschinen großgezogen; tatsächlich spielte sich das ganze Leben in Maschinen ab. Das amerikanische Heim war verschwunden — das Automobil war an seine Stelle getreten.

Die Automobilisten fuhren irgendwohin, aber sie waren sich nicht sicher, wohin. Die Fußgänger wußten genau, wohin sie gingen.

Die Gesellschaft (im modernen Sinn) war sozialistisch. Das bedeutete, daß alle Klassen ein bequemes Leben führten. Verbrechen gab es schon seit einigen Generationen nicht mehr, nämlich seit der praktischen Anwendung von Bryants Theorie, sämtliche Verbrechen seien auf zwei Prozent der Bevölkerung zurückzuführen, und wenn man diese ausgrenze und sterilisiere, hörten die Verbrechen innerhalb einer Generation von alleine auf. Als Bryant diese Behauptung veröffentlichte, wurde sie mit einiger Skepsis aufgenommen, aber ihrer praktischen Anwendung jubelten alle begeistert zu — sofern sie nicht direkt betroffen waren.

Doch selbst diese offenbar perfekte Gesellschaft hatte ihre Mängel. Obwohl jeder besaß, was er zum Leben brauchte, herrschte keine Gleichheit bei den Luxusartikeln. Mit anderen Worten, es gab immer noch Reiche und Arme, und die Reichen waren immer noch tonangebend in der Regierung und machten die Gesetze.

Unter den Reichen gab es keine exklusiveren, aristokratischeren und tonangebenderen als die Heislers. Ihr Anwesen am Hudson wurde von dreißig Meilen eines zwölf Fuß hohen Eisenzauns eingeschlossen. Wenige konnten sich rühmen, als Besucher dort gewesen zu sein, ein Wochenende in dem Steinpalast verbracht zu haben, der inmitten eines Waldes von Fichten, Buchen und Schierlingstannen lag. Die Heislers waren so mächtig, daß noch keiner von ihnen ein öffentliches Amt bekleidet hatte. Sie machten Präsidenten, legten jedoch absolut keinen Wert darauf, einen in der Familie zu haben. Ihre Feinde sagten, ihr Vermögen stamme aus gewinnbringenden Heiraten mit den Fords und Rockefellers, aber zweifellos war das eine aus Neid geborene Lüge. Den Heislers gehörten Banken und Immobilien, Fabriken und Bürogebäude. Es stand fest, daß ihnen der Präsident der Vereinigten Staaten und die Richter des Obersten Gerichtshofes gehörten. Eins ihrer Aktiva wurde selten im Gespräch oder in den Zeitungen erwähnt. Das einzige Kind des herrschenden Zweiges der Familie lief.

William Henry Heisler war ein ungewöhnlicher Millionär. Als man ihm sagte, seine Frau habe ihm eine Tochter geschenkt, versprach er seinen Göttern (allerdings war er sich nicht sicher, wer sie waren), jeden Tag mindestens eine Stunde mit seinem Kind zu verbringen und seine Erziehung zu überwachen.

Ein paar Monate lang war an dem kleinen Mädchen nichts Anomales zu entdecken, obwohl alle Pflegerinnen sofort Bemerkungen über seine häßlichen Beine machten. Ihr Vater meinte bei sich nur, wahrscheinlich seien alle Babybeine häßlich.

Im Alter von einem Jahr versuchte das Kind, zu stehen und einen Schritt zu machen. Nicht einmal das nahm man ernst, da die Kinderärzte sich darin einig waren, alle Kinder versuchten ein paar Monate lang, ihre Beine zu benutzen, aber das sei eine Unart, die man ihnen im allgemeinen leicht abgewöhnen könne — wie das Daumenlutschen. Sie gaben den Pflegerinnen den üblichen Rat, den diese auch befolgt hätten, wäre da nicht der Vater gewesen. »Jedes Kind hat seine eigene Persönlichkeit«, sagte er. »Laßt sie in Frieden! Warten wir ab, was sie tun wird.« Und um sicherzustellen, daß man ihm Gehorsam leistete, beauftragte er eine seiner Privatsekretärinnen damit, ständig auf das Kind achtzugeben und ihm tägliche schriftliche Berichte zu liefern.

Das Kind wuchs. Es kam die Zeit, als man sie nicht länger ›Baby‹ nannte, sondern ihr die Würde des Namens

›Margaretta‹ zubilligte. Während sie wuchs, wuchsen ihre Beine. Je mehr sie lief, desto kräftiger wurden sie. Es war niemand da, ihr zu helfen, denn keiner der Erwachsenen war jemals gelaufen oder hatte jemals einen Menschen laufen sehen. Sie lief nicht nur, sie protestierte auch auf ihre Baby-Art gegen eine mechanische Fortbewegung. Als man sie das erste Mal in ein Automobil setzen wollte, kreischte sie wie eine junge Wildkatze, und sie dachte nicht daran, auch nur die Autocars für den Gebrauch im Haus zu akzeptieren.

Als es zu spät war, konsultierte ihr Vater jeden, der möglicherweise etwas über das Problem und Mittel, es zu lösen, wissen konnte. Heisler wollte, daß seine Tochter ihre Persönlichkeit entwickelte, aber er wollte nicht, daß sie eine Kuriosität wurde. Deshalb berief er Neurologen, Anatomen, Erzieher, Psychologen und auf Kinder spezialisierte Verhaltensforscher, doch er erhielt keine befriedigende Antwort von ihnen. Alle stimmten darin überein, es sei ein bedauernswerter Fall von Atavismus, ein Rückschlag. Als Heilmittel wurden tausend Vorschläge gemacht, von der Psychoanalyse bis zum brutalen Schienen und Bandagieren der unteren Extremitäten des kleinen Mädchens. Schließlich bezahlte Heisler sie alle für ihre Mühe, bestach sie, damit sie schwiegen, und sagte ihnen scharf, sie sollten zur Hölle gehen. Er hatte keine Ahnung, wo dieser Ort lag oder auch nur, was er meinte, aber es brachte ihm einige Erleichterung.

Alle entfernten sich prompt bis auf einen, der außer seinem Hauptberuf noch den Nebenberuf eines Genealogen ausübte. Er war ein alter Mann, und sie boten einen interessanten Kontrast, als sie sich in ihren Autocars gegenübersaßen. Heisler war mittleren Alters, vital, eine echte Führerpersönlichkeit, gigantisch bis auf seine eingeschrumpften Beine. Der andere Mann war alt, grauhaarig, verrunzelt, ein Träumer. Sie waren allein im Zimmer bis auf das Kind, das glücklich im Sonnenschein unter den großen Erkerfenstern spielte.

»Habe ich Ihnen nicht gesagt, Sie sollen mit den übrigen zur Hölle gehen?« grollte der Menschenführer.

»Wie könnte ich das?« lautete die milde Antwort. »Jene anderen haben Ihnen nicht gehorcht. Sie sind nur aus Ihrem Haus gerollt. Ich warte darauf, daß Sie mir sagen, wie ich hingelangen kann. Wo ist diese Hölle, die aufzusuchen Sie uns befehlen? Unsere Unterseeboote haben den Grund des Ozeans fünf Meilen unter dem Meeresspiegel erforscht. Unsere Flugzeuge haben einige Meilen auf dem Weg zu den Sternen zurückgelegt. Der Mount Everest ist erobert. Ich habe die Berichte über alle diese Expeditionen gelesen und nirgendwo eine Erwähnung der Hölle gefunden. Vor mehreren Jahrhunderten behaupteten die Theologen, sie sei ein Ort, an den die Sünder nach ihrem Tod kämen, aber es ist keine Sünde mehr begangen worden, seit Bryants zwei Prozent identifiziert und sterilisiert worden sind. Sie mit Ihren Millionen und Ihrer unbeschränkten Macht sind der Hölle so nahe, wie man ihr überhaupt kommen kann, wenn man Ihr anomales Kind ansieht.«

»Geistig ist sie hochbegabt, Professor«, protestierte Heisler. »Sie ist erst sieben, aber die Tests nach der Binet-Simon-Skala stufen sie auf zehn ein. Wenn sie nur mit diesem verdammten Laufen aufhören würde! Oh, ich bin stolz auf sie, aber ich möchte, daß sie so ist wie andere Mädchen. Wer wird sie heiraten wollen? Es ist entschieden unanständig. Sehen Sie sich das an! Was macht sie da?«

»Ach du meine Güte!« rief der alte Mann. »Ich habe davon erst neulich in einem dreihundert Jahre alten Buch gelesen. Viele Kinder pflegten das zu tun.«

»Aber was ist es?«

»Man nannte es damals ›Purzelbäume schlagen‹.«

»Aber was hat es zu bedeuten? Warum tut sie es?« Heisler wischte sich den Schweiß vom Gesicht. »Wenn das bekannt wird, sind wir der Lächerlichkeit preisgegeben.«

»Oh, Sie mit Ihrer Macht können es geheimhalten. Übrigens, haben sie Ihre Familiengeschichte studiert? Wissen Sie, welche Erbanlagen sie hat?«

»Nein. Dafür habe ich mich nie interessiert. Natürlich gehöre ich zu den Söhnen der amerikanischen Revolution und all das. Man brachte mir die Papiere, und ich unterschrieb auf der gepunkteten Linie. Gelesen habe ich sie nie, obwohl ich gut bezahlt habe, um ein Buch darüber veröffentlichen zu lassen.«

»Ein Vorfahre von Ihnen gehörte also zu den Revolutionären? Wo ist das Buch?«

Heisler läutete nach seiner Privatsekretärin, die hereinrollte, seinen kurzen Befehl entgegennahm und bald mit der Heisler-Familiengeschichte zurückkehrte. Der alte Mann öffnete das Buch aufgeregt. Bis auf die Geräusche, die das Kind beim Spiel mit einem Stoffbärchen machte, war es totenstill im Zimmer. Plötzlich lachte der alte Mann.

»Es liegt klar auf der Hand! Ihr revolutionärer Vorfahr war ein Miller, Abraham Miller aus dem Verwaltungsbezirk Hamilton. Seine Mutter wurde von Indianern gefangengenommen und getötet. Sie waren Fußgänger der allerschlimmsten Sorte — doch natürlich waren zu jener Zeit noch alle Fußgänger. Die Millers und Heislers heirateten untereinander. Das liegt ein paar hundert Jahre zurück. Ihr Urgroßvater Heisler hatte eine Schwester, die einen Miller heiratete. Von ihr ist hier auf Seite 330 die Rede. Ich will es Ihnen vorlesen.

›Margaretta Heisler war die einzige Schwester von William Heisler. Unabhängig und in mancher Beziehung wunderlich, beging sie die Torheit, einen Farmer namens Abraham Miller zu heiraten, der einer der berüchtigsten Rädelsführer bei den Fußgänger-Aufständen in Pennsylvania war. Nach seinem Tod verschwanden seine Witwe und sein achtjähriger Sohn, und zweifellos wurden sie in die allgemeine Auslöschung der Fußgänger miteinbezogen. In einem alten Brief, den sie vor ihrer Heirat an ihren Bruder schrieb, prahlte sie damit, sie sei noch nie in einem Automobil gefahren und werde das auch nie tun; Gott habe ihr Beine gegeben, und sie beabsichtige, diese zu benutzen, und sie habe das Glück gehabt, endlich einen Mann zu finden, der ebenfalls über Beine und den Wunsch, damit zu laufen, verfüge, wie Gott es für Männer und Frauen vorgesehen habe.‹

Damit ist das Geheimnis Ihres Kindes gelöst. Sie ist ein Rückschlag auf die Schwester Ihres Urgroßvaters. Diese Dame wählte vor hundert Jahren den Tod, um nicht dem Brauch folgen zu müssen. Sie sagen selbst, daß diese Kleine beinahe an Krämpfen gestorben wäre, als man den Versuch machte, sie in ein Automobil zu setzen. Es ist ein klarer Fall von Vererbung. Wenn Sie versuchen, das Kind mit Gewalt von seiner Gewohnheit abzubringen, werden Sie es wahrscheinlich töten. Sie können nichts anderes tun, als sie in Ruhe zu lassen. Erlauben Sie ihr, sich zu entwickeln, wie sie möchte. Sie ist Ihre Tochter. Sie hat eine ebenso starke Willenskraft wie Sie. Es wird wohl keiner den anderen ändern können. Soll sie ihre Beine benutzen. Sie wird sicher auf Bäume klettern, rennen, schwimmen und wandern, wo sie will.«

»So ist das also«, seufzte Heisler. »Das bedeutet das Ende unserer Familie. Niemand wird eine Äffin heiraten, ganz gleich, wie intelligent sie ist. Und Sie meinen, sie wird eines Tages auf einen Baum klettern? Wenn es eine Hölle gibt, ist dies die meine. Sie deuteten es vorhin an.«

»Aber sie ist glücklich!«

»Ja, wenn Lachen ein Maßstab ist. Doch wird sie glücklich bleiben, wenn sie älter wird? Wie kann sie Gefährten haben? Natürlich wird man das Auslöschungsgesetz in ihrem Fall nicht anwenden, das garantiert meine Position. Ich könnte es sogar außer Kraft setzen lassen. Trotzdem wird sie einsam sein — so einsam!«

»Vielleicht könnte sie lesen lernen — dann wird sie nicht einsam sein.«

Beide betrachteten das Kind.

»Was macht sie jetzt?« fragte Heisler. »Sie scheinen über solche Sachen mehr zu wissen als jeder andere, den ich kenne.«

»Nun, sie hüpft. Ist das nicht bemerkenswert? Sie hat nie jemanden hüpfen sehen, und doch tut sie es. Ich habe nie ein Kind es tun sehen, und doch kann ich die Tätigkeit identifizieren und ihr einen Namen geben. Unter Kate Greenaways Illustrationen habe ich Bilder von hüpfenden Kindern gefunden.«

»Trotzdem sollen die Millers verdammt sein!« brummte Heisler.

Nach diesem Gespräch engagierte Heisler den alten Mann, dessen einzige Aufgabe war, das Thema ›Fußgängerkinder‹ zu erforschen und herauszufinden, wie sie spielten und ihre Beine gebrauchten. Nachdem er das festgestellt hatte, sollte er das kleine Mädchen unterrichten.

Alles, was in Zusammenhang mit ihren körperlichen Übungen stand, wurde ihm überlassen. Von diesem Tag an hätte also ein neugieriger Zuschauer von einem Flugzeug aus auf dem Rasen einen alten Mann sehen können, der einem goldhaarigen Kind Bilder aus sehr alten Büchern zeigte und mit ihm darüber sprach. Dann tat das Kind Dinge, die seit hundert Jahren kein Kind mehr getan hatte — es ließ einen Ball springen, spielte Seilhüpfen, machte Volkstänze und sprang über einen Bambusstab, der von zwei senkrechten Stangen gehalten wurde. Viele Stunden wurden mit Lesen verbracht, und immer begann der alte Mann mit den Worten:

»Auf diese Weise hat man es früher gemacht.«

Gelegentlich wurde eine Party für sie gegeben, und die kleinen Töchter anderer Reicher aus der Nachbarschaft kamen und verbrachten den Tag mit ihr. Sie waren höflich, und Margaretta Heisler war es auch, aber die Parties waren kein Erfolg. Alle konnten sich nur in ihren Autocars bewegen, und sie betrachteten ihre Gastgeberin mit Neugier und Verachtung. Sie hatten mit dem merkwürdigen laufenden Kind nichts gemein, und jedes Mal blieb Margaretta in Tränen zurück.

»Warum kann ich nicht wie andere Mädchen sein?« fragte sie ihren Vater. »Wird es immer so weitergehen? Weißt du, daß die Mädchen mich auslachen, weil ich laufe?«

Heisler war ein guter Vater. Er hielt seinen Schwur, jeden Tag eine Stunde seiner Tochter zu widmen, und in dieser Zeit setzte er seine Intelligenz ebenso eifrig und ernsthaft ein, wie er es in den anderen Stunden bei seinen Geschäften tat. Oft sprach er mit Margaretta, als stehe sie mit ihm auf einer Stufe und sei erwachsen und geistig voll entwickelt.

»Du hast deine eigene Persönlichkeit«, pflegte er zu ihr zu sagen. »Die bloße Tatsache, daß du dich von anderen Leuten unterscheidest, bedeutet nicht notwendigerweise, daß sie recht haben und du unrecht hast. Vielleicht haben beide recht — jedenfalls folgt ihr beide euren natürlichen Neigungen. Du bist in deinen Wünschen und in deiner körperlichen Erscheinung anders als wir übrigen, aber vielleicht bist du normaler, als wir es sind. Der Professor zeigt uns Bilder von Menschen aus der Vergangenheit, und ihre Beine sehen ganz aus wie bei dir. Wie kann ich sagen, ob es eine Degenerationserscheinung oder eine Verbesserung der Menschheit ist? Manchmal beneide ich dich, wenn ich dich rennen und springen sehe. Ich und wir alle sind an die Erde gebunden — hängen für jeden Teil unseres täglichen Lebens von einer Maschine ab. Du kannst gehen, wohin es dir gefällt. Du kannst das tun, und alles, was du brauchst, ist Essen und Schlaf. In mancher Beziehung ist das ein Vorteil. Andererseits erzählt mir der Professor, daß du nur vier Meilen in der Stunde zurücklegen kannst, während ich über hundert schaffe.«

»Aber warum soll ich so schnell gehen wollen, wenn ich doch nirgendwohin will?«

»Das ist ja gerade das Erstaunliche. Warum willst du

nirgendwohin? Anscheinend ist nicht nur dein Körper altmodisch, sondern auch dein Geist, deine Persönlichkeit, deine Wünsche sind Hunderte von Jahren hinter unserer Zeit zurück. Ich versuche, jeden Tag mindestens eine Stunde hier im Haus oder im Garten bei dir zu sein, aber während der anderen Tagesstunden bin ich unterwegs. Du tust die merkwürdigsten Dinge. Der Professor erzählt mir alles darüber. Zum Beispiel dein Bogen und deine Pfeile ... Ich habe dir die besten Feuerwaffen gekauft, und du benutzt sie nie. Statt dessen besorgst du dir einen Bogen und Pfeile aus einem Museum, und es gelingt dir schließlich, eine Ente zu schießen. Wie der Professor sagt, hast du aus Holz ein Feuer gemacht, sie gebraten und gegessen. Du hast sogar ihn gezwungen, davon zu essen.«

»Aber sie schmeckte gut, Vater — viel besser als das synthetische Zeug. Auch der Professor sagte, von dem Saft fühle er sich wie verjüngt.«

Heisler lachte. »Du bist eine Wilde — nichts weiter als eine Wilde.«

»Aber ich kann lesen und schreiben!«

»Das gebe ich zu. Nun, dann lauf und amüsiere dich! Ich wünschte nur, ich könnte einen anderen Wilden für dich zum Spielen finden, aber es gibt keine mehr.«

»Weißt du das genau?«

»So genau, wie man überhaupt etwas wissen kann. Tatsächlich haben meine Agenten in den letzten fünf Jahren die zivilisierte Welt nach einer Fußgänger-Kolonie durchsucht. Es gibt ein paar in Sibirien und in der Mongolei, aber die kommen nicht in Frage. Dann sähe ich es lieber, du würdest mit Affen spielen.«

»Ich träume von einem, Vater«, flüsterte das Mädchen scheu. »Er ist ein netter Junge, und er kann alles, was ich kann. Kommt es vor, daß Träume wahr werden?«

Heisler lächelte. »Ich bin sicher, dieser eine wird wahr werden, und nun muß ich mich beeilen, daß ich nach New York zurückkomme. Kann ich etwas für dich tun?«

»Ja — suche jemanden, der mir zeigen kann, wie man Kerzen macht.«

»Kerzen? Was ist denn das?«

Sie lief und holte ein altes Buch und las es ihm vor. Es hieß ›Der sanfte Pirat‹, und der Held las immer im Bett bei Kerzenlicht.

»Ich verstehe«, sagte Heisler schließlich. »Ich erinnere mich jetzt, daß ich einmal gehört habe, so etwas habe es in katholischen Kirchen gegeben. Du willst dir also welche machen? Geh zum Professor und bestelle, was du brauchst. Hm — Kerzen — die könnten bei Nacht praktisch sein, wenn der Strom ausfällt. Aber was soll das? Er fällt ja nie aus.«

»Aber ich möchte kein elektrisches Licht. Ich möchte Kerzen und Streichhölzer, um sie damit anzuzünden.«

»Streichhölzer?«

»Oh, Vater! Manchmal bist du richtig ungebildet. Ich kenne eine Menge Wörter, die du nicht kennst, obwohl du so reich bist.«

»Das gebe ich zu. Ich will gern alles zugeben, und wir wollen herausfinden, wie man deine Kerzen macht. Soll ich dir ein paar Enten schicken?«

»O nein. Es macht so viel mehr Spaß, sie zu schießen.«

»Du bist eine richtige Barbarin!«

»Und du bist ein lieber Ignoramus.«

Die Zeit verging, und Margaretta Heisler feierte ihren siebzehnten Geburtstag. Sie war groß, kräftig, behende und braun von dem ständigen Aufenthalt in Sonne und Wind, sie konnte laufen, springen und zielsicher mit Pfeil und Bogen schießen, sie aß Fleisch, las Bücher bei Kerzenlicht, webte Teppiche und liebte die Natur. Zur Gesellschaft hatte sie hauptsächlich ältere Männer gehabt; nur gelegentlich besuchte sie die Damen der Nachbarschaft. Sie tolerierte die Diener, die Zofen und Haushälterinnen. Sie liebte ihren Vater, und sie liebte auch den alten Professor, aber er hatte sie alles gelehrt, was er selbst wußte, und die Jahre hatten ihn senil und schlafmützig gemacht.

Dann meldete sich bei ihr der Wunsch zu reisen. Sie wollte New York mit seinen zwanzig Millionen Automobilisten sehen, seine hundertstöckigen Bürogebäude, seine rauchlosen Fabriken, seine standardisierten Häuser. Eine solche Reise warf Probleme auf, was niemand besser wußte als ihr Vater. Auf den Straßen durfte sie sich nicht zeigen, und ganz New York bestand jetzt entweder aus Straßen oder Gebäuden. Da es keine Fußgänger gab, bestand kein Bedürfnis nach Bürgersteigen. Außerdem hätte nicht einmal Heislers Reichtum den Aufruhr verhindern können, der entstehen mußte, wenn in einer großen Stadt eine solche Kuriosität wie ein Fußgänger auftauchte. Heisler war mächtig, aber er fürchtete die Folgen, wenn er seine Tochter in New York herumlaufen ließ. Außerdem war ihre Deformierung bis jetzt nur wenigen bekannt. War sie einmal in New York, würden die Stadtzeitungen seine Schande in die Welt verkünden.

Mehrere der Bürogebäude in New York City waren hundert Stockwerke hoch. Sie hatten keine Treppen, aber als Sicherheitsvorkehrung waren in jedem Spiralrampen zur Benutzung von Autocars für den Fall eingebaut, daß die Aufzüge versagten. Das geschah jedoch nie, und wenige der Mieter wußten überhaupt von ihrem Vorhandensein. Sie wurden des nachts von den Putzfrauen benutzt, die bei ihrer Arbeit eifrig von einem Stockwerk zum anderen rollten. Je höher das Stockwerk, desto reiner wurde die Luft und desto höher war die Jahresmiete. Unten in der Straßenschlucht mußte alle paar Fuß eine Ozonmaschine stehen, um die Luft zu reinigen und das Tragen von Gasmasken unnötig zu machen. Die oberen Stockwerke umfächelten jedoch Brisen vom Atlantik. Bemerkenswert war das Fehlen von Fliegen und Mücken; Tauben bauten ihre Nester in den Spalten, und auf dem höchsten Dach nistete Jahr für Jahr ein Paar amerikanischer Adler in hochmütiger Verachtung der Automobile tausend Fuß weiter unten.

In dem neuesten Gebäude New Yorks und auf dessen höchstem Stockwerk wurde ein neues Büro eröffnet. An der Tür war auf dem üblichen Schild mit Goldschrift ›New York Electrical Co.‹ zu lesen. Kisten waren hineingestellt worden. Dekorateure hatten den größten Raum mit dem Ergebnis verschönert, daß er ein weiteres standardisiertes Büro geworden war. Eine neu eingestellte Stenotypistin saß vor einer geräuschlosen Schreibmaschine, und gegebenenfalls nahm sie Telefongespräche entgegen.

In diese geräumige Suite wurden eines Tages im Juni ein Dutzend Industrieführer eingeladen. Sie kamen, und jeder einzelne glaubte, er sei als einziger zu der Konferenz gerufen. Das Treffen war durch Überraschung ebenso wie durch Argwohn gekennzeichnet. Drei Männer waren anwesend, die insgeheim und unabhängig voneinander versuchten, Heisler zu unterminieren und ihn von seinem Finanzthron zu stoßen. Heisler selbst war da, äußerlich ruhig, aber innerlich eine lodernde Flamme unterdrückter Elektrizität. Die Stenotypistin wies den Gästen in der Reihenfolge ihres Eintreffens Plätze um einen langen Tisch an. Sie blieben in ihren Autocars. Keiner benutzte einen Stuhl. Zwei oder drei der Männer witzelten miteinander. Alle nickten Heisler zu, keiner sprach ihn an.

Der Raum, die Möbel, die Stenotypistin, alles war wie in einem der üblichen Standard-Büros. Nur ein kleiner Teil des Zimmers erregte die Neugier der Anwesenden. Am Kopf des Tisches stand ein Armsessel. Keiner der Männer am Tisch hatte jemals einen Sessel benutzt; keiner hatte auch nur einen Sessel gesehen, es sei denn, im Metropolitan Museum. Der Autocar hatte den Sessel ebenso ersetzt wie das Automobil die menschlichen Beine.

Die Glocke im Turm zeigte an, daß es zwei Uhr war. Alle zwölf Gäste sahen auf ihre Uhren. Ein Mann runzelte die Stirn. Seine Uhr ging ein paar Minuten nach. In der nächsten Minute runzelten alle die Stirn. Sie hatten um zwei Uhr einen Termin mit diesem Fremden, und er war nicht pünktlich. Für sie war Zeit wertvoll.

Doch da öffnete sich eine Tür, und der Mann spazierte herein. Das war die erste Überraschung — und dann verwunderten sie sich über seine Größe und Gestalt. Er war irgendwie seltsam — richtig unheimlich.

Der Mann setzte sich — in den Sessel. Jetzt sah er nicht mehr viel größer als die Männer in den Autocars aus, doch er war jünger als jeder von ihnen und hatte ein braunes Gesicht, das in merkwürdigem Gegensatz zu der grauweißen Totenblässe der anderen stand. Ernst, beinahe mechanisch, mit klarer, deutlicher Aussprache begann er:

»Ich sehe, Gentlemen, daß Sie alle mir die Ehre erwiesen haben, meine Einladung für den heutigen Nachmittag anzunehmen. Sie werden mir verzeihen, daß keiner von Ihnen über die an die anderen ergangenen Einladungen informiert wurde. Hätte ich das getan, wären mehrere nicht gekommen, und wenn auch nur einer fehlen würde, könnte die Konferenz kein solcher Erfolg werden, wie es in meiner Absicht liegt.

Der Name dieser Gesellschaft ist ›New York Electrical Co.‹. Das ist nur eine als Tarnung angenommene Bezeichnung. In Wirklichkeit existiert gar keine Gesellschaft. Ich bin Vertreter des Fußgängervolkes. Tatsächlich bin ich sein Präsident, und mein Name ist Abraham Miller. Vor vier Generationen erließ der Kongreß, wie Sie zweifellos wissen, das Gesetz zur Auslöschung von Fußgängern. Ihm zufolge wurden Menschen, die weiterhin liefen, wie wilde Tiere gejagt und erbarmungslos abgeschlachtet. Mein Urgroßvater Abraham Miller wurde in Pennsylvania getötet; seine Frau wurde auf einer öffentlichen Straße in Ohio überfahren, als sie mit ihrem Sohn unterwegs zu den anderen Fußgängern in den Ozark-Bergen war. Es gab keinen Kampf, es gab keinen Konflikt.

Zu der Zeit lebten in den ganzen Vereinigten Staaten nur noch zehntausend Fußgänger. Innerhalb weniger Jahre lebte keiner mehr — jedenfalls dachten Ihre Vorfahren das. Doch die Rasse der Fußgänger überlebte. Wir überlebten. Die Prüfungen dieser ersten Jahre stehen in unserer Geschichte geschrieben, die unsere Kinder lernen. Wir gründeten eine Kolonie und setzten unsere Existenz fort, obwohl wir aus der Welt, wie Sie sie kennen, verschwanden.

Jahr um Jahr lebten wir weiter, bis wir jetzt mehr als zweihundert Personen in unserer Republik sind. Wir sind nicht unwissend, und wir sind es nie gewesen. Immer haben wir für ein Ziel gearbeitet, und das ist unser Recht, in die Welt zurückzukehren. Hundert Jahre lang hat unser Motto gelautet: ›Wir werden zurückkehren.‹

Also bin ich nach New York gekommen und habe Sie zu einer Konferenz zusammengerufen. Sie sind nach Ihrem Einfluß, Ihrem Vermögen und Ihrer Tüchtigkeit ausgewählt worden, aber es hat dabei auch noch ein anderer wichtiger Grund eine Rolle gespielt. Jeder von Ihnen stammt in gerader Linie von einem Senator der Vereinigten Staaten ab, der für das Gesetz zur Auslöschung von Fußgängern gestimmt hat. Die Bedeutung dessen wird Ihnen unschwer einleuchten. Sie haben die Macht, eine große Ungerechtigkeit, die einer Gruppe amerikanischer Bürger angetan worden ist, aus der Welt zu schaffen. Wollen Sie uns zurückkehren lassen? Wir wollen als Fußgänger zurückkehren und ungefährdet kommen und gehen können, wie es uns beliebt. Einige von uns haben gelernt, Automobile und Flugzeuge zu steuern, aber wir wünschen es uns nicht. Wir wollen laufen, und wenn uns die Laune anwandelt, auf der Autostraße zu laufen, möchten wir es tun können, ohne ständig in Lebensgefahr zu sein. Wir hassen euch nicht, wir bemitleiden euch. Wir verspüren nicht den Wunsch, euch feindlich entgegenzutreten; im Gegenteil, wir möchten mit euch zusammenarbeiten.

Wir glauben an die Arbeit — Muskelarbeit. Ganz gleich, worin unsere jungen Leute ausgebildet werden, sie lernen, manuelle Arbeit zu tun. Wir kennen uns mit Maschinen aus, aber wir lieben es nicht, sie zu benutzen. Die einzige Hilfe, die wir akzeptieren, ist die von unseren Haustieren, Pferden und Ochsen. An manchen Orten verwenden wir Wasserkraft, um unsere Getreidemühlen zu treiben und unser Holz zu sägen. Zum Vergnügen jagen und fischen wir, wir spielen Tennis und schwimmen in unserm Bergsee. Wir halten unsere Körper sauber und versuchen, mit unserem Geist desgleichen zu tun. Unsere Jungen heiraten mit einundzwanzig, unsere Mädchen mit achtzehn. Gelegentlich erweist sich ein Kind als anomal — als degeneriert. Ich erkläre offen, daß solche Kinder verschwinden. Wir essen Fleisch und Gemüse, Fisch und Getreide, das wir in unserem Tal anbauen. Der Zeitpunkt ist gekommen, zu dem ein weiterer Bevölkerungszuwachs nicht mehr wünschenswert ist. Der Zeitpunkt ist gekommen, zu dem wir in die Welt zurückkehren müssen. Was wir begehren, ist eine Garantie unserer Sicherheit. Ich lasse Sie jetzt fünfzehn Minuten allein, damit Sie sich besprechen können, und danach werde ich mir Ihre Antwort holen. Falls Sie irgendwelche Fragen haben, werde ich sie dann beantworten.«

Er verließ den Raum. Einer der Männer rollte zum Telefon hinüber und stellte fest, daß das Kabel durchgeschnitten war. Ein anderer probierte die Tür — sie war verschlossen. Die Stenotypistin war verschwunden. Es folgte eine scharfe Diskussion, die sich durch Emotionalität und Mangel an Logik auszeichnete. Nur ein Mann blieb still. Heisler saß bewegungslos da, so bewegungslos, daß die Zigarre zwischen seinen Zähnen ausging.

Dann kehrte Miller zurück. Ein Dutzend Fragen wurden ihm entgegengeschleudert. Ein Mann verfluchte ihn. Schließlich herrschte Ruhe.

»Nun?« fragte Miller.

»Geben Sie uns Zeit — eine Woche, um die Sache zu

diskutieren — um uns ein Bild über die öffentliche Meinung zu machen«, drängte einer der Anwesenden.

»Nein«, fiel Heisler ein. »Wir wollen unseren Entschluß jetzt fassen.«

»Oh, natürlich«, höhnte einer seiner erbitterten Gegner. »Ihr Grund, eine Entscheidung zu erzwingen, liegt auf der Hand, auch wenn nie etwas darüber in den Zeitungen gestanden hat.«

»Das«, erwiderte Heisler, »werde ich Ihnen eintränken. Sie sind ein Schweinehund, und das wissen Sie selbst, sonst würden Sie meine Familie nicht in diese Sache hineinziehen.«

»Ach, zum Teufel! Heisler, Sie können mich nicht länger bluffen!«

Miller schlug mit der Faust auf den Tisch.

»Wie lautet Ihre Antwort?«

Einer der Männer hob, um Gehör bittend, die Hand.

»Wir alle kennen die Geschichte des Fußgängertums: Die beiden hier vertretenen Gruppen können nicht zusammen leben. Es gibt zweihundert Millionen von uns und zweihundert von ihnen. Laßt sie in ihrem Tal bleiben. Das ist jedenfalls meine Meinung. Wenn dieser Mann ihr Anführer ist, können wir uns ausmalen, wie die Kolonisten sind, nämlich unwissende Anarchisten. Es läßt sich nicht vorhersehen, was sie alles verlangen werden, wenn wir auf sie hören. Ich finde, wir sollten diesen Mann festnehmen lassen. Er stellt eine Bedrohung der Gesellschaft dar.«

Damit war das Eis gebrochen. Einer nach dem anderen ergriff das Wort, und als sie fertig waren, stand fest, daß es sich bei allen bis auf Heisler um erbarmungslose Feinde der Fußgänger handelte. Miller wandte sich ihm zu.

»Wie lautet Ihr Spruch?«

»Ich werde mich still verhalten. Diese Männer wissen es alle. Sie haben sie gehört. Sie sind eine Einheit. Was ich auch sagen wollte, es würde keinen Unterschied machen. Das regt mich jedoch nicht auf. Ich habe schon vor einiger Zeit Schluß damit gemacht, mich über irgend etwas aufzuregen.«

Miller ließ seinen Drehsessel kreisen und sah auf die Stadt hinaus. In mancher Beziehung war es eine schöne Stadt, falls so etwas nach jemandes Geschmack war. Unter ihm, in den Straßen, in den Bienenkörben, verbrachten mehr als zwanzig Millionen Automobilisten ihr Leben auf Rädern. Nicht einer von einer Million spürte den Wunsch, außerhalb der Stadtgrenzen zu wohnen. Die Straßen, die die Metropole mit anderen Städten verbanden, waren nichts als Arterien der Stadt, in denen die Automobile wie Blutkörperchen schwammen und die Lastwagen sich wie Plasma dahinwälzten. Miller fürchtete die Stadt, aber er bemitleidete die beinlosen Pygmäen, die sie bewohnten.

Er drehte sich wieder um und bat um Ruhe.

»Ich wollte eine friedliche Übereinkunft treffen. Wir haben nicht den Wunsch nach weiterem Blutvergießen, nach gegenseitiger Vernichtung. Sie, die Sie die öffentliche Meinung leiten, haben mir durch Ihre eben gemachten Aussagen gezeigt, daß der Fußgänger von der gegenwärtigen Regierung keine Gnade zu erwarten hat. Sie wissen und ich weiß, daß in diesem Land nicht länger das Volk regiert, sondern Sie. Sie bestimmen, wer Senator, wer Präsident wird. Sie knallen mit der Peitsche, und die Politiker tanzen. Deshalb habe ich mich an Sie gewandt, statt einen direkten Appell an die Regierung zu richten. Da Ihre Reaktion vorauszusehen war, habe ich dieses kurze Schriftstück vorbereitet, das ich Sie zu unterzeichnen bitte. Es enthält eine einzige Feststellung: ›Die Fußgänger dürfen nicht zurückkehren.‹

Sobald Sie es alle unterschrieben haben, werde ich Ihnen erklären, was wir vorhaben.«

»Warum sollen wir unterschreiben?« fragte der Mann, der gleich rechts von Miller saß. »Sehen Sie hier, was ich davon halte!« Damit knäulte er das Blatt Papier fest zusammen und warf es unter den Tisch. Dieser Tat wurde sofort Beifall gezollt. Nur Heisler blieb still. Miller blickte aus dem Fenster, bis wieder Ruhe eingekehrt war.

Dann ergriff er von neuem das Wort.

»In unserer Kolonie haben wir ein neues elektrodynamisches Prinzip vervollkommnet. Losgelassen, macht es die Atomenergie, ohne die es außer der Muskelbewegung keine Bewegung gibt, auf der Stelle wirkungslos. Wir haben dies mit kleineren Maschinen auf begrenztem Raum ausprobiert und wissen genau, was wir erreichen können. Dagegen wissen wir nicht, wie die Energie in einem Gebiet, wo wir sie zerstört haben, wiederhergestellt werden kann. Unsere Elektriker warten auf mein Signal, das ihnen durch Funk übertragen wird. Tatsächlich haben sie dieser ganzen Unterredung zugehört, und ich werde ihnen jetzt das Signal geben, den Schalter umzulegen. Das Signal ist unser Motto: ›Wir werden zurückkehren.‹«

»Das also war das Signal?« höhnte einer der Männer. »Was ist geschehen?«

»Nicht viel«, antwortete Heisler. »Wenigstens sehe ich keinen Unterschied. Was hätte denn geschehen sollen, Abraham Miller?«

»Weiter nichts als die Vernichtung der gesamten Menschheit mit Ausnahme der Fußgänger«, erklärte Miller. »Wir haben versucht, uns auszumalen, was passieren würde, wenn unsere Elektriker den Schalter umlegten und dieses neue Prinzip losließen, aber nicht einmal unsere Soziologen konnten die Ergebnisse mit Sicherheit voraussagen. Wir wissen nicht, ob Sie weiterleben oder sterben werden — ob auch nur einer von Ihnen überleben wird. Zweifellos werden die Stadtbewohner in ihren künstlichen Bienenkörben schneller sterben. Vielleicht bleiben ein paar Menschen auf dem Land verschont.«

»Halli, hallo!« rief ein Multimillionär, »ich fühle mich nicht anders als vorher. Sie sind ein Spinner. Ich rolle jetzt fort und werde Sie sofort bei der Polizei anzeigen.

Öffnen Sie die verdammte Tür, und lassen Sie uns hinaus!«

Miller öffnete die Tür.

Die meisten Anwesenden drückten den Startknopf und nahmen den Steuerknüppel in die Hand. Keine einzige Maschine bewegte sich. Ihre Autocars waren tot. Mit einem hysterischen Fluch hob einer eine Automatik, zielte auf Miller und drückte den Abzug. Es gab ein Klikken — und sonst nichts.

Miller zog seine Uhr heraus.

»Es ist jetzt 14.40 Uhr. Die Automobilisten beginnen zu sterben. Sie wissen es nur noch nicht. Wenn sie es erkennen, wird es zu einer Panik kommen. Wir können keinerlei Hilfe leisten. Es gibt nur ein paar hundert von uns, und wir sind außerstande, mehrere hundert Millionen von Krüppeln zu füttern und zu pflegen. Glücklicherweise ist dieses Gebäude mit einer Spiralrampe ausgestattet, und Ihre Autocars besitzen alle Bremsen. Ich bin bereit, Sie einen nach dem anderen an die Rampe zu schieben, wenn Sie Ihre Cars steuern. Offensichtlich legen Sie keinen Wert darauf hierzubleiben, und ebenso offensichtlich funktionieren die Aufzüge nicht. Ich werde meinen Stenographen bitten, daß er mir hilft. Vielleicht ist Ihnen schon der Verdacht gekommen, daß er ein Fußgänger ist, der von klein auf darin ausgebildet wurde, Frauenrollen zu spielen. Er ist einer unserer tüchtigsten Spione. Und jetzt sagen wir Ihnen Lebewohl. Vor einem Jahrhundert haben Sie wissent- und willentlich versucht, uns auszulöschen. Wir überlebten. Wir wollen Sie nicht auslöschen, aber ich fürchte um Ihre Zukunft.«

Darauf trat er hinter einen der Autocars und begann ihn zum Ausgang zu schieben. Der Stenograph, der als Fußgänger und in Hosen zurückgekehrt war, faßte nach einem zweiten Wagen. Bald war nur noch Heisler da. Er hob abwehrend die Hand.

»Würde es Ihnen etwas ausmachen, mich zu diesem Fenster hinüberzuschieben?«

Miller tat es. Der Automobilist blickte neugierig hinaus.

»Ich sehe keine Flugzeuge am Himmel. Es müßten Hunderte sein.«

»Zweifellos sind sie alle gelandet«, erwiderte Miller. »Schließlich haben sie keine Energie.«

»Dann hat alles angehalten?«

»Fast alles. Die Muskelkraft gibt es immer noch. Ebenso die Energie, die man produziert, indem man Pfeil und Bogen aus Holz schafft, und die einer Metallfeder zum Beispiel in einer Uhr. Sie sehen, Ihre Uhr geht immer noch. Natürlich können Haustiere weiterhin Energie liefern — das ist nichts als eine Form von Muskelkraft. In unserem Tal haben wir Getreide- und Sägemühlen, die von Wasserkraft angetrieben werden. Wir sehen keinen Grund, warum sie nicht auch in Zukunft funktionieren sollten, doch alle andere Energie ist vernichtet. Ist Ihnen das klar? Es gibt keine Elektrizität, keine Dampfkraft, keine Explosionen irgendwelcher Art mehr. Alle diese Maschinen sind tot.«

Heisler zog ein Taschentuch hervor. Langsam, automatisch wischte er sich den Schweiß vom Gesicht.

»Ich höre ein Murmeln von der Stadt. Es steigt zu diesem Fenster hoch wie eine ferne Brandung, die rhythmisch gegen einen Sandstrand schlägt. Andere Geräusche höre ich nicht, nur dieses Murmeln. Es ruft mir das Summen eines Bienenschwarms ins Gedächtnis, der seinen alten Stock verläßt und geschlossen durch die Luft fliegt, die Königin in der Mitte, um ein neues Heim zu suchen. Das Geräusch hat Ähnlichkeit mit einem fernen Wasserfall. Was bedeutet es? Ich glaube, ich weiß es, aber ich bringe es nicht über mich, das in Worten auszusprechen.«

»Es bedeutet«, sagte Miller, »daß unter uns und um uns zwanzig Millionen Menschen beginnen, in ihren Bürogebäuden, Geschäften und Wohnungen zu sterben, in Untergrundbahnen, Fahrstühlen und Zügen, in Röhren und auf Fähren, auf der Straße und in den Restaurants, zwanzig Millionen Menschen, die plötzlich erkennen, daß sie unfähig sind, sich zu bewegen. Niemand kann ihnen helfen. Einige haben ihre Cars verlassen und versuchen, sich mit den Händen weiterzuziehen, während sie ihre verkümmerten Beine hilflos hinter sich herschleppen. Sie rufen sich gegenseitig um Hilfe an, aber auch jetzt noch erkennen sie das volle Ausmaß der Katastrophe nicht. Bis morgen wird jeder Mensch ein primitives Tier sein. Ein paar Tage, und es gibt kein Essen, kein Wasser mehr. Ich hoffe, sie sterben schnell — bevor sie sich gegenseitig fressen. Das Volk stirbt, und niemand wird davon erfahren, denn Zeitungen, Telefon, Funk gehören der Vergangenheit an. Ich kann mich mit meinen Leuten durch Brieftauben in Verbindung setzen. Es wird Monate dauern, bis ich wieder bei ihnen sein werde. In der Zwischenzeit kann ich leben. Ich kann von einem Ort zum anderen laufen. Das Geräusch, das Sie von der Stadt aufsteigen hören, ist der Schrei einer verzweifelten Seele.«

Heisler packte krampfhaft Millers Hand. »Wenn Sie alles angehalten haben, können Sie es dann nicht wieder in Gang bringen?«

»Nein — wir haben es mit Elektrizität angehalten. Jetzt gibt es keine Elektrizität mehr. Vermutlich haben auch unsere eigenen Maschinen sofort den Betrieb eingestellt.«

»Also müssen wir sterben?«

»Ich glaube, ja. Vielleicht erfinden Ihre Wissenschaftler ein Heilmittel. Uns ist das vor hundert Jahren gelungen. Wir lebten. Ihr Volk hat mit jeder bekannten wissenschaftlichen Methode versucht, uns zu vernichten, aber wir lebten. Möglich, daß Sie es auch schaffen. Wie kann ich es sagen? Wir wollten ein Abkommen mit Ihnen. Wir haben nicht mehr verlangt als Gleichberechtigung. Sie haben gesehen, für was diese anderen Männer stimmten und wie sie dachten. Wenn es in ihrer Macht gelegen hätte, wäre meine kleine Kolonie augenblicklich zerstört worden. Was wir taten, haben wir allein zu unserem Schutz getan.«

Heisler versuchte seine Zigarre anzuzünden. Das elektrische Feuerzeug funktionierte nicht, deshalb nahm er sie kalt in einen Mundwinkel und kaute darauf.

»Sie sagen, Ihr Name sei Abraham Miller? Ich glaube, wir sind eine Art von Vettern. Ich besitze ein Buch, das davon berichtet.«

»Ich weiß alles darüber. Ihr Urgroßvater und meine Urgroßmutter waren Geschwister.«

»Ja, das hat der Professor auch gesagt, nur daß wir zu der Zeit noch nichts von Ihnen wußten. Aber worüber ich mit Ihnen reden möchte, ist meine Tochter.«

Die beiden Männer sprachen und sprachen. Das Murmeln der Stadt stieg zu ihnen hoch, unaufhörlich, voll von Tönen, die der gegenwärtigen Generation neu waren. Aber über diese Entfernung — von der Erde unten bis zum hundertsten Stockwerk oben — kam es als einheitliches Geräusch an. Die Millionen von Varianten, aus denen es sich zusammensetzte, verschmolzen miteinander. Miller ging hin und her, von der einen Bürowand zum Fenster und wieder zurück.

»Ich habe geglaubt, niemand sei so ohne Nerven wie ich. Mein ganzes Leben bin ich für diesen Augenblick geschult worden. Wir hatten das Recht, die Gerechtigkeit, sogar unseren vergessenen Gott auf unserer Seite. Immer noch kann ich keinen anderen Weg sehen, aber dies macht mich krank, Heisler, mir wird übel davon. Als ich ein Junge war, fand ich eine Maus, die unter eine Scheunentür geraten und beinahe in zwei Hälften zerrissen worden war. Ich versuchte ihr zu helfen, und das gefolterte Tier biß mir in den Finger, so daß mir nichts übrigblieb, als ihm den Hals zu brechen. Es konnte nicht leben — und als ich versuchte ihm zu helfen, biß es mich, so daß ich es töten mußte. Verstehen Sie? Ich mußte es tun, aber obwohl ich das Richtige getan hatte, wurde mir entsetzlich schlecht, und ich erbrach mich auf den Scheunenboden. Etwas Ähnliches geht da unten vor sich. Zwanzig Millionen deformierte Körper um uns herum beginnen zu sterben. Sie hätten Männer und Frauen sein können, wie sie bei uns in der Kolonie leben, aber sie waren besessen von mechanischen Vorrichtungen aller Art. Wenn ich versuchen würde, ihnen zu helfen — wenn ich jetzt auf die Straße hinunterstiege — würden sie mich umbringen. Ich könnte sie mir nicht vom Leibe halten — ich könnte sie nicht schnell genug töten. Wir haben das Richtige getan — Mann — wir haben das Richtige getan, aber es macht mich krank.«

»Auf diese Weise greift es mich nicht an«, erwiderte Heisler. »Ich bin daran gewöhnt, meine Gegner zu zermalmen. Das mußte ich tun, oder sie hätten mich zermalmt. Ich betrachte das alles als ein wundervolles Experiment. Seit Jahren denke ich über unsere Zivilisation nach — meiner Tochter wegen. Ich habe das Interesse verloren. In vieler Beziehung habe ich meinen Kampfgeist verloren. Anscheinend kümmert mich nicht, was geschieht, aber ich würde diesem Schweinehund gern über die Spiralrampe nach unten folgen und meine Hände um seinen Hals legen. Es paßt mir nicht, daß er am Hunger stirbt.«

»Nein, Sie bleiben hier. Ich möchte, daß Sie die Geschichte niederschreiben — einfach, wie es geschah. Wir brauchen einen genauen Bericht, um unser Handeln zu rechtfertigen. Sie bleiben hier und arbeiten mit meinem Stenographen. Ich mache mich auf die Suche nach Ihrer Tochter. Wir können eine Fußgängerin nicht leiden lassen. Wir werden Sie mit uns nehmen. Mit entsprechenden Apparaten könnten Sie lernen, auf einem Pferd zu reiten.«

»Sie wollen, daß ich am Leben bleibe?«

»Ja, aber nicht Ihretwegen. Es gibt ein Dutzend Gründe. Die nächsten zwanzig Jahre können Sie unsere jungen Leute unterrichten. Sie können ihnen erzählen, was geschah, als die Welt aufhörte zu arbeiten, zu schwitzen, als die Menschen freiwillig das Heim gegen das Automobil und Mühe und Arbeit gegen Maschinen eintauschten. Sie können es ihnen erzählen, und sie werden Ihnen glauben.«

»Großartig!« rief Heisler. »Ich habe Präsidenten gemacht, und jetzt werde ich ein beinloses Beispiel für eine neue Welt werden.«

»Sie werden Ruhm gewinnen. Sie werden der letzte Automobilist sein.«

»Fangen wir an!« drängte Heisler. »Rufen Sie Ihren Stenographen!«

Der Stenograph war einen Monat vor dem Treffen zwischen Miller und den Vertretern der Automobilisten nach New York gekommen. Während dieser Zeit hatte er dank seiner frühzeitigen Ausbildung im Mimikry als Spion erfolgreich alle getäuscht, mit denen er in Kontakt gekommen war. In seinem Autocar, gekleidet als Stenotypistin, parfümiert, das Gesicht geschminkt und Ringe an den Fingern bewegte er sich unbeachtet zwischen Tausenden ähnlicher Frauen. Er rollte in ihre Restaurants und ihre Theater, er besuchte sie sogar in ihren Wohnungen. Er war der perfekte Spion, aber er war auch ein Mann.

Er war für die Arbeit als Spion ausgebildet worden. Jahrelang hatte man ihn mit Loyalität und Enthusiasmus für die Fußgänger-Republik durchtränkt. Er hatte einen Eid geleistet, daß die Republik an erster Stelle komme. Abraham Miller hatte ihn ausgewählt, weil er ihm vertrauen konnte. Der Spion war jung, mit noch kaum Flaum auf den Wangen. Er war zölibatär. Er war ein Patriot.

Aber zum ersten Mal in seinem Leben weilte er in einer großen Stadt. Bei der Firma in dem Stockwerk unter ihm war eine Stenotypistin beschäftigt. Sie war in mehr als einer Beziehung sehr tüchtig, und die Neue hatte etwas an sich, das ihr Interesse erregte. Sie trafen sich und verabredeten sich wieder. Sie redeten von Liebe, von der neuen Liebe zwischen Frauen. Der Spion verstand das nicht, denn von einer solchen Leidenschaft hatte er noch nie gehört, aber die Liebkosungen und Küsse verstand er letzten Endes doch. Sie schlug vor, sie sollten zusammenziehen, aber natürlich fand er Einwände. Immerhin verbrachten sie einen großen Teil ihrer Freizeit miteinander. Mehr als einmal war der Fußgänger kurz davor gewesen, sich ihr anzuvertrauen, nicht nur, was die nahende Katastrophe, sondern auch, was sein wirkliches Geschlecht und seine aufrichtige Liebe betraf.

In solchen Fällen, wo ein Mann sich in eine Frau verliebt, ist es schwierig, Erklärungen zu finden. Sie sind immer schwierig zu finden. Diese Sache hier war ganz und gar verdreht, eine pathologische Perversion. Es war eine Ungeheuerlichkeit, daß er sich in eine beinlose Frau verliebt hatte, wenn er, hätte er nur gewartet, eine Frau mit Elfenbeinschenkeln und Alabasterknien hätten heiraten können. Statt dessen liebte und begehrte er eine Frau, die in einer Maschine lebte. Ebenso pathologisch war es, daß die Frau eine Frau liebte. Beide waren krank — seelenkrank, und um die Intimität fortsetzen zu können, täuschte jedes den anderen. Jetzt, mit der sterbenden Stadt unten, empfand der Stenograph den glühenden Wunsch, diese beinlose Frau zu retten. Er glaubte, Abraham Miller irgendwie überreden zu können, daß er ihn diese Stenotypistin heiraten ließe — ihm zumindest gestattete, sie vor dem sicheren Tod zu retten.

In ein Hemd mit weichem Kragen und Kniehosen gekleidet, stand er an der Tür des Konferenzraums. Miller und Heisler waren in ihr Gespräch vertieft. Er warf einen Blick zu ihnen hinüber, schlich sich auf Zehenspitzen hinaus und in das nächste Stockwerk. Dort herrschte große Verwirrung. Kühn betrat er den Raum, in dem die Stenotypistin ihren Schreibtisch hatte, beugte sich über sie und redete auf sie ein. Er sagte ihr, er sei ein Mann, ein Fußgänger. Rasch enthüllte sich die Geschichte, was das alles zu bedeuten hatte, die Schreie von unten, die bewegungslosen Autocars, die nutzlosen Aufzüge, die stummen Telefone. Er sagte ihr, daß die Welt der Automobilisten aus diesem und jenem Grund sterben müsse, aber sie werde wegen seiner Liebe zu ihm am Leben bleiben. Alles, um was er bitte, sei das Recht, sich um sie zu kümmern, sie zu beschützen. Sie würden an irgendeinen Ort ziehen und leben, draußen auf dem Land. Er würde sie über die Wiese schieben. Sie könnten Gänse haben, Gänseküken, die zu ihrem Stuhl gelaufen kämen, wenn sie riefe: »Nat, nat.«

Die beinlose Frau hörte zu. Falls ihre Wangen bleich wurden, blieb das unter dem kunstvoll aufgetragenen Rouge verborgen. Sie hörte zu und sah ihn an, einen Mann, einen Mann mit Beinen, der lief. Er sagte, er liebe sie, aber die Person, die sie geliebt hatte, war eine Frau gewesen, eine Frau, die baumelnde, verkümmerte, schöne Beine wie ihre eigenen besaß, keine muskulösen Monstrositäten.

Sie lachte hysterisch, sagte, sie wolle ihn heiraten, mit ihm gehen, wohin er wolle, und dann zog sie ihn an sich und küßte ihn voll auf den Mund, und dann küßte sie ihn auf den Hals oberhalb der Jugularvene, und er starb, in ihren Mund blutend, und das Blut vermischte sich mit dem Rouge, das ihrem Gesicht eine so lebhafte Karminfarbe gab. Und sie starb ein paar Tage später am Hunger.

Miller erfuhr nie, wo sein Stenograph gestorben war. Wäre Zeit dazu gewesen, hätte er vielleicht nach ihm gesucht, aber allmählich teilte er Heislers Besorgnis um das Fußgängermädchen, das inmitten einer Welt sterbender Automobilisten isoliert war. Für den Vater war sie eine Tochter, das einzige Kind, der allein übriggebliebene Zweig seiner Familie. Für Miller war sie dagegen ein Symbol. Sie war ein Zeichen für die Revolte der Natur, ein Hinweis auf ihren letzten krampfhaften Versuch, die Menschheit wieder auf den ihr angestammten Platz in der Welt zu stellen. Ihr Vater wollte, daß sie gerettet werde, weil sie seine Tochter war, der Fußgänger wollte, daß sie gerettet werde, weil sie eine von ihnen, eine aus der Rasse der Fußgänger war.

In diesem hundertsten Stockwerk waren Wasserkrüge und Lebensmittelvorräte gelagert worden. Jede Vorkehrung war getroffen, um das Leben inmitten des Todes zu erhalten. Heisler bekam das alles gezeigt. Miller machte es ihm bequem, und dann verließ er diesen Ort der Ruhe und des Friedens. Mit einer Feldflasche voll Wasser, einer Straßenkarte und einer kräftigen Keule machte er sich auf den Weg die Spiralrampe hinunter. Das war an sich nicht besonders schwierig, denn die Rampe war breit genug, daß einem nicht schwindelig wurde. Miller fürchtete jedoch, daß der Durchgang irgendwie von einer ineinander verkeilten Autocar-Masse verstopft sein werde. Doch offensichtlich war es allen Cars, die die Rampe erreicht hatten, gelungen, sie auch hinunterzufahren. Hin und wieder blieb Miller in einem Stockwerk stehen, erschauerte bei den Schreien, die er hörte, und stieg dann weiter hinunter und hinunter der Straße zu.

Dort war es noch schlimmer, als er erwartet hatte. In der Sekunde, als die elektrodynamische Energie aus dem Ozark-Tal freigegeben worden war, in genau dieser Sekunde waren alle Maschinen stehengeblieben. In New York City befanden sich in dieser Sekunde zwanzig Millionen Menschen in Automobilen oder Autocars. Sie arbeiteten an Schreibtischen, aßen in Restaurants, saßen in ihren Clubs herum oder waren irgendwohin unterwegs. Plötzlich wurden sie gezwungen, zu bleiben, wo sie gerade waren. Über die Reichweite der Stimme eines jeden hinaus war keine Kommunikation möglich; Telefon, Radio, Zeitungen waren nutzlos. Jeder einzelne Autocar blieb stehen, jedes einzelne Automobil hörte auf, sich zu bewegen. Alle Männer und Frauen waren für ihre weitere Existenz auf den eigenen Körper angewiesen; niemand konnte dem anderen helfen, niemand konnte sich selbst helfen. Das Transportwesen starb, und niemand wußte, daß es anderswo als in dem eigenen Kreis

— soweit das Auge sehen und das Ohr hören konnte — auch geschehen war. Jeder Automobilist blieb, wo er sich in diesem besonderen Augenblick aufhielt.

Als sie langsam begriffen, daß keine Bewegung mehr möglich war, gerieten sie in Angst, und mit der Angst kam die Panik. Aber es war eine neue Art von Panik. Merkmal jeder früheren Panik war das plötzliche Losstürmen einer großen Menschenmenge in ein und derselben Richtung auf der Flucht vor einer wirklichen oder eingebildeten Gefahr gewesen. Diese Panik war ohne jede Bewegung. Einen Tag lang blieb der durchschnittliche New Yorker in seinem Wagen, weinend, von Furcht geschüttelt. Dann begann die Massenbewegung, aber nicht wie bei einer Panik von einst. Es war das langsame, qualvolle Kriechen verkrüppelter Tiere, die ihre beinlosen Körper mit Armen, die an eine Anstrengung der Muskeln nicht gewöhnt waren, vorwärtszogen. Es war nicht die rasende, windesgleiche Bewegung eines verängstigten Mobs, sondern eine langsame, krampfhafte, wurmgleiche Panik. Mit heiserem Flüstern wurde von einem zum anderen die Nachricht weitergegeben, daß die City ein Ort des Todes sei und sich in ein Leichenschauhaus verwandele und daß es in wenigen Tagen keine Lebensmittel mehr geben werde. Zwar wußte niemand, was geschehen war, aber jeder wußte, daß die Stadt nur bestehen konnte, wenn regelmäßig Lebensmittel vom Land angeliefert wurden, und das Land war mit einem Mal mehr geworden als lange Asphaltstraßen zwischen Plakatwänden. Es war ein Ort, wo man sich Essen und Wasser besorgen konnte. Die Stadt war jetzt trokken. Die Mammutpumpe, die eine nie darüber nachdenkende Bevölkerung mit Millionen Litern Wasser versorgt hatte, pumpte nicht mehr. Es gab kein Wasser mehr außer in den Flüssen, die die Stadt umflossen, und diese waren schmutzig, von den Menschen vergiftet. Auf dem Land mußte es irgendwo Wasser geben.

So begann an dem zweiten Tag die Flucht aus New York

— eine Flucht von Krüppeln, nicht von Adlern, ein Gedränge von Menschen, die körperlich wie Kriegsversehrte beschaffen waren. Ihre Geschwindigkeit war nicht einheitlich, aber auch die schnellsten konnten kriechend nicht einmal eine Meile in der Stunde schaffen. Philosophen wären geblieben, wo sie waren, und gestorben. In dieser Art gefolterte Tiere hätten still das Ende erwartet. Aber diese Automobilisten waren weder Philosophen noch Tiere, und sie mußten weiterkriechen. Ihr ganzes Leben lang waren sie unterwegs gewesen. Auf den Brükken kam es zuerst zu Staus. Auf allen standen ein paar Automobile, aber um vierzehn Uhr war der Verkehr nicht stark gewesen. Bis zum Mittag des zweiten Tages waren diese Brücken nach und nach schwarz von Menschen geworden, die kriechend aus der Stadt zu fliehen versuchten. Die Verstopfung brachte sie zum Halten, und dann wanden sie sich nur noch, ohne voranzukommen. Auf diese festverkeilte Menschenschicht schob sich eine zweite, die sich ihrerseits verknäulte, und auf die zweite eine dritte. Ein Dutzend Straßen führte zu jeder Brücke, aber jede Brücke war nur so breit wie eine einzige Straße. Allmählich fielen die äußeren Reihen der oberen Schicht in den Fluß hinunter. Manche wählten freiwillig dieses Ende. Schließlich stieg von den Brücken ein Gebrüll auf, als schlage eine Brandung gegen eine felsige Küste. Das war der Anfang des Wahnsinns der Verzweiflung. Die Menschen starben schnell auf den Brücken, aber bevor sie starben, begannen sie sich zu beißen. Ähnliche Verstopfungen gab es auch an bestimmten Stellen innerhalb der City. Restaurants und Cafés füllten sich fast bis zur Decke mit Körpern. Hier gab es Essen, aber niemand konnte es erreichen außer denen, die ihm am nächsten waren, und diese wurden zu Tode gequetscht, bevor sie ihre Chance wahrnehmen konnten. Ihre Leichen blockierten die Nahrungsmittel vor denen, die noch lebten und essen hätten können.

Innerhalb von vierundzwanzig Stunden waren Religion, Menschlichkeit und hohe Ideale verlorengegangen. Jeder versuchte, sich selbst am Leben zu erhalten, obwohl er damit den Tod anderer beschleunigte. Doch in Einzelfällen wurden Individuen zu Helden. In den Krankenhäusern blieb so manche Schwester bei ihren Patienten und gab ihnen zu essen, bis sie mit ihnen verhungerte. Auf einer Entbindungsstation gebar eine Frau. Von allen verlassen, legte sie das Kind an ihre Brust und hielt es dort fest, bis der Hunger ihre leblosen Arme herunterzog.

In diese Schreckenswelt trat Miller ein, als er das Bürogebäude verließ. Er hatte sich mit einer kräftigen Keule ausgerüstet, aber kaum einer der kriechenden Automobilisten nahm Notiz von ihm. So ging er langsam zur Fifth Avenue hinüber und wandte sich dann nach Norden. Im Gehen betete er, obwohl er an diesem ersten Tag wenig von dem sah, was er später sehen sollte.

Weiter und weiter ging er, bis er an ein Wasser kam, das er durchschwamm, und dann ging er wieder weiter. Am Abend war er draußen auf dem Land, wo er aufhörte, ununterbrochen zu beten. Hier traf er gelegentlich auf einen Automobilisten, der nichts weiter als Ärger über die Panne seiner Maschine zeigte. Auf dem Land hatte noch niemand erkannt, was wirklich geschehen war; niemand erkannte ganz, was das alles zu bedeuten hatte, bevor er in seinem Farmhaus starb. Nur die Stadtbewohner wußten Bescheid, und sie begriffen es nicht.

Am nächsten Morgen erhob sich Miller früh aus dem Gras, studierte eingehends die Straßenkarte und marschierte weiter. Er vermied die Städte, umging sie. Denn ständig quälte ihn der Wunsch, seine Vorräte mit diesen sterbenden Krüppeln zu teilen, und er mußte doch bei Kräften bleiben und das Essen für sie, das Fußgängermädchen, aufbewahren, das allein zwischen hilflosen Dienern war, umgeben von einem dreißig Meilen langen Eisenzaun. Der zweite Tag seiner Wanderung neigte sich seinem Ende zu. Schon seit Meilen hatte er niemanden mehr gesehen. Die Sonne, die niedrig über einem Eichenwald stand, warf phantastische Schatten über die Asphaltstraße.

Unten auf der Straße tauchte eine seltsame Karawane auf und näherte sich ihm. Drei Pferde waren aneinandergebunden. Auf ihren Rücken waren Bündel und Wasserkrüge sicher, aber ungeschickt befestigt. Das dritte Pferd trug einen alten Mann in einem sesselartigen Sattel. Im Augenblick schlief er. Das Kinn ruhte ihm auf der Brust, und die Hände umklammerten noch im Schlaf die Armlehnen des Sessels. Das erste Pferd wurde von einer Frau geführt, hochgewachsen, schön in ihrer Kraft, die mit mühelosen Schritten die Asphaltstraße bezwang. Sie trug auf dem Rücken einen Bogen und einen Köcher mit Pfeilen und in der rechten Hand einen schweren Stock. Ihre Haltung sprach von Furchtlosigkeit und Selbstvertrauen; Macht und Stolz strahlten von ihr aus.

Miller blieb mitten auf der Straße stehen. Die Karawane erreichte ihn. Dann machte sie vor ihm halt.

»He!« sagte die Frau, und ihre Stimme verschmolz auf merkwürdige Weise mit den sonnendurchflimmerten Schatten und den flackernden Blättern.

»He! Wer bist du, und warum stellst du dich uns in den Weg?«

»Nun, ich bin Abraham Miller, und du bist Margaretta Heisler. Ich bin auf der Suche nach dir. Dein Vater ist in Sicherheit, und er hat mich zu dir geschickt.«

»Und du bist ein Fußgänger?«

»Genau wie du!« und so weiter und so weiter...

Der Professor erwachte aus seinem Schlummer. Er blickte auf den jungen Mann und die junge Frau hinab, die dort standen und miteinander sprachen und schon dabei waren, zu vergessen, daß es noch irgend etwas anderes auf der Welt gab.

»Das ist ganz so, wie es in alter Zeit war«, sagte der Professor sinnend.

Es war ein Sonntagnachmittag ein paar hundert Jahre später. Ein Vater und sein kleiner Sohn besichtigten das Museum der Naturwissenschaften in der wiederaufgebauten City von New York. Die ganze Stadt war jetzt nichts anderes mehr als ein großes Museum. Die Leute kamen, um es sich anzusehen, aber niemand hatte Lust, dort zu wohnen. Tatsächlich wollte niemand in irgendeiner Stadt wohnen, wenn er die Möglichkeit hatte, auf einer Farm zu leben.

Es gehörte zur Ausbildung eines jeden Kindes, mindestens einen Tag in einer Automobilistenstadt zu verbringen, und deshalb wanderten der Vater und sein kleiner Sohn an diesem Sonntagnachmittag langsam durch die großen Gebäude. Sie betrachteten das Mastodon, den Bison, den Pterodaktylus. Sie blieben einige Zeit vor einem Glaskasten stehen, der ein Indianer-Wigwam mit einer typischen Indianerfamilie enthielt. Schließlich kamen sie an einen großen Wagen auf vier Gummirädern, aber er hatte keine Deichsel oder sonstige Vorrichtung, daß Pferde oder Ochsen hätten angeschirrt werden können. In dem Wagen saßen Männer, Frauen und kleine Kinder. Der Junge sah sie sich neugierig an und zupfte seinen Vater am Ärmel.

»Sieh mal, Daddy, der Wagen da und diese komischen Leute ohne Beine! Was hat das zu bedeuten?«

»Das, mein Sohn, ist eine Familie von Automobilisten.« Und jetzt hielt er seinem Sohn die kleine Ansprache, die alle Fußgängerväter von Gesetz wegen verpflichtet sind, ihren Kindern zu halten.

Aus dem Amerikanischen übersetzt von Rosemarie Hundertmarck

DER PHILOSOPH
VON ZEIT UND RAUM

Olaf Stapledon
(1886—1950)

1930 hatten die SF-Magazine ein bemerkenswertes Niveau erreicht. Nach einem Konkurs hatte Gernsback sein Zeitschriften-Imperium so geschickt umgestaltet, daß keine einzige Magazinausgabe ausgelassen werden mußte, und führte in diesem Zuge den Begriff ›Science Fiction‹ ein. Dann aber tauchte im Januar 1930 ›Astounding Stories of Super-Science‹ an den Kiosken auf.

William Clayton hieß der Verleger. Herausgeber Harry Bates hatte ihm dieses Magazin vorgeschlagen, allerdings aus rein herstellerischen Gründen. Vom Äußeren her wurde ganz offen ›Amazing‹ imitiert, doch bezüglich des Inhalts stellten sich Bates und Clayton abenteuerlichere und spannungsreichere Geschichten vor, von der gleichen Art wie die vielen anderen Clayton-Magazine.

Bates konnte zwei Cent pro Wort zahlen, das war etwa doppelt soviel wie die anderen, und die Bezahlung erfolgte meist bei Übernahme einer Story und nicht erst bei Abdruck oder sogar noch später. Doch auch dem waren Grenzen gesetzt. Es gab nicht genügend gute SF-Autoren, mit deren Arbeiten drei Magazine gefüllt werden konnten, deshalb mußte Bates teilweise unter Pseudonym als Co-Autor einspringen.

Als Clayton-Magazin war mit ›Astounding Stories‹ nicht viel Geld zu machen; und als die Clayton-Kette 1933 wegen finanzieller Schwierigkeiten aufgeben mußte, wurde das Magazin von Street & Smith, dem alten Groschenheftspezialisten, gekauft.

Der Einfluß der Magazine auf das Lesen und Schreiben von SF begann sich in eine Richtung zu entwickeln, die bald den Charakter des Genres verändern sollte, doch wurden wichtige Werke — in erster Linie Romane — weiterhin außerhalb der Magazine publiziert. Wells veröffentlichte nach wie vor seine zum Teil propagandistischen Romane wie THE SHAPE OF THINGS TO COME (1933) und THE HOLY TERROR (1939), oder Spekulatives wie STAR BEGOTTEN (1937); 1930 brachte Philip

Wylie GLADIATOR heraus, dann THE MURDERER INVISIBLE (1931) und (mit Edwin Balmer zusammen) WHEN WORLDS COLLIDE (1932, dt. *»Wenn Welten zusammenstoßen«); von Sinclair Lewis gab es IT CAN'T HAPPEN HERE (1935,* dt. *»Das ist bei uns nicht möglich«).*

1930 gesellte sich unerwartet ein Autor der philosophischen Fakultät zur SF. Olaf Stapledon (1886—1950) hatte an der Universität von Liverpool seinen Doktor in Philosophie gemacht, wo er dann auch einen Lehrstuhl innehatte. Zunächst veröffentlichte er A MODERN THEORY IN ETHICS (1929), es folgten PHILOSOPHY AND LIVING (1938), SAINTS AND REVOLUTIONARIES (1939) und NEW HOPE FOR BRITAIN (1939).

Bei der Arbeit an seinem ersten philosophischen Buch bekam er auch gedankliche Anregungen für sein erstes SF-Werk, LAST AND FIRST MEN (1930, dt. *»Die letzten und die ersten Menschen«). Aufgrund des ungeheuren Erfolgs gab er seinen Lehrstuhl auf und konzentrierte sich auf eine schriftstellerische Karriere, und in rascher Folge erschienen: LAST MEN IN LONDON (1932), ODD JOHN (1935,* dt. *»Die Insel der Mutanten«), STAR MAKER (1937,* dt. *»Der Sternenmacher«) und SIRIUS (1944,* dt. *»Sirius«).*

Seine Romane wurden sowohl von einem allgemein interessierten Publikum gelesen wie auch von der wachsenden SF-Leserschaft, die bald als ›Fans‹ bezeichnet wurden, um dann zum Teil selbst zu Autoren zu avancieren. ODD JOHN war der definitive Beitrag zum Thema Supermann. STAR MAKER war überwältigend durch die Beschreibung der Schöpfung eines Universums, galaktischer Zivilisationen und Reiche sowie intelligenter Sterne und Nebelformationen. SIRIUS handelte von einem Superhund und dessen Beziehung zu jenen Menschen, die seine Intelligenz entwickelt hatten.

Olaf Stapledon konzentrierte sich in seinen Werken auf individualistische Details und die Entwicklung der Charaktere. LAST AND FIRST MEN umfaßt einen Zeit-

raum, der von 1930 bis etwa zwei Milliarden in die Zukunft reicht, in der durch die Evolution ungefähr siebzehn verschiedene Menschengeschlechter hervorgebracht werden, die zur Venus fliegen und schließlich zum Neptun, wo das letzte Menschengeschlecht dann sein Schicksal mit Würde trägt und der Hoffnung, der solare Wind möge menschliche Keimzellen zu anderen Teilen der Galaxis tragen. J. B. Priestley nannte es ein Meisterwerk, für Hugh Walpole wr es »so ursprünglich wie das Sonnensystem selbst«.

Es ist möglich, daß Stapledon die SF-Magazine gar nicht kannte, trotzdem war ihm bewußt, welche Art von Literatur er schrieb. Im Vorwort zu LAST AND FIRST MEN ist folgendes zu lesen:

> *Wenn man in die Zukunft schweift, so mag dies aussehen, als würde man, um des Phantastischen willen, seiner unbezähmbaren Spekulationslust nachgeben. Doch eine kontrollierte Phantasie auf diesem Gebiet kann für all diejenigen eine wertvolle Denkübung sein, die über die Gegenwart und deren Entwicklungsmöglichkeiten verwirrt sind. Wir sollten heute jeden ernsthaften Versuch, sich ein Bild der Zukunft der Menschheit zu machen, begrüßen und sogar aus ihm lernen, nicht nur um die sehr unterschiedlichen, und oft tragischen, vor uns liegenden Möglichkeiten zu begreifen, sondern um uns auch damit vertraut zu machen, daß viele der von uns besonders gehegten Ideale einem höher entwickelten Intellekt mit Sicherheit kindisch erscheinen würden. Wenn also Streifzüge in die ferne Zukunft unternommen werden, dann in dem Bemühen, die Menschheit im kosmischen Rahmen zu sehen, und um uns für das Akzeptieren neuer Werte zu öffnen.*
>
> *Aber wenn solche Entwürfe imaginärer, möglicher Zukünfte wirklich bedeutungsvoll sein sollen,*

dann muß unsere Phantasie einer strengen Kontrolle unterworfen sein.

Stapledon errichtete ein »einfallsreiches Gebilde aus möglichen Formen der Zukunft«, also keine Fantasy, sondern durchaus SF. »Das bloß Phantastische hat nur einen geringen Aussagewert«, schrieb er, und »wir müssen mit Bedacht und zweckorientiert vorgehen, nicht rein historische Fakten oder bloße Fiktion gelten lassen, sondern einen Mythos erzeugen.« LAST AND FIRST MEN war ein wesentlicher Beitrag zum Mythos von der Zukunft, den Autoren wie ›Doc‹ Smith, Ed Hamilton und andere bereits zu formen begonnen hatten, und mit dem die Geschichte der geschriebenen Zukunft eines Robert A. Heinlein (Future History) oder Isaac Asimov (Foundation) im wesentlichen übereinstimmte.

OLAF STAPLEDON

Die letzten und die ersten Menschen

(Auszug)

KAPITEL XIII

Die Menschheit auf der Venus

1

Die Menschheit faßt wieder Wurzeln

Der vorübergehende Aufenthalt des Menschen auf der Venus dauerte etwas länger als sein gesamtes Leben auf der Erde. Von den Tagen des Pithecanthropus bis zur Evakuierung der Erde gab es, wie wir gesehen haben, eine bestürzende Vielfalt von menschlichen Formen und Lebensbedingungen. Obwohl der Mensch auf der Venus als biologischer Typ eine größere Konstanz zeigte, war die Mannigfaltigkeit der Kulturen, in denen er auftrat, kaum geringer als auf der Erde.

Wenn man diese Epoche auch nur in der gleichen episodenhaften Art behandeln wollte, wie das mit der bisherigen Geschichte des Menschen geschehen ist, würde das einen weiteren Band erfordern. Meine Skizze muß daher noch umrißhafter werden. Der Schößling Menschheit, der in ein anderes Erdreich eingepflanzt wurde, verdorrt dort zunächst fast bis zur Wurzel, paßt sich dann ganz langsam der neuen Umgebung an, wird kräftiger und entwickelt eine gewisse Beständigkeit in der Form, setzt Jahr um Jahr neue Knospen an, die sich zu vielen aufeinanderfolgenden Zivilisationen und Kulturen entfalten, versinkt jeden Winter in einen tiefen Schlaf, viele

Äonen einer nachlassenden Vitalität hindurch, bis er sich schließlich — um beim Bilde zu bleiben — die ewig wiederkehrende Entlaubung vermeidend, in eine immergrüne Stechpalme oder Kiefer verwandelt und ständig in Blüte steht. Danach wird er erneut durch eine Laune des Schicksals samt seiner Wurzel aus dem Erdreich gerissen und in eine neue Welt geworfen.

Die ersten Menschen auf der Venus wußten sehr wohl, daß das Leben für sie eine traurige Angelegenheit sein würde. Sie hatten ihr Bestes versucht, um den Planeten der menschlichen Natur anzupassen, aber sie konnten aus der Venus nicht plötzlich eine neue Erde machen. Die Landoberfläche war sehr begrenzt. Das Klima war fast unerträglich. Die extremen Temperaturunterschiede zwischen der langen Nacht und dem Tag erzeugten unglaubliche Stürme, Regenfälle, die mit der Gewalt von tausend Wasserfällen herabstürzten, plötzliche elektrische Entladungen und Nebel, in dem es dem Menschen nicht einmal möglich war, seine eigenen Füße zu sehen. Was noch schlimmer war, der Sauerstoffvorrat reichte kaum aus, damit die Luft atembar blieb. Hinzu kam, daß der abgespaltene Wasserstoff nicht immer erfolgreich über die Atmosphäre hinaus ins All geschleudert worden war. Er vermengte sich manchmal mit der Luft und bildete ein hochexplosives Gemisch, das dann manchmal in ein gewaltiges atmosphärisches Feuer umschlug. Immer wiederkehrende Katastrophen dieser Art zerstörten die Bauten, vernichteten die Menschen auf vielen Inseln und reduzierten den Sauerstoffvorrat beträchtlich. Schließlich erlaubte es aber die sich immer mehr ausbreitende Vegetation, daß man den gefährlichen Prozeß der Elektrolyse beenden konnte.

In der Zwischenzeit hatten die atmosphärischen Explosionen die Rasse so stark gelähmt, daß sie unfähig wurde, mit einer mysteriösen Schwierigkeit fertig zu werden, die ihr schon zu schaffen gemacht hatte, als sie eben zur Venus gekommen war. Ein neuer und unerklärlicher Zerfall der Verdauungsorgane, der zunächst als seltene Krankheit auftrat, drohte schon nach wenigen Jahrhunderten, die gesamte Menschheit zu vernichten. Die physischen Wirkungen dieser Krankheit waren kaum weniger verheerend als die psychischen, die durch die ständigen Mißerfolge bei der Bekämpfung der Seuche entstanden. Denn die unerklärliche Abweichung des Mondes von seiner Umlaufbahn um die Erde und das tiefe vernunftwidrige Schuldgefühl, das durch die Ausrottung der Venusianer entstanden war, hatten das Selbstvertrauen des Menschen bereits sehr stark erschüttert, so daß seine hochentwickelte Mentalität bereits Symptome völliger Verwirrung erkennen ließ. Schließlich erkannte man, daß die neue Krankheit durch irgendeinen Stoff im Wasser verursacht wurde, der durch bestimmte molekulare Verbindungen entstanden war, die früher nur sehr selten vorkamen, aber jetzt, durch die Anwesenheit irdischer Organismen, im Ozean häufiger auftrat. Man entdeckte kein Mittel zur Bekämpfung dieser Krankheit.

Noch eine weitere Krankheit suchte die bereits geschwächte Rasse heim. Die Gewebe des Menschen hatten die subvitalen Einheiten der Marswesen, die der ›telepathischen‹ Verständigung dienten, niemals vollkommen assimiliert. Der allgemeine gesundheitliche Schwächezustand begünstigte nun das Auftreten einer Art von ›Krebs‹ des Nervensystems, der durch ungehinderte Wucherungen jener Einheiten entstand. Die Qualen dieser Krankheit wollen wir übergehen. Jahrhundert um Jahrhundert griff sie immer mehr um sich. Selbst jene Menschen, die unter dieser Krankheit nicht direkt litten, lebten in beständiger Furcht, von ihr ergriffen und wahnsinnig zu werden.

All jene Schwierigkeiten wurden noch durch die verheerende Hitze verschlimmert. Die Hoffnung, daß sich die menschliche Natur im Laufe der Generationen allmählich auch den Bedingungen in den heißeren Zonen anpassen würde, schien unbegründet zu sein. Im Gegenteil zeigte sich, daß sogar die einstmals dichtbesiedelten arktischen und antarktischen Inseln innerhalb eines Jahrtausends fast völlig verlassen waren. Von jedem Hundert der großen hohen Türme waren kaum noch zwei bewohnt, und die darin Wohnenden waren todkranke, zerbrochene menschliche Wracks. Sie waren die einzigen, die ihre Teleskope auf die Erde richteten und das mit unvorhergesehener Verzögerung einsetzende Bombardement dieser benachbarten Welt durch Teile des Mondes beobachteten.

Die Bevölkerung nahm noch weiter ab. Jede der kurz aufeinanderfolgenden Generationen zeigte leichte Verschlechterungen ihrer Konstitution gegenüber derjenigen ihrer Eltern. Die Intelligenz ging zurück. Erziehung und Bildung wurden oberflächlich und bruchstückhaft. Eine Verbindung mit der Vergangenheit konnte nicht länger aufrechterhalten werden. Die Kunst verlor ihre Bedeutung und die Philosophie ihre Gewalt über Geist und Seele der Menschen. Selbst bei den angewandten Wissenschaften begann es zu hapern. Die subatomaren Energiequellen wurden oft genug nicht mehr von Menschen mit hinlänglicher Ausbildung gesteuert. Dadurch kam es zu einer ganzen Reihe von Katastrophen, die schließlich zu dem Aberglauben führten, daß jedes ›Herumpfuschen‹ mit den Naturgewalten ›des Teufels‹ und die ganze Weisheit der Alten lediglich eine Schlinge wäre, die der Widersacher den Menschen ausgelegt hätte. So verbrannte man Bücher, zertrümmerte Instrumente und vernichtete alle Schätze der menschlichen Kultur. Nur die dauerhafteren Gebäude widerstanden der Zerstörung. Von der unvergleichlich hohen Wertordnung der Fünften Menschen blieb nicht mehr übrig als einige wenige Inselstämme, die voneinander durch das Meer und von dem übrigen Raum-Zeit-Kontinuum durch die Tiefe ihrer eigenen Unwissenheit abgeschnitten waren.

Nach vielen Jahrtausenden begann die Natur des Menschen sich dem Klima und dem giftigen Wasser anzupassen, ohne das ein Leben auf der Venus unmöglich war. Zur gleichen Zeit tauchte eine neue Abart der Fünften Gattung auf, bei der subvitale Einheiten der Marswesen nicht mehr im Körper enthalten waren. So gewann die Rasse schließlich eine gewisse geistige und seelische Stabilität unter Einbuße ihrer ›telepathischen‹ Fähigkeiten zurück, die der Mensch erst in einer der letzten Phasen seiner Entwicklung wiedererwerben sollte. Wenn sich die Menschen auch allmählich von den zunächst hemmenden Einflüssen einer fremden Welt erholten und sich an diese Welt anzupassen versuchten, so waren doch Glanz und Ruhm ihrer Kultur entschwunden. Wir wollen daher die folgenden Epochen schnell überfliegen, bis wir wieder auf bedeutungsvollere Ereignisse stoßen.

Während der ersten Zeit ihres Aufenthaltes auf der Venus hatten die Menschen ihre Nahrung von den großen schwimmenden Pflanzeninseln bezogen, die vor ihrer Übersiedlung künstlich angelegt worden waren. Aber als sich die Meere mit immer mehr Abarten der irdischen Fauna bevölkerten, betrieben die Stämme der Menschen immer mehr Fischfang. Unter dem Einfluß der ozeanischen Umgebung übernahm ein Zweig der Fünften Menschen die Lebensgewohnheiten von Meeresbewohnern, so daß er sich mit der Zeit sogar biologisch an das Leben im Wasser anpaßte. Es ist vielleicht überraschend, daß der Mensch noch in der Lage war, eine solche spontane Variation hervorzubringen. Da die fünfte menschliche Spezies jedoch künstlich erschaffen war, hatte sie seit jeher eine Neigung zu Mutationssprüngen gezeigt. Nach weiteren Jahrmillionen der natürlichen Auslese und der Veränderung tauchte eine sich recht erfolgreich durchsetzende Rasse seehundartiger Subhumaner auf. Ihr Körper hatte eine stromlinienförmige Gestalt. Das Fassungsvermögen ihrer Lungen hatte sich erheblich erhöht. Ihre Wirbelsäule war länger und beweglicher. Ihre Beine waren geschrumpft, zusammengewachsen und zu einem horizontalen Ruder abgeflacht. Auch ihre Arme waren kleiner und flossengleich, obwohl sie noch einen beweglichen Zeigefinger und Daumen aufwiesen. Der Kopf war in ihren Körper eingesunken und blickte in die Schwimmrichtung. Ihre starken Reißzähne, ihr Zusammenleben in Rudeln und eine neue, fast menschlich zu nennende Schlauheit bei der Jagd machten diese Seehund-Menschen zu Herrschern der Meere. Diese Stellung hatten sie viele Millionen Jahre inne, bis eine menschenähnlichere Rasse, die sich über das fischähnliche Aussehen dieser Subhumanen ärgerte, ihnen mit Harpunen den Garaus machte.

Ein anderer Zweig der degenerierten fünften Spezies hatte nämlich die alte menschliche Gestalt und etwas irdischere Lebensgewohnheiten beibehalten. Da diese elenden Wesen in bedauerlichem Maße an Größe und Gehirnkapazität gegenüber den ursprünglichen Invasoren der Venus eingebüßt hatten und mit jenen überhaupt nicht mehr zu vergleichen waren, werden sie mit Recht als eine neue Spezies, nämlich als die Spezies der Sechsten Menschen, angesehen. Generation um Generation suchte unter ständiger Gefährdung nach ihrem Lebensunterhalt durch Ausgraben von Wurzeln auf den waldüberdeckten Inseln, durch Vogelfang und durch Fischfang mit Hilfe von Ködern, die sie in den von der Flut zurückgelassenen Wassern der Buchten auslegten. Manchmal fraßen sie ihre seehundartigen Verwandten auf oder wurden von diesen gefressen. Millionen Jahre hindurch blieb die Umwelt dieser übriggebliebenen Menschen so konstant und begrenzt, daß sie biologisch und kulturell stagnierten.

Schließlich ermöglichten jedoch geologische Veränderungen der Venus der menschlichen Natur eine Weiterentwicklung. Durch eine gewaltige Verwerfung der Rinde des Planeten entstand eine Insel, die fast so groß wie Australien war. Bald war sie bevölkert, und aus dem Zusammenprall verschiedener Stämme entstand eine neue geistig beweglichere Rasse. Wiederum wurde das Land planmäßig bestellt, es gab Handwerker und eine komplizierte moderne Gesellschaftsordnung sowie neue Abenteuer im Reich des Denkens.

Während der nächsten zweihundert Millionen Jahre wiederholten sich auf der Venus die Hauptphasen der Entwicklung der Menschheit auf der Erde viele Male, allerdings mit charakteristischen Unterschieden. Theokratische Imperien, freie und intellektuell bewegliche Bürger von Inselstädten, unsichere Feudalherrschaften in verschiedenen Inselgruppen, Rivalitäten zwischen den Hohenpriestern und dem Kaiser, Religionskriege über die Auslegung heiliger Schriften, Hin- und Herschwanken in Religion und Philosophie zwischen naivem Animismus über Polytheismus zu verschiedenen widerstreitenden monotheistischen Systemen und all jenen verzweifelten Ismen, durch die der Geist die klaren Umrisse der Wahrheit zu verzerren sucht, Wechsel zwischen Perioden mit trostsuchender Phantasie und solchen mit kalter Intelligenz, soziale Unruhen durch den Mißbrauch der Vulkan- oder Windenergien in der Industrie, Wirtschaftsimperien und pseudokommunistische Imperien — alle jene Formen huschten unaufhörlich über den sich ständig verändernden Kern der Menschheit, so wie in einem dauernd unterhaltenen Herdfeuer eine Unendlichkeit von verschiedenen Flammen- und Rauchgestalten auftaucht und verschwindet. Jene kurzlebigen Seelen aber, die von solchen Gestalten umspielt wurden, kannten die ganze Zeit über kein anderes Ziel, als ihre primitiven Bedürfnisse zu befriedigen. Sie wollten Nahrung, Unterkunft, Kameradschaft, Massenekstasen, Liebe, sie wollten Eltern sein oder Kinder, und sie wollten ihre Muskeln und ihre Intelligenz bei leichtem Sport ein wenig trainieren. Nur in seltenen Augenblicken der Klarheit und nach langen Zeiten des Irrtums gab es hie und da einige wenige, die gelegentlich tiefere Einsicht in die Natur der Welt und des Menschen erlangten. Kaum hatte sich diese kostbare Einsicht anderen mitzuteilen begonnen, als sie auch schon wieder verdunkelt wurde durch irgendeine kleine oder große Katastrophe, eine Epidemie, einen plötzlichen Zusammenbruch der Gesellschaft, durch Imbezilität, die plötzlich die Rasse befiel, durch ein längeres Bombardement des Planeten mit Meteoren oder durch bloße Feigheit oder ein Schwindelgefühl, das die Menschen davor zurückhielt, in den Abgrund der Tatsachen zu blicken.

2
Die Fliegenden Menschen

Wir brauchen uns bei den unzähligen ständigen Wiederholungen der verschiedenen Kulturen nicht länger aufzuhalten. Es genügt, wenn wir einen Blick auf die letzte Entwicklungsphase dieser sechsten menschlichen Art werfen und uns danach der künstlich entwickelten Spezies zuwenden, die von den Sechsten Menschen erschaffen wurde.

Während der gesamten Dauer ihrer Existenz waren die Sechsten Menschen oft vom Gedanken an das Fliegen fasziniert worden. Der Vogel war sehr oft ihr heiligstes Symbol. In ihren monotheistischen Religionen beteten sie keine Götter an, die menschliche Züge trugen, sondern vogelähnliche Gottheiten, manchmal in der Gestalt des mächtigen göttlichen Seeadlers, manchmal in der eines gewaltigen barmherzigen Turmseglers, oder als körperlosen Geist der Luft und auch als Vogelgott, der der Menschheit den Flug des Körpers und der Seele beibringen sollte.

Daß das Fliegen den Menschen auf der Venus besonders erstrebenswert erschien, war durchaus verständlich, denn Landbewohner mußten sich auf diesem Planeten auf wenigen Landflächen zusammendrängen, und das übermütige Treiben einer prächtig gedeihenden Vogelwelt erregte den Neid und den Ärger der Fußgänger. Als Wissen und Fertigkeiten der Sechsten Menschen denjenigen der Ersten Menschen der ersten Blütezeit ihrer Entwicklung gleichkamen, erfanden sie verschiedene Arten von Flugapparaten. Mehrere Male gingen mit dem Zusammenbruch einer Zivilisation auch deren Kenntnisse über das Fliegen und die Konstruktion von Flugapparaten verloren, doch immer wieder kam es nach längerer Zeit zu einer Wiederentdeckung. Trotzdem wurde das Fliegen mit Flugapparaten nur als Behelf angesehen. Als daher die Sechsten Menschen schließlich durch die Fortentwicklung ihrer biologischen Wissenschaften in der Lage waren, den menschlichen Organismus selbst zu beeinflussen, entschlossen sie sich, einen fliegenden Menschen zu erschaffen. Viele Zivilisationen bemühten sich vergeblich, manchmal nur mit halbem Herzen, ein andermal wieder mit religiösem Eifer, diesem Ziel näherzukommen. Endlich war aber der dauerhaftesten und glänzendsten aller Zivilisationen der Sechsten Menschen tatsächlich ein Erfolg beschieden.

Die Siebenten Menschen waren Pygmäen, kaum schwerer, als es die größten Vögel der Erde gewesen waren. Sie waren durch und durch für das Fliegen entwikkelt. Eine ledrige Haut spannte sich nach beiden Seiten von ihren Füßen bis zu den Spitzen der stark verlängerten und sehr kräftig entwickelten ›Mittelfinger‹. Die drei ebenfals längeren ›äußeren‹ Finger dienten dieser Flughaut als Flügelrippen, während die Daumen und Zeigefinger frei als Manipulationswerkzeuge gebraucht werden konnten. Ihr Körper war wie derjenige eines Vogels stromlinienförmig gestaltet und mit einem tiefen wolligen Federkleid bedeckt. Bei diesem Federkleid sowie bei dem seidenglänzenden Flaum der Flughäute zeigten sich bei einzelnen Individuen große Unterschiede in Färbung und Maserung. Auf dem Boden bewegten sich die Siebenten Menschen genauso wie andere, denn die Flughäute ließen sich dicht an die Beine und den Körper anlegen, und sie hingen von den Armen wie Plusterärmel herab. Während des Fluges wurden die Beine wie ein abgeflachter Schwanz ausgestreckt und die Füße durch beide Zehen fest ineinander verhakt. Das Brustbein war wie ein Kiel gebildet und enthielt die Flugmuskeln. Die übrigen Knochen waren zur Gewichtseinsparung hohl. Ihre Hohlräume wurden als zusätzliche Lungen benutzt. Wie die Vögel benötigten nämlich diese Fliegenden Menschen während des Fluges sehr viel Sauerstoff. Ein Zustand, der bei anderen als Fieber gegolten hätte, war für sie normal.

In ihrem Gehirn gab es sehr viele Zellgruppen, in denen die Flugfähigkeit lokalisiert war. Es war sogar möglich gewesen, die Spezies mit einem Reflexsystem zur Aufrechterhaltung des Gleichgewichts beim Fliegen und mit einem echten, wenn auch künstlich erzeugten Fluginstinkt zu versehen und ein instinktives Interesse am Fliegen zu erwecken. Ihre Gehirnkapazität war im Vergleich zu derjenigen ihrer Schöpfer zwangsläufig kleiner, aber ihr ganzes Nervensystem war sehr sorgfältig durchgegliedert und ausgeglichen. Es kam auch sehr schnell zur Reife und konnte sehr leicht neue Tätigkeiten und Verhaltensweisen dazuerwerben. Dies war sehr nützlich, denn der einzelne lebte normalerweise nur fünfzig Jahre. In den meisten Fällen beendete er sein Leben noch früher, weil er mit 40 Jahren, oder wenn sich Alterserscheinungen bemerkbar machten, irgendein mit Sicherheit den Tod herbeiführendes Heldenstück vollbrachte.

Diese fledermausartigen Fliegenden Menschen waren vermutlich unter allen menschlichen Arten diejenigen, die am sorglosesten lebte. Körpergestalt und Körperfunktionen waren gut abgewogen, sie besaßen ein fröhliches Temperament und waren ihrem Wesen nach bestmöglich geeignet, ihr gesellschaftliches Erbe anzutreten. Wie es so oft bei anderen der Fall gewesen war, bestand für sie keine Veranlassung, eine grundsätzliche Feindschaft der Welt sich selbst gegenüber anzunehmen oder sich als Mißbildungen zu betrachten. Sie waren in alltäglichen persönlichen Angelegenheiten und in Fragen der gesellschaftlichen Organisation intelligent und beweglich und keineswegs durch unersättlichen Erkenntnisdrang beunruhigt. Dabei waren sie nicht etwa unintellektuell, denn sie entwickelten aus ihren Erfahrungen sehr bald ein wunderschönes System. Sie erkannten außerdem sehr klar, daß dieses Gedankengebäude in Wirklichkeit nur eine im Chaos dahintreibende Seifenblase war. Immerhin war es aber eine schöne Seifenblase. Ihr System war zwar nicht im echten Sinne des Wortes wahr, es war aber ein echtes Abbild ihrer eigenen fröhlichen, offenen und zugegeben unaufrichtigen Denkweise. Was konnte man eigentlich mehr, so fragte man, vom Intellekt des Menschen erwarten? Man ermutigte die Heranwachsenden, die alten Probleme der Philosophie zu studieren, nur damit sie sich selbst von der Sinnlosigkeit des Überschreitens der Grenzen irgendeines orthodoxen Systems überzeugen konnten. »Stich nur an irgendeiner Stelle der Seifenblase der Philosophie«, so sagte man, »und du wirst das Ganze zum Zerplatzen bringen. Da die Philosophie aber für das Leben notwendig ist, muß man sie erhalten.«

Die Naturwissenschaften wurden von den Vorfahren mit halb geringschätziger Dankbarkeit als ein notwendiges Mittel übernommen, sich der Umwelt einigermaßen vernünftig anzupassen. Die Ergebnisse der angewandten Naturwissenschaften wurden als Grundlage ihrer gesellschaftlichen Ordnung geschätzt. Als jedoch die Jahrtausende vorüberzogen und die Gesellschaft endlich jenen bemerkenswerten Zustand der Vollkommenheit und Stabilität erreichte, der viele Millionen Jahre hindurch andauern sollte, benötigte man wissenschaftliche Schöpferkraft und Erfindungsgabe immer weniger. Die Naturwissenschaften wurden den Kindergärten zugewiesen. Auch Geschichte wurde im Umriß bereits im Kindesalter vermittelt und daher später vergessen.

Diese seltsam aufrichtige intellektuelle Unaufrichtigkeit ergab sich aus der Tatsache, daß sich die Siebenten Menschen mit ganz anderen Dingen als mit abstraktem Denken beschäftigten. Es ist schwierig, den Angehörigen der ersten menschlichen Spezies eine Vorstellung vom Hauptanliegen jener Fliegenden Menschen zu geben. Wenn man sagt, es wäre das Fliegen gewesen, so wäre dies zutreffend, aber nicht die ganze Wahrheit. Und wenn man darauf hinwiese, daß sie versucht hätten, gefährlich und intensiv zu leben und in jedem Augenblick soviel Erfahrung wie möglich auszukosten, so wäre auch dies eine Karikatur der Wahrheit. Rein materiell war natürlich ›das Universum des Fliegens‹ mit all seinen vielfältigen Gefahren und Anforderungen an die Fluggeschicklichkeit in einer sturmgepeitschten Atmosphäre für jeden einzelnen dasjenige Feld, auf dem er sich erproben und seine Selbstbestätigung finden konnte. Die Art war jedoch nicht vom Fliegen selbst, sondern vom geistigen Aspekt des Fliegens besessen.

In der Luft waren die Siebenten Menschen ganz andere Wesen, als wenn sie sich auf dem Boden befanden. Immer wenn sie flogen, ging eine merkbare geistige und seelische Veränderung mit ihnen vor. Natürlich mußten sie einen großen Teil ihrer Zeit auf dem Boden zubringen, da die meisten Arbeiten, die für die Aufrechterhaltung ihrer Zivilisation erforderlich waren, unmöglich in der Luft ausgeführt werden konnten. Außerdem waren zu einem Leben in der Luft unerhörte Energien erforderlich, so daß sie sich immer wieder auf dem Boden von ihren Flügen erholen mußten. Als Landwesen waren die Siebenten Menschen nüchtern, leicht gelangweilt, doch im wesentlichen fröhlich, von humorvoller Ungeduld über die Eintönigkeit und die Mühen eines Lebens als Fußgänger aber immer getragen von den Erinnerungen an ein glänzendes Leben in den Lüften und in der Hoffnung auf kommende Flüge. Oft waren sie müde nach den Anstrengungen eines solchen Lebens, aber selten waren sie mutlos oder träge. Sie waren vielmehr bei allen notwendigen Arbeiten in Landwirtschaft und Industrie fleißig wie die Ameisen. Und doch arbeiteten sie in einer seltsamen Stimmung, einer in die Ferne lauschenden geistigen Abwesenheit, denn ihre Herzen gehörten dem Reich der Lüfte. Wenn sie häufig genug fliegen konnten, so waren sie auch dann, wenn sie unten bleiben mußten, ausgeglichen und zufrieden. Aber wenn sie aus irgendwelchen Gründen, zum Beispiel wegen einer Krankheit längere Zeit nicht fliegen durften, verwelkten sie vor Gram, wurden schwermütig und starben. Ihre Schöpfer hatten es so eingerichtet, daß ihre Herzen bei großem Schmerz oder Leid plötzlich aufhörten zu schlagen. Auf diese Weise sollten sie schweren Belastungen ausweichen können. Allerdings funktionierte diese barmherzige Einrichtung nur auf dem Boden. In der Luft entwickelten sie eine ganz andere, heldenhaftere Haltung, die ihre Schöpfer nicht vorausgesehen hatten, obwohl eine solche sich ganz folgerichtig aus ihrem allgemeinen Konstruktionsplan ergab.

In der Luft schlug das Herz des Fliegenden Menschen kräftiger. Die Temperatur stieg an. Sein Gefühlsleben wurde lebhafter und differenzierter, seine Intelligenz wendiger und tiefgreifender. Alles, was er erlebte, ob Freude oder Schmerz, erlebte er intensiver. Es soll damit nicht gesagt werden, daß er emotionaler wurde, eher im Gegenteil, wenn man unter Emotionalität die Versklavung aller anderen Funktionen durch die Gefühle versteht. Das bemerkenswerteste Kennzeichen der Flugphase war, daß eine gesteigerte Verständnisfähigkeit zugleich objektiver wurde. Solange sich der einzelne in der Luft befand, ob im einsamen Kampf mit den Sturmgewalten oder im zeremoniellen Ballett mit Schwärmen seiner Gefährten, die den Himmel verdunkelten, ob in entrücktem Liebestanz mit einem Geschlechtspartner oder im meditativen Einzelflug hoch über seiner Welt; ob sein Unternehmen vom Glück begünstigt war, oder ob ein Orkan ihm die Flügel abriß und er hilflos zu Tode stürzte: immer betrachtete er sich und seine glücklichen oder tragischen Erlebnisse mit objektivem ästhetischen Entzücken. Selbst wenn sein bester Kamerad durch irgendein Unglück verstümmelt oder getötet wurde, für dessen Rettung er sein eigenes Leben hingegeben hätte, frohlockte er. Sehr bald nach seiner Rückkehr auf den Boden übermannte ihn jedoch die Trauer. Er versuchte vergeblich, jene Vision, die ihn zum Jubeln veranlaßt hatte, wieder zu erfassen, und weil er das nicht vermochte, zerbrach sein Herz.

Auch wenn — was auf der Venus gelegentlich geschah — ganze Bevölkerungsgruppen der Fliegenden Menschen durch irgendeine, den ganzen Planeten ergreifende atmosphärische Katastrophe ausgelöscht wurden, jauchzten die wenigen geschlagenen Überlebenden beim Anblick eines solchen Spektakulums, solange sie in der Luft bleiben konnten. Wenn sie schließlich erschöpft auf den Boden sanken, der Entzauberung und dem sicheren Tod entgegen, lachten sie immer noch in ihrem Innern. Nachdem sie aber eine Stunde unten waren, hatte sich ihr Zustand verändert, und ihre Vision war verschwunden. Sie konnten sich nur noch an das Entsetzliche jener Katastrophe erinnern, und diese Erinnerung tötete sie.

Kein Wunder, daß die Siebenten Menschen jeder Augenblick, den sie auf dem Boden leben mußten, verdroß. Während sie in der Luft waren, akzeptierten sie die Aussicht auf ein Intermezzo als Fußgänger oder sogar auf eine unbegrenzte, ihnen im Grunde widerliche Existenz als Landwesen, mit unerschütterlicher Fröhlichkeit. Wenn sie aber wieder zurück waren, beklagten sie sich bitter darüber, ein solches Leben führen zu müssen. In der Geschichte jener Art wurde der Anteil der in der Luft verbrachten Stunden gegenüber den auf dem Boden verbrachten durch eine biologische Erfindung erhöht. Man züchtete eine winzige Nährpflanze, die den Winter über mit ihren Wurzeln im Boden wachsen konnte und sich im Sommer in den sonnenlichterfüllten oberen Luftschichten aufhielt und das Sonnenlicht durch Photosynthese in Nahrung umsetzte. So war es den Fliegenden Menschen möglich, wie Schwalben auf den hellen Weiden des Himmels ihre Nahrung zu finden. Im Laufe der Zeit traten die materiellen Bedürfnisse der Zivilisation immer mehr zurück. Bedürfnisse, die ohne Arbeit auf dem Boden nicht mehr befriedigt werden konnten, wurden nicht mehr zur Kenntnis genommen. Maschinell hergestellte Güter wurden immer seltener. Bücher wurden nicht mehr geschrieben und auch nicht mehr gelesen. Zum großen Teil waren sie auch nicht mehr nötig. Zum geringeren Teil wurden sie durch mündliche Überlieferung und durch Gespräche in den oberen Luftschichten ersetzt.

Von den Künsten gab es nur noch Musik, gesprochene Lyrik und Versepen sowie die hohe Kunst des Lufttanzes. Die anderen Künste verschwanden. Viele Wissenschaften hörten als solche zu bestehen auf, wurden aber ein Bestandteil der Tradition. Ein echter wissenschaftlicher Geist wurde bewahrt in einer sehr exakten Meteorologie, in einer ausreichenden Biologie, einer Psychologie des Menschen, die nur vom Zweiten und vom Fünften Menschen in der jeweiligen Blütezeit ihrer Entwicklung übertroffen wurde. Keine dieser Wissenschaften wurde jedoch besonders ernst genommen, abgesehen von ihrer Bedeutung für die Praxis. Die Psychologie erklärte zum Beispiel die Flugekstase sehr genau als eine fieberhafte und ›irrationale‹ Seligkeit. Niemand fühlte sich jedoch durch diese Theorie beunruhigt, denn wenn er flog, hielt er sie lediglich für eine amüsante Halbwahrheit.

Die gesellschaftliche Ordnung der Siebenten Menschen war im Grunde weder utilitaristisch, noch humanistisch, noch religiös, sondern ästhetisch. Jede Handlung und jede Einrichtung hatte nur dann eine Berechtigung, wenn sie zur Vervollkommnung der Gestalt der Gemeinschaft beitrug. Selbst die soziale Mannigfaltigkeit wurde nur als ein Mittel angesehen, durch das Schönheit erreicht werden könnte, die Schönheit nämlich, die die harmonische Verbindung von vielen glänzenden Einzelleben ausmacht. Aber nicht nur für den Einzelnen, sondern auch für die Rasse selbst, so betonten die Weisen, wäre der Tod beim Fliegen weit vollkommener als ein längeres Leben auf dem Boden. Viel, viel besser als ein Fußgängerdasein wäre der Selbstmord der Rasse. Da jedoch der Einzelne wie auch die Rasse nur als Instrumente zur Erreichung objektiver Schönheit angesehen wurden, war in einer solchen Überzeugung nichts Religiöses enthalten. Die Siebenten Menschen hatten überhaupt kein Interesse am Universalen und Unsichtbaren. Die Schönheit, die sie erschaffen wollten, war eine stark sinnliche Schönheit von kurzer Dauer. Sie waren damit sehr zufrieden. Die persönliche Unsterblichkeit, so sagte ein sterbender Weiser, würde genauso langweilig sein wie ein endloses Lied. Genauso stünde es auch mit der Unsterblichkeit der Rasse. Die schöne Flamme, von der wir alle ein Teil sind, muß sterben, sagte er, muß sterben, denn ohne ihren Tod wäre sie nie schön gewesen.

Fast hundert Millionen Erdjahre erhielt sich diese Zivilisation der Lüfte mit nur wenigen Veränderungen. Während dieser Epoche standen immer noch auf vielen Inseln jene alten Wohntürme, obwohl sie durch viele Reparaturen kaum noch als solche zu erkennen waren. In diesen Nestern schliefen die Männer und Frauen der siebenten Spezies während der langen Nächte der Venus, zusammengedrängt wie Schwalben auf der Stange. An den Venustagen hielten sich in den großen Türmen nur diejenigen auf, die gerade ihre Schicht in der Industrie abzuleisten hatten. Andere arbeiteten in den Feldern und auf dem Meer. Die meisten aber waren in der Luft. Viele glitten über das Meer und tauchten wie Fischreiher nach Fischen. Andere kreisten über dem Land oder über der See und stießen dann ab und zu wie Habichte auf die Wildhühner herab, die ihre wichtigste fleischliche Grundnahrung waren. Wieder andere schwebten, kreisten oder fegten aus reiner Lust am Fliegen in zwölf bis achtzehntausend Metern Höhe über den Wellen, wo selbst die dichte Atmosphäre der Venus sie kaum mehr trug. Manche genossen die Stille und ließen sich mühelos, umstrahlt vom Sonnenlicht, in großer Höhe vom stetigen Aufwind tragen und gaben sich der Meditation und den Freuden der Erkenntnis hin. Und nicht wenige liebestrunkene Pärchen umschlangen sich gewissermaßen in Spiralen, Kaskaden und anderen Luftfiguren, bis sie sich plötzlich umarmten und körperlich vereint dreitausend Meter herabfallen ließen. Andere wieder schwebten im grünen Pflanzennebel mit offenem Mund hin und her und ließen sich die für sie köstliche Speise wohl schmekken. Auch größere Gruppen konnte man beobachten, wie sie in der Luft kreisten, dabei soziale oder ästhetische Probleme diskutierten, zusammen sangen oder dem Vortrag einer Versdichtung lauschten. Tausende andere führten wie wandernde Vogelschwärme in der Luft Massentänze auf, die an die Choreographie der mechanischen Lufttänze des ersten Weltstaates erinnerten, aber viel vitaler und ausdrucksvoller waren, ebenso wie der Flug eines Vogels sich in seiner Vitalität vom Flug eines Flugapparates unterscheidet. Dazwischen gab es immer einige, die entweder allein oder in Gesellschaft Fische oder Wildhühner jagten oder auch aus bloßem Übermut ihre Kräfte und ihre Geschicklichkeit, oft mit tragischem Ausgang, gegen einen Orkan erprobten, immer voll überschäumender Lebensfreude und mit jauchzender Seele.

Es mag kaum glaubhaft erscheinen, daß die Kultur der Siebenten Menschen von so langer Dauer gewesen ist. Man könnte annehmen, daß sie entweder durch ihre Gleichförmigkeit und Stagnation zerfallen oder in einen Bereich tieferen Erlebens hätte vorstoßen müssen. Aber nichts dergleichen geschah. Eine Generation folgte der anderen, und jede von ihnen war viel zu kurzlebig, als daß sie die Lust verloren und die Langeweile entdeckt hätte. Außerdem waren diese Wesen ihrer Welt so hervorragend angepaßt, daß sie selbst bei einem sich über Jahrhunderte erstreckenden Leben kein Bedürfnis verspürten, ihren Lebensstil zu ändern. Das Fliegen erfüllte sie mit starkem körperlichen Wohlgefühl, und diese Heiterkeit des Körpers war auch die Grundlage für ein echtes und ekstatisches geistiges Erleben, wie begrenzt es auch immer sein mochte. Sie genossen beim Fliegen, einer ihrer höchsten Begabungen, nicht nur die mannigfaltigen Eindrücke des Fluges selbst, sondern sie erlebten auch die Schönheiten ihrer abwechslungsreichen Welt und möglicherweise vor allem die des Zusammenlebens von Menschen in einer Gesellschaft der Lüfte mit all jenen riskanten Unternehmungen, die Gefühl und Heldentum ansprachen.

Trotzdem waren es die besonderen Eigenheiten dieser Art, die das Ende des scheinbar ewigen Elysiums herbeiführten. Als die Zeiten sich zu Äonen dehnten, kam es zunächst dazu, daß die alte wissenschaftliche Weisheit den Generationen immer mehr entglitt. Sie wurde für sie bedeutungslos. Eine Gesellschaft der Lüfte brauchte so etwas nicht mehr. Solange sich an ihrem körperlichen Zustand und an ihrer Umwelt nichts änderte, fiel ein solcher Wissensverlust nicht weiter ins Gewicht. Aber sehr bald traten biologische Veränderungen auf. Schon immer hatte die Art eine gewisse Labilität im Biologischen gezeigt. Ein je nach den Umständen kleinerer oder größerer Teil der Säuglinge war mißgestaltet, und zwar so, daß diese nicht fliegen konnten. Ein normales Kind konnte bereits zu Anfang des zweiten Lebensjahres fliegen. Wenn es das durch irgendeinen Zufall nicht vermochte, dann verfiel es sehr bald körperlich und starb vor Ablauf des dritten Jahres. Es gab aber auch viele deformierte Kinder, die unbegrenzt weiterlebten, ohne flugfähig zu sein, bei denen sich offenbar eine Rückkehr zu den Lebensgewohnheiten ihrer zu Fuß gehenden Vorfahren vollzogen hatte. Aus Barmherzigkeit gegenüber diesen Krüppeln hatte man sie traditionsgemäß getötet. Da aber eine gewisse Meersalzverbindung, die für die empfindlichen Siebenten Menschen lebensnotwendig war, allmählich ausging, wurden mehr mißgestaltete als normale Kinder geboren. Die Weltbevölkerung sank so stark ab, daß das organisierte Leben der Gemeinschaft in der Luft nicht mehr nach den altehrwürdigen ästhetischen Prinzipien weitergeführt werden konnte. Keiner wußte, wie man dem Verfall der Rasse Einhalt gebieten konnte, aber viele glaubten, daß man ihn aufhalten könnte, wenn man ein größeres biologisches Wissen besäße. So traf man eine folgenschwere politische Entscheidung. Man entschloß sich, einen sorgfältig ausgewählten Teil der mißgestalteten Kinder am Leben zu lassen, nämlich diejenigen, die wahrscheinlich einen hohen Grad an Intelligenz erreichen würden, obwohl sie für alle Zeiten Fußgänger bleiben mußten. Auf diese Weise hoffte man, eine Gruppe von Spezialisten heranzubilden, die sich, ohne vom Rausch des Fliegens abgelenkt zu werden, ganz der biologischen Forschung widmen konnten.

Die hochbegabten Krüppel, die ihr Leben jener Politik verdankten, betrachteten ihre Welt jedoch aus einer ganz anderen Perspektive. Da sie jene hohe Glückseligkeit, die für ihre Mitmenschen den Lebensinhalt darstellte, nur neidvoll aus Berichten kannten, aber niemals nachzuerleben imstande waren, und da sie andererseits die naive Mentalität der anderen verachteten, die sich anscheinend um nichts weiter kümmerten, als um die Übung ihrer Körperkräfte, um Liebe, um die Schönheiten der Natur und um die Feinheiten des gesellschaftlichen Lebens, fanden diese fluguntüchtigen Intelligenzen ihre Befriedigung fast ausschließlich in der Forschung und in der wissenschaftlichen Beherrschung der Welt.

Sie litten unter der Tatsache, daß sie ihrem Wesen nach eigentlich dazu bestimmt waren, ein Leben in der Luft zu führen, dies aber nicht vermochten. So hegten sie einen Groll gegen die anderen, die Glücklicheren. Obwohl das Volk der Lüfte sie gerecht behandelte und ihnen gegenüber sogar Mitgefühl und Achtung zeigte, tat ihnen diese Güte weh. Sie verschlossen ihre Herzen gegenüber allen anerkannten Werten und suchten sich neue Ideale. In wenigen Jahrhunderten war es ihnen gelungen, das intellektuelle Leben wieder zu rehabilitieren und sich mit der Macht, die ihnen ihr Wissen gab, zu Herren der Welt zu machen. Die liebenswerten Flieger waren überrascht, verblüfft, ja, sogar von Schmerz über diese Entwicklung erfüllt, zugleich aber auch belustigt. Selbst als es offenbar wurde, daß die Fußgänger eine neue Weltordnung schaffen wollten, in der es für die Schönheiten des natürlichen Fluges keinen Platz mehr geben sollte, bekümmerte diese Entwicklung die Fliegenden nur, solange sie auf dem Boden waren.

Immer mehr Maschinen und fluguntüchtige Industriearbeiter drängten sich auf den Inseln. In der Luft sah sich das Schwingenvolk durch die niedrigen, aber sehr wirksamen künstlichen Flugapparate zur Seite gedrängt. Natürliche Flüge verfielen der Lächerlichkeit, das Leben der Fliegenden Menschen wurde als nutzloser Luxus verdammt. Es wurde festgesetzt, daß jeder Flieger in der Zukunft der Weltordnung der Fußgänger zu dienen habe oder verhungern müßte. Da die Züchtung von Luftpflanzen eingestellt worden war und da das Fischen und die Jagd auf Hühner sehr streng kontrolliert wurden, war dieses Gesetz keine leere Drohung. Für die Flieger war es zunächst unmöglich, Tag für Tag viele Stunden auf dem Boden zu arbeiten, ohne daß sie sich gesundheitliche Schädigungen zuzogen, die dann einen frühen Tod herbeiführten. Aber die Physiologen der Fußgänger erfanden eine Droge, die die armen Arbeitssklaven bei einigermaßen erträglicher Gesundheit hielt und auch tatsächlich ihr Leben verlängerte. Keine Droge der Welt konnte jedoch ihren Geist gesund erhalten, der unter der Tatsache litt, daß der normalerweise fast unbegrenzte Aufenthalt in der Luft für sie jetzt auf wenige müde Erholungsstunden einmal in der Woche herabgesetzt war. In der Zwischenheit hatte man Experimente durchgeführt, um einen flügellosen Typ mit besonders großem Gehirn zu erzeugen. Schließlich wurde sogar ein Gesetz erlassen, wonach alle mit Flügeln geborenen Kinder entweder operiert oder getötet werden mußten. Die Flieger unternahmen jetzt den Versuch, sich mit Gewalt durchzusetzen. Dieser heldenhafte Versuch war aber wirkungslos. Sie griffen die Landbevölkerung aus der Luft an. Darauf mähte sie der Feind mit seinen großen Flugzeugen nieder und zerfetzte sie mit Granaten.

Die noch übriggebliebenen Kampfgruppen der Fliegenden Menschen waren schließlich gezwungen, sich auf eine abgelegene und unfruchtbare Inselgruppe zurückzuziehen. Diese Insel war auch die Zufluchtstätte für das gesamte übrige Volk der Lüfte, das jetzt nur noch ein Schatten seiner früheren Macht war. Auf der Suche nach Freiheit flohen sie aus allen zivilisierten Inselgruppen, außer den Kranken, die Selbstmord begingen, und allen Säuglingen, die noch nicht fliegen konnten und in Befolgung einer Anordnung der Führer der Fliegenden Menschen von ihren Müttern oder ihren Verwandten erstickt wurden. Ungefähr eine Million Männer, Frauen und Kinder, von denen einige für einen längeren Flug kaum alt genug waren, versammelten sich auf den Felsen der Insel, ohne Rücksicht darauf, daß dort für so eine große Ansammlung von Menschen keine Nahrungsmittel zur Verfügung standen.

Die Führer berieten sich und erkannten klar, daß die Tage der Fliegenden Menschen vorüber waren und daß es für eine so glanzvolle Rasse angemessener wäre, sofort zu sterben, als sich im Joch der von ihnen verachteten Herren dahinzuschleppen. Sie befahlen der Bevölkerung daher, gemeinsam als Rasse Selbstmord zu begehen, um wenigstens durch diese Geste ihren Freiheitswillen zu bekunden. Diese Nachricht wurde überbracht, als sich alle gerade auf dem steinigen Heideland ausruhten. Ein großes Wehklagen erhob sich. Es verstummte, als der Sprecher sie bat, doch die Schönheit dieses Vorhabens erkennen zu wollen, obwohl sie sich zur Zeit auf dem Lande befänden. Sie erkannten keine Schönheit darin. Aber sie wußten, daß er recht hatte, daß sie alles so sehen würden, wie er es ihnen gesagt hatte, fast im gleichen Augenblick, in dem ihre müden Muskeln sie wieder emportragen würden. Es war keine Zeit mehr zu verlieren, denn viele waren schon fast ohnmächtig vor Hunger und befürchteten, daß sie bald nicht mehr emporfliegen könnten. Auf ein verabredetes Zeichen erhob sich das ganze Volk in den Himmel. Die Luft bebte. Die Trauer blieb zurück. Als die Mütter ihren Kindern erzählten, was geschehen sollte, bejahten selbst diese ihr Schicksal freudigen Herzens, obwohl sie sicher von Entsetzen gelähmt gewesen wären, wenn man ihnen noch auf dem Boden etwas davon gesagt hätte. In einer viele Kilometer langen Doppelreihe flogen sie stetig nach Westen. Ein Vulkankegel tauchte über dem Horizont auf und wurde immer größer, je näher sie herankamen. Die Führer hielten auf seinen rötlichen Rauchpilz zu, und ohne zu zögern stürzten sich alle, Gruppe für Gruppe, in seinen glühenden Schlund. So endeten die Fliegenden Menschen.

3

Ein kleines astronomisches Ereignis

Die Rasse der Fluguntüchtigen, jedoch ihrem Wesen nach noch halbe Vogelmenschen, errichtete ihre Gesellschaft auf den Grundlagen der Industrie und der Wissenschaften. Es gelang ihnen schließlich nach ebenso vielen

Teilerfolgen wie Mißerfolgen und nach mancherlei Änderungen der Entwicklungsrichtung eine neue menschliche Art zu schaffen, den Achten Menschen. Diese langschädligen und ansehnlichen Leute waren körperlich, seelisch und geistig ausgesprochene Landbewohner. Mit ihrer Handgeschicklichkeit, ihrer Mathematik und ihrer Erfindungsgabe verwandelten sie sehr bald die Venus in ein technisches Paradies. Ihre gewaltigen elektrischen Schiffe, die ihre Energie aus der Hitze des Planeteninneren bezogen, zogen ungestört durch die ewigen Monsune und Orkane ihre Bahn und hatten für das schlechte Wetter der Venus nur noch Verachtung übrig. Inseln wurden durch Tunnel und durch elastische ›Tausendfüßlerbrücken‹ verbunden. Jeder Zoll breit Boden wurde industriell oder landwirtschaftlich genutzt. Den Generationen gelang es, einen so großen Reichtum anzuhäufen, daß die verschiedenen rivalisierenden Rassen und Kasten es sich alle paar Jahrhunderte leisten konnten, in umfangreichen gegenseitigen Gemetzeln und der Zerstörung materieller Werte zu schwelgen, ohne daß dadurch ihre Nachkommen normalerweise ärmer geworden wären. So gefühllos war der Mensch geworden, daß er sich solcher Orgien überhaupt nicht mehr schämte. Nur durch derartige heftige Gewaltausbrüche konnte sich nämlich diese spießerhafteste aller Arten eine Weile aus ihrer Selbstgefälligkeit befreien. Der Krieg, der edleren Wesen als eine schwere Niederlage des Geistes erschienen wäre, war für jene ein Tonikum, ja fast eine religiöse Übung. Diese kathartischen Krampfzustände waren allerdings nur kurze und seltene Krisenzeiten, die fast automatisch lange Zeiten eines stumpfen Friedens unterbrachen. Niemals gefährdeten sie die Existenz der Spezies, sehr selten nur zerstörten sie ihre Zivilisation.

Nach einer längeren Periode des Friedens und des Aufstiegs der Wissenschaften machten die Achten Menschen eine unangenehme astronomische Entdeckung. Seit jener Zeit, als die Ersten Menschen erkannt hatten, daß es im Leben eines jeden Sterns einen kritischen Augenblick gibt, in dem seine große Masse zusammenfällt und auf einen winzigen kleinen Kern mit nur schwacher Strahlung zusammenschrumpft, hatten die Menschen immer wieder von Zeit zu Zeit vermutet, daß auch die Sonne einem solchen Prozeß unterworfen sein und einmal ein typischer weißer Zwerg werden könnte. Nun entdeckten die Achten Menschen sichere Anzeichen für eine solche Katastrophe und konnten ihr Datum festlegen. Zwanzigtausend Jahre gaben sie sich noch, bis jene Veränderung beginnen würde. Sie glaubten, daß nach weiteren fünfzigtausend Jahren die Venus wahrscheinlich vor Kälte erstarrt und unbewohnbar sein würde. Die einzige Hoffnung, die ihnen blieb, war der Versuch, während jener großen Veränderungen auf den Merkur überzusiedeln, wenn jener Planet aufgehört hätte, so unerträglich heiß zu sein. Es war also notwendig, dem Merkur eine Atmosphäre zu geben und eine neue Spezies zu entwickeln, von der man annehmen konnte, daß sie sich schließlich einer außergewöhnlich kalten Welt anzupassen in der Lage wäre.

Dementsprechende Vorbereitungen waren schon im Gange, als eine neue astronomische Entdeckung sie als vollkommen sinnlos erscheinen ließ. Die Astronomen entdeckten in einiger Entfernung außerhalb des Sonnensystems eine nichtleuchtende Gaswolke. Ihre Berechnungen ergaben, daß diese Wolke und die Sonne sich einander näherten und kollidieren würden. Weitere Berechnungen ließen die wahrscheinlichen Ergebnisse dieses Ereignisses erkennen. Die Sonne würde aufflammen und sich gewaltig ausdehnen. Ein Leben würde daher auf allen anderen Planeten, außer vermutlich dem Uranus und wahrscheinlich noch dem Neptun, ganz unmöglich sein. Die drei Planeten jenseits des Neptuns würden zwar der ungeheuren Hitzeausstrahlung entgehen können, waren aber aus anderen Gründen ungeeignet. Von ihnen würden die beiden am weitesten von der

Sonne entfernt liegenden eisüberdeckt bleiben. Überdies lagen sie außerhalb der Reichweite der noch unvollkommenen Weltraumschiffe der Achten Menschen. Der näher zur Sonne gelegene der drei Planeten war praktisch eine kahle Eisenkugel, die weder eine Atmosphäre noch Wasser besaß und nicht einmal mit normalem Felsgestein bedeckt war. Neptun allein mochte noch Lebensmöglichkeiten bieten. Aber wie konnte man Neptun bevölkern? Nicht nur war seine Atmosphäre denkbar ungeeignet und seine Anziehungskraft so stark, daß sie den Menschen in unerträglicher Weise belasten mußte, sondern, was noch schwerwiegender war, bis zum Zusammenstoß des Gasnebels mit der Sonne würde dieser Planet außerordentlich kalt sein. Erst nach jenem Zusammenstoß würde er irgendeiner dem Menschen bekannten Lebensform zu existieren erlauben.

Obwohl es die Geschichte von der Eroberung des Neptun, der die endgültige Heimat des Menschen werden sollte, sehr wohl wert wäre, genauer aufgezeichnet zu werden, habe ich leider nicht genügend Zeit, um im einzelnen darauf einzugehen, wie alle diese Schwierigkeiten überwunden werden konnten. Auch kann ich hier nicht über den Konflikt zwischen zwei unterschiedlichen politischen Einstellungen berichten. Die einen, die sich darüber im klaren waren, daß die Achten Menschen selbst niemals auf dem Neptun leben würden, wollten ihre ganze Zeit nur noch einer andauernden Orgie von Vergnügungen widmen, bis das Ende herankommen würde. Aber schließlich übertraf die Rasse sich selbst in einem fast einmütigen Entschluß, die ihr noch verbleibenden Jahrhunderte auf die Entwicklung eines menschlichen Wesens zu verwenden, das in der Lage sein konnte, die menschliche Mentalität in einer neuen Welt wiederzuerwecken.

Es gelang Weltraumschiffen, jene weit entfernte Welt zu erreichen und chemische Veränderungen zur Verbesserung der Atmosphäre einzuleiten. Durch das erst vor kurzem wiederentdeckte Verfahren der Zerstörung von Elementarteilchen war es auch möglich, einen Energievorrat zur Erwärmung eines bestimmten Gebietes auf dem Neptun ständig zur Verfügung zu haben, in dem man Leben so lange zu erhalten hoffte, bis sich die Sonne wieder verjüngen würde.

Als schließlich die Zeit der Übersiedlung herangenaht war, brachte man eine besonders für die Verhältnisse auf dem Neptun entwickelte Vegetation in jenes warme Gebiet, damit sie später für den Menschen zur Verfügung stehen würde. Man war der Meinung, daß man Tiere nicht brauchte. Dann transportierte man eine den dortigen Bedingungen angepaßte menschliche Art, den Neunten Menschen, in seine neue Heimat. Die riesenhaften Achten Menschen selbst konnten auf dem Neptun nicht leben. Sie hätten nicht nur darunter gelitten, daß sie kaum in der Lage gewesen wären, ihr eigenes Körpergewicht zu tragen, geschweige denn zu laufen, sondern vor allem wäre auch der atmosphärische Druck auf dem Neptun für sie unerträglich gewesen. Der große Planet trug nämlich eine Gashülle bis in eine Höhe von vielen Tausenden von Meilen. Der feste Teil des Planeten war darin kaum mehr als das Dotter in einem gewaltigen Ei. Diese Luftsäule übte zusammen mit der Schwerkraft einen Druck aus, der noch größer war als derjenige auf dem Meeresgrund der Venus. Nur für ganz kurze Augenblicke wagten es daher die Achten Menschen, ihre Raumschiffe zu verlassen und die Oberfläche des Planeten in stählernen Taucheranzügen zu betreten. Nachdem sie alles soweit vorbereitet hatten, blieb für sie nichts anderes übrig, als zu den Inselgruppen der Venus zurückzukehren und den Rest ihres Lebens so gut es ging zu genießen, bis die Katastrophe eintreten würde. Sie brauchten nicht lange darauf zu warten. Wenige Jahrhunderte, nachdem die Besiedlung des Neptun abgeschlossen war und man die wertvollsten Schätze der Menschheit dorthin überführt hatte, konnte jener große Planet gerade noch einen Zusammenstoß mit dem dunklen Eindringling aus dem Weltenraum vermeiden. Der Uranus und der Jupiter waren zu jener Zeit weit außerhalb seiner Bahn. Der Saturn allerdings wurde mit allen seinen Ringen und Satelliten wenige Jahre, nachdem der Neptun gerade noch einem Zusammenprall entgangen war, von der Gaswolke verschlungen. Das plötzliche Aufflammen, das durch jene kleine Kollision bewirkt wurde, war nur ein Vorspiel. Der gewaltige Fremde stürzte weiter heran. Wie ein Finger in einem Spinnennetz wütete er im Planetensystem der Sonne. Nachdem er sich durch die Asteroiden hindurchgefressen, den Mars verfehlt und die Erde und die Venus zerglüht hatte, sprang er die Sonne an. Von jetzt an war das Zentrum des Sonnensystems ein Stern, der fast bis zur alten Bahn des Merkur reichte, und das gesamte System bildete sich um.

Originaltitel: »Last and first Men« (Auszug, 8. Kapitel)
Erstmals erschienen 1930;
mit freundlicher Genehmigung des Verlags Methuen & Co, Ltd.

(erschienen als Band 21 der
BIBLIOTHEK DER SCIENCE FICTION LITERATUR)
Aus dem Englischen übersetzt von Kurt Spangenberg